Eva Thies

Sei allem Abschied voran

Leseexemplar

320 Seiten, gebunden

Euro 19,90 (D)

Erstverkaufstag 16. Januar 2004

Wir bitten Sie, Rezensionen nicht vor dem Erstverkaufstag zu veröffentlichen.

Eva Thies

Sei allem Abschied voran

Roman

Wunderlich

1. Auflage Januar 2004

Satz aus der Janson PostScript, PageMaker von
Pinkuin Satz und Datentechnik, Berlin
Druck und Bindung Clausen & Bosse, Leck
Printed in Germany
ISBN 3 8052 0742 5

Die Schreibweise entspricht den Regeln
der neuen Rechtschreibung.

meiner Agentin
für Anregung und Kritik

Sei allem Abschied voran, als wäre er hinter
dir, wie der Winter, der eben geht.
Denn unter Wintern ist einer so endlich Winter,
dass, überwinternd, dein Herz überhaupt widersteht.

Rilke

1

Seine Hand sacht unter meinem Ellbogen.

Es gibt nicht viele Berührungen, die Mann und Frau in der Öffentlichkeit erlaubt sind. Den Arm um die Schulter des Mädchens legen kann der Bursche auf dem Heimweg vom Dorftanz. Verstohlen Hand in Hand gehen die blutjungen Verliebten auf stillen Parkwegen. Auf dem Sonntagsspaziergang hängt sich die Frau in den Arm ihres Gatten ein, und beide bewachen ihre Sprösslinge, die schicksalsergeben vor ihnen hertrotten.

Wir aber kamen nicht vom Dorftanz, wir waren nicht blutjung, und wenn er auch vor dem Gesetz mein Mann war, so waren wir doch kein Paar, noch würden wir jemals eines sein. Dies waren unsere letzten Minuten zusammen.

Ich glühte vor Verlangen, ihn zu umarmen.

Aber wir waren in der Öffentlichkeit. Nichts konnte öffentlicher sein als der Bahnhof zur Hauptbetriebszeit. Gepäckträger schoben hoch beladene Karren vor sich her, Kinder zerrten plärrend an den Händen ihrer nervösen Mütter. Ein altes Ehepaar zankte sich laut und routiniert, ein Verkäufer kurvte mit einem Gestell vorüber, auf dem Obst und Zeitungen lagen, und rief die neueste Schlagzeile aus. Wie kleine Riffe vor der Küste, die die Brandung teilen, standen Wartende inmitten ihrer Koffer, allein, zu zweit, ganze Großfamilien tauschten die letzten Grüße und Ermahnungen, und um sie herum floss der Strom derjenigen, die den Bahnsteig hinuntergingen auf der Suche nach dem richtigen Waggon.

Er hatte seine Hand unter meinen Ellbogen gelegt.

Ich ging neben ihm her, die Mauer der Reisenden öffnete sich vor uns. Der Hutschleier verdeckte mein Gesicht, und niemand konnte ahnen, wie sehr sie mich aufwühlte, diese zarte Berührung. Als würden nicht sein Handschuh und mein Jackenärmel dazwischen liegen, brannte meine Haut unter der Berührung seiner Finger, und ich wagte nicht, ihn anzusehen, aus Angst, ich könnte dann nicht mehr weitergehen, ich müsste mich auf der Stelle in seine Arme werfen und ihn anflehen, mich niemals zu verlassen. Ich wusste nicht, welche Kraft mich aufrecht hielt und einen Fuß vor den anderen setzen ließ, so unauffällig, als sei nichts zwischen uns als diese kleine konventionelle Berührung, mit der er mich durch den Menschenstrom steuerte, diese ritterliche Geste der Fürsorge.

Seine Finger hätten mich nicht so sorglos locker gehalten, wenn er gewusst hätte, was ich vorhatte. Während ich an seiner Seite ging, spähte ich nach einer Gelegenheit zur Flucht. Es musste eine geben. Es musste möglich sein, in dieser hektischen Betriebsamkeit untertauchen zu können.

Erst hatte ich gedacht, ich könnte mich in der Halle unauffällig entfernen, mich mit den zum Ausgang Strömenden hinausschwemmen lassen in die Stadt, unter deren Millionen Menschen ich unauffindbar wäre. Aber er hatte sich stets so dicht neben mir gehalten, dass schon ein Schritt zur Seite seine Aufmerksamkeit hätte erregen können. Nun hoffte ich, dass sich eine Möglichkeit auf dem Bahnsteig ergäbe. Und fürchtete sie zugleich.

Unser Zug war noch nicht eingefahren. Auf dem Nebengleis stand ein anderer bereit zur Abfahrt. Die Lokomotive ließ zischend Dampf aufsteigen, der Abfertigungsbeamte setzte schon die Trillerpfeife an den Mund, Bahnbeamte schlossen die Türen, eine laute Stimme befahl, zurückzutreten. Der Junge mit den Zeitungen und dem Obst tauchte vor uns auf, und ich sagte, dass ich gern Weintrauben hätte. Er winkte dem Jungen, wandte sich von mir ab, ich machte drei, vier Schritte nach links, stand vor dem Waggon, der Mann, der die Tür schließen wollte, half mir die Stufen hinauf, warf die Tür hinter mir zu, der Zug setzte sich in Bewegung und rollte langsam aus der Halle.

Ich blieb mit dem Rücken zum Bahnsteig stehen. Nur nicht hinausblicken, nicht sehen, wie er sich mit dem Obst von dem Jungen abwandte, mich nicht mehr an seiner Seite sah, sich suchend umschaute und dann begriff.

Der Zug hatte die Halle verlassen und beschleunigte sein Tempo.

Ich konnte nicht mehr zurück.

Ich zitterte.

Ich stand auf jenem schwankenden Boden, der zwei Waggons miteinander verband, aber nicht deshalb zitterte ich, sondern weil ich fror. In mir breitete sich Kälte aus, die aus der Endgültigkeit kam.

Eine Stimme hinter mir sagte etwas, das ich nicht verstand, laut und böse. Eine Hand legte sich auf meine Schulter und drückte mich zur Seite.

Ich schrak auf, blickte mich um und begriff, dass ich den Weg versperrte. Hinter mir hatte sich eine Schlange von Leuten gebildet, mit Koffern und Taschen beladen, schwankend im Rhythmus des Zuges, die vorwärts wollten in den nächsten Waggon, auf der Suche nach einem Sitzplatz.

Ich schüttelte die Hand des Mannes von meiner Schulter ab, wandte mich um und öffnete die Tür zum nächsten Abteil.

Es war ein Wagen der dritten oder vierten Klasse. Auf Holzbänken saßen dicht gedrängt alte stoppelbärtige Männer, Priem kauend, und Frauen, die kein Alter hatten, weil sie schon mit Ende zwanzig, von der Arbeit verbraucht, jede Jugendlichkeit verloren hatten. Sie hielten Körbe auf dem Schoß umklammert oder wiegten Kinder an der Schulter. Der Geruch von feuchter Wolle, abgestandenem Atem und Schweiß stieg von ihnen auf und ließ keine Luft mehr zum Atmen. Als ich die Tür öffnete, starrten sie mit müden Augen herüber, in denen nur noch ein Gefühl stand, der Hass auf die Neuankömmlinge, die ihnen ihren Platz streitig machen würden.

Ich durchquerte schlingernd den Wagen, wich Körben aus und ausgestreckten Beinen, stolperte einmal über eine abgewetzte Ledertasche, deren Bügel sich öffnete und einen Blick freigab auf zerknüllte braune Tücher, die sich ineinander wanden wie Gedärm. Der Besitzer der Tasche begann zahnlos zu keifen, aber ich hatte schon die Tür erreicht und rettete mich auf den Perron. Der Wind fuhr mir unter den Schleier und sprühte mir Regen ins Gesicht. Ich holte Atem und zog die kalte klare Luft tief ein.

Die nächsten Waggons gehörten zur zweiten Klasse. Voll waren auch sie, aber das Publikum bürgerlicher, die Männer zuvorkommend, die Frauen höflich, man teilte mir mit, die erste Klasse sei noch drei Wagen entfernt, räumte mir Hindernisse aus dem Weg und öffnete mir die Türen.

Ich band den Schleier wieder unter dem Kinn fest und stieß die Tür zur ersten Klasse auf.

Im ersten Abteil saßen eine Mutter mit Kleinkind, das vom Brüllen ein angeschwollenes Gesicht hatte, und eine alte Frau, wohl die Großmutter, die sich mit der Mutter bemühte, das zornrote Kind zu beschwichtigen. Sie blickten nicht auf, als ich vorüberging. Im zweiten Abteil umarmte sich ein Pärchen, zu sehr mit sich selbst beschäftigt, um mich zu bemerken. Der Schmerz fuhr wie ein Messerstich durch mich. Das dritte Abteil war vollständig belegt von kichernden Mädchen und einer streng blickenden Gouvernante. Als ich durch das Fenster in das vierte Abteil sah, blickte ich direkt in die Augen der Fürstin Milinskova.

Es war zu spät, mich abzuwenden.

Sie hatte mich erkannt, lächelte mir zu, winkte und machte eine knappe Kopfbewegung. Die Frau, die ihr gegenübersaß, sprang auf und öffnete die Tür.

Jelena Sergejewnas Wortschwall hüllte mich sofort ein, ebenso wie das schwere orientalische Parfüm, das sie reichlich benutzte und das die Luft des Abteils geschwängert hatte.

«Katja, Katja! Wie schön, Sie zu sehen! Zuletzt in Paris, nicht wahr? In der Oper. Sie sind nicht zu meinem Diner ins Maxim gekommen. Und Ihr Mann? Sagen Sie ihm, er soll sich zu uns gesellen, damit wir von alten Zeiten plaudern können. Nein, bleiben Sie hier! Sagen Sie Madame Depors, wo er sitzt, und sie wird ihn zu uns bitten. Setzen Sie sich, Katja, mein Engel!»

Ich sank auf das Polster neben ihr. Madame Depors, die Gesellschafterin der Fürstin, war stehen geblieben und sah mich erwartungsvoll an.

«Ich bin allein», sagte ich.

Von jetzt an und für immer allein.

Nie wieder seine Hand unter meinem Ellbogen spüren, nie wieder diesen Geruch von Leder, Sandelholzseife und Tabak einatmen, nie wieder diese Stimme hören, die ihre Wärme unter einem ironischen Tonfall verbirgt, nie wieder das Lächeln sehen in den grauen Augen, nie wieder das Klopfen seines Herzens unter meiner Wange fühlen, nie wieder dahinschmelzen, wenn seine Hände über meinen Rücken streichen, und nie wieder auflodern, wenn sein Mund mein Begehren weckt.

Allein.

Jelena Sergejewna wandte sich an ihre Gesellschafterin.

«Maria Petrowna, nehmen Sie die Tasche! Die kleine, blaue.»

Madame Depors streckte sich zum Gepäcknetz und holte das Verlangte herunter.

«Schenken Sie ein», fuhr die Fürstin fort.

Madame Depors öffnete die Tasche, holte einen Flakon heraus und schraubte den silbernen Becher ab, mit dem er verschlossen war, kaum größer als ein Fingerhut. Sie goss eine klare Flüssigkeit aus dem Flakon in den Becher und reichte ihn Jelena Sergejewna, die ihn mir hinhielt.

«Trinken Sie, Kindchen.»

Meine Hand zitterte so stark von dem Frost, der mich schüttelte, dass ich den Fingerhut nicht fassen konnte. Die Fürstin hielt ihn mir an die Lippen und sagte scharf: «Trink!»

Ich kannte diesen Ton. So hatte sie in Peking im Lazarett die Verwundeten angeherrscht, die ihre Medizin nicht nehmen wollten. Jahrhunderte, in denen die Bojaren Tausende von Seelen besessen hatten, die sich zitternd unter ihren Befehlen krümmten, hatten ein Selbstbewusstsein geschaffen, dem niemand widerstehen konnte. Gehorsam öffnete ich den Mund und schluckte die Flüssigkeit, die scharf in meiner Kehle brannte.

Ich hustete.

«Wodka», sagte die Fürstin, «es gibt nichts Besseres in einer Krise als Wodka.»

Mit einem flüchtigen Blick auf Madame Depors fuhr sie fort:

«Lassen Sie die Flasche hier, Maria Petrowna, und leisten Sie Sofia und Aljoscha Gesellschaft. Ich werde Sie zu finden wissen, wenn ich Sie brauche.»

Madame Depors warf mir einen Blick tief empfundener Abneigung zu, knickste und sagte mit flacher Stimme:

«Wie Sie befehlen, Madame la princesse.»

Ich sank auf die Polster gegenüber der Fürstin. Jelena Sergejewna schenkte von neuem Wodka ein und hielt mir den Becher hin. Ich schüttelte den Kopf. Darauf kippte sie den Schnaps selbst hinunter, schraubte die Flasche wieder zu und stellte sie neben sich.

«Sie haben ihn also verlassen», sagte sie.

Der Wodka war mir ins Blut gegangen, das nun rascher durch meine Adern strömte und mich erwärmte. Meine Hände zitterten nicht mehr.

«Ja», sagte ich.

Jelena Sergejewna musterte mich schweigend. Sie war in jenem Alter, in dem Frauen Geburtstage nicht mehr feiern. Durchtanzte und am Spieltisch verbrachte Nächte, ein reichlicher Konsum von Alkohol und zahllose Liebhaber hatten dieses einmal sehr schöne Gesicht verwüstet. Nur ihre Augen waren immer noch wunderbar, groß und dunkel, die Augen einer Frau, die vieles gesehen hatte und vieles begriff und wusste, was zu tun war. Sie beschränkte sich auf das Praktisch-Vernünftige.

«Nehmen Sie den Hut ab und ziehen Sie die Jacke aus, Katja», sagte sie, «dieser Zug ist übertrieben geheizt. Haben Sie Gepäck?»

Ich schüttelte den Kopf.

«Das macht nichts. Madame Depors hat etwa Ihre Figur. Sie wird Ihnen mit dem Nötigsten aushelfen. Haben Sie eine Fahrkarte?»

Ich schüttelte wiederum den Kopf.

«Gut, wir werden nachlösen. Wohin wollen Sie fahren?»

«Wohin fährt denn der Zug?»

Sie zeigte keinerlei Erstaunen.

«Nach St. Petersburg.»

«Das ist gut.»

St. Petersburg war weit fort. Und hinter St. Petersburg erstreckte sich Russland bis nach Sibirien und in die Mandschurei, ein riesiges Reich, groß genug, um sich darin zu verstecken.

«Haben Sie Ihren Pass?»

Ja, meinen Pass hatte ich. Er steckte in der kleinen Handtasche, die an meinem Handgelenk hing und die nichts enthielt als einen Kamm, eine Puderquaste, den Pass und, in ein Taschentuch gewickelt, meinen Schmuck, zwei, drei Ringe, eine Brosche, einen Armreif aus dem Besitz meiner Mutter, die Matilda für mich beiseite geschafft hatte, bevor alles versteigert wurde. Und die Kette mit den Saphiren und Brillanten, die ich niemals verkaufen würde, und wenn ich verhungern müsste.

Meine Fahrkarte steckte in seinem Jackett, und sie war nicht nach St. Petersburg ausgestellt. Meine zwei großen Koffer, in die das Dienstmädchen eilig geworfen hatte, was ihr aus dem Schrank zuerst in die Hände fiel, waren im Gepäckwagen auf dem Weg nach Hamburg, wo sie auf ein Schiff nach England verladen werden sollten.

«Gut, dass Sie Ihren Pass haben. Das erleichtert die Sache ungemein. Heutzutage ist die Bürokratie nicht mehr unbedingt bestechlich, und wir hätten Schwierigkeiten an der Grenze bekommen können. Manche Beamte machen sich geradezu ein Vergnügen daraus, Aristokraten besonders zu schikanieren. Sie wittern, dass eine Revolution in der Luft liegt, und hoffen, so auf der richtigen Seite zu stehen. Toren! Als ob nicht jeder Aufstand sowieso mit Bajonetten niedergeschlagen wird. Es ist also ausgemacht, mein Kind. Sie begleiten mich nach St. Petersburg.»

Ihre Nachdrücklichkeit erleichterte mich. Es war, als hätte die Mutter, die ich nicht hatte, für mich diese Entscheidung getroffen, und ich fügte mich, weil ich wusste, dass sie das Beste für mich wollte.

«Möchten Sie etwas essen, Katja? Oder etwas trinken?»

Ich schüttelte den Kopf.

«Nein, danke, Jelena Sergejewna. Ich brauche nichts.»

Draußen schien ein graues Tuch über den Himmel gespannt, der schwer über den winterkahlen Feldern lagerte. Hin und wieder wurde diese Monotonie unterbrochen von hellen Farben, weiß getünchten Wänden, roten Dachschindeln, wenn der Zug an einem Dorf oder einem kleinen Städtchen vorbeiraste.

Saß er inzwischen im Zug nach Hamburg? Hatte der Schaffner ihn schon kontrolliert? Dann hatte er sein Portefeuille aus der Brusttasche gezogen und den Umschlag gefunden, auf dem nur sein Name stand. Er würde die Schrift nicht kennen, denn außer meiner Unterschrift unter der Heiratsurkunde hatte er nie etwas Schriftliches von mir gesehen. Aber es würde trotzdem keinen Zweifel geben, von wem der Brief stammte. Ich sah vor mir, wie seine Hände das Kuvert hielten, es zögerlich hin- und herdrehten, diese schmalen Hände mit den langen, spitz zulaufenden Fingern, schmucklos bis auf den Goldreif an der rechten Hand, Hände, die meinen Körper in Besitz genommen hatten, nach deren Berührung meine Haut schrie. Jetzt würde er den Umschlag aufschlitzen und das Blatt herausziehen, das ich in fliegender Hast bekritzelt hatte.

Dabei hätte es keiner Erklärung bedurft. Ich konnte nicht bei ihm bleiben. Er kannte den Grund dafür so gut wie ich. Und ich musste diejenige sein, die unsere Trennung vollzog. Ich musste das Opfer bringen. Wie mein Vater. Wie meine Mutter. Alles hingeben, was ich war. Das Opfer, nach dem Boythin sich gesehnt hatte. Warum konnte es nicht Liebe ohne Opfer geben? Ich hatte den Brief mit seinem Namen begonnen, zum ersten Mal und zum letzten Mal seinen Namen geschrieben. Meine Hand hatte gezittert. Nein, ich hatte nicht geschrieben, um etwas zu erklären. Ich hatte geschrieben, weil ihm mit diesem Brief etwas von mir bleiben sollte.

Und wenn er den Zug nicht genommen hatte? Wenn er mir folgen wollte? Wenn er den nächsten Zug nach St. Petersburg nahm? Er würde mich nicht finden. Mit Hilfe der Fürstin würde ich in Russlands Weiten verschwinden.

Ich fragte mich, ob seine Hände zitterten, während er las. Mühsam riss ich mich zusammen, versuchte, seine Hände aus meinen Vorstellungen zu verbannen, mein heftig schlagendes Herz zu beruhigen, indem ich langsam und konzentriert atmete und der Fürstin zuhörte.

«Es verblüfft mich immer wieder», sagte Jelena Sergejewna, «wie schnell und bequem man sich mit der Bahn fortbewegt. Meinen ersten Zug sah ich erst, als ich schon achtzehn war. Bis dahin war ich aus unserem Landkreis nicht fortgekommen. Ich glaube heute, dass mir meine Eltern einen großen Gefallen damit getan haben, dass sie mich auf dem Lande haben erziehen lassen. Eine liebevolle Amme, ein strenger, anspruchsvoller Lehrer, wenige Nachbarn, auf deren Gesellschaft man angewiesen ist und die man deshalb, wie verschroben sie auch sein mögen, liebenswürdig behandeln muss – das ist die beste Vorbereitung auf ein Leben in der Gesellschaft.»

Sie erwartete keine Antwort.

Zu klug und zu taktvoll, um mich gleich mit der Frage nach meinem Unglück zu überfallen, plauderte sie mit der heiteren Gewandtheit der Gesellschaftsdame, die eine Katastrophe ignoriert, damit sie ihr mit Haltung begegnen kann.

«Es mag Ihnen paradox erscheinen, aber ich glaube fest daran. In einem so überschaubaren Kreis wird das Kind genau beobachtet und korrigiert. Es steht im Mittelpunkt seines kleinen Hofstaates, fühlt sich behütet und anerkannt. Ein solches Kind kann, wenn es erwachsen ist, der Welt im vollen Bewusstsein seines eigenen Wertes entgegentreten. Schlimm hingegen die Kinder, die in den großen Häusern der Hauptstadt aufwachsen. Sie sind jedermann im Wege, werden heute gehätschelt, morgen beiseite geschoben und übermorgen vergessen. Heutzutage kann man Kinder wahrscheinlich gar nicht mehr so auf dem Lande isolieren. Bahnhöfe gibt inzwischen in jeder Kleinstadt. Die jungen Leute wachsen mit dem Fortschritt auf, der in einem Tempo vorwärts schreitet, das uns Alten den Atem nimmt. Ich glaube fast, dass ich mich demnächst noch überreden lasse, mir ein Automobil zuzulegen. Natürlich nicht in Russland. Aber wenn ich nach Nizza zurückgehe – wer weiß? Ein Automobil und ein hübscher junger Chauffeur mit fescher Livree – was meinen Sie?»

Ich versuchte, mich ihrem Ton anzupassen.

«Warum nicht? Bestimmt werden Sie eine Sensation sein.»

«Ich bin immer eine Sensation gewesen», sagte die Fürstin achselzuckend, «seit ich aus Borodino in die große Welt gekommen bin. Ich wusste, was ich wollte und wie ich es bekam – das reicht für eine Frau schon aus, um als extravagant zu gelten. Ein Ruf, der äußerst angenehm ist. Jedenfalls wenn man reich ist. Andernfalls gilt man ja nur als verrückt. Aber reicht es heutzutage wirklich schon aus, sich im Automobil chauffieren zu lassen? Vielleicht, wenn ich selbst am Steuer sitzen würde? Es soll ganz einfach sein, hat man mir gesagt. Und das Lenkrad verdirbt die Hände nicht wie die Zügel. Vielleicht lerne ich es noch. Obwohl – die Entwicklung schreitet so rasant voran, dass das Automobil vielleicht in einigen Jahren überholt ist, verdrängt durch die Flugmaschine, von der man neuerdings so viel hört. Man hat mir von zwei Brüdern erzählt – wie hießen sie noch gleich? Na, egal – die arbeiten jedenfalls an einer Maschine, die durch die Luft segelt und Passagiere mitnehmen kann wie ein Heißluftballon. Sind Sie einmal in einem solchen Ballon geflogen? Ich habe in Paris …»

In Paris hatte er das Kollier gekauft. Ein Dutzend blauer Saphire in einer Silberfassung mit einem Diamantverschluss.

«Die Farbe deiner Augen», hatte er gesagt. Er war hinter mich getreten. Ich konnte im Spiegel sehen, wie er die Hände hob, die Kette über meinen Kopf hielt und sie langsam senkte, bis die Steine kalt auf meine Haut trafen und ich erschauerte. Seine Fingerspitzen berührten meinen Nacken.

Die bloße Erinnerung machte mich wehrlos gegenüber der heißen Welle, die meinen Körper überrollte. Meine Brüste schmerzten vor Sehnsucht nach seinen Händen, die sie umschlossen hatten, und mein Schoß brannte vor Verlangen nach der Erfüllung, die er mir geschenkt hatte.

Ich musste diese Erinnerung aus meinem Kopf bekommen. Ich musste sprechen. Über irgendetwas. Ich würde mich konzentrieren müssen auf das, was ich sagte. In meinem Kopf würde kein Raum bleiben für einen anderen Gedanken. Ich musste über etwas sprechen, was weit weg war, was in keiner Verbindung zu ihm stand. Worüber hatte Jelena Sergejewna gesprochen? Fahrzeuge. Luftschiffe, Automobile, Eisenbahnen. Eisenbahnen!

«Ich bin zum ersten Mal mit der Eisenbahn gefahren, als ich fünf Jahre alt war. Von Verona nach Berlin. Als ich die Lokomotive erblickte, so groß, so schwarz und Dampf speiend, da erschrak ich wie vor einem Drachen in einem der Märchen, die mir Matilda immer erzählte.»

Jelena Sergejewna lehnte sich zurück. Ein leises Lächeln der Befriedigung zuckte um ihre Mundwinkel. Ihre Methode, mich abzulenken, hatte sich bewährt.

«Matilda?», fragte sie.

«Mein Kindermädchen. Sie stammte aus dem Aostatal und wusste viele schaurig-schöne Geschichten, die die alten Frauen in ihrem Dorf beim Spinnen erzählten. So wie zu Zeiten der Brüder Grimm, die über Land gingen und die Märchen aufschrieben. Manche von Matildas Geschichten waren ihnen ähnlich, handelten von dummen Jungen, die ins Unbekannte gingen und die Jungfrau und den Schatz heimbrachten, andere waren unheimlich, handelten von Untoten und Vampiren, wieder andere waren hell und fröhlich und erzählten davon, dass gute Hexer und Hexen nachts ausfuhren, um die Bösen listig zu bestrafen und die Guten zu belohnen. Ich erinnere mich noch an viele von Matildas Geschichten. Sonst weiß ich nur noch wenig von der Zeit in Italien.»

«Wo haben Sie denn gelebt?»

«Meine Eltern hatten ein Haus oberhalb des Gardasees, ein großes Landhaus, die Casa arranciata, inmitten eines blühenden Gartens mit Zitronen- und Orangenbäumen. Wenn ich an meine frühe Kindheit denke, dann erinnere ich mich immer an drei Momente. An das helle Lachen meiner Mutter, begleitet von dem dröhnenden Bass meines Vaters, der mich hochhebt und auf seine Schultern setzt. Ich klammere mich an seinen Haaren fest und schaue von oben auf die Welt herab, als säße ich auf einem Thron. Ich erinnere mich daran, wie ich in der

Schubkarre hocke und der Gärtner mich den Abhang hinunterschiebt. Bei jeder flachen Stufe hüpft die Karre empor und ich mit ihr, dann plumpse ich wieder zurück und jauchze in einer Mischung aus Angst und Lust. Und ich fühle wieder die Wärme der Feldsteinmauer unter meinem Bauch, während ich ganz still liege und die Eidechse beobachte, die sich eine Armlänge von mir entfernt sonnt. Langsam strecke ich die Hand aus, aber nicht behutsam genug. Die Eidechse schreckt auf und verschwindet blitzschnell in einem Mauerspalt. Das ist es vor allem, was ich mit der Casa arranciata verbinde. Wirklich genau erinnere ich mich nur an den Tag, an dem ich das Haus für immer verließ.»

2

Mein Cousin Wilhelm von Warstede holte mich ab. Allerdings war er mit seiner Aufgabe, ein elternloses Kind tagelang quer durch Europa zu transportieren, überfordert. Er erledigte alle Formalitäten bei Grenzübertritt und Zugwechsel anstandslos, aber mit mir wusste er nichts anzufangen. Zwar war er noch jung, nur fünfzehn Jahre älter als ich, aber er war ohne Geschwister aufgewachsen, in seinem zwölften Lebensjahr in die Kadettenanstalt eingetreten und seither in diesem Ghetto aufgewachsen, in dem die Söhne des preußischen Adels vom Rest der Welt fern gehalten wurden. Nichts hatte ihn darauf vorbereitet, ein fünfjähriges verstörtes Kind zu trösten. Was ihm zu diesem Zweck unterwegs einfiel, beschränkte sich auf Fragen danach, ob ich müde oder hungrig sei, und das Angebot von Schokolade, die er offensichtlich für einen Kindertröster von umfassender Wirkung hielt. Dass ich trotz der fünf Tafeln, die ich zwischen Verona und Berlin hinunterwürgte, meistens mit tränenverschmiertem Gesicht dasaß und, je länger wir fuhren, desto hartnäckiger nach Matilda jammerte, brachte ihn aus der Fassung.

Hilflos und nervös spulte er alle Redensarten ab, mit denen er selbst früher ruhig gestellt worden war, erlebte aber, dass sie keinerlei Wirkung zeigten. Regelmäßig endete der fruchtlose Versuch dann mit den Sätzen: «Es tut mir schrecklich Leid. Möchtest du Schokolade?»

Allein reisende Damen setzten sich gern in unser Abteil, aber sie erhöhten sein Unbehagen nur. Sogar ich in meinem Kummer spürte, dass ihr Interesse an mir nur ein vorgeschobenes war und ihr girrendes «Die süße Kleine. So ein hübsches Kind, was hat sie denn?» dem erwachsenen Begleiter in seiner Leutnantsuniform galt und nicht mir. Die Anwesenheit einer Frau machte mir jedes Mal schlagartig wieder die Abwesenheit Matildas bewusst, und ich brach von neuem in Schluchzen aus.

Es war Matilda, die ich vermisste, und nicht meine Eltern. Meine Eltern waren so in ihre Liebe zueinander versunken gewesen, dass ich in ihrem Leben nur eine Nebenrolle spielte. Während meine Tage von Matildas fröhlicher Gesellschaft erfüllt waren, machte ich meinen Eltern nur nach dem Frühstück einen Knicks, empfing von meiner Mutter eine duftende Umarmung und sah sie erst abends wieder, wenn ich im Bett lag, bereit zum Gutenachtkuss. An meine Mutter dachte ich immer wie an eine Fee aus einem von Matildas Märchen, schön und nur selten erscheinend, an meinen Vater aber wie an einen der Könige, die ihre Söhne in die Welt hinausschickten: ein großer, stattlicher Mann mit dröhnendem Lachen und einem dichten feuerroten Bart, der kitzelte, wenn er mich hochhob und an sich drückte.

Matilda war meine Mutter, meine Schwester, meine Spielgefährtin. Sie badete mich, sie zog mich an, sie erzählte mir Geschichten, sie spielte mit mir im Garten, sie ging mit mir spazieren, sie aß mit mir, sie brachte mich zu Bett und sang mir ein Schlaflied. Sie war es, mit der ich die Feste feierte. Sie nahm mich mit zu ihrer großen, lauten, herzlichen Familie, wenn eines ihrer zahlreichen Geschwister Geburtstag hatte. Ich überreichte ein Geschenk, wurde von Matildas überlebensgroßer Mutter an den üppigen Busen gedrückt, rechts und links schallend auf die Wangen und dann auf den Mund geküsst und mit einem Klaps verabschiedet: Auftakt zu den wilden Spielen mit Matildas kleinen Brüdern, von denen ich verschwitzt, verdreckt und strahlend glücklich zurückkehrte. Diese Geburtstage waren für mich Höhepunkte des Jahres, fast ebenso sehr herbeigesehnt wie Weihnachten, weil ich an diesen Tagen nicht das kleine Fräulein aus der Villa war, sondern ein Kind sein durfte wie alle anderen auch. Matilda nahm mich auch sonntags in die Messe mit. Meine Eltern, die selbst niemals eine Kirche besuchten, duldeten diese Gottesdienstbesuche als ein Stück italienischen Volkslebens wie die Geburtstage in Matildas Familie. Für mich aber waren sie Ausflüge in eine andere Welt.

Die Dorfkirche war ein achteckiger Zentralbau, von einer flachen Kuppel überwölbt, mit kleinen Fenstern hoch oben in der Wand, von denen nur spärliches Licht in das Innere fiel. In der Dämmerung, im zuckenden Licht der Kerzen, die während der Messe auf dem Altar brannten, glänzten geheimnisvoll die goldenen Mosaiken hinter dem Altar, auf denen Engel und Apostel nach oben schwebten in die Kuppel. Von dort blickte in strenger Majestät Christus als Weltenherrscher auf uns herab, die wir auf den kalten Bodenfliesen knieten und zu seinen Ehren Gebete in die weihrauchgeschwängerte Luft murmelten. Es war in dieser tausendjährigen Dorfkirche, die noch an jene Zeiten erinnerte, da Byzanz Venedig und sein Hinterland beherrscht hatte, dass ich zum ersten Mal dem Bild eines majestätischen, in den Himmel entrückten Gottes begegnete, dem die Menschen gleichgültig waren.

Einmal, meine Eltern waren nach Verona gereist, wo eine russische Balletttruppe gastierte, nahm Matilda mich auf eine

Wallfahrt mit. Ich war überwältigt von einer Barockkirche mit riesigen Ausmaßen, lichtdurchflutet, von Gold strotzend, voller fetter kleiner Engel. An Matildas Hand wanderte ich umher und war fest überzeugt, dass dieses Gebäude keine Kirche war, auch wenn alle es so nannten, denn der mächtige Gott, dessen Bild ich in unserer Kirche kennen gelernt hatte, feierte keine heiteren Feste in einem Ballsaal.

In einer Seitenkapelle waren die Wände über und über behangen. Da waren hölzerne Arme und Beine, Finger, Ohren, Füße, Hände, geschnitzte Kleinkinder in Spitzensteckkissen, kleine Gemälde, die Unwetter oder Unfälle darstellten und auf denen in Knittelversen der Hergang des Unglücks geschildert war, und es gab eine Madonna, die mit Gold und Edelsteinen behängt war und auf ihrem Arm einen der fetten kleinen Engel hielt, der in purem Gold erglänzte.

Ich stand staunend und etwas schaudernd davor und klammerte mich an Matildas Hand.

«Was ist das?», flüsterte ich.

«Es sind Geschenke für Maria und das Jesuskind», flüsterte sie zurück.

Ich starrte auf die Körperteile.

«Aber warum schenken die Leute ihnen Arme und Beine zum Geburtstag?»

«Dummchen, das sind doch keine Geburtstagsgeschenke. Es sind Gaben, weil Maria geholfen hat.»

«Wie geholfen?»

«Schau einmal das Ohr da! Bestimmt hatte jemand heftige Ohrenschmerzen oder war schwerhörig oder taub. Da hat er eine Wallfahrt hierher gemacht und Maria um Hilfe angefleht. Dann hat sie geholfen, das Ohr wurde wieder gesund, er konnte wieder hören, und er hat dieses Holzbild gestiftet.»

«Du meinst, man muss Maria ein Ohr aus Holz schenken, und dann kann man wieder hören? Warum gibt es dann noch taube Leute?»

«So einfach ist das nicht, Katja. Diese Gaben sind nur Erinnerungen an die Heilung. Wenn man will, dass Maria hilft, dann muss man ein Gelübde ablegen.»

«Ein Gelübde?»

Eine der guten Eigenschaften Matildas war, dass sie nie die Geduld verlor. Trotz der bösen Blicke, die uns streiften, weil wir sprachen, statt still zu beten, fuhr sie leise fort:

«Ein Gelübde ist ein Versprechen, das du nie brechen darfst. Wenn du die Gottesmutter um etwas bittest, dann musst du ihr etwas versprechen, was dir besonders wichtig ist. Und je größer deine Bitte ist, desto Größeres musst du ihr versprechen. Wenn du zum Beispiel um das Leben deines Kindes bittest, dann musst du etwas sehr Großes opfern.»

«Was denn?», fragte ich.

«Als meine große Schwester die Halsbräune hatte, ist meine Mutter hierher gekommen und hat um Agatas Leben gebeten. Und sie hat der Muttergottes versprochen, dass Agata ins Kloster geht, wenn sie wieder gesund wird.»

Agata war das einzige von Matildas Geschwistern, das ich nicht kannte, weil sie bei den Klarissinnen lebte.

«Aber das Opfer hat doch Agata gebracht und nicht deine Mutter», sagte ich logisch.

Matilda schüttelte den Kopf.

«Meine Mutter hat auf Agatas Kinder verzichtet», erklärte sie, «sie wird von allen ihren Kindern Enkel haben, nur nicht von Agata.»

Hinter uns schnaubte eine Frau missbilligend. Matilda fasste meine Hand und zog mich fort. Auf der Schwelle drehte ich mich noch einmal um. Über einem Meer von Kerzen, das zu ihren Füßen brannte, schwebte die Madonna mit dem Kind am Pfeiler und schenkte mir ein Lächeln.

Es war Matilda, die den Mittelpunkt meines Lebens bildete, und nicht meine Eltern, und als die Katastrophe hereinbrach, traf sie mich nicht, weil ich meine Eltern, sondern weil ich Matilda verlor. Wenn ich mich in den folgenden Jahren einsam und ausgestoßen fühlte, dann jammerte ich abends unter der Bettdecke nach Matilda, die mich so schmählich verraten hatte.

Denn während sie für mich die Welt gewesen war, hatte es für Matilda noch ein Leben außerhalb der Casa arranciata gegeben. Sie war mit einem Winzer aus dem Ort verlobt. Nachdem meine Eltern gestorben waren und ich zu der Schwester meines Vaters in den Norden gebracht werden sollte, entschied sie sich, mich nicht in das ferne dunkle Land zu begleiten, sondern ihren Winzer zu heiraten. Ich, die nicht begriff, dass es für Matilda einen Menschen auf der Welt geben konnte, der ihr wichtiger war als ich, verstand nur, dass sie mich in dem Augenblick im Stich ließ, da ich sie am meisten brauchte. Sie händigte mich dem Fremden aus, der mich in einer Sprache anredete, die ich kaum verstand, küsste mich zum Abschied und vergoss ein paar Tränen, die sie, noch bevor ich in die Kutsche geklettert war, abwischte. Dann wandte sie sich lächelnd ihrem Bräutigam zu, der neben ihr stand.

Als ich erwachsen war, begriff ich natürlich, dass sie kaum anders hätte handeln können. Wie leicht wäre sie diesem Bauern aus dem Sinn gekommen, wenn sie sich von ihm entfernte. Es gab viele Mädchen mit tanzenden Locken und sprühenden Augen, mit fröhlichem Lachen und schwingenden Hüften – er hätte nicht jahrelang warten müssen, bis Matilda mich verlassen konnte, weil ich sie nicht mehr brauchte. Matilda war eben nicht meine Mutter, sie war nur ein bezahlter Dienstbote. Hätte sie mich begleitet, so hätte sie mir ihre Zukunft zum Opfer gebracht. Und dennoch, sooft ich mir später sagte, dass Matilda nur vernünftig gehandelt hatte und mein Zorn auf sie der Zorn eines unverständigen Kindes gewesen war – wenn ich an ihre letzte Geste dachte, wie sie sich mit dem Handrücken über die Augen fuhr und dann ein Lächeln hervorzauberte, das nicht mir galt, wurde mein Herz wieder von Bitterkeit erfüllt.

In Berlin stiegen wir aus und machten uns in einer Kutsche auf den Weg nach Warstede. Fünf Stunden waren wir unterwegs, und das Wetter war so trübsinnig wie meine Stimmung.

Der Regen trommelte auf das Verdeck und lief in dichten Rinnsalen die Scheibe herunter, sodass ich nur verschwommen eine Landschaft wahrnehmen konnte, in der sich die Bäume untertänig vor dem Wind verbeugten, der tief hängende dickbäuchige Wolken über flaches grünes Land trieb.

Mir war kalt, und mir blieb die ganzen achtzehn Jahre kalt, die ich in Warstede verbrachte, auch wenn die Sonne schien und die Temperaturen manchmal im Sommer italienische Höhen erreichten.

Vom Gutshaus selbst nahm ich durch die nassen Scheiben zunächst nichts anderes wahr als einen roten Farbfleck in dem trüben Grau, dann wurde der Kutschenschlag geöffnet, das Trittbrett herabgelassen, mein Cousin sprang hinaus, streckte mir die Hand entgegen, und unter einem riesigen schwarzen Schirm, den ein Diener hielt und der jeden Blick auf Haus und Himmel versperrte, betrat ich das Haus.

Es roch streng nach Bohnerwachs und Kampfer. Am Fuß der Treppe stand meine Tante und sagte:

«Das ist also das Kind.»

Dieser Augenblick entschied auf immer über unsere Beziehung.

Erst später wurde mir klar, wie tief sie meine äußere Erscheinung verabscheut haben musste, meine Lackschuhe, den Samtmantel, die offen auf die Schultern fallenden Locken, den Hut mit der kecken Feder und Miranda, meine große Puppe im Seidenkleid, die ich fest an mich gedrückt hielt. Ich war für sie «die Tochter dieser Person«, und jahrelang war es ihr ganzes Bestreben, mich zu einer anderen zu machen, zu einem ehrbaren jungen Mädchen aus guter Familie, das einmal die passende Gattin eines preußischen Landjunkers und Mutter eines schneidigen Leutnants werden konnte.

Ich spürte die Abneigung, die hinter ihrer Bemerkung steckte. Nie zuvor war mir dergleichen widerfahren. Nie hatte mich ein so missbilligender Blick getroffen. Ich starrte sie an, diese hagere Frau in dem einfachen schwarzen Kleid, ein Kleid, wie es meine Mutter, die Duftiges, Wehendes, Schleier und Spitzen geliebt hatte, nie getragen hätte. Ich fürchtete mich vor ihrem strengen Gesicht mit dem schmallippigen Mund.

Mein Cousin sagte:

«Das ist Katerina, Mutter. Wir sind zu Hause, Kind. Dies ist jetzt dein Heim, und das ist deine Tante Hermine, die dir eine Mutter sein wird. Geh und begrüße sie!»

Dies war nicht mein Zuhause. Und diese Frau war nicht meine Mutter. Die Zumutung, die in seinen Worten lag, dieses übel riechende Haus und diese hässliche Frau könnten für mich dasselbe sein wie die Heimat, die ich verloren hatte, und die Mutter, die mir genommen worden war, zusammen mit meiner erregten Übermüdung erweckten in mir einen Trotz, der meine Furcht besiegte.

Ich blieb stehen, hob mein Kinn voller Kampfbereitschaft und sagte:

«Nein.»

Tante Hermines Mund wurde noch schmaler, sonst veränderte sich in ihrem Gesicht nichts. Sie blieb schweigend an ihrem Platz, ich an dem meinen, und wir maßen uns wie zwei Ringer vor dem Kampf.

«Nein», sagte ich noch einmal und stampfte nachdrücklich mit dem Fuß auf.

Tante Hermine ging auf mich zu und machte Miene, mich zu ohrfeigen. Mein Cousin trat rasch dazwischen und sagte beschwichtigend:

«Sie ist noch ganz wild und unerzogen, Mutter. Du hast eine schwere Aufgabe vor dir. Aber bedenke auch, alles ist ihr hier noch fremd. Sie muss sich erst in ihr neues Leben einfinden.»

Später stellte er sich nie wieder auf meine Seite. Aber das elternlose Kind, das so verloren in der Diele stand, mochte ihn an seinen ersten Tag in der Kadettenanstalt erinnert haben, und er hatte mein Leid und meine Verstörung nachfühlen können.

Von diesem Tag an schlugen wir unsere Schlachten. Tante Hermine gewann sie alle, denn die Kräfte, die eine erwachsene Frau, unangefochtene alleinige Herrin des Hauses, mobilisieren kann, sind so viel größer als die eines verlassenen Kindes. Stubenarrest, Essensentzug und das Einsperren in einen dunklen Schrank waren Waffen, denen ich nur Trotz und einen Durchhaltewillen entgegensetzen konnte, der schwer zu brechen, aber immerhin doch zu brechen war.

Tante Hermine fuhr mit einer harten Bürste durch meine Haare und flocht sie zu festen Zöpfen, sie ersetzte meine Samt- und Seidenkleidchen durch karierte Kattunkleider und die Lackschühchen durch feste Schnürschuhe, sie lehrte mich stricken und Hohlsäume sticken, nähen und flicken, Gemüse putzen, einkochen, entsaften, backen und ließ mich an Schlachttagen beim Wurstkochen helfen. Sie fragte mich den Katechismus ab und bestand eisern auf dem buchstabengetreuen Wortlaut, überwachte erbarmungslos stundenlange Etüden auf dem Klavier und verbot jeden Walzer. Im Winter blieb mein Zimmer ungeheizt, denn es war wichtig, nicht zu verweichlichen. Bei Tisch ließ sie mich Bücher unter die Oberarme klemmen, damit ich lernte, mit angelegten Ellenbogen zu essen. Wenn ich vor ihr herging, stieß sie mich mit knöchernem Zeigefinger zwischen die Schulterblätter, damit ich mich gerade hielt. Sonntags ging ich in schwarzem Kleid mit weißem Kragen, das Gesangbuch in der behandschuhten Hand, neben ihr in die Kirche.

Ich war an einem Mittwoch in Warstede angekommen, und

als ich am Samstag hörte, dass ich am nächsten Morgen mit meiner Tante in die Kirche gehen sollte, schöpfte ich in meinem Jammer Hoffnung. Ich setzte mich am Nachmittag hin und malte sorgfältig das Bild einer Frau, die Matilda darstellen sollte und ihr zumindest darin glich, dass sie schwarze Haare und schwarze Augen hatte. Dann wühlte ich in meinen Sachen und fand schließlich ein Spitzentüchlein, mit meinem Monogramm bestickt, das Matildas Mutter mir einmal zum Geburtstag geschenkt hatte. Als Erinnerungsstück war es mir lieb, und ich glaubte, es sei deshalb wertvoll genug, dass die Madonna es als Geschenk annehmen würde. Einen Augenblick erwog ich, ihr meine Puppe zu schenken, aber nach einigem Nachdenken kam ich zu dem Schluss, dass sie ja eine Puppe nicht gebrauchen konnte, da das Jesuskind ein Junge war und gewiss nicht mit Puppen spielte.

Am nächsten Morgen hüpfte ich an der Hand meiner Tante aufgeregt der Kirche entgegen. Mein Leiden würde bald ein Ende haben. Ich würde der Madonna Matildas Bild zu Füßen legen und ihr das Spitzentuch versprechen, und sie würde mich zu Matilda zurückführen.

Die Kirche war eine bittere Enttäuschung. Schon in dem Moment, als ich sie betrat. Sie glich weder jenem goldenen Festsaal des Wallfahrtsortes noch der mosaikbeglänzten Düsternis der Dorfkirche, in der ich sonntags neben Matilda gekniet hatte. Sie war ein einfacher lang gestreckter Bau, im Inneren waren Decke und Wände weiß getüncht, die Pfeiler aus rohem Backstein. Dieser Farbkontrast war der einzige Schmuck der Kirche, abgesehen von dem riesigen Kreuz, das über dem Altar hing und in grässlichem Realismus den gefolterten Leib eines Toten darstellte, dessen Kopf mit geschlossenen Augen zur Seite hing: Wangen und Stirn waren blutüberströmt, Hände und Füße nageldurchbohrt, ein Loch klaffte in der linken Seite.

Während ich neben meiner Tante saß, wandte ich den Kopf

von einer Seite zur anderen, rutschte hin und her und reckte mich. Es musste doch in dieser Kirche irgendwo eine Statue der Madonna geben, der ich mein Opfer bringen konnte.

Meine Tante ermahnte mich flüsternd zur Ruhe, und als das nichts half, kniff sie mich schmerzhaft in den Arm und drohte mir, ich müsse mein Essen allein auf meinem Zimmer einnehmen, wenn ich mich nicht benehmen würde.

Am Ende eines Gottesdienstes, in dem laut und falsch gesungen wurde und ein schwarz gekleideter, rotgesichtiger Herr eine lange Predigt hielt, von der ich nichts verstand, führte meine Tante mich durch den Mittelgang endlich ins Freie. Ich war froh, dem Anblick des Toten zu entkommen. An der Kirchentür stand der Prediger und begrüßte meine Tante.

Sie stellte mich vor.

«Meine Nichte, Katerina von Echternberg, die Tochter meines verstorbenen Bruders.»

Der Pastor neigte sich zu mir herunter, sodass ich sehen konnte, wie sein grauer Haarkranz die rosige Kahlheit auf seinem Kopf umrahmte.

«Nun, kleines Fräulein, gefällt dir unsere Kirche?»

«Nein», sagte ich prompt.

«Warum denn nicht?», fragte er.

«Es gibt keine Madonna, die ich um etwas bitten kann», sagte ich.

Meine Tante schnaubte.

«Sie hat bisher in Italien gelebt. Da hat man ihr den Kopf mit diesem papistischen Unsinn voll gestopft.»

«Du brauchst keine Madonna», sagte der Pastor, «wenn du etwas erbitten willst, dann wende dich nur immer gleich an Gott. Er kennt dich gut, er sieht dich bei Tag und bei Nacht, auch im Dunkeln und unter der Bettdecke, und wenn du ein braves Mädchen bist und seine Gebote einhältst, dann magst du ihn auch um etwas bitten.»

Ich ging mit hängendem Kopf nach Hause. Meine Augen

brannten, aber die erlösenden Tränen wollten nicht fließen. Ich fühlte mich so verlassen wie in der Minute meiner Ankunft auf Warstede.

3

Es ist ein sonderbares Ding, das Gedächtnis. Nur über Eisenbahnen hatte ich mit der Fürstin reden wollen, ein neutrales Thema, zu dem sie, die Weitgereiste, viel mehr beitragen konnte als ich, Stichwortgeberin hatte ich sein wollen für ihren Monolog, hinter dem ich mich dann hätte verstecken können. Stattdessen war ich in das Dickicht meiner Vergangenheit geraten. Ich fürchtete die Gewächse hier. Wenig duftende Rosen, aber viel scharfes Gezweig, das die Haut aufritzte, manche Dornen so tief, dass die Wunde blutete.

Ich hätte von der Zukunft sprechen sollen, nicht von der Vergangenheit. Aber es war zu spät. Ich hatte angefangen zu erzählen, und Jelena Sergejewna war nur zu bereit, mich weiter zu begleiten. Alles, was mir blieb, war der Versuch, mich zwischen sie und die Dornensträucher zu stellen. Nicht alles, was an Erinnerungen in mir auftauchte, war für sie bestimmt. Ich würde mich sehr beherrschen, was das Reden betraf. Wenn ich mich nur mit derselben Kontrolle auch vor den Bildern schützen könnte, die in meinem Kopf erschienen!

«Ich verstehe gut, wie trist Ihnen Preußen vorkommen musste. Es ist freilich ein sprödes Land und ohne die heitere Festlichkeit Italiens. Kein Land, in dem Amoretten sich als Engel verkleiden und die Pfarrer ihr Wissen um die Sünde lächelnd in Rotwein versenken. Ein Land, in dem die Geistlichen vorwiegend aus dem Alten Testament zitieren und die Zehn Gebote schon den Wickelkindern einimpfen.»

«Der Pastor von Warstede kannte noch ein elftes Gebot,

und er wurde nicht müde, es Sonntag für Sonntag von der Kanzel zu verkünden: Du sollst deiner Obrigkeit dienen mit Leib und Seele und niemals wider den Stachel löcken. Die Obrigkeit – das war für mich meine Tante, denn mein Cousin war bei seinem Regiment und tauchte nur zu kurzen Besuchen auf – und meine Tante blieben für mich immer diese Mischung aus Bohnerwachs und Kampfer und schwarzen Kleidern. Mein erster Eindruck verschärfte sich eher, als ich sie näher kennen lernte. Die Dienstboten hatten Angst vor ihren scharfen Augen und ihren schneidenden Worten, und die Landarbeiter nahmen die Mütze ab, wenn sie vorbeikam, und verbeugten sich tief. Sie hatte Macht, die Macht der schwarzen Königin aus Matildas Märchen, und ich schwöre Ihnen, Jelena Sergejewna, wo sie vorbeiging, verdorrten die Blumen.»

Als ich jetzt Luft holte, schüttelte die Fürstin den Kopf.

«Immer noch so verbittert? Kein Erbarmen mit dieser Frau?»

Ich starrte sie an.

«Erbarmen? Mit dieser Zuchtmeisterin? Die kein Lachen, keine Schönheit, keinen Geist kannte, nur Härte, Nüchternheit und Nützlichkeit? Erbarmen mit ihr, die eine Kinderseele im Korsett der Wohlanständigkeit zu Tode schnüren wollte? Hatte sie denn auch nur eine Spur Mitleid mit mir?»

Jelena Sergejewna füllte den Flaschendeckel voll Wodka und bot ihn mir an. Ich schüttelte den Kopf, und sie leerte ihn selbst in einem Zug.

«Sie sind doch jetzt alt genug, Katja, um zu wissen, was eine Frau dazu bringt, so zu versteinern.»

«Mangel an Liebe, meinen Sie? Kaum. Ich habe gehört, dass mein Onkel – der bei Sedan gefallen war – sie aus Liebe geheiratet hat. Sie hatte einen Sohn, den sie lieben konnte und der sie wieder geliebt hätte, statt sie nur zu respektieren. Das war es, was sie wollte. Sie wollte Respekt, nicht Liebe. Sie wusste gar nicht, wie man das Wort buchstabiert, glaube ich. Ich habe es nie aus ihrem Munde gehört.»

Die Fürstin lächelte.

«Ach, Katja, seien Sie doch nicht so dumm. Ihre Tante hatte Angst.»

«Angst?»

«Natürlich. Sie hat in sich und bei Ihnen alle Gefühle unterdrückt, vor denen sie selbst Angst hatte. Das Korsett ist ein wirksames Instrument. Es schnürt das Fleisch ein und hält es in Form. Wenn man es öffnet, dann quillt alles heraus, bordet über, kennt keine Grenzen mehr, und vielleicht kann man es niemals wieder bändigen. Sie fürchtete das Überwältigtsein durch das Gefühl als Katastrophe, und wer weiß, ob sie nicht einmal in ihrem Leben einer solchen Katastrophe nur knapp entgangen ist. Ihre Respektabilität war der Damm gegen die zerstörerischen Fluten, vor denen sie sich und Sie bewahren wollte.»

«Mit liebloser Härte.»

«Natürlich. Dämme werden aus Steinen errichtet. Ihre Tante hat es aber nicht fertig gebracht, Sie zu einem so musterhaften Exemplar einer Preußin zu erziehen, wie sie es selber war.»

«Nein. Ich hatte einen Fluchtweg, von dem sie nichts ahnte. Die Bücher. Meine Tante, die selbst nur die Bibel las, hatte zu wenig Phantasie, um sich vorzustellen, welchen Fluchtweg Bücher eröffnen können. Sobald ich lesen gelernt hatte, war ich stundenlang frei.

Es gab keine Schule im Dorf. Die Grundbegriffe des Lesens, Schreibens und Rechnens erlernte ich im Pfarrhaus, wo die Pastorsfrau, die früher Gouvernante gewesen war, mich mit ihren beiden Töchtern unterrichtete. Später verbrachte ich die Werktage in einer Mädchenpension in der kleinen Stadt in unserer Nähe. Dort gab es ein Bildungsinstitut für höhere Töchter, eine kleine Villa, in der uns die Vorsteherin mit ihrer Schwester und zwei oder drei anderen Lehrkräften beibrachte, was sich für Mädchen unseres Standes zu lernen schickte. In Gesellschaft der Töchter des Arztes, des Apothekers und einiger Gutsnachbarn lernte ich Französisch, singen, aquarellieren, verbesserte mein Klavierspiel und bekam Tanzstunden – natürlich ohne die Anwesenheit von jungen Männern als Übungspartner. Sonntags und in den Ferien fuhr ich nach Warstede, und meine Tante prüfte, was ich gelernt hatte.»

4

An diesem Institut gab es einen Lehrer für Französisch und Deutsch, Richard Allbrook. Er war kein junger Mann mehr, war groß und fett, ohne ein einziges Haar auf seinem glänzenden Schädel. Aber er hatte schöne, dunkle, brennende Augen. Er unterrichtete uns ohne Geduld, verlangte, dass wir nicht nur sauber, sondern auch schön schrieben, und ließ uns das besonders an Gedichten üben. Wer sich verschrieb oder einen Vers schlecht sprach, forderte einen Ausbruch homerischen Zornes heraus. Seine Lieblingsdichter waren die Romantiker. Es dauerte nicht lange, da bemerkte er, dass die Verse über die Sehnsucht mich vor allen anderen besonders berührten. So behielt er mich manchmal länger in der Schulstube, sprach noch über das eine oder andere Gedicht, und ich erzählte ihm von meiner Herkunft aus Italien. Das war der Beginn einer geheimen Freundschaft zwischen uns. Er lieh mir Bücher, wie ich sie in Warstede nicht fand. Dort gab es zwar einen Raum, der Bibliothek genannt wurde, der einzige Bücherschrank enthielt aber neben illustrierten Werken über die Jagd nur den Gotha, den Hofkalender und eine Biographie der Königin Luise.

Nachdem ich Eichendorff gelesen hatte, lieh er mir Novellen von Ludwig Tieck, Achim von Arnim, Gottfried Keller und C. F. Meyer. Je älter ich wurde, desto größer wurde mein Hunger nach anspruchsvoller Lektüre. Schließlich gab er mir – das Äußerste an Kühnheit – auf mein Drängen sogar Dramen Schillers zu lesen. Mit glühenden Wangen las ich an einer abgelegenen Stelle im Park «Die Jungfrau von Orleans» und wünschte mich an Johannas Stelle. Das Land zu verlassen, das Schwert zu ergreifen und ein Königreich zu retten, das schien mir das erstrebenswerteste Ziel. Schließlich gedieh meine heimliche Beziehung zu Allbrook so weit, dass er mir sogar die Gedichte zeigte, die er selbst geschrieben hatte, Verse von dunkler rätselhafter Schönheit über Krieg, Tod und Untergang.

So setzte ich Tante Hermines Nüchternheit insgeheim ein Reich der Phantasie und der Freiheit entgegen, und ihre Dressur zu einer protestantischen Landedelfrau, der sie mich unterwarf, blieb eine äußerliche.

Nach meiner Konfirmation wurde erwogen, mich in ein Pensionat zu geben, in dem ich zusammen mit hochgeborenen Töchtern den so genannten letzten Schliff erhalten würde.

Meine Tante fragte nicht mich nach meiner Meinung dazu, sondern meinen Cousin Wilhelm, der aus Berlin angereist war. Er hatte es inzwischen zum Hauptmann der Gardedragoner gebracht, kaschierte eine beginnende Stirnglatze damit, dass er sich Haarsträhnen ins Gesicht kämmte, und hatte sich eine abgehackte, schnarrende Sprechweise angewöhnt.

«Pensionat wichtig. Trifft da Töchter aus den besten Familien. Wird eingeladen. Findet einen Ehemann.»

Meine Tante hielt ihm vor, dass ein Pensionat teuer sei.

«Wovon sollen wir das bezahlen? Das Kind – Gott sei es geklagt – hat keinerlei eigenes Geld. Mein Bruder hat nichts als Schulden hinterlassen, und von der Familie ihrer Mutter – nun, da kann man nichts erwarten.»

«Trotzdem. Sind es uns schuldig», widersprach mein Cousin, «Familientradition.»

«Es ist die Frage, ob Katerina überhaupt von einem vornehmen Pensionat akzeptiert wird», gab meine Tante zu bedenken, «sie trägt zwar einen guten alten Namen, aber der Skandal ist durchaus noch nicht vergessen, das kannst du mir glauben. Jedermann wird die alte Geschichte wieder ausgraben. Katerina wird nicht als eine Echternberg gelten, sondern als die Tochter dieser Person.»

Mein Cousin nahm eine Prise Schnupftabak und schwieg nachdenklich.

«Außerdem ist die Frage ihrer Heirat so einfach nicht zu behandeln», fuhr meine Tante fort, ihren Vorteil wahrnehmend, «ein Mädchen ohne Mitgift und mit ihrer Herkunft hat keine Aussicht, in eine der großen Familien einzuheiraten. Daher ist das Geld für ein teures Pensionat rausgeworfen.»

«Was denn dann?»

«Vielleicht fragt mich einmal jemand, was ich will», sagte ich.

Mein Cousin und meine Tante drehten sich zu mir um. Tante Hermines Gesicht war gerötet vor Ärger, mein Cousin hob voller Erstaunen sein Monokel ans Auge.

«Und? Was willst du?«, fragte er.

Ich wusste, was ich wollte. Einen Beruf, der mich unabhängig machte und in dem ich lesen konnte, so viel ich wollte.

«Ich will überhaupt nicht heiraten. Ich will auf das Lehrerinnenseminar und später unterrichten. Dann kann ich mir mein Geld selbst verdienen.» Und dann fügte ich noch wütend hinzu: «Und euch jeden Pfennig zurückzahlen, den ihr für mich ausgelegt habt.»

«Da spricht der schiere Undank», sagte meine Tante, und mein Cousin erledigte meinen Plan mit der knappen Bemerkung:

«Eine Echternberg arbeitet nicht.»

Wäre ich ein Junge gewesen, hätte ich mich als blinder Passagier an Bord eines Schiffes nach Amerika geschlichen und wäre dort vom Tellerwäscher zum Millionär aufgestiegen. Zurückgekehrt, hätte ich entdeckt, dass Warstede überschuldet war und die Auktion bevorstand. Ich hätte das Gut ersteigert und meiner Tante mit großer Geste erlaubt, für immer dort zu wohnen, abhängig von meiner Gnade.

Leider war ich ein Mädchen.

Ich fragte Richard Allbrook, was ich tun könnte.

«Nichts», sagte er, «solange Sie nicht mündig sind, können Sie gar nichts tun. Sie haben nur das Recht, nein zu sagen, wenn man Sie mit einem bestimmten Mann verheiraten will.»

«Und wenn ich mündig bin?»

«Dann können Sie fortgehen und Ihr eigenes Leben führen. Aber es ist schwer zu sagen, wie Sie das tun sollen, ohne über eigenes Geld zu verfügen. Jede Ausbildung kostet Geld.»

«Andere Frauen arbeiten auch.»

«Ja, aber das sind keine Gräfinnen», erwiderte er.

Es war die schlichte Wahrheit. Ich war zu vornehm, um arbeiten zu können, und zu arm, um einen eigenen Hausstand zu gründen, und so konnte ich nur in Warstede sitzen und abwarten. Drei Lösungen gab es für mein Leben: Entweder fand ein Bewerber ins Haus, dessen Antrag ich akzeptierte, oder ich würde eine alte Jungfer werden, die in Warstede dahinwelkte, meinem Cousin und seiner künftigen Frau und ihren Kindern zur Last. Oder ich fand – trotz meiner Abstammung von «der Person» – ein Damenstift, das mich aufnahm, wo ich den Rest meines Lebens in Gesellschaft anderer Sitzengebliebener mit Stricken für die Mission, dem Backen von Apfelkuchen für das Kirchweihfest und dem Eindicken von Holunderbeersaft für die Stiftsküche verbringen würde.

«Und wenn ich durchbrenne und zum Theater gehe und einen falschen Namen annehme? Schließlich war meine Mutter Tänzerin. Was sie konnte, kann ich auch.»

Allbrook winkte ab.

«Kein Theaterdirektor würde Sie nehmen. Er würde gleich

herausfinden, dass Sie dem Adelsstand entlaufen sind. Das sieht man Ihnen einfach an. Wie Sie reden, wie Sie sich bewegen, wie Sie die Leute anschauen! Außerdem sind Sie dafür zu schön.»

Es war das erste Mal, dass er so persönlich wurde, und er sagte es mit Erröten.

«Ich kann nicht sehen, dass das ein Nachteil ist.»

Allbrook räusperte sich.

«Weil Sie nichts von der Welt verstehen.»

Aber etwas mehr, als er dachte, verstand ich sie doch. Zwar wagte in Warstede kein Mann, mich länger anzuschauen, aber in die kleine Stadt kamen manchmal Fremde, wandernde Handwerksburschen oder Männer, die in der Düngemittelfabrik nach Arbeit fragten, und von denen bekam ich nicht nur Blicke, öfter wurde sogar hinter mir hergepfiffen, und besonders Dreiste wagten auch den einen oder anderen Spruch.

«He, Rotschopf, mit dem Feuer auf deinem Kopf kannst du mein Herz in Brand stecken!»

Allerdings fand sich dann immer rasch ein Wachtmeister, der mit der ganzen Würde, die ihm seine Pickelhaube verlieh, dem Frechen erklärte, wen er da belästigt hatte, und dann verdrückte sich der junge Mann rasch um die nächste Ecke.

«Ich sehe nicht ein, dass eine Theaterkarriere notwendigerweise in der Gosse enden muss», sagte ich, «bei meiner Mutter war es schließlich auch nicht so.»

«Ihre Mutter war eine große Künstlerin. Sie hatte einen Impresario, der sie entdeckt hatte und der glaubte, er könne sie auf der ganzen Welt berühmt machen. Der wachte wie ein Luchs über sie und passte auf, dass keiner ihrer zahlreichen Anbeter sich etwas herausnahm.»

«Bis mein Vater kam.»

Für ihn hatte sie alle Verträge platzen lassen, ihre Tanzschuhe in die Ecke geworfen und sie nie wieder angesehen. Es war die große Liebe gewesen. So hatten es mir die Mägde in der

Küche erzählt, die sich kichernd über den alten Skandal ausließen, wenn meine Tante nicht in Hörweite war. Denn war es auch für die Kunstwelt ein Verlust gewesen, dass meine Mutter den Tanz aufgegeben hatte, so war das gar nichts gewesen im Vergleich zu dem Skandal im preußischen Adel, der noch nach zwanzig Jahren die Augen der Mädchen glänzen ließ und ihre Wangen rötete. Ein Märchen wie Aschenputtel. Das arme Mädchen heiratet den Prinzen, der in diesem Fall ein preußischer Graf und Oberst war, der ihretwegen den Dienst quittierte, das Gut verkaufte und mit ihr in Italien glücklich und in Freuden lebte. Zwar gab es nicht den Schluss, der ihnen fortdauerndes Leben verhieß – denn gestorben waren sie –, dennoch hatte die Geschichte ein märchenhaftes Ende. «Und Gott war barmherzig und ließ sie bei dem Unfall in derselben Stunde sterben», sagte die Köchin fromm.

«Wenn Gott barmherzig gewesen wäre, hätte er sich mit dem Unfall Zeit gelassen. Wie heißt es doch? Vor ihm sind tausend Jahre wie ein Tag. Hätte er da nicht noch fünfzig Jahre warten können, bis er die Kutsche verunglücken ließ?»

Die Köchin, die eine polnische Mutter hatte und ins Katholische schlug, bekreuzigte sich.

«Du lästerst, Katerina!»

«Übrigens», sagte Allbrook und lenkte meine Gedanken von meiner Zukunft ab, «ich habe hier ein Buch für Sie. Einen Gedichtband. Von einem jungen Autor. Schreibt unter Pseudonym. Achim Walerian. Sehr begabter Mann. Das müssen Sie lesen.»

Er drückte mir ein schmales Bändchen in die Hand, das in rotes Leder gebunden war. Titel und Verfasser waren mit Goldbuchstaben eingeprägt. *Achim Walerian: Nur der Stein ist ewig.*

«Sehr nobel», sagte ich.

«Ein Privatdruck. Voller Weltschmerz, der junge Mann. Aber eine betörend schöne Sprache. Es wird Ihnen gefallen.»

Ich las die Bücher, die Allbrook mir lieh, und half im Hause. Von Jahreszeit zu Jahreszeit wechselten meine Pflichten und wiederholten sich, ein immer währender Kreislauf, in dem die Zeit langsam vorankroch wie eine Schnecke, die eine bald getrocknete Schleimspur hinterlässt. Von den Ereignissen außerhalb der kleinen Welt meiner Tante erfuhr ich nur flüchtig, wenn mein Cousin Besucher mitbrachte. Die Namen der Reichskanzler glitten an mir vorbei. Aber ob es um Caprivi ging oder um Hohenlohe – ich verband damit keinerlei Vorstellung. Einmal schlugen die Wogen hoch, und die Herren nahmen keine Rücksicht mehr auf weibliche Anwesenheit. Man sprach über Zollpolitik, ein Thema, das ich sterbenslangweilig fand, in das sich meine Tante aber mit Leidenschaft mischte. Offenbar sollte russisches Getreide billig nach Deutschland importiert werden. Meine Tante und die Freunde meines Cousins hielten das für den Ruin der Großgrundbesitzer, also den ihren, während Allbrook sarkastisch anmerkte, es sei für das Reich zweifellos nützlicher, eine Kaste, die sich überlebt habe, vor dem Aussterben zu bewahren, als Millionen von Arbeitern mit billigem Brot zu versorgen. Hingegen wurde die Heeresverstärkung von meinem Cousin mit großem Beifall aufgenommen. Dasselbe konnte man nicht über den Ausbau der Flotte sagen.

«Ein Spielzeug», sagte einer der Wochenendbesucher aus Berlin, «der Kaiser kann eine Admiralsuniform tragen und sich einbilden, seine englischen Verwandten würden ihn nun mit größerem Respekt behandeln.»

«Ein Spielzeug für den Kaiser, aber politisch auch nützlich», meinte ein anderer, «denken Sie nur an die Aufträge für die Stahlindustrie. Die Arbeiter werden beschäftigt, und wenn sie arbeiten, haben sie keine Zeit, dem sozialistischen Wunderdoktor hinterherzulaufen.»

«Einverstanden. Aber was wird, wenn die Schiffe fertig sind? Da braucht man doch nicht bloß Matrosen, sondern auch Offiziere. Wollen Sie auf einem Kreuzer anheuern?»

«Blödsinn. Warstedes waren immer Kavallerie. Sind schon mit dem großen Kurfürsten bei Fehrbellin geritten.»

«Wie Sie denken wir alle. Keiner wird sein Traditionsregiment für ein Schiff aufgeben. Woher kommen also die Offiziere?» Der Sprecher beantwortete seine Frage selbst. «Aus dem Bürgertum. Im Heer haben sie keine Chance, da bringen sie es nur zum Reserveleutnant, aber auf den Schiffen werden sie das Kommando führen.»

«Sollen sie doch. Sie finanzieren die Schiffe, sie bauen sie, sie kommandieren sie. Was weiter? Eine Flotte ist für Deutschland völlig irrelevant. Wir haben kaum Kolonien, wir brauchen sie auch nicht. Da bin ich ganz Bismarcks Meinung.»

«Mein Lieber, seit Bismarck hat sich viel verändert. Eine Großmacht wie Deutschland kann es sich nicht leisten, keine Weltpolitik zu treiben. Wir brauchen Kolonien. Heutzutage braucht jeder Kolonien.»

«Bedenken Sie, was das bedeutet! Es gibt nicht mehr viele weiße Flecken auf der Landkarte. Ein Wettlauf um Gebiete in Übersee? Das ist wie das Rennen zwischen dem Hasen und dem Igel. Wo immer der Hase Deutschland auftaucht, schreien die Igel England und Frankreich: Ik bün all hier.»

«Man muss ja nicht an den Nahen Osten oder Indien denken. Auch Afrika erscheint mir wenig verlockend. Aber richten Sie doch Ihren Blick auf China. China ist schwach. Aber es ist reich, unermesslich reich. Es ist nur eine Frage der Zeit, wann es ganz zusammenbricht. Und wenn das Fell des Bären verteilt wird, dann sollten wir zur Stelle sein.»

Die Reden gingen mir zum einen Ohr hinein und zum anderen hinaus. Was sie über Politik redeten, diese Männer, die mein Cousin übers Wochenende nach Warstede schleppte, war mir gleich. Sie alle wurden aus einem bestimmten Grund eingeladen, und dieser Grund war ich. Mit siebzehn nach der Schule noch unverheiratet zu sein war nichts Besonderes. Aber mit zweiundzwanzig noch meiner Tante zur Hand zu gehen brachte mich in die unangenehme Lage, als «sitzen geblieben» zu gelten.

Mein Cousin gab sich große Mühe, mich unter die Haube zu bringen. Acht- bis neunmal im Jahr gelang es ihm, Berliner Bekannte auf ein Wochenende nach Warstede einzuladen, damit sie sich seine Cousine ansahen. Selten war ein junger Mann darunter, ein Assessor mit Schmissen, der den Reserveleutnant heraushängen ließ, oder ein Oberleutnant, dessen Schneidigkeit vor allem in seiner Uniform und seinem Kasinoton lag. Die meisten waren jenseits der vierzig, Witwer oder abgedankte Wüstlinge, die sich nach etwas Passendem umsehen mussten. Manche waren eingetrocknet und pedantisch, andere dick, rosig und jovial. Sie kamen aus der Beamtenschaft und dem Offizierskorps, den Kreisen, in denen mein Cousin sich bewegte. Weder pflegte er Bekanntschaft mit dem Bildungsbürgertum – ein angejahrter Professor hätte mich vielleicht mit profunder Shakespeare-Kenntnis beeindrucken können –, noch verkehrte er mit Bankiers und Kommerzienräten. «Alles verjudet», pflegte er zu sagen, wenn meine Tante ihm vorhielt, dass in diesen Kreisen eine gewisse Nachfrage nach mittellosen, aber hochadeligen Mädchen bestand.

Die meisten dieser Kandidaten zogen eine Bewerbung nicht in Betracht. Sie hatten selbst außer ihrer Herkunft wenig zu bieten, lebten vom schmalen Sold oder dem alles andere als üppigen Gehalt der Beamten, ihre Familie saß auf einer Klitsche, die oft hoch verschuldet war, um den standesgemäßen Aufwand der jungen Herren beim Regiment zu finanzieren, und sie entwickelten einen von meiner Tante grimmig beklagten Sinn dafür, auf den Weiden des Großkapitals zu grasen und ein reiches Kalb heimzuführen.

Ich war ein Köder, der nicht geschluckt wurde.

Drei- oder viermal war es allerdings vorgekommen, dass ein Mann sich von meinem Mangel an Mitgift nicht abschrecken ließ. Dann stand er mit mir auf der Terrasse und erklärte mir die Sternbilder am nächtlichen Himmel, hielt mir beim Picknick Vorträge über den Nutzen der gemeinen Waldameise für die Forstwirtschaft oder erläuterte beim Abendessen, dass das wahre Wesen des Weibes in seinem bescheidenen Dienst am Manne bestehe. In diesen Fällen erwies sich als unfehlbar wirkendes Gegenmittel, dass ich mit seelenvollem Augenaufschlag Eichendorff-Gedichte rezitierte, hustete, wenn er, den man taktvollerweise mit mir zehn Minuten allein gelassen hatte, Anstalten machte, mich zu küssen, und darauf hinwies, dass meine schöne Mutter die Schwindsucht gehabt hatte und der Arzt meinte, ich hätte wohl die Veranlagung dazu von ihr geerbt. Danach gab auch der hartnäckigste Bewunderer rothaariger Schönheit auf.

Manchmal zweifelte ich, ob ich nicht zu viele Ansprüche stellte. Ich fragte Allbrook, ob er denn glaube, dass in der Ehe mit der Gewöhnung auch die Liebe komme, wie so oft behauptet wurde.

Allbrook verwendete sein Geld für seine Mutter, einen geistig behinderten Bruder und Bücher. Niemals hatte er sich dem weiblichen Geschlecht auf andere Weise genähert denn als Lehrer. Dennoch schien er mir die geeignete Autorität für diese Frage. Ein harmlos verheirateter Mann hätte mir praktische Ratschläge aus seiner schmalen Lebenserfahrung erteilt, versetzt mit den Vorurteilen der Gesellschaft, Allbrook aber gehörte zu jenem Geheimbund der unersättlichen Leser, der in seinem einen viele andere Leben führte. Er war Hamlet gewesen und Don Quichotte, Karl Moor und Romeo, Kapellmeister Kreisler und Wilhelm Meister. Wer, wenn nicht er, hätte verstanden, worum es mir ging?

«Die Liebe kommt nicht allmählich», sagte er, auf und ab gehend, die Hände hinter dem Rücken verschränkt. An der Tafel war eine Rechenaufgabe der zweiten Klasse angeschrieben. Die Sonne, die durch das schlecht geputzte Fenster hereinschien, ließ Staubkörner in der Luft tanzen. Ich saß auf meinem alten Platz in der ersten Reihe, atmete den Geruch von Kreide und Bohnerwachs ein, stützte das Kinn in die Hände und hörte zu, wie ich ihm unzählige Male zugehört hatte.

«Nein, Liebe schleicht sich nicht durch die Hintertür ein, setzt sich nicht in den Nebenräumen fest und wabert von dort aus allmählich in die Säle. Sie fährt vierspännig vor, reißt das Portal auf und ist da. Wissen Sie noch? Als Romeo und Julia einander auf dem Ball begegnen, sind sie gleich entflammt. Orlando und Rosalinde verlieben sich auf der Stelle ineinander, Viola und Olivia wissen es sofort, wenn sie der Liebe begegnen, Max und Thekla, Faust und Gretchen auch. Es ist immer der erste Moment, der darüber entscheidet.»

«Und wenn dieser Moment nie kommt? Wenn man niemals den Mann trifft, von dem man im ersten Augenblick weiß: Der ist es? Dann muss man ohne Liebe heiraten?»

Eigentlich war die Frage nur rhetorisch. Ich konnte mir die Antwort selbst geben, denn Allbrook war kein Mann der Kompromisse. Unter seinem ungeschlachten Äußeren verbarg er eine glühend romantische Seele.

«Niemals», sagte er entschieden, «es gibt kein größeres Unglück. Vor kurzem sind zwei moderne Romane über dieses Thema erschienen. Der Russe Tolstoj hat das Leben einer Frau geschildert, die, lieblos verheiratet, ihrer großen Liebe begegnet und daran zugrunde geht. Und der Franzose Flaubert zeigt, wie eine Frau sich in einer Ehe ohne Liebe ruiniert. Ich kann Ihnen das Buch nicht leihen. Für junge Damen ist es zu gewagt. Aber glauben Sie mir, Komtesse, wenn zwei große Dichter fast gleichzeitig dieses moderne Problem behandeln, dann irren sie nicht. Halten Sie sich von einer Heirat ohne Liebe fern.»

Auf die Achtzehnjährige hatten Allbrooks Worte großen Eindruck gemacht. Nachdem ich aber meinen zweiundzwanzigsten Geburtstag gefeiert hatte, begann ich darüber anders zu denken. Ich sah in den Spiegel und suchte nach Falten – um die Augenwinkel waren wirklich feine Linien zu entdecken – und bedachte, dass ich, wenn ich noch länger zögerte, nur noch einen verwitweten Pastor mit fünf unversorgten Kindern bekommen würde.

In dieser Stimmung war ich, als mein Cousin uns ankündigte, dass er am nächsten Wochenende zwei Bekannte mitbringen würde, Graf Halensee und Hauptmann von Boythin.

«Halensee?», fragte meine Tante, «wieso Halensee? Der ist doch zu alt, um an eine Wiederheirat mit einem jungen Mädchen zu denken. Das heißt, nachdem sein Erbe tot ist, erwägt er vielleicht, noch einen Sohn zu zeugen. Es ist schließlich ein Jammer, wenn eine alte Familie ausstirbt.»

Ich sah einen gichtgekrümmten Greis vor mir, der auf einen Stock gestützt zum Altar humpelt, um das Jawort zu krächzen.

«Hat einen Erben», erwiderte mein Cousin, «komplizierte Sache. Sohn des alten Halensee. Der hatte diese Engländerin geheiratet. Bei Scheidung Kinder geteilt, älterer Sohn, Achim, beim Vater geblieben, tot. Jüngerer Sohn, Alexander, in England aufgewachsen. Jetzt zurückgekommen, um Erbe seines Vaters zu werden. Hat ziemlich Staub aufgewirbelt, die ganze Sache. Vor allem der Tod Achims. Hat mich allerdings nicht gewundert. War immer merkwürdig, der Junge.»

«Und wie ist dieser neue Erbe von Halensee?», fragte meine Tante.

Mein Cousin zuckte die Achseln.

«Zivilist», sagte er, und das war aus seinem Munde kein Kompliment. «Übrigens kein Heiratskandidat. Kommt nur mit, weil er diesen Allbrook in der Stadt treffen will, diesen Lehrer. Hat anscheinend was übrig für Gedichte. Außerdem kommt Boythin. Ernsthaftes Interesse vorauszusetzen. Geht demnächst an die Gesandtschaft nach Peking. Sollte Katerina sich ansehen.»

Ich glaube, wir ahnen die entscheidenden Stunden unseres Lebens voraus. Am Morgen des Tages, der Boythin und Halensee nach Warstede führen sollte, wachte ich frühzeitig auf und fühlte mich so lebendig wie lange nicht mehr. Ich kannte keinen der beiden Männer, und dennoch war mir, als klopfe mein Herz heftiger und flösse das Blut schneller durch meine Adern. Ich war kaum imstande zu frühstücken, ich jagte durch die Übungen am Klavier, das Ohr immer bei der Uhr auf dem Kaminsims, die jede halbe Stunde schlug. Ich war sogar bereit, freiwillig die Komödie mitzuspielen, die Tante Hermine für passend hielt. Sie hatte recht abgeschmackte Gartenlaubenvorstellungen davon, wie ein junges Mädchen sich einem Mann präsentieren solle, die mich jedes Mal genierten.

Allerdings lehnte ich es ab, ein Matrosenkleid zu tragen, wie sie es vorschlug.

«Darin siehst du jünger aus, Katerina», sagte sie.

Das war genau der Grund, weshalb ich es nicht tragen wollte. Ich wollte nicht aussehen wie ein zu alt gewordenes Schulmädchen.

Es war ein kühler Tag, aber ich nahm trotzdem das dünne grüne Kleid, dessen Stoff ich mir vom Weihnachtsgeld meines Cousins gekauft hatte. Grün war meine Farbe. Wenn ich es trug, sahen meine Haut weißer und meine Haare roter aus. Ich steckte die Haare hoch, zupfte aber ein paar Strähnen heraus, die sich über den Ohren und im Nacken ringelten.

Mein Cousin und seine Gäste würden vom Bahnhof zu Fuß zu uns herauskommen wie immer, wenn es nicht regnete. Der Weg führte am See entlang und dann über den Friedhof, in dessen an den Park von Warstede grenzende Mauer eine kleine Pforte eingelassen war, die den sonntäglichen Gang zur Kirche verkürzte. Dicht bei der Pforte breitete eine alte Eiche ihre Äste über eine Bank, mein Lieblingsplatz an heißen Sommertagen, wenn ich im grünen Schatten die Bücher las, die Allbrook mir lieh. Auf dieser Bank, ein Buch in der Hand, erwartete ich die Männer. Scheinbar absichtslos. Es sollte so aussehen, als ob sie mich überraschten. Die Kirchturmuhr schlug dreimal, als ich von jenseits der Mauer Schritte und Stimmen hörte. Die Pforte quietschte protestierend, als sie aufgestoßen wurde. Drei Männer traten ein, aber ich bemerkte nur einen.

Bendix von Boythin sah aus wie ein junger Gott.

Er war Hauptmann bei den Gardekürassieren, aber er bedurfte der Uniform nicht, um schneidig zu wirken. Er war nur mittelgroß. Halensee und mein Cousin überragten ihn jeder um gut eine Haupteslänge, doch sie wurden praktisch unsichtbar, sobald Boythin auf der Bildfläche erschien.

Er mochte unter seinen Vorfahren Polen oder Ungarn haben, denn er war dunkel an Haut und Haaren, seine Augen so schwarz wie Kohle, und er bewegte sich mit ganz unpreußischer Anmut und Eleganz.

Beim Picknick wurden wir von meiner Tante aufgefordert, mit ihr Erdbeeren suchen zu gehen – wobei jeder wusste, dass es nach dem langen Winter noch zu früh für Erdbeeren war. Nach einigen Metern blieb meine Tante auffällig unauffällig zurück.

Ich suchte sehr aufmerksam den Boden nach rötlichen Flecken ab, und das ersparte mir, Boythin ansehen zu müssen, der neben mir stand. Was er sagte, verstand ich nicht, weil das Blut laut in meinen Ohren rauschte. Wenn er eine Pause machte, murmelte ich eine zusammenhanglose Antwort und war mir bewusst, dass er mich für eine dumme Gans halten musste.

Ich senkte den Kopf tiefer zur Erde und hoffte, die Röte in meinem Gesicht bliebe ihm so verborgen. Doch so genau ich auch den Boden betrachtete, ich übersah eine herausstehende Wurzel, stolperte und fand mich in Boythins Armen wieder. Ich zitterte vor Erregung, weil er mich jetzt küssen würde, und vor Scham, dass er glauben musste, ich hätte diese Gelegenheit herbeigeführt.

Bisher hatte mich kein Mann geküsst.

In meinem Jungmädchenbett in dem Mansardenzimmer hatte ich mir häufig – genau genommen fast jede Nacht vor dem Einschlafen – ausgemalt, wie es sein würde. Und wenn ich auch keine Vorstellungen von dem sinnlichen Eindruck hatte, den ein Kuss erregte, so hatte ich doch die passenden Wörter dafür aus allerlei Romanen, die in der Küche gelesen wurden, zusammengeklaubt. Lodernd vor Leidenschaft, brennend vor Begierde, verzehrend vor Sehnsucht mussten Küsse sein, dessen war ich gewiss.

Boythin küsste nicht nach Art der Küchenromane.

Er berührte meine Lippen so flüchtig und federleicht, dass er sich anfühlte, als hätte ein Schmetterling sich sekundenlang auf meinen Lippen niedergelassen. Er strich sanft mit den Fingerspitzen über meinen Hals und murmelte «Schneewittchen», dann gab er mich wieder frei und führte mich den Weg zurück zur Picknickgesellschaft, wobei er jetzt ebenso schwieg wie ich.

Ich war vernichtet. Wie hätte er mich schlimmer demütigen können als mit diesem nichts sagenden Kuss für Kinder und diesem Namen, der auf nichts anderes anspielen konnte als darauf, dass ich hinter den sieben Bergen lebte?

Am Abend allerdings – es war ein linder Abend, der einen heißen Sommer ankündigte –, als Tante Hermine vorschlug, ich solle Boythin doch den Rosengarten zeigen, der im Mondlicht besonders intensiv dufte – wieder ignorierte sie souverän die Tatsache, dass noch keine Rosen blühten –, bekam ich andere Küsse.

Boythin führte mich schweigend den Weg entlang, bis wir eine Ecke erreichten, die vom Haus nicht mehr eingesehen werden konnte, und lehnte mich an den Stamm eines Apfelbaumes. Er nahm meine Hand, und ich dachte nicht daran, zu husten oder ein Gedicht aufzusagen, denn das hier war jenseits aller Poesie, war eine Wirklichkeit, die mich zittern ließ.

Er hob meine Hand, drehte sie um, und der Kuss traf die Innenseite meines Handgelenks, wo die Adern sich blau abzeichneten, bevor sie ins Fleisch abtauchten. Seine Lippen fuhren ihnen nach bis in die Beuge des Ellbogens, wo sie als zarter Schatten wieder sichtbar wurden. Sein Mund verweilte darauf.

Ich war froh, den knorrigen Baumstamm als Stütze im Rücken zu haben, denn meine Knie wurden weich und hätten mich nicht mehr getragen. Mein Herz schlug bis zum Halse und raubte mir den Atem, sodass ich keuchte, und mir war, als habe er mit einem teuflischen Trick meinen Schoß in Flammen gesetzt, von dem eine glühende Hitze aufstieg und mein Fleisch brennen ließ. Endlich nahm er seine Lippen von meiner Haut und murmelte:

«Schneewittchen.»

Das verhasste Wort brachte mich wieder zu Atem.

«Ich bin nicht …»

Er strich mir mit einem Finger sacht über die Lippen.

«Nicht schwarz wie Ebenholz? Nein. Aber weiß wie Schnee und rot wie Blut.»

Schon diese leichte Berührung raubte mir den Verstand.

Er wusste, wie mir geschah, er bemerkte die brennende Röte, das Zittern, den fliegenden Atem und antwortete darauf mit einem dunklen, tief aus der Kehle kommenden Laut zwischen Lachen und Knurren.

«Mein kleine weiße Jungfrau.»

Und dann küsste er mich. Aber nicht mit jener Flüchtigkeit vom Nachmittag. Er teilte meine Lippen mit seiner Zunge, erforschte meinen Mund lange und gründlich und immer wilder, bis seine Küsse eher Bissen glichen und ich gleichermaßen aus Schmerz wie aus Verlangen stöhnte. Endlich ließ er von mir ab und sagte, mit dem Finger wieder meine Lippen nachfahrend, heiser:

«Du musst mein werden.»

Das war der Heiratsantrag, den er mir machte.

Auf seinen Arm gestützt, erreichte ich das Wohnzimmer, wo die anderen mich bereits erwarteten. Ich wusste nicht, wie ich ihnen gegenübertreten sollte. Mir schien, ich war gezeichnet. Wie sehr, sollte ich beim Auskleiden entdecken, als ich im Spiegel meine geschwollenen Lippen sah. Auf der Unterlippe war eine dunkle Kruste geronnenen Blutes, auf meinem Oberarmen die blauschwarzen Male seiner Finger.

Mein Cousin wandte seinen Blick rasch und geniert ab, Tante Hermine runzelte die Brauen und presste die Lippen zusammen. Halensee bemerkte nichts. Er saß mit dem Rücken zu uns am Flügel, in irgendein Impromptu von Schubert so vertieft, dass er unseren Eintritt nicht bemerkte.

Am nächsten Morgen rief Wilhelm mich in die Bibliothek. Er stand hinter dem Schreibtisch, am Fenster saß Tante Hermine, wie immer mit etwas Nützlichem beschäftigt, und nähte.

Mein Cousin setzte mich von Boythins Heiratsantrag in Kenntnis.

«Hast ihn gesehen, mit ihm gesprochen, Katerina. Hatte den Eindruck, dass er dir … nicht unsympathisch, wie? 32 Jahre alt, gute Aussichten auf eine Karriere, tadellose Familie, allerdings nicht reich. Genau genommen kein anderes Einkommen als seinen Sold. Muss sparsam wirtschaften. Außerdem abkommandiert als Adjutant des Militärattachés bei der Gesandtschaft in Peking. Muss so rasch wie möglich seinen Posten antreten. Wird erwartet, dass seine Frau ihn begleitet. Nicht viel Zeit zum Überlegen.»

Ich hatte das Jawort schon auf den Lippen.

Tante Hermine kam mir zuvor.

«Natürlich scheint dieser Antrag für Katerina ein Glück. Etwas Besseres kann sie sich nicht erhoffen. Aber gewöhnlich pflegen Männer wie Boythin keine Mädchen wie Katerina zu ehelichen. Was er braucht, ist eine Prinzessin aus Geldadel, die Tochter eines Schlotbarons. Warum sieht er sich nicht in diesen Kreisen um? Ist er ein Spieler? Ein Trinker?»

Wie dumm sie war! Hatte sie denn nicht sehen können, dass er mich liebte? Dass zwischen uns eine so starke Beziehung bestand wie zwischen meinem Vater und meiner Mutter? Schon der bloße Gedanke an ihn ließ mich erschauern. Wie konnte Boythin an eine reiche Partie denken, wenn ich in ihm so brannte wie er in mir?

Oder wusste meine Tante das und wollte mir aus Bosheit und Neid Essig in den Wein gießen?

Mein Cousin schüttelte den Kopf.

«Rührt Karten nicht an. Trinkt mäßig. Noch nie völlig betrunken gesehen worden. Im Dienst untadelig.»

Ein wahres Musterbild von einem Mann. Es fehlte nur noch, dass er mir als liebevoller Sohn und begeisterter Onkel beschrieben wurde. Mein Cousin fuhr bedächtig fort, wobei er sein Monokel putzte:

«Sagte, er hat gewartet, bis ihm ein Mädchen über den Weg läuft, von dem er sofort weiß: Die ist es. Kennt natürlich das Problem. Muss alles so rasch gehen. Kann Katerina keine Zeit geben, ihn gründlicher kennen zu lernen.»

«Hm», machte meine Tante skeptisch und setzte nachdenklich hinzu, «gute Familie, keine offensichtlichen Laster – das Rauchen zähle ich nicht, dieser Unsitte frönen viele Herren heutzutage –, Aussichten auf eine Karriere und kein Anspruch auf eine Mitgift, weil er sich blind verliebt hat. Was können wir mehr wollen?»

Mein Cousin räusperte sich. Er wollte etwas sagen. Ich rief dazwischen:

«Was gibt es denn noch zu bedenken? Ich sage ja.»

Meine Tante und er musterten mich mit dem gleichen Missfallen.

«Sei nicht vorlaut. Es geht um deine Zukunft», sagte meine Tante, «du musst gründlich bedenken, ob du das alles auf dich nehmen willst. Immerhin wird er von dir verlangen, dass du deine Heimat verlässt und mit ihm nach China gehst.»

Ich konnte mein Glück kaum fassen. Nicht nur, dass dieser Mann mich tatsächlich heiraten wollte, er würde mich auch in ein fernes Märchenland führen. Und endlich fort von Warstede.

Mein Cousin wandte sich mir zu.

«Also, Katerina? Willst du es dir überlegen?»

«Sag ihm, dass ich ihn auf der Stelle heiraten und mit ihm nach Timbuktu oder in die Walachei oder in die Wüste Gobi gehen würde.»

Es war diese enthusiastische Zustimmung, die meinen Cousin die Stirn runzeln ließ.

«Peking ist weit fort», gab er zu bedenken, «nicht einfach für eine Frau, Heimat und Familie zu verlassen. Niemand dort, der dir zur Seite steht, als ein Mann, den du nur wenig kennst.»

Heimat? Familie? Warstede war nie meine Heimat gewesen, und auf Tante Hermine konnte ich für den Rest meines Lebens verzichten.

«Ich bin mir ganz sicher, dass es genau das ist, was ich will.»

Tante Hermine erhob sich, legte ihr Nähzeug beiseite und trat auf mich zu.

«Dann ist es also abgemacht», sagte sie schmallippig, «ich wünsche dir Glück, Katerina.»

Sie gab mir einen kurzen trockenen Kuss auf die Stirn und fügte geschäftsmäßig hinzu: «Wir können heute noch Verlobung feiern und den Hochzeitstermin festlegen.»

Die Feier fiel dürftig aus. Zu unseren Hausgästen hatte Tante Hermine noch den Pastor und seine Frau gebeten, sodass sieben Personen auf Boythins und mein künftiges Glück anstießen.

Tante Hermine gab mir wieder einen trockenen Kuss, diesmal auf die Wange, mein Cousin klopfte mir auf die Schulter, die Pastorin nahm meine Hand zwischen ihre beiden und flüsterte mit Tränen in der Stimme: «Ich wünsche dir Glück, mein liebes Kind», der Pastor ergänzte mit seinem Bass «Gottes Segen sei mit euch», und dann schüttelte Alexander von Halensee mir gratulierend die Hand.

Bisher war er nur ein Schatten neben Boythin gewesen. Als sie durch die Friedhofsmauer in den Garten getreten waren, war er hinter Boythin gegangen, und ich hatte schon keinen Blick mehr für einen anderen Mann gehabt. Dann hatte ich ihn kaum gesehen, weil er in die Kleinstadt gefahren war und seine Zeit mit Allbrook verbracht hatte, den er, wie er beim Abendessen bemerkt hatte, für einen der größten lebenden Lyriker hielt, die er kannte. Ich hatte daraufhin nichts gesagt, weil meine Augen und Ohren auf Boythin gerichtet waren, und niemand sonst am Tisch interessierte sich für Gedichte. So wurde das Thema fallen gelassen, Halensee blieb eine Randfigur, bis er mir bei seiner Gratulation zum ersten Mal auffiel.

Ich verstand, was mein Cousin mit der Bemerkung «ein Zivilist» gemeint hatte.

Seine Haltung und Kleidung waren von einer Lässigkeit, die einem preußischen Offizier nie eingefallen wäre. Er hatte ein schmales langes Gesicht, glatt rasiert und ohne Schmisse – vielleicht war die Mensur an englischen Universitäten nicht erlaubt? –, dunkelblondes Haar, das sich gegen den glatt gezogenen Scheitel wehrte, und tief liegende graue Augen, die mich eindringlich betrachteten.

«Was ich Ihnen wünsche, Komtesse, wer kann es besser sagen als der Dichter?

Tage weben aus leuchtender Sonne
dir deinen Purpur und Hermelin,
und in den Händen Wehmut und Wonne
liegen die Nächte vor dir auf den Knien …»

Meine Tante räusperte sich laut, und der Pastor hustete.

«Das ist schön», sagte ich, «ich kenne es nicht. Von wem ist es?»

«Rilke.»

«Rilke? Nie gehört.»

«Ein junger Mann aus Prag. Seine ersten Gedichte sind gerade erschienen. Ihr Freund Allbrook hat sie mir gezeigt.»

«Ihnen früher als mir? Ich werde eifersüchtig.»

Er lächelte.

«Dazu haben Sie keine Ursache. Allbrook möchte, dass Sie die Verse so schnell wie möglich lesen. Er wusste, dass sie Ihnen gefallen würden. Ich bin zum Boten ausersehen worden. Ich gebe Ihnen das Buch nachher.»

Meine Tante ergriff mich am Arm. Sie sagte mit kalter Stimme:

«Wenn Sie erlauben, Graf? Katerina, ich muss dir sagen …»

Sie führte mich einige Schritte beiseite und machte so klar, was sie von Männern hielt, die die Dreistigkeit besaßen, einer Braut mit zweifelhaften Gedichten zu gratulieren.

Der Pastor füllte mit seiner dröhnenden Stimme die Gesprächslücke.

«Ist es wahr, meine Herren, dass man in Schantung zwei deutsche Missionare ermordet hat? Das Reich wird solchen Schimpf doch wohl zu rächen wissen? Wir sind nicht niemand in der Welt, dass diese Gelben täglich tückischer gegen uns zu sein wagen.»

Er holte tief Luft, um eine seiner nationalen Predigten zu halten, aber seine Frau unterbrach ihn mit einem scharfen, zurechtweisenden Räuspern. Morde an Deutschen in China waren in der Tat kein geeignetes Thema auf der Verlobungsfeier einer jungen Frau, die nach Peking gehen würde.

Mein Cousin strich sich die Schnurrbartenden nach oben.

«Haben gehört, was Bülow gesagt hat?»

«Bülow?»

«Neuer Staatssekretär im Äußeren. Wird noch weiter Karriere machen, sagt man. Versteht es, sich beliebt zu machen beim Hohen Herrn.»

«Er versteht es hoffentlich auch, sich bei Holstein beliebt zu machen», warf Boythin ein, «im Auswärtigen Amt geschieht doch nichts gegen den Willen des Geheimrats.»

Meine Tante, die bemerkt hatte, dass das Gespräch in gefahrlose Gewässer geglitten war, schnaubte.

«Holstein! Dass dieser Name in einer anständigen Gesellschaft überhaupt genannt wird. Dieser Nestbeschmutzer! Wie er damals den armen Arnim in Paris ...»

«Hat dafür gebüßt», murmelte mein Cousin.

Halensee hob eine Braue.

«Ich verstehe nicht.»

«Nicht? War vor Ihrer Zeit in Deutschland, natürlich. Arnim Botschafter in Paris und erklärter Feind der Politik Bismarcks. Der ließ ihn abberufen, und Arnim nahm wichtige geheime Dokumente mit. Nicht korrekt, zweifellos. Bismarck ließ deshalb einen Prozess gegen ihn anstrengen, und der arme Arnim wurde wegen Landesverrats verurteilt. Holstein sagte gegen ihn aus. Im Sinne seines Herrn und Meisters Bismarck.»

«Ein Nestbeschmutzer», wiederholte meine Tante mit Abscheu. «Niemand sollte ihn empfangen.»

«Niemand hat ihn empfangen», bemerkte Boythin, «jedenfalls in der ersten Zeit nicht. Jetzt, da er die einflussreiche Graue Eminenz im Auswärtigen Amt ist, würden ihm alle Türen offen stehen. Jetzt ist er es, der die Berliner Salons schneidet. Er besucht niemals eine Gesellschaft.»

«Ein interessanter Charakter», bemerkte Halensee.

«Gefährlicher Mann. Sehr gefährlicher Mann. Bülow muss auf ihn Acht geben. Was ich sagen wollte, Bülows Rede neulich, sehr im Sinne Ihrer politischen Überzeugung, Herr Pastor. Er meinte, die Zeiten seien vorbei, da die Deutschen dem einen Nachbarn die Erde, dem anderen das Meer überließen und sich selbst den Himmel reservierten. Wir wollten niemanden in den Schatten stellen, aber wir verlangten auch unseren Platz an der Sonne.»

«Platz an der Sonne», wiederholte der Pastor entzückt,

«Platz an der Sonne! Das ist gut! Das muss ich mir merken. Platz an der Sonne!»

«Genug Politik», unterbrach ihn seine Frau, «vergessen die Herren doch bitte nicht, dass wir auch noch da sind. Katerina, wollen Sie uns nicht mit einem Lied erfreuen? Ich würde Sie gern am Klavier akkompagnieren, aber leider ist mein Handgelenk noch nicht wieder belastbar.»

«Vielleicht könnte ich Sie begleiten», bot Halensee an.

Ich hatte ihn Schubert spielen gehört, und ich wusste, dass Welten zwischen seinem Spiel und meiner Singerei lagen, und machte höflich darauf aufmerksam, dass ich mich leider beim Spaziergang im Garten etwas erkältet hätte und heiser sei.

Zehn Tage später wurden wir in der alten Feldsteinkirche von Groß-Warstede getraut. Zweimal war Boythin in der Zwischenzeit aus der Stadt herausgekommen.

Wir hatten lange Spaziergänge gemacht, bei denen er mich geküsst und gestreichelt hatte, sodass ich nachts schlaflos und erhitzt in meinem Bett lag. Er hatte viel von China erzählt und sehr wenig über sich selbst.

Die Hochzeit war ähnlich der Verlobung eine stille Angelegenheit. In der Kürze der Zeit hatte die Schneiderin der kleinen Stadt mir ein weißes Seidenkleid genäht, dessen Rock in einer kurzen Schleppe auslief, die von den beiden jüngsten Töchtern des Pastors getragen wurde. Der Schleier stammte vom Brautkleid meiner Tante, das sie seit dreißig Jahren sorgfältig in ihrem Schrank aufbewahrt hatte. Er strömte – wie hätte es auch anders sein können? – einen leichten Geruch nach Kampfer aus. Ein Myrtenkranz war nicht zu beschaffen gewesen, deshalb hatte die Köchin, die für solche Dinge Talent hatte, mir einen Kranz aus Buchsbaum geflochten. Mein Cousin, der mich als Brautvater zum Altar führte, war gleichzeitig Trauzeuge, ebenso wie Richard Allbrook. Auf ihm hatte ich bestanden, nachdem sich herausgestellt hatte, dass niemand von Boythins Seite an der Hochzeit teilnehmen würde. Nach seinen Verwandten gefragt, sagte er, er habe keine Geschwister, sein Vater sei tot, ein Onkel in der Nähe von Danzig, ein betagter, fast seniler Mann, nicht mehr reisefähig, und seiner Mutter der Weg zu weit und zu beschwerlich.

«Deine Mutter?», fragte ich erstaunt. Er hatte nie von ihr gesprochen, und ich hatte angenommen, er sei wie ich verwaist.

«Sie hat wieder geheiratet», sagte er, «und lebt jetzt mit ihrem Mann in einer Villa an der Riviera.»

«Das ist weit weg. Da siehst du sie sicher selten.»

«Ich habe sie seit dreißig Jahren nicht gesehen.»

Ich starrte ihn an.

«Aber – vor dreißig Jahren warst du zwei Jahre alt.»

Er nickte.

«Mein Großvater hatte das Sorgerecht für mich. Ihr war klar, dass sie mich aufgeben musste, als sie heiratete. Ich war ein Boythin. Mein Großvater hätte nie geduldet, dass ich im Haus eines ungarischen Juden aufwuchs.»

«Aber als du erwachsen warst, da hättest du doch … hast du nie daran gedacht, deine Mutter …?»

Ich wäre bis ans Ende der Welt gefahren, um meine Mutter wiederzusehen. Ich begriff ihn nicht.

«Kontakt zu meiner Mutter aufzunehmen, meinst du? Wozu? Sie hat ihre Entscheidung getroffen. Sie ist eine Fremde für mich. Fremder als deine Tante Hermine.»

Er blieb stehen und presste mich an sich und küsste mich mit einem dieser harten gewalttätigen Küsse, die Schmerz und Lust zugleich hervorriefen. Und ich liebte ihn noch mehr, nicht nur mit meinen Sinnen, weil er mein Begehren geweckt hatte, sondern voll zärtlichen Mitleids. Ich würde ihm Geliebte und Mutter zugleich werden.

Auch von seinen Kameraden kam niemand zur Hochzeit.

«Wozu?», hatte Boythin gefragt, «sie erwarten doch nichts weiter als ein Riesenbankett, auf dem der Champagner in Strömen fließt, und eine Reihe hübscher Nachbarstöchter, mit denen sie poussieren können. Aber solcher Art wird unsere Hochzeit nicht sein. Ich möchte eine stille Trauung, in der mich nichts von dir ablenkt. Wenn ich in China auf dich warte und mich zurückerinnere, will ich nicht das Grölen betrunkener Kameraden im Ohr haben, sondern dein leises Ja.»

Mein Ja war allerdings nicht leise. Ich sprach es klar und laut, freudig und triumphierend, dass es durch die Kirche schallte und meine Tante ob der Unziemlichkeit zusammenzuckte. Gleich nach dem Hochzeitsessen sprang der Bräutigam in einen Wagen und ließ sich zur nächsten Bahnstation kutschieren, um noch den Abendzug nach Berlin zu erreichen. Am nächsten Morgen sollte er nach China abreisen. Mir blieb als Gesellschaft mein alter Lehrer, der mich abends auf die Terrasse führte und abseits der Gesellschaft plötzlich sehr direkt fragte:

«Sind Sie glücklich, mein Kind?»

«Mehr als ich mir jemals vorstellen konnte, es zu werden», sagte ich, «niemals habe ich erwartet, dass ich hier auf dem Lande einen Mann finden würde, der so stattlich ist und der mich in eine so exotische Ferne führt. Nicht einmal geträumt habe ich davon.»

«Dass Sie gar so weit fortgehen, macht mir Kummer. Ich fürchte, Sie werden einsam sein. Boythin hat seine Arbeit, aber Sie haben nichts dergleichen und leben inmitten eines Volkes, dessen Sprache Sie nicht sprechen und dessen Seele Sie nicht verstehen.»

Ich lachte.

«Das klingt ja, als glaubten Sie, ich würde in einer Dorfhütte leben und wäre ganz allein, wenn Boythin jeden Morgen in die nächste Stadt aufs Amt reitet. So wird es nicht sein. Ich werde wie in Europa leben. Alle großen Mächte haben in Peking ihre Botschaften: die Franzosen, die Engländer, die Italiener, die Amerikaner. Und die Gesandtschaften sind alle zusammen in einem eigenen Stadtviertel und durch eine Mauer vom Rest der Stadt getrennt. Ich werde französische Champagnerfrühstücke und englischen Five o'clock-tea erleben, italienischen Tenören lauschen, und vielleicht bringt mir ein Amerikaner das Schießen bei. Chinesen lerne ich sicher nur als Dienstboten kennen. Und im Kaiserpalast, wenn die Kaiserinwitwe die Diplomatenfrauen empfängt.»

Allbrook hustete.

«Sie sind es, um den man sich Sorgen machen muss», sagte ich, «denken Sie daran, dass Doktor Lemmer Ihnen geraten hat, im Winter im Süden Ferien zu machen. Das nasskalte Wetter in der Mark ist Gift für Sie.»

Er winkte ab.

«Was verstehen schon die Ärzte! Ich huste seit zehn Jahren und lebe immer noch. Ich möchte Ihnen zum Abschied etwas geben. Versprechen Sie mir, dass Sie es erst auswickeln, wenn Sie auf See sind.»

Er drückte mir ein verschnürtes Päckchen in die Hand. Es war leicht, hart und hatte Oktavformat. Kein Zweifel, sein neuester Gedichtband.

Das Fest ohne Bräutigam endete früh. Die Nachbarn waren froh darüber, denn so konnten sie noch im Mondlicht nach Hause fahren. In meiner Hochzeitsnacht lag ich allein in meinem schmalen Jungmädchenbett und träumte von Boythin, der mit mir Erdbeeren pflückte, mich küsste und sich dabei in einen Chinesen mit einem dicken schwarzen Zopf verwandelte.

5

Die Abteiltür wurde geöffnet.

Das Bild des Chinesen verschwand.

Der Schaffner schob seinen Bauch herein. Seine Uniform spannte um die Leibesmitte so, dass man befürchten musste, die blinkenden Knöpfe würden bei einem tieferen Atemzug abgesprengt. Seine Schnurrbartspitzen hatte er steil in die Höhe gebürstet, um der Autorität seines Amtes noch die der Ähnlichkeit mit seinem Kaiser hinzuzufügen. Ich konnte mir vorstellen, dass er in der dritten Klasse wie eine Mischung aus Gottvater und Wilhelm II. auftrat und die Leute einschüchterte. Hier in der ersten Klasse allerdings buckelte er.

Die Fürstin verwies ihn kurz auf das Nebenabteil, wo ihre Gesellschafterin und ihr Sekretär das Problem mit meiner Fahrkarte lösen würden. Unter mehreren Verneigungen zog er sich zurück, offensichtlich angetan davon, dass eine leibhaftige Fürstin ihn barsch abgefertigt hatte.

«Und so», sagte ich, als er die Tür hinter sich zugezogen hatte, und vermied jeden Ausdruck in der Stimme, «und so ist mir geschehen, was ich mir gewünscht hatte. Ich habe aus Liebe geheiratet.»

Jelena Sergejewna lehnte sich zurück

«Armes Kind. Sie hätten eine Mutter haben müssen, Katja. Dann hätten Sie es nicht nötig gehabt, dem falschen Mann die falsche Frage zu stellen. Kein Wunder, dass Sie Schiffbruch erlitten haben.»

«Wieso der falsche Mann?»

«Haben Sie sich nie gefragt, warum Ihr dichtender Lehrer nicht geheiratet hat? Nicht wegen seiner Mutter und seines debilen Bruders. Das hat noch keinen Mann abgehalten, wenn er wirklich heiraten wollte. Aber diese ewigen Junggesellen heiraten nicht, weil sie Angst vor der Frau haben. Sie suchen nach der Frau, die ihnen zugleich Mutter, Kind und Geliebte ist. Sie träumen von der vollkommenen Frau, und da jede lebendige Frau, die ihnen begegnet, einen Makel hat – irgendetwas lässt sich immer finden –, haben sie jedes Mal von neuem einen Grund, sich nicht zu binden. Und fühlen sich wohl dabei, weil es ja angenehmer ist, sich hinter seinen hohen Maßstäben zu verbergen als zuzugeben, dass man Angst hat. Nein, wer Ihnen Romeo und Julia als Ideal vorhält, ist nicht alltagstauglich. Es sollte ihm gesetzlich verboten werden, jungen Mädchen Ratschläge zu erteilen.»

«Und warum war es die falsche Frage?»

«Die Frage nach einer Verbindung von Ehe und Liebe? Das ist eine Frage für Kleinbürgerinnen und Backfische. Was ist die Ehe? Der erste Schritt zur Familie. Wenn es sie nicht gäbe, dann müssten wir Frauen sie neu erfinden. Denn nur sie als staatliche und meinetwegen auch kirchliche Einrichtung gibt uns die Sicherheit, die wir brauchen, um Kinder großzuziehen. Wenn wir einen Mann finden, der höflich ist, gut riecht und nicht allzu dumm ist, dann sollten wir ihn heiraten. Er wird seinen Zweck erfüllen. Wenn wir großes Glück haben, entwickelt sich eine lebenslange Freundschaft. Für die Freuden des Körpers können wir uns Liebhaber nehmen. Und sie wechseln, wenn sie uns zu langweilen beginnen.»

Das war die Philosophie, nach der sie ihr Leben eingerichtet hatte. Wenn sie Recht damit hatte, dass Allbrook sein Ideal zu hoch gehängt hatte, um es leben zu können, so hatte sie das ihre, dachte ich, zu niedrig gehängt. Die schweren Tränensäcke unter ihren Augen, die tiefen Furchen zwischen Mund und Nase sprachen nicht davon, dass sie damit ihr Glück gemacht hatte.

«Woher wissen Sie, dass ich Schiffbruch erlitten habe?»

Jelena Sergejewna legte mir lächelnd die Hand auf den Arm.

«Seien Sie nicht verletzt, meine Liebe. Ich will nicht weiter in Ihr Leben eindringen, als Sie mir erlauben. Aber dass Sie mit Boythin nicht glücklich geworden sind, habe ich auf den ersten Blick gesehen. Gleich als der Botschafter uns einander vorgestellt hat. Ich wusste, dass Sie unglücklich verheiratet waren. Sie wirkten, als seien Sie sich verloren gegangen.»

Sie bot mir einen Wodka an, und ich nahm ihn und stürzte ihn auf einmal hinunter, sodass er in der Kehle brannte und mir das Wasser in die Augen trieb.

Madame Depors schob die Tür auf und steckte ihren Kopf herein. Sie wies darauf hin, dass der Schaffner jetzt die Abteile zum Schlafen umrüsten wolle. Die Fürstin zog die Brauen hoch.

«Jetzt? Vor Mitternacht? Aber wenn Sie zu Bett gehen möchten, Katja Fjodorowna?»

Ihre Frage legte mir die Antwort in den Mund.

«Ich glaube nicht, dass ich jetzt schlafen könnte.»

Jelena Sergejewna nickte befriedigt.

«Stören Sie mich also nicht mit diesen Kleinbürgerallüren, Maria Petrowna. Sagen Sie dem Schaffner, er soll in vier, fünf Stunden vorbeischauen.»

Madame Depors deutete einen Knicks an und schob die Tür mit mehr Nachdruck zu, als nötig gewesen wäre.

«Albernes Frauenzimmer. Sie ist immer noch beleidigt darüber, dass ich sie verbannt habe», sagte die Fürstin.

Sie schenkte sich wieder ein und kippte den Wodka mit einer raschen Bewegung des Handgelenks, die viel Übung verriet.

«Ich brauchte nur einen Blick auf Boythin zu werfen, um zu wissen, dass man diesem Mann keine unschuldige Jungfrau vom Lande ausliefern durfte. Ihre Verwandten hätten die Heirat verhindern müssen.»

«Mein Cousin hat versucht, mich zu warnen.»

«Recht halbherzig, würde ich meinen.»

Natürlich. Er war ja auch froh gewesen, mich loszuwerden. Es war nicht angenehm, eine unverheiratete Cousine ein Leben lang mit sich herumschleppen zu müssen. Und selbst wenn er eindringlicher gewesen wäre – ich hatte so lichterloh gebrannt, dass keine Warnung mich erreicht hätte.

«Boythin war für mich der leibhaftige romantische Held. Ich hatte genug Byron gelesen, um den Teufel selbst attraktiv zu finden. Vielleicht ist etwas daran an der Einstellung meiner Tante, es tue jungen Mädchen besser, Apfelsaft einzudicken als Romane zu lesen.»

«Das Realitätsprinzip? Es macht auch nicht glücklich.»

«Vielleicht verhindert es aber Unglück.»

Jelena Sergejewna zuckte die Achseln.

«Neben dem Glück ist das Unglück das Wichtigste im Leben. Stellen Sie sich einen Menschen vor, der weder glücklich noch unglücklich ist. Ist der nicht schon lebendig tot?»

Ein solcher Mensch beabsichtigte ich zu werden. Aber ich wollte darüber nicht reden. Und deshalb lenkte ich ab und begann, ihr von meiner Reise nach Peking zu erzählen.

6

Ich sollte Boythin in drei Monaten nach Peking folgen. So viel Zeit würde es brauchen, bis er eine Wohnung für uns eingerichtet hatte und bis ich in alle Tischtücher und Laken und Kissenbezüge meiner Aussteuer das *v B* eingestickt hatte. Als es so weit war, begleitete mich mein Cousin nach Hamburg, wo ich an Bord der «Ellen Reimers» ging, eines Dampfschiffes mit zwei hohen qualmenden Schornsteinen, das in seinem Bauch Eisenbahnschienen für China transportierte und ein Dutzend Passagiere beförderte.

Abgesehen von der Frau eines Kaufmanns, die in Kiel Heimaturlaub gemacht hatte, waren es nur Männer, unter ihnen zwei Ingenieure, die in Schantung beim Eisenbahnbau arbeiten wollten.

«Stellen Sie sich vor, gnädige Frau, wie dumm diese Chinesen sind, unfähig zu begreifen, wie nützlich eine Bahn für sie ist. Die behaupten doch tatsächlich, wenn wir die Schienen aufnageln, würden wir die Hülle der Erde verletzen und die Ruhe der Toten stören, die deshalb unsere Arbeit verfluchten. Ich habe gehört, dass es sehr schwer ist, Arbeiter für die Gleisbauten zu bekommen.»

Ein junger Mann, jüngster Sohn eines Hamburger Im- und Exportunternehmers, war unterwegs nach Schanghai, um in der dortigen Niederlassung der väterlichen Firma zu arbeiten. Sobald die «Ellen Reimers» die Elbe verlassen hatte und in offenes Gewässer hinaussteuerte, wurde er erst blass, dann leichengrün im Gesicht und begab sich schleunigst unter Deck. Wir bekamen ihn erst wieder auf dem Suezkanal zu sehen, aber sobald wir Aden passiert hatten, tauchte er erneut in die Tiefen der Seekrankheit ab und verschwand wieder unter Deck. Ich selbst blieb von diesem Übel verschont. Sogar den schweren Seegang im Golf von Biskaya stand ich durch wie ein erfahrener Seemann.

«Wahrhaftig, gnädige Frau, wenn es nicht gegen alle Gesetze des Meeres verstieße, ich wettete, Sie gäben einen guten Kapitän ab», sagte der Erste Offizier.

«Hat überhaupt schon einmal eine Frau ein Schiff befehligt?»

Er schüttelte den Kopf.

«Nicht in der christlichen Seefahrt. Da gilt immer noch der Spruch, Frauen an Bord bringen Unglück. Aber bei den Piraten gab es mal eine Kapitänin. Im 18. Jahrhundert irgendwo in der Karibik. Schließlich wurde das Schiff aufgebracht und die Mannschaft gehenkt. Einschließlich der hübschen Annie.»

«Womit sich wieder einmal erwiesen hat, dass Frauen an Bord Unglück bringen», meinte der Schiffsarzt.

«Nur an Bord?», fragte einer der Ingenieure. «Ich behaupte, an jedem Unglück, das einen Mann trifft, ist eine Frau schuld.»

Er strich sich lächelnd über seinen hochgezwirbelten Schnurrbart. Mich ärgerte seine Selbstgefälligkeit.

«Und am Unglück einer Frau ist immer ein Mann schuld», entgegnete ich und hatte die Lacher auf meiner Seite.

Als wir Gibraltar passierten, schlug mein Herz höher. Die

ersten Palmen, seit ich mein Kinderparadies verloren hatte. Über mir wölbte sich der tiefblaue wolkenlose Himmel des Südens, und ich bildete mir ein, durch den Tang und Salzgeruch des Meeres hindurch Lavendel und Rosmarin und Orangenduft einzuatmen. Plötzlich wurde ich auf das Deutsche Reich im Allgemeinen und den Kaiser im Besonderen wütend. Sie hatten mich um vier Wochen meines Lebens betrogen, die mir nach Recht und Herkommen zustanden, um die Flitterwochen. Eigentlich hätten Boythin und ich nach der Trauung nach Italien fahren sollen. Ich hätte ihm die Casa arranciata gezeigt, wir hätten auf einer Terrasse über dem See gefrühstückt, lange Spaziergänge im Mondschein gemacht.

Nicht, dass ich etwas dagegen gehabt hätte, nach China zu fahren und in Peking zu leben. Im Gegenteil. Das war natürlich viel aufregender und abenteuerlicher, als wenn es Boythin und mich in eine Garnison in Pommern oder Ostpreußen verschlagen hätte. Aber in Peking war Boythin eingebunden in seine Pflichten. Wir würden sofort den Alltag miteinander teilen. Die Zeit, die anderen Paaren gegeben würde, sich miteinander vertraut zu machen, war uns nicht vergönnt.

Zum ersten Mal kroch in meine Begeisterung der Schatten von Angst. Ich war unterwegs in ein Land, das ich nicht kannte, in eine Gesellschaft, die ich nicht kannte, zu einem Mann, den ich nicht kannte, von dem ich nicht mehr wusste, als dass er aussah wie ein griechischer Gott und dass er mich mit seinen Küssen um den Verstand brachte.

Als die «Ellen Reimers» in den Suezkanal einfuhr, schlug mein Herz heftig. Ich verließ Europa endgültig und fuhr einem Leben entgegen, das voller Geheimnisse war. Den größten Teil der Reise hatte ich noch vor mir, es dauerte noch Wochen, bis wir in Tientsin einlaufen würden, und sie vergingen mir quälend langsam. Kein noch so exotischer Hafen, in dem wir festmachten, wo ich in Begleitung der Ingenieure einen Landausflug unternahm und in den Basaren hübsche, völlig nutzlose Kleinigkeiten erstand, konnte mich für längere Zeit ablenken.

Ich wünschte, Boythin wäre nicht vor unserer Hochzeitsnacht abgereist. Ich hatte vage Vorstellungen davon, wie sie abgelaufen wäre. Allerdings nicht aus den Büchern, die diesen Aspekt der menschlichen Beziehungen aussparten, und auch nicht von meiner Tante. Zwar hatte sie mir kurz vor dem Abschied eher dunkle Andeutungen gemacht, in denen sie mir vor allem riet, tapfer zu sein und daran zu denken, dass Kinder eine Frau für alles entschädigten, aber ich hatte früher mit der Dorfjugend die üblichen Spiele gespielt und den Jungen beim Weitpinkelwettbewerb zugesehen. Die männliche Anatomie war mir nicht unvertraut, und als aufgeschlossenes Mädchen vom Lande hatte ich nicht nur gesehen, wie die Bienen die Blüten bestäubten, sondern auch im Geflügelhof und auf den Weiden die Augen offen gehalten. Die Übertragung der Beobachtungen auf die menschliche Ehe aber fiel mir durchaus schwer, und wenn ich in der schwankenden Koje lag, wünschte ich mir, das Mysterium hätte sich mir bereits enthüllt. Ich schob meine Hände unter das Nachthemd und streichelte mich und stellte mir vor, es seien Boythins Hände, die so über meine Haut glitten und meinen Körper bis in seine verbotensten Winkel erforschten, und ich glühte in einer Mischung von wollüstiger Sehnsucht und Scham.

Als ich noch ein Kind war, war Weihnachten im Sommer nichts als ein ferner Gedanke, im Herbst begannen sich bereits Einzelheiten hinzuzugesellen, und jeden Tag, den der Dezember fortschritt, wurde das Fest strahlender, bis es am Vorabend in meiner Erwartung einen solchen Glanz entfaltete, dass die Wirklichkeit des Feiertages dahinter verblassen musste.

So erging es mir jetzt. Auf der langen Reise hatte ich viel Zeit, mir auszumalen, wie das Zusammentreffen mit Boythin aussehen würde. Ich sah ihn unten am Kai stehen, wenn das Schiff festmachte, mich die Gangway hinunterlaufen direkt in seine Arme, die sich fest um mich schlossen, ich fühlte schon seinen Mund auf dem meinen, ich sah uns in einer offenen Kutsche, sein Arm um meine Schulter gelegt, durch Peking fahren, die Stadt aus dem Märchen.

Peking, das wären große rote Tore, die den Eingang beschirmten zu Häusern mit geschwungenen goldenen Dächern, die stille Höfe mit Lotosteichen umstünden. Würdenträger in schweren Seidenroben würden in Sänften durch die Straßen getragen, Kulis mit schwarzem Zopf zögen flink ihre Rikschas, in denen Chinesinnen säßen, die winzigen Füße anmutig gekreuzt, die blütenzarten Gesichter hinter Fächern verborgen, Händler trügen ein Joch über den Schultern, an dem Körbe hingen, in denen sie Früchte und Gewürze feilböten, die ich noch nie gerochen und noch nie geschmeckt hatte. Ein Land der Schönheit, der Fruchtbarkeit, der Stille. Und hinter allen Straßenszenen die Mauern der Verbotenen Stadt, deren Schätze und Schönheit unermesslich waren. Irgendwo unser Haus, große Zimmer mit niedrigen Lackmöbeln um einen stillen Lotosteich.

Boythin holte mich nicht vom Schiff ab. Ich bekam noch an Bord ein Telegramm, das ihn entschuldigte. Die Lage sei angespannt, er könne nicht fort, hieß es.

Die Eisenbahnfahrt von Tientsin nach Peking machte ich in Gesellschaft zweier englischer Offiziere, die versuchten, die junge Frau mit albernen Scherzchen zu zerstreuen, und in deren Blicken, die sie über die vorbeihuschende leere Landschaft gleiten ließen, eine gewisse Vorsicht und Sorge zu erkennen war.

Ich dachte an das, was einer der Ingenieure erzählt hatte. Die Chinesen wollten nicht an der Verlegung der Gleise arbeiten, weil die Totenruhe dabei gestört wurde.

«Wir sind nicht erwünscht in China, nicht wahr?», sagte ich in eine Gesprächspause hinein.

Der Ältere der beiden Engländer zuckte die Achseln.

«Wo sind wir das schon? Die meisten Leute wollen lieber auf ihre traditionelle Weise zugrunde gehen als mit Hilfe des Fortschritts, den wir ihnen bringen, ihre Lebensverhältnisse verbessern. Es wird Generationen brauchen, bevor sie begreifen, dass wir nicht gekommen sind, um zu zerstören, sondern um aufzubauen.»

«Man hat mir gesagt, dass die Chinesen uns fremde Teufel nennen.»

Der Jüngere lachte.

«Ja, und auch Langnasen und Barbaren. Sie sind stolz, und ich will nicht sagen, dass sie nicht vor tausend Jahren eine hohe Kultur besaßen. Aber jetzt ist sie hoffnungslos veraltet. Nichts als Dreck, Unterdrückung und Aberglauben.»

Ich sah hinaus. Neben den Schienen verlief ein Pfad, auf dem ein Ochsengespann einen Karren zog. Ein Mann mit spitzem Bambushut ging nebenher und schlug auf die Tiere ein.

«Sehen Sie», sagte der ältere Engländer, «so geht hier Jahrhundert um Jahrhundert ins Land, und nichts ändert sich, wenn wir nicht eingreifen. Dieser Bauer wird nach Hause gehen und vor dem Ahnenbild ein Blumen- und Trankopfer bringen und glauben, die Ernte, die Gesundheit seiner Familie, sein Wohlergehen hingen davon ab, dass er die Ahnen und die Götter gnädig stimmt. Dünger, Schutzimpfungen, Hygiene – all das bringen wir ihm, und er ist nicht einmal dankbar dafür.»

Boythin erwartete mich am Bahnhof in Peking. Inmitten des wimmelnden Lebens um uns herum fand er nur Gelegenheit zu einem flüchtigen Kuss auf meine Wange. Er murmelte «Schneewittchen» in mein Ohr, wobei seine Stimme leicht bebte. Ich begann zu zittern. Dann nickte er einem Mann zu, der hinter ihm stand. Ich hatte mir Chinesen klein und zierlich vorgestellt, dieser Mann aber war größer als Boythin, starkknochig, von unbestimmbarem Alter und besaß Augen, an deren glänzender Schwärze die Welt abzuprallen schien.

«Ah Lin», sagte Boythin, «er ist unser Mann für alles: Butler, Wächter, Einkäufer. Du wirst das Haus niemals ohne ihn verlassen. Er ist in einer Missionsstation aufgewachsen und spricht etwas Deutsch. Du kannst dich in allen Dingen auf ihn verlassen. Wo ist dein Gepäck?»

Er gab Ah Lin einen Befehl. Der Chinese verneigte sich schweigend und ging zu dem Gepäckwagen. Boythin schob meine Hand unter seinen Arm und führte mich dann aus der Halle zu einer wartenden offenen Kutsche. Die beiden Pferde setzten sich in Bewegung.

Dann brach alles gleichzeitig über mich herein: der Dreck, der Lärm, der Gestank. Peking, das waren Straßen, deren Staub von Tausenden von Füßen aufgewirbelt wurde, Myriaden von Fliegen, die sich an den blutigen Kadavern vor den Schlachterbuden festsetzten, Scharen von Bettlern, die ihre Stümpfe und ihre Geschwüre entblößten, abgemagerte Köter, die sich mit dreckigen Kindern zusammen in der Gosse wälzten, Geschrei streitender Stimmen, ein unaufhörliches Fluten der Menge, in der einzelne Gestalten so wenig auszumachen waren wie Wassertropfen in einem Meer, mitten darin das leuchtende Rot bemalter Holzhäuser, vergoldete Dächer und über allem ein infernalischer Gestank.

Ich klammerte mich entsetzt an Boythin.

«Das ist die Hölle.»

«Man gewöhnt sich daran», erwiderte er.

Er hatte für uns ein Haus gemietet, das in der Nähe des Gesandtschaftsviertels in einer stillen Straße lag, die nur aus Mauern bestand, hin und wieder von Toren durchbrochen. Eines dieser Tore öffnete sich, und dahinter erblickte ich das Haus, in dem ich die nächsten Jahre leben sollte. Es war ein Miniaturbild des Chinas, das ich mir ausgemalt hatte. Einstöckige Gebäude umstanden einen Hof, in dessen Mitte ein Wasserbecken lag, wo auf handtellergroßen grünen Blättern die weißen Blüten von Seerosen schwammen. Personal stand aufgereiht dahinter, vier Männer und drei Frauen, die sich kichernd verbeugten. Boythin stellte sie mir flüchtig vor. Ich behielt weder einen Namen noch ein Gesicht im Gedächtnis. Sie schienen mir alle gleich auszusehen. Er führte mich durch das Haus. Es bestand aus einem Dienstbotenflügel mit Küche, den ich nicht zu betreten brauchte, wie er sagte. Wenn ich etwas haben wollte, sollte ich es nur Ah Lin sagen. Er würde sich um alles kümmern. Dann gab es einen großen Raum, dessen Türen auf den Innenhof mit dem Wasserbecken führten, und mehrere kleinere Räume. Sie waren alle spärlich möbliert. Das Schlafzimmer enthielt nichts als einen Schrank und ein Bett. Ich wurde rot, als Boythin mich dort hineinschob.

Mein Schrankkoffer war schon aufgeklappt, ein junges Mädchen war damit beschäftigt, ihn auszupacken. Sie drehte sich um, verbeugte sich kichernd und trippelte aus dem Zimmer.

«Das ist dein Schlafzimmer», sagte Boythin.

«Meines?», fragte ich und spürte, dass ich dabei rot wurde.

«Es ist in China nicht Sitte, dass Mann und Frau in einem Zimmer schlafen», erläuterte er sachlich, «jedenfalls nicht unter Wohlhabenden. Das Haus hat zwei Höfe. Dies ist der Frauenhof. Hier wohnst du. Auf der anderen Seite des Teiches, gerade gegenüber, siehst du, liegt der Eingang zu meinem Hof. Ah Lin wird dich zu mir führen.»

«Wieso mich zu dir führen?»

Das war eine rhetorische Frage. Ich wusste sehr gut, was er gemeint hatte, und meine Wangen brannten jetzt nicht vor Erregung, sondern vor Scham und Demütigung. Ich hatte ein Recht darauf, dass er zu mir kam, dass wir in einem Zimmer, in einem Bett schliefen. Ich war seine Frau. Aber war ich es wirklich? Was war aus dem Mann geworden, den ich in Warstede geheiratet hatte? Seit der flüchtigen Berührung auf dem Bahnhof kein Kuss. Wollte er mich nicht mehr? Hatte er, während ich die ganze Seereise über nach seiner Umarmung gefiebert hatte, eine andere Frau kennen gelernt, deren Mund sich seiner Zunge öffnete, deren Lippen von seinem wilden Kuss bluteten?

«So ist es Sitte», sagte er mit einer Kälte, die mich wütend machte.

«Aber wir sind keine Chinesen.»

«Trotzdem sollten wir uns so benehmen, dass wir nicht das Gesicht vor ihnen verlieren.»

Er legte seine Hände auf meine Schultern und zog mich dicht an sich heran. Sein Atem schlug gegen meinen Mund.

«Du wirst heute Nacht zu mir kommen, Katja. Davon habe ich geträumt, seit ich dich in Warstede zurückgelassen habe. Von deiner weißen Haut, so zart, dass die Adern durchschimmern. Von deinen roten Lippen und deinen Augen, die ganz dunkel werden, wenn du mich begehrst. Heute Nacht wirst du mir gehören, Schneewittchen.»

Ich legte meine Arme um seinen Hals und presste mich an ihn. Warum erst heute Nacht? Wir hatten so lange gewartet, warum sollten wir noch länger warten? Wenn er mich wollte, dann konnte er mich gleich nehmen. Er löste meine Hände, trat einen Schritt zurück, zog seine Taschenuhr, ließ sie repetieren und sagte:

«Zieh dich jetzt um! Wir sind in einer halben Stunde beim Gesandten zum Abendessen eingeladen.»

Er drehte sich um und ging.

Eine Stunde später fuhren wir in einer Rikscha aus dem Haus und saßen steif nebeneinander, beide geradeaus schauend. Vielleicht tat er es, weil es in China so Sitte war bei den Wohlhabenden, ich tat es, weil ich mich immer noch verletzt und gedemütigt fühlte. Wie ein Hund, der kommt, um gestreichelt zu werden und mit einem Fußtritt fortgejagt wird. Ganz bestimmt würde ich heute Nacht nicht zu ihm kommen. Da müsste Ah Lin mich schon mit Gewalt aus meinem Zimmer tragen. Er sollte sehen, wie ich es ohne ihn aushalten konnte.

Das Gesandtschaftsviertel war eine Insel Europas in diesem unendlichen fremden Ozean China. Die einzelnen Gebäude waren aus Stein, umsäumt von baumbestandenen Rasenflächen, die Straßen waren gepflastert und von Laternen beleuchtet. Wären nicht einige der Häuser dem chinesischen Stil nachempfunden gewesen mit ihren geschwungenen Dächern, man hätte sich in London oder Paris oder Berlin glauben können.

Der deutsche Gesandte von Ketteler gab, um meine Ankunft zu feiern, ein Essen, zu dem er alle Mitglieder der Botschaft gebeten hatte. Seine Frau, eine Amerikanerin mit rötlichblondem Haar und einem strahlenden Lächeln, hieß mich willkommen und beteuerte, wie glücklich sie sei über jede Europäerin, die ihren Weg nach Peking fand, denn als weiße Frau vermisse man doch in Asien die Gesellschaft von seinesgleichen, zumal viele Botschaftsangehörige ihre Familien in der Heimat ließen, was sie natürlich verstehen könne, aber es erwecke in ihr das Gefühl, eine Pionierfrau auf einer Insel im Gelben Meer zu sein.

Es waren tatsächlich unter den zwanzig Leuten, die sich zum Essen um den großen Tisch versammelten, nur vier Frauen. Neben Maud von Ketteler eine vierschrötige Frau unbestimmbaren Alters, die mir als die Frau des Arztes vorgestellt wurde, dann noch eine grauhaarige Berlinerin, deren Sprache ihre Herkunft verriet, mit ihrem Mann, dem Botschaftssekretär, und eine über das «s-t» stolpernde spitznasige Hannoveranerin, deren Mann als Dolmetscher arbeitete. Ich war die einzige junge Frau in der Runde, in der weidlich das Thema ausgeschlachtet würde, dass ich als Braut gekommen war. Sogleich wurde ich mit Ratschlägen überschüttet, wie ich mit den chinesischen Dienstboten umzugehen hatte: «Trauen Sie niemals einer dieser Kreaturen! Sie lächeln und verbeugen sich ununterbrochen, aber sie betrügen Sie nach Strich und Faden!» Wie ich Einkäufe in dieser Stadt erledigen musste: «Handeln, handeln, handeln! Wenn Sie etwas kaufen, ohne gefeilscht zu haben, dann haben Sie nicht bloß einen unverschämten Preis gezahlt, sondern auch noch Ihr Gesicht verloren.» Alle waren nach Kräften bemüht, mich zu desillusionieren. Was ich mir als eine geheimnisvolle uralte Kultur von höchstem Niveau ausgemalt hatte, entlarvten sie als ein Reich, dessen Bewohner in unvorstellbarer Armut lebten, dessen politische Elite so unfähig wie korrupt war und dem nichts Besseres geschehen konnte, als endlich von westlichen Mächten kolonisiert zu werden. Aus ihnen sprach derselbe Hochmut wie aus den Offizieren, mit denen ich aus Tientsin gekommen war.

«In Kiautschou haben wir eine Kanalisation gelegt und für sauberes Trinkwasser gesorgt. Wir haben die Straßen gepflastert, eine Eisenbahn, Schulen und Krankenhäuser gebaut – aber glauben Sie, diese Menschen danken es uns? Sie nennen uns langnasige Teufel, und wenn sie es wagten, würden sie vor uns ausspucken. Man könnte glauben, alles, was sie wollten, sei, sich demütig im Dreck vor ihren Mandarinen zu wälzen, die sie ausbluten lassen.»

«Immerhin – es gibt auch andere», sagte der Mann in der schwarzen Soutane, ein Geistlicher aus Baden, der katholische Missionsstationen besuchen wollte, «es sind nicht wenige Chinesen, die in den letzten Jahren den Weg zum wahren Glauben gefunden haben. Manchmal – leider zu oft – wohl erst über den Umweg dieser amerikanischen Missionen, die wie Pilze aus der Erde schießen. Pardon, Frau von Ketteler, nichts gegen Ihre Landsleute, ich bewundere ihre Tüchtigkeit in allen wirtschaftlichen Dingen, aber weniger ihre Tüchtigkeit im Erfinden immer neuer Spielarten der christlichen Lehre.»

Der Dolmetscher beugte sich vor.

«Täuschen Sie sich nicht, Monsignore! Bei welcher Mission auch immer die Chinesen sich taufen lassen, alles, was sie wollen, ist der Reis, den es dafür gibt. Und was sind einige tausend Christen angesichts der Millionen von Heiden!»

Der Monsignore lächelte mit der Souveränität einer fast zweitausendjährigen Kirche hinter sich.

«Mein Lieber, auch Europa wurde nicht an einem Tag christianisiert. Und Sie wissen doch, Gott schreibt selbst auf krummen Linien gerade. Mit all den Reiskörnern, die wir in die ausgestreckten Näpfe werfen, senken wir auch die Samenkörner des Glaubens in die Seelen, und Sie werden sehen, eines Tages wird die Saat aufgehen.»

«Jedenfalls sind alle Dienstboten bei uns Christen», sagte Maud von Ketteler, «und gehen sonntags in den Gottesdienst wie wir. Auch sonst zeigen sie sich sehr anstellig, wenn es darum geht, sich zu europäisieren. Zum Beispiel beim Kochen. Die Franzosen und Italiener halten sich jeweils einen französischen und einen italienischen Koch, aber ich bin mit meinem Chinesen sehr zufrieden. Er kann sogar das Leibgericht meines Mannes kochen: Königsberger Klopse.»

7

«Ich war verblüfft», sagte ich, «denn erstens hatte ich natürlich chinesisches Essen in China erwartet, dann aber gedacht, eine Frau aus der Mark habe in der Küche gestanden, so sehr glich das Essen dem, das bei meiner Tante Hermine zu hohen Festtagen auf den Tisch kam: eine legierte Kartoffellauchsuppe …»

«Schon gut», sagte die Fürstin, «Sie müssen nicht das ganze Menü herunterbeten, um den Moment hinauszuschieben, in dem Sie auf das Scheitern Ihrer Ehe zu sprechen kommen.»

Ich erschrak.

«Sie wissen …?»

Jelena Sergejewna zuckte die Achseln.

«Das sollte Sie nicht erstaunen, mein Kind. Ich habe zu viele Frauen gesehen, denen es wie Ihnen ergangen ist. Die Anzeichen sind immer dieselben. Es ist die Veränderung des Blicks, der Haltung, wenn der Ehemann sich nähert. Die Selbstverständlichkeit verschwindet, eine Anstrengung, unbefangen zu erscheinen, tritt an ihre Stelle. Ich sah es gleich, als Sie mir vorgestellt wurden und Ihr Mann hinzutrat. Ihre Hand zitterte. Fast unmerklich, aber einer scharfen Beobachterin wie mir entgeht so etwas nicht. Ich habe doch Recht, nicht wahr? Als Sie die Gesandtschaft verließen und nach Hause zurückkehrten – in dieser Nacht scheiterte Ihre Ehe.»

Ich nickte, unfähig, ein Wort zu äußern. Mein Herz klopfte zum Zerspringen, mein Mund war trocken.

Jelena Sergejewna lächelte ein mütterliches Lächeln, wie sie es in Peking an den Betten der Verwundeten gelächelt hatte, verständnisvoll und tröstend.

«Man sollte diesen Männern keine unschuldigen Jungfrauen vom Lande ausliefern. Zumindest nicht, bevor man sie gründlich aufgeklärt hat. Ich nehme an, Ihre Tante hat auch nur unbestimmtes Zeug gefaselt.»

Ich nickte.

«Natürlich. Zur Prüderie erzogen, unwissend gehalten, voller Scham begreifen diese Frauen nicht, dass die Grundlage eines glücklichen Lebens die Kenntnis der Tatsachen und die Anerkennung der Wahrheit ist. Wer sich keine Illusionen macht, kann auch keine verlieren.»

«Ich glaube nicht, dass es das Ziel meiner Tante war, mich glücklich zu machen. Ihr ging es darum, dass ich Haltung bewahrte, wenn ich meine Illusionen verlor.»

Die Fürstin seufzte.

«Ich weiß. Ich kenne diese Frauen, die daraus auch noch ihren Stolz beziehen. Und solange sie sich einbilden, heroisch zu sein, ändern sie an ihrem Schicksal nichts. Sie geben das Unglück an ihre Töchter weiter, statt dagegen anzukämpfen. Und so wird die Hochzeitsnacht, von der die jungen Naiven die Erfüllung ihrer Liebe erträumt haben, zu einem großen Schock. Wie bei Ihnen. Sie müssen gar nichts sagen. Ich weiß alles.»

Ich starrte sie an.

Wie konnte sie davon wissen? Nur drei Menschen wussten, was in der Nacht geschehen war, in jener Nacht und in den vielen Nächten, die folgten. Oder hatte ich mich geirrt? Hatte es Boythin an der Stirn gestanden wie ein Kainsmal? War meine Schande eine öffentliche gewesen und jedermann hatte darüber geschwiegen? So wie ich auch geschwiegen hatte?

Jelena Sergejewna lächelte.

«Schauen Sie mich nicht so erschrocken an, Katja! Ich bin so viele Jahre älter als Sie und habe meine Erfahrungen, aus eigenem Erleben und aus Beobachtung. Ich habe immer festgestellt, dass ein guter Offizier ein sehr schlechter Liebhaber ist. Diese Männer halten den Körper einer Frau für ein Schlachtfeld, das sie mit einer schneidigen Kavallerieattacke in Besitz nehmen müssen. Je rascher sie den Sieg errungen haben, desto größer ist er ihrer Meinung nach. Sie verzichten auf eine vorherige Mobilmachung und auf anschließende Friedensverhandlungen. Manchmal habe ich das durchaus genossen. Wenn ein solcher Mann sehr gut aussieht, sehr männlich ist, wenn wenig Zeit zur Verfügung steht – warum nicht? Aber das ist eine Angelegenheit für eine erfahrene Frau, die weiß, wann sie so etwas will, nichts für eine Jungfrau, die romantische Träume hat und die ein Mann behutsam und zärtlich in das Reich des Eros einführen muss. Boythin war also rücksichtslos.»

Ich nickte mit zugeschnürter Kehle und senkte die Augen, damit sie meinen Blick nicht lesen konnte. Sie stellte sich lediglich vor, dass Boythin mein Nachthemd hochgeschoben und brutal in mich eingedrungen war, eine eheliche Vergewaltigung, auf die meine Tante mich in Andeutungen vorbereitet hatte. Jelena Sergejewna hatte nichts begriffen, so wenig wie

Ketteler und seine Frau etwas begriffen hatten. Und ich würde es nicht erklären können. Und nicht erklären wollen. Wenn meine Geschichte ein Land war, dann gab es darin eine Grenze, die ich scharf bewachte, weil niemand sie überschreiten durfte. Dahinter begann die Barbarei.

8

Den Rest der Nacht lag ich in meinem Bett, bewegungslos, ohne einen Gedanken. Nichts als Schmerz. Der körperliche war gering verglichen mit dem Schmerz, der meine Seele erfüllte. Gedemütigt, besudelt, verwundet, geschändet, verraten. Ich war nichts als eine blutende Wunde unter dem bergenden Verband der Nacht. Der erste Gedanke floss in mich zurück, als Dämmerlicht durch die Fensterläden brach und der Haushalt zum Leben erwachte. Der erste Impuls war, mich tief in den Decken zu vergraben, die Finsternis wiederherzustellen, wie ein waidwundes Tier, das seine schützende Höhle nicht mehr verlässt. Aber das Bett war keine schützende Höhle, und auch das Haus nicht. Ich musste fort. Fort aus diesem Haus, aus der Stadt, aus dem Land. Irgendwohin, nur weit genug, dass ich diesen Mann nie wiedersehen musste, der sich in einem Augenblick von dem Geliebten, dem ich mich hingeben wollte, in ein Ungeheuer verwandelt hatte, das ich fürchtete und hasste.

Ich brauchte mehr als eine Stunde, um aufzustehen. Ich war an allen Gliedern so zerschlagen, dass jede Bewegung mühsam war wie bei einer uralten Frau.

Endlich schlurfte ich barfuß zur Tür und drückte die Klinke herunter.

Sie war nicht abgesperrt. Ich öffnete sie und trat hinaus in einen hellen Tag voller Normalität. Eine der Dienerinnen lief vorbei und verbeugte sich kichernd, als sie mich beinahe streifte. Aus der Küche hörte ich hohes helles Keifen. Die Seerosen schwammen auf sonnengesprenkeltem Wasser, und die Goldfische blitzten zwischen ihnen auf. Jenseits des Teiches war die Doppeltür aufgeschlagen, die zum Esszimmer führte. Im Licht der Morgensonne strahlte das weiße Damasttischtuch, und die silberne Zuckerdose und das silberne Milchkännchen reflektierten die Sonnenstrahlen. Boythin saß an der Stirnseite des Tisches, das Haar sorgfältig gescheitelt, makellos rasiert, die Uniform akkurat geschlossen, kein Stäubchen und kein Fältchen an ihm. Ein Ritter ohne Furcht und Tadel.

Seine Augen weiteten sich leicht, als er mich sah, dann erhob er sich, kam auf mich zu und bot mir den Arm. Ich ließ mich von ihm in das Esszimmer geleiten. Er schloss die Tür, führte mich zu dem Stuhl, der ihm am Tisch gegenüberstand, und rückte ihn mir zurecht. Ich setzte mich. Er kehrte zu seinem Stuhl zurück und nahm wieder Platz.

Ich reagierte mechanisch, als sei ich ein Automat, gedrillt auf bestimmte Gesten gesellschaftlichen Verhaltens, und als er mich jetzt fragte: «Möchtest du Tee oder Kaffee?», antwortete ich mechanisch: «Kaffee, bitte.»

Dann erst kam mir zu Bewusstsein, welch absurdes Spiel ich mitspielte, und mit einer weit ausholenden Geste fegte ich alles, was auf dem Tisch in meiner Reichweite stand, zur Seite. Teller, Tasse, Besteck, Kaffeekanne und Milchkännchen flogen zu Boden und zerschellten. Ein braunes Rinnsal aus Kaffee und Milch floss über das Parkett und breitete sich zu einer Lache aus.

«Beruhige dich bitte, Katja!», sagte Boythin scharf, «was sollen die Dienstboten denken! Willst du vor ihnen dein Gesicht verlieren?»

Wie als Antwort auf seine Frage wurde die Tür geöffnet, und Ah Lin schaute herein. Boythin winkte ab.

«Später!»

Die Tür wurde wieder geschlossen.

«Ich hatte erwartet, dass deine Tante dir Haltung beigebracht hat», fuhr er fort, «es gehört sich keineswegs, dass du ungekämmt und unangekleidet dein Schlafzimmer verlässt, und dass du deinen Launen so unbeherrscht nachgibst. Wir sind hier nicht allein. Wenn du einmal den Respekt der Diener verloren hast, kannst du ihn nie zurückgewinnen.»

Das konnte er nicht ernst meinen. Er konnte nicht dasitzen, geschniegelt und gebügelt, und mir eine Lektion in richtigem Benehmen erteilen wollen. Als sei alles noch wie gestern Abend. Erwartete er im Ernst, dass ich so tat, als sei nichts geschehen, und an seiner Seite wie eine wohlerzogene junge Ehefrau lebte?

Ich wollte ihn anschreien und merkte, dass ich nur heiser flüstern konnte.

«Du musst wahnsinnig sein.»

Ja, das war die Erklärung. Warum hatte ich nicht eher daran gedacht? Ich fühlte Erleichterung darüber, dass es eine einleuchtende Erklärung gab.

«Glaube nicht, dass ich dir noch einmal erlaube, mir solche Szenen zu machen!», sagte er kalt.

«Du wirst mir gar nichts mehr erlauben. Ich verlasse dich.»

«Und wohin willst du gehen, wenn ich dich fragen darf?»

«In die Höhle des letzten Bettlers, bevor ich auch nur eine Stunde mehr mit dir unter einem Dach verbringe!»

«Wie pathetisch, Katja! Aber leider ganz unmöglich! Hast du vergessen, was du mir geschworen hast? Du wirst immer bei mir bleiben, in guten wie in schlechten Tagen, bis dass der Tod uns scheidet?»

Ich starrte ihn an. Ich erwartete, Hohn in seinen Augen glitzern zu sehen, aber sie waren mit Spannung erfüllt, als würde von meiner Antwort sein Schicksal abhängen.

Ich warf den Kopf in den Nacken.

«Halte mich nicht für dumm! Von einem Geistesgestörten darf man sich scheiden lassen.»

«Ich dachte, du liebst mich?»

Ich hatte meine Stimme wiedergewonnen und konnte schreien.

«Ich hasse dich! Ich werde dir nie verzeihen, was du mir angetan hast! Nie! Und wenn du mich noch einmal anrührst, bringe ich dich um!»

Er lehnte sich im Stuhl zurück und legte die Fingerspitzen aneinander, amüsiert.

«Feuerkopf! Hat das nicht dieser merkwürdige Lehrer über dich gesagt? Ich sehe schon, ich werde dich zähmen müssen. Ich habe keinen Zweifel, dass mir das gelingt. Seit Shakespeares Zeiten gibt es da recht viele Einfälle. Um aber auf das Praktische zurückzukommen: Schlag dir aus dem Kopf, dass du mich verlassen kannst! Ich bin keineswegs verrückt. Wenn man hier jemanden für wahnsinnig halten könnte, dann wohl dich. Schau dich an: mit wirrem Haar, im offenen Nachthemd, das ganze Geschirr am Boden! Wenn du irgendwo üble Geschichten über mich erzählst, werde ich alles abstreiten, und wem, glaubst du wohl, wird man glauben? Dem Wort eines Offiziers oder dem Gestammel einer hysterischen Frau?»

«Ich habe Beweise.»

Als hätte ich nichts gesagt, fuhr er ungerührt fort:

«Weißt du überhaupt, was du brauchst, wenn du gehen willst? Geld für die Überfahrt, das ich dir nicht geben werde. Einen Pass, den du nur mit meiner Erlaubnis bekommst, denn ich habe als dein Mann das Recht, deinen Aufenthaltsort zu bestimmen, und ich erlaube nicht, dass du einen Pass bekommst. Und einen Ort, an den du gehen könntest. Aber glaubst du, du könntest zu deiner Tante zurückkehren? Sie ist froh, dass sie dich los ist, und sie nimmt bestimmt keine Nichte auf, die sich durch eine skandalöse Scheidung ihren Ruf ruiniert hat.»

Er stand auf. Sein Gesicht und seine Stimme waren hart.

«Du gehörst mir, Katja, nach Recht und Gesetz. Vergiss das nie!»

Als habe er damit alles gesagt, ging er.

Es war der Widerstand, den Boythin mir entgegensetzte, durch den ich zu meiner Kraft fand. Ich brauchte einen Ort, an dem ich leben konnte? Ich musste nicht zu Tante Hermine zurück. Ich würde Böden schrubben, wenn es sein musste, aber mich selbst durchbringen. Ich brauchte Geld? Ich hatte welches. Ich hatte den Schmuck meiner Mutter, den Matilda vor der Versteigerung in Sicherheit gebracht hatte. Ich brauchte ihn nur zu verkaufen, und das Geld würde für eine billige Passage nach Europa reichen. Ich brauchte einen Pass? Der Gesandte würde ihn mir ausstellen, sobald er erfuhr, was Boythin mir angetan hatte.

Ich ließ mich ankleiden, wählte besonders sorgfältig ein schlichtes dunkles Kostüm, ließ meine Haare ordentlich frisieren und setzte einen breitrandigen Hut auf. Nachdem ich die Handschuhe übergestreift hatte, betrachtete ich mich im Spiegel. Keine elegante Erscheinung, etwas bieder und provinziell. Aber auf keinen Fall hysterisch.

Ah Lin, der offenbar keinen gegenteiligen Befehl erhalten hatte – vermutlich rechnete Boythin nicht mit einem solchen Vorgehen meinerseits –, brachte mich in die Gesandtschaft und ich ließ mich bei Ketteler melden.

Ketteler erhob sich, als ich sein Amtszimmer betrat, und kam mit ausgebreiteten Armen hinter seinem Schreibtisch hervor. Schon am Vorabend hatte er es sich angelegen sein lassen, meine Hand zu tätscheln und mich eine «entzückende kleine Frau» zu nennen.

Offensichtlich wollte er diese hinter der Maske der Väterlichkeit verborgene Annäherung fortsetzen, als er mir ins Gesicht sah, die Panik in meinen Augen erkannte und wie angewurzelt stehen blieb.

«Ich brauche einen Pass», sagte ich, «und jemanden, der mir hilft, meinen Schmuck zu verkaufen, und mich nach Tientsin begleitet und mir hilft, eine Passage zurück nach Deutschland zu buchen.»

«Mein liebe kleine gnädige Frau», sagte Ketteler, hüstelte und begann noch einmal, «liebe Frau von Boythin, ich sehe, Sie sind außerordentlich erregt. Ich begreife das. Die lange Reise, der unvermutete Ansturm der Fremde, der Beginn Ihrer Ehe – Ihre Nerven sind überreizt. Das ist ganz natürlich. Nur Geduld. Sie werden sich daran gewöhnen.»

Er bot mir keinen Platz an. Es war offensichtlich, dass er bestrebt war, mich so schnell wie möglich loszuwerden.

Ich atmete tief durch und versuchte, so ruhig wie möglich zu sprechen. Er sollte mich nicht für hysterisch halten.

«Exzellenz, es gibt Dinge, an die kein Mensch sich je gewöhnen wird. Eine lange Reise wirft mich nicht aus der Bahn. Ich bin durchaus imstande, die Eindrücke, die eine fremde Stadt auf mich macht, zu verarbeiten, auch wenn sie auf den ersten Blick nur Entsetzen und Abscheu hervorruft. Aber ich werde nicht einen Tag länger meine Ehe fortsetzen. Boythin …»

Ketteler hob abwehrend die Hände.

«Ihre Ehe, gnädige Frau? Das ist ein Thema, mit dem Sie nicht zu mir kommen sollten. Wenden Sie sich an meine Frau! Glauben Sie mir, meine Frau nimmt aufrichtig Anteil an Ihnen. Gehen Sie zu ihr, besprechen Sie Ihre Probleme von Frau zu Frau! Ich versichere Ihnen, Sie werden sich dann erleichtert fühlen.»

Noch bevor ich etwas erwidern konnte, läutete er und bat den eintretenden Diener, mich zu seiner Frau zu führen.

Die schöne rotblonde Maud von Ketteler empfing mich in ihrem Wohnzimmer. Sie setzte sich neben mich auf das Sofa, hielt meine Hand und sagte mit einem leichten Lächeln auf den Lippen und in der Stimme:

«Ich hätte nicht erwartet, Sie heute Morgen bei mir zu sehen, Frau von Boythin. Ich freue mich natürlich darüber, aber ich bin auch etwas neugierig, gestehe ich. Was führt Sie denn von der Seite Ihres Gatten fort? Wollten Sie nicht heute mit ihm Peking besichtigen?»

«Ich würde mit Boythin nicht einmal mehr bis zur nächsten Ecke gehen. Er ist ein Ungeheuer. Ich verlasse ihn. Ich gehe nach Hause zurück.»

Ich hatte so laut und leidenschaftlich gesprochen, dass sie unwillkürlich zurückzuckte. Dann verstärkte sich der Druck ihrer Hand. Das Lächeln verschwand aus ihrem Gesicht und wich aufrichtigem Mitgefühl.

«Ich verstehe gut, dass Sie erschreckt sind. In unserer Gesellschaft hält man leider die jungen Mädchen allzu lange von den Tatsachen des Lebens fern. Nun, da Sie für Sie so unvermittelt mit der Realität der Ehe konfrontiert wurden, sind Sie natürlich entsetzt. Ich versichere Ihnen, Sie sind nicht die Erste. Manche Frau ist schon am ersten Morgen nach der Hochzeit weinend zu ihren Eltern zurückgelaufen. Vielleicht ist das ein Grund dafür, weshalb die Sitte besteht, gleich am Hochzeitsabend in die Flitterwochen aufzubrechen. So hat die junge Frau fern von ihren Eltern Gelegenheit, sich an die Ehe zu gewöhnen, und verursacht keinen Skandal. Glauben Sie mir, man gewöhnt sich daran. Und mit der Zeit ist es nicht mehr so schlimm. Jede hat ihre eigenen Methoden, damit fertig zu werden. Lady Macdonald würde ihrer Tochter vielleicht sagen, schließe die Augen und denke an England, ich sage Ihnen aus meiner eigenen Erfahrung: Es sind die Kinder, die uns für alles entschädigen.»

Schon stand sie auf, zog am Glockenband und fügte, mir mit liebenswürdigem Lächeln die Hand hinstreckend, hinzu:

«Ich bin froh, dass Sie zu mir gekommen sind. Eine Frau kann einer anderen ja doch immer helfen, nicht wahr? Denken Sie, welchen Skandal Sie hätten verursachen können, wenn Sie sich an jemand anderen gewandt hätten. Die Ehre eines Offiziers ist ein empfindliches Gut und leicht verletzt. Erinnern Sie sich immer daran: Wir hier in der Fremde müssen besonders auf unseren guten Ruf achten. Er gilt nicht nur uns persönlich, er ist auch der gute Ruf des Vaterlandes. Betrachten Sie mich auch in Zukunft als Ihre mütterliche Freundin, die Ihnen gern bei allen Ihren Sorgen beisteht. Ich will alles tun, damit Sie sich bei uns wohl fühlen. Und wenn Sie mich jetzt bitte entschuldigen würden … ich muss mich ankleiden für das Frühstück bei der Gattin des italienischen Gesandten.»

Ich hatte verstanden.

Abends kam Boythin zurück. Er trat rasch in mein Zimmer. Sein Gesicht war weiß vor Wut.

«Du warst bei Ketteler?»

Ich starrte ihn trotzig an. «Ich habe dir doch gesagt, dass ich dich verlasse.»

Er war so schnell bei mir und hatte mich am Arm gepackt, dass ich nicht mehr ausweichen konnte. Mit der einen Hand hielt er meinen Arm umklammert, mit der anderen schlug er mir ins Gesicht.

«Versuch nie wieder, mich schlecht zu machen, hast du verstanden? Und glaube nicht, dass dir das auch nur irgendwie helfen würde! Du bist meine Frau. Ich kann mit dir tun, was ich will. Niemand wird dir helfen.»

Ich glaubte ihm nicht.

Maud von Ketteler und ihr Mann hatten mir nicht geholfen. Aber sie waren nicht die einzigen Europäer in diesem Land. Es musste Menschen geben, denen an der Ehre eines deutschen Offiziers weniger gelegen war als den Kettelers. Die Frauen der anderen Botschaftsangehörigen vielleicht. Aber an wen auch immer ich mich wandte, ich traf auf die gleiche freundlich-verständnisvolle Ablehnung, die Maud von Ketteler mir gezeigt hatte. Ich begriff, dass man mich für eine dieser jungen neurasthenischen Frauen hielt, die zu hysterischen Ausbrüchen neigten und denen man mit schonungsvoller Rücksichtnahme zu begegnen hatte, ohne jedoch auf ihre Einbildungen, die überreizten Nerven entsprangen, einzugehen. Vielleicht würde einer der Engländer, Franzosen, Italiener oder Amerikaner bereit sein, mir weiterzuhelfen, mir einen falschen Pass ausstellen, mir Geld vorschießen, mir helfen, einen Hafen zu erreichen. Aber noch während ich diesen Gedanken ausspann, war mir klar, wie unrealistisch er war. Welcher Gesandte würde um einer unbedeutenden Frau willen einen Konflikt heraufbeschwören und die Freundschaft unter den Diplomaten aufs Spiel setzen?

Ich schrieb einen Brief an meinen Cousin in Berlin. Eine Antwort von ihm, die ich offiziell herumreichen konnte, in der er mich bat, nach Warstede zu kommen, um meiner kranken Tante beizustehen, hätte mir eine Rückkehr ermöglicht, ohne Boythin zu desavouieren und mir vielleicht doch die Unterstützung Kettelers eingetragen.

Zwei Tage später trat Boythin in mein Zimmer, den offenen Brief in der Hand.

«Wenn du möchtest, dass deine Schreiben Deutschland erreichen», sagte er kalt, «dann gib sie mir, damit ich sie befördern lasse. Deine Tante wird sich bestimmt über Schilderungen deines Lebens in China freuen. Es ist aber ganz und gar unnötig, deinen Cousin in Verlegenheit zu setzen. Du kannst ihm nichts schreiben, was er nicht schon weiß.»

Ich starrte ihn entsetzt an. Mein Mund war plötzlich wie ausgetrocknet.

«Wilhelm hat gewusst …?»

«Nun, sagen wir, zumindest geahnt. Unsere Interessen haben sich getroffen. Er wollte eine überflüssige Verwandte loswerden, ich brauchte eine achtbare Ehefrau, um gewisse Gerüchte, die über mich umliefen, zum Verstummen zu bringen. Du glaubst doch nicht, dass ich mich aus freien Stücken nach Peking habe versetzen lassen? Es gab da einen Vorfall in Berlin, der es gewissen Kreisen geraten sein ließ, dass ich für einige Zeit von der Bildfläche verschwand. Mit einer Ehefrau, ganz der künftige treu sorgende pater familias. Und am besten eignete sich natürlich eine Frau, deren Vater oder Mutter sich nicht dauernd in die Ehe einmischten. Du warst die ideale Kandidatin, Katja. Ich hätte dir auf jeden Fall einen Antrag gemacht. Umso entzückter war ich, als ich dich sah.»

Er zerriss den Brief und ließ die Fetzen achtlos auf den Boden fallen.

«Ich will nicht, dass es auch nur den Hauch eines Skandals um meine Ehe gibt. Haben wir uns verstanden?», sagte er und fügte mit einem Glitzern in den Augen hinzu:

«Schneewittchen.»

Ich hob die Hand, um ihn zu schlagen, aber er fing blitzschnell mein Handgelenk ein und zog mich dicht an sich heran.

«Nur zu, Katja, nur zu! Möchtest du, dass ich dich bestrafe?»

Ich unternahm noch einen allerletzten verzweifelten Fluchtversuch. Ich hatte den Fuß schon auf Charons Nachen gesetzt, aber Ah Lin brachte mich zurück, und es fehlte mir der Mut, den Versuch noch einmal zu unternehmen. Und dann erwartete ich nur noch den Tag, an dem ich verrückt werden würde.

Den Haushalt führte Ah Lin. Ich stand stumm dabei, wenn er den Mädchen Befehle erteilte, und wenn ich ihm Anweisungen gab, verbeugte er sich schweigend, tat aber stets nur, was er wollte. Ich beschwerte mich bei Boythin, der mich kühl damit abfertigte, Ah Lin sei ein tüchtiger Mann und ich hätte es nicht nötig, mich in seine Angelegenheiten zu mischen. Wenn ich am Gesellschaftsleben teilnahm, traf ich stets dieselben Frauen, die immer über Kinder, Dienstboten, Mode und Schönheitspflege sprachen, und dieselben Männer, die immer die gleichen faden Komplimente machten, mit denen sie mich zu einer dummen Gans abstempelten. Ob wir auf der Rennbahn waren, Tennis spielten, Ausritte und Picknicks unternahmen oder uns zu Lunches und Tees trafen, immer war ich gezwungen, die Maske der lächelnden jungen Ehefrau zu tragen. Über jede davon abweichende Äußerung glitten die anderen rasch hinweg oder wandten sich achselzuckend ab. Ich war es bald müde, dieses Spiel zu spielen, und so verbrachte ich den größten Teil meines Tages am Teich in dem stillen Innenhof und verfolgte das Spiel der blitzenden Goldfische in dem dunklen Wasser, die sich um die Seerosen jagten.

Von Boythin bekam ich wenig zu sehen. Ich stand erst auf, wenn ich sicher war, dass er das Haus bereits verlassen hatte, und wenn er abends aus der Gesandtschaft zurückkehrte, war ich bereits wieder in meinem Zimmer und ließ ihm durch Ah Lin ausrichten, ich hätte Kopfschmerzen. Manchmal gelang es mir auf diese Weise, ihn eine Woche nicht zu sehen, und ich begann zu hoffen, dass er mich vergessen hatte. Aber dann gab es die Abende, an denen Ah Lin in mein Zimmer trat und sich verbeugte, die glänzenden schwarzen Augen unter gesenkten Lidern verborgen.

«Der Herr lässt Sie zu sich rufen, gnädige Frau.» Ah Lin kam in unregelmäßigen Abständen, aber ich begann ein bestimmtes Muster zu fürchten.

Meistens geschah es im Anschluss an einen Empfang oder einen Ball. Der Champagner floss bei diesen Veranstaltungen in Strömen. Mir, die ich in Warstede unter Tante Hermines strenger Aufsicht nahezu abstinent erzogen worden war – nur zu hohen Feiertagen gestand sie auch mir ein Glas Wein zu –, hatte das am ersten Abend imponiert. Jetzt aber zählte ich die Gläser, die Boythin leerte, und ich fürchtete den Moment, an dem er über die Gesellschaft hinweg meinen Blick suchte und mich mit einem Glitzern in den Augen anlächelte.

Ich wünschte, ich hätte wenigstens wie in meiner Kindheit zu den Büchern flüchten können. Die wenigen Bücher, die es in der Bibliothek der Gesandtschaft gab, hatte ich bereits ausgelesen, und sie waren nicht der Art, dass man sie ein zweites Mal hätte lesen mögen. Zunächst voller Verzweiflung begann ich die Kreuzzeitung zu lesen, die Boythin nach Hause brachte. Sie war zwar schon Monate alt, wenn ich sie in die Hände bekam, aber allmählich, je regelmäßiger ich las und je mehr ich in die Zusammenhänge eindrang, interessierte mich die politische Berichterstattung. Ich wollte Chinesisch lernen, aber Boythin weigerte sich, einen Lehrer zu bezahlen, und Ah Lin konnte ich nicht darum bitten, denn er fuhr fort, nicht mit mir zu sprechen, sondern sich auf jede Anrede hin nur stumm zu verbeugen, mit einem undeutbaren Blick in den schwarzen Augen. Ich fragte mich, ob er wirklich von unergründlicher Tiefe war oder bloß mürrisch.

Eines Abends schlenderte Boythin in mein Zimmer, die Uniformjacke zuknöpfend.

Ich saß vor dem Toilettentisch und bürstete mir die Haare. In einer Stunde wollten wir aufbrechen zu einem Souper im Hause des englischen Botschafters. Wie immer, wenn Boythin plötzlich hereinkam, zuckte ich zusammen. Im Spiegel sah ich, dass er die Brauen runzelte.

«Sei nicht albern, Katja!»

Er war noch so schön wie an jenem Tag, da ich ihn in Warstede zum ersten Mal gesehen hatte, schön wie Luzifer.

«Es ist immer dieselbe ewige Litanei, verflixt langweilig bei den Macdonalds. Steife Oberlippe, steifer Kragen und die Gewissheit ‹Britannia rules the waves›. Aber vielleicht wird es heute Abend etwas interessanter. Die Macdonalds haben einen Gast, den wir beide kennen. Vielleicht erinnerst du dich noch: Alexander von Halensee.»

Ich erinnerte mich. Der Mann, der nach Warstede gekommen war, um Allbrook kennen zu lernen. Der Mann, der unbekannte junge Dichter zitieren konnte.

«Er logiert bei den Macdonalds. Na ja, schließlich ist er ein halber Engländer von mütterlicher Seite. In England aufgewachsen, weißt du. Kam erst nach Deutschland, als sein älterer Bruder starb. Ich erinnere mich noch. Achim Halensee und ich standen im selben Regiment. Als er sich umbrachte, hieß es offiziell, er sei beim Waffenreinigen verunglückt. Wie immer in solchen Fällen. Aber der Alte hatte alle Hände voll zu tun, um die Sache zu vertuschen. Jetzt wohnt der Erbe Halensees also beim englischen Botschafter.»

«Warum nicht, wenn er ein halber Engländer ist?»

«Und auch bloß ein halber Deutscher, möchte ich wetten.»

«Was will er denn in Peking?»

«Es heißt, er interessiere sich für Tibet und wolle eine Expedition dorthin unternehmen. Typisch englischer Spleen. Wahrscheinlich ist er mindestens so verrückt wie sein Bruder.»

Er schnippste ein Stäubchen von seinem Ärmel und ging.

Beim Souper war Halensee der Ehrengast und hatte Lady Macdonald zur Tischdame. Ich saß weit entfernt von ihnen und konnte ihn über den Tischaufsatz nicht sehen. Zu meiner Rechten hatte ich einen italienischen Attaché, der mich mit seiner Schwärmerei von der Duse, die er noch in ihren Anfängen gesehen hatte, langweilte, zu meiner Linken einen Beamten der russischen Botschaft, der in faszinierender Quantität dem Essen wie den Getränken zusprach, was ihn völlig in Anspruch nahm. Gelegentlich drangen Wortfetzen eines anderen Gesprächs zu mir herüber, das zwei deutsche Beamte führten. Von Flottenbau war die Rede, einem Thema, das mich noch mehr langweilte als die Karriere der Duse, kreiste doch ziemlich jede deutsche Unterhaltung über kurz oder lang um die Frage, ob das Reich eine große Flotte brauche, um seinen Anspruch auf einen Teil der Erde zu unterstreichen, oder ob das nur eine unsinnige Herausforderung Englands bedeuten würde, das man als Bundesgenossen gewinnen müsse und nicht Russland oder Frankreich in die Arme treiben dürfe. Wie gleichgültig mir das alles war, diese Politik, dieses Sandkastenspiel für kindische Männer, die im wirklichen Leben nicht einmal den Mut besaßen, eine Frau vor ihrem Mann zu beschützen und in Sicherheit zu bringen. Ich zerlegte mechanisch die Hühnerbrust auf meinem Teller und schob das Fleisch unter das Salatblatt.

Nach dem Essen erhob sich Lady Macdonald und führte die Damen wie eine Glucke ihre Küken in den Salon, damit die Männer bei Kognak und Zigarren die ernsthaften Themen erörtern konnten, die für die zarten Nerven der Damen nicht geeignet waren.

Kaffee und Liköre wurden lautlos von chinesischen Dienern gereicht.

«Haben Sie gehört? In Schantung ist eine Missionsstation überfallen worden. Diese Unmenschen haben alle umgebracht, die sie vorfanden, Männer, Frauen, Kinder, das Vieh abgeschlachtet und die Gebäude in Brand gesteckt. Barbaren. Sie begreifen nicht, dass wir ihnen die Segnungen der Zivilisation bringen.»

Das war die Frau des amerikanischen Gesandten.

«Furchtbar», erwiderte Lady Macdonald, «man wird sie mit Militär zur Vernunft bringen müssen. Auf den chinesischen Kaiser kann man in diesen Dingen ja leider gar nicht hoffen. Er ist der Modernisierung Chinas nicht abgeneigt, aber solange dieser alte Drachen ihn beherrscht … Wie alt ist sie eigentlich? Siebzig oder achtzig?»

«Die Kaiserinwitwe Tzu-Hsi? Sechzig, soviel ich weiß.»

«Unglaublich. Und noch kein einziges graues Haar, wie man bei ihrem Neujahrsempfang sehen konnte. Ich hätte sie auf vierzig geschätzt.»

«Kein graues Haar? Lassen Sie sich nicht täuschen, meine Liebe. Das ist eine Perücke. Chinesisches Haar eignet sich sehr gut für Perücken. Aber leider nur für schwarze. Sobald man es blondiert, bricht es.»

Jetzt war das Gespräch bei den kleinen Geheimnissen der

Toilettenkunst und blieb dort, bis die Herren sich wieder zu uns gesellten.

Lady Macdonald setzte sich ans Klavier, der italienische Attaché, der einen schönen Bariton hatte und sehr stolz darauf war, sang einige neapolitanische Volkslieder, und plötzlich stand Halensee neben mir. Er trug vorschriftsmäßige Abendgarderobe, aber auf irgendeine Weise gelang es ihm, darin nachlässig zu wirken.

«Erinnern Sie sich? Sommer 97, auf Warstede. Ein wunderbarer Altweibersommer, nicht wahr? Und Sie saßen auf einer Schaukel unter einer Linde, in einem Matrosenkleid, und waren höchst vertieft in ein Buch, dessen Titel Sie nicht preisgeben wollten.»

Ich errötete. Er erinnerte sich an ein Bild, das offensichtlich gestellt worden war, um einen Mann einzufangen. Aber er erinnerte sich nicht mehr an mich. Wie vielen solchen Situationen war er schon begegnet, ein begehrter Junggeselle, den alle Mütter einfangen wollten? Ich fühlte mich gedemütigt und antwortete harsch:

«Es war Mai, ich saß nicht auf einer Schaukel, sondern auf einer Bank, die Linde war eine Eiche, das Matrosenkleid war grün, und in dem Buch las ich durchaus nicht. Aber sonst haben Sie Recht.»

«Da sehen Sie, wie gut ich mich erinnern kann», sagte er zufrieden, «ich brauche nur ein bisschen Unterstützung, und schon kann ich das ganze Bild wieder vor mir sehen. Dieses bezaubernde Mädchen in dem grünen Kleid, durch das Laub der Eiche fällt flirrender Sonnenschein und lässt das rote Haar aufflammen, und auf ihrem Schoß liegt das Buch, in dem sie nicht liest, und sie sieht uns mit einem süßen Lächeln entgegen, und leider gilt dieses Lächeln nicht mir, sondern Boythin. Zwei Tage später haben Sie sich mit ihm verlobt, nicht wahr? Sie waren so sicher, glücklich zu werden.»

Er lächelte auf mich herab mit einer Ironie, von der ich

nicht erkennen konnte, ob sie der Torheit einer jungen Frau galt oder der Idee vom Glücklichwerden im Allgemeinen.

Ich überlegte, was er sagen oder tun würde, wenn ich jetzt antwortete:

«Nein, nein, ich bin nicht glücklich, ich bin ganz elend geworden. Ich lebe in der Hölle. Bringen Sie mich fort von hier, so weit wie möglich, dorthin, wohin der Teufel, der mein Mann ist, mir niemals folgen kann.»

Lächerlich zu glauben, dass er seine Tibetexpedition abbrechen und mir helfen würde zu fliehen. Er würde seine Brauen hochziehen und mich unter die Hysterikerinnen einordnen. Aber es war nicht so sehr die Angst vor einer Abfuhr, die mich schweigen ließ, sondern mehr noch Scham. Er hatte damals mitangesehen, wie ich mich in Boythin verliebt und mich so unbesonnen verlobt hatte. Nichts hatte ich von dem Mann gewusst, dem ich mein Leben in die Hand geben wollte, war auf eine schneidige Uniform und ein schönes Gesicht hereingefallen, als wäre ich eine sechzehnjährige Gans gewesen und nicht eine junge verständige Frau von zweiundzwanzig. Sollte ich jetzt zugeben, dass ich mich so furchtbar geirrt hatte?

«O ja», sagte ich, «ich könnte nicht glücklicher sein.»

Boythin kam mit einem vollen Champagnerglas in der Hand auf uns zugeschlendert.

«Halensee! Frischen Sie die Bekanntschaft mit meiner Frau auf?»

Eine freundliche Bemerkung, aber Wachsamkeit saß in seinen Augen. Halensee verneigte sich leicht.

«Mit dem größten Vergnügen. Nirgendwo ist es angenehmer als fern der Heimat, alte Bekannte zu treffen. Sie geben uns das Gefühl, nicht mehr allzu fremd zu sein, nicht wahr? Haben Sie übrigens Allbrooks letztes Buch gelesen?»

«Ja. Er hat es mir geschickt.»

Halensee lächelte wieder, ein Lächeln, das Boythin ausgrenzte.

«Seien Sie nicht so bescheiden! Er hat es Ihnen nicht nur geschickt, sondern auch gewidmet. Dem Feuerkopf. Eine treffende Beschreibung.»

Wenn Allbrook geahnt hätte, wie wenig sie noch zutraf, dachte ich bitter. Jetzt bezeichnete sie nur noch mein rotes Haar, aber nicht mehr meinen Kampfgeist. Ich hatte resigniert, und mein ganzes Bestreben richtete sich lediglich darauf, meine Tage und Nächte allein zu verbringen. Wie hatte Halensee damals gesagt?

Und in den Händen Wehmut und Wonne
liegen die Nächte vor dir auf den Knien …

«Rilke», sagte ich, mich erinnernd, «haben Sie etwas von Rilke gelesen?»

«Ich habe sein neuestes Werk dabei. Ich würde mich freuen, es Ihnen schenken zu dürfen. Ich kann es ohnehin nicht nach Tibet mitnehmen und müsste es hier zurücklassen. Ich habe es nur mitgenommen, um mir die lange Reise zu verkürzen.»

Plötzlich wurde sein Gesicht ernst, und er wandte sich meinem Mann zu, der gelangweilt sein Sektglas zwischen den Fingern drehte.

«Übrigens, Boythin, haben Sie daran gedacht, Ihre Frau nach Hause zu schicken?»

Einen Augenblick durchfuhr mich der schreckliche Verdacht, er habe alles erraten. Aber er fuhr fort. «Sie wissen, ich bin mit der Bahn aus dem Nordosten gekommen. Da oben hat sich ein Geheimbund etabliert, die Ihequan, die Faustkämpfer für Frieden und Gerechtigkeit. Sie haben davon gehört?»

Boythin lächelte verächtlich.

«Sicher. Wir nennen sie die Boxer. Primitive Fanatiker. Glauben, sie könnten sich durch irgendwelchen Hokuspokus gegen Kugeln feien.»

«Man sollte sie nicht unterschätzen. Ich fürchte, die Situation könnte eskalieren. Es wäre gut, wenn die Europäer ihre Frauen und Kinder vorübergehend in die Heimat schickten.»

Boythin nahm einen tiefen Zug aus seinem Glas.

«Und damit signalisieren, dass wir sie ernst nehmen? Diese Bande von Raubmördern, denen man nur einen Schuss aus einer Kruppkanone vor den Bug feuern muss, damit sie um ihr Leben bis zur Großen Mauer rennen und darüber hinaus.»

«Wie Sie meinen. Ich kann Ihnen nur raten, die Lage fest im Blick zu behalten und nichts auf die leichte Schulter zu nehmen. Vergessen Sie nicht, dass auch die Chinesen Kruppkanonen haben.»

«Wenn Sie diese Leute so ernst nehmen, dann wundert es mich, dass Sie sich zu uns durchgeschlagen haben.»

«Was sollte ich machen? Wenn ich nach Tibet will, brauche ich ein Permit der chinesischen Regierung.»

«Sie wissen, dass Ihnen das nicht viel nützen wird, nicht wahr? Die Chinesen sind durchaus nicht Herr im eigenen Haus. Falls man Tibet überhaupt als chinesisches Gebiet bezeichnen kann. Die Tibeter denken ganz anders darüber. Sie sind fest entschlossen, keinen Europäer in ihr Land zu lassen, ob er nun ein chinesisches Permit hat oder nicht. Ich sage Ihnen, es ist ganz unmöglich, nach Tibet vorzudringen.»

Halensee lächelte unbekümmert.

«Sie kennen doch den Spruch: Wo ein Wille ist, ist auch ein Weg.»

«Warum wollen Sie denn dorthin?», fragte ich.

Er sah mit demselben Lächeln auf mich herunter.

«Weil ich immer das Unmögliche will», sagte er und winkte dem Diener mit den Champagnergläsern.

«Weil er ein englischer Spion ist», sagte Boythin auf dem Rückweg, als wir in einer Rikscha nach Hause fuhren. «Russland und England wetteifern darum, wer von ihnen Tibet zuerst erobert. Aber bisher haben die Tibeter noch jeden Eindringling wieder zurückgeschickt. Es wird unserem Freund nicht anders ergehen. Falls er überhaupt zurückkommt und nicht in den eisigen Höhen des Himalaya erfriert.»

Zwei Tage später reiste Halensee ab. Ich sah ihn nicht wieder, hörte aber später, dass er auch andere Leute gewarnt hatte, die seine Worte genau wie Boythin in den Wind geschlagen hatten, weil sie sich für China-Experten hielten und wussten, dass das Land vor dem Zusammenbruch stand und keine intakte Armee mehr hatte, die gefährlich werden konnte.

Der Sommer 1900 begann.

Schon im Mai war es heiß. Die Gärtner der Gesandtschaften waren jeden Morgen und jeden Abend dabei, die Rasenflächen und die Wege zu sprengen, trotzdem lag Staub über allem, und von dem Abflusskanal, der an einer Seite das Botschaftsgelände begrenzte, stieg ein Gestank von Jauche auf, an den man sich nie gewöhnen konnte.

9

Jelena Sergejewna nickte.

«Ich erinnere mich», sagte sie, «der Gestank war das, was mir zuerst auffiel. Ich dachte, er müsse doch allen so in der Nase stechen, dass niemand mehr an der Feindseligkeit der Chinesen zweifeln konnte. Denn es wäre ein Leichtes gewesen, den Europäern zu erlauben, eine Kanalisation zu legen. Diesen Gestank zu dulden hieß, mehr als einen Nadelstich zu ertragen. Außerdem war seit Wochen schon bekannt, dass die Kaiserinwitwe es Prinz Tuan erlaubt hatte, die aufständischen Bauern, die Boxer, wie Sie sie nannten, in die reguläre Armee einzugliedern. Wie Halensee war ich mit der Transsibirischen Eisenbahn gekommen und hatte den Nordosten durchquert. Ich hatte die Zeichen der Zeit gesehen, zerstörte Missionsstationen, Banden von jungen Burschen mit roten Schärpen, die sich siegestrunken gebärdeten. Manchmal hatte ich das unbehagliche Gefühl gehabt, sie würden am liebsten jeden Weißen, der ihnen über den Weg lief, umbringen, und ich würde Peking nicht lebend erreichen. Was mich gerettet hat, war, dass ich nirgendwo unterwegs ausstieg und diese Kämpfer sich aus irgendeinem Grund nicht in die Eisenbahn trauten.»

«Wir wussten schon um die Gefahr», sagte ich, «aber wie Boythin Halensee gesagt hatte: Ein Rückzug, auch schon ein Rückzug der Frauen und Kinder, hätte Schwäche bedeutet. Die Weißen hätten ihr Gesicht verloren, und nichts ist schlimmer in China, als das Gesicht zu verlieren. Allerdings wunderten wir uns sehr, dass Sie in dieser Situation Ihren Bruder besuchen wollten. Wir bewunderten Ihren Mut.»

Der Ankunft der Fürstin Jelena Sergejewna Milinskova, der Stiefschwester des russischen Botschafters, war hitziger Klatsch vorausgegangen. Die Fürstin hatte einen gewissen Ruf. Unter den eifrig auf Moral und Einhaltung von Konventionen bedachten Ehefrauen der Gesandten war sie berüchtigt. Es hieß, dass die Familie ihres Mannes vor der Bauernbefreiung hunderttausend Seelen besessen habe, was mir phantastisch erschien, aber jedenfalls war sie so reich, dass sie sich jede Laune erlauben konnte. Sie reiste ununterbrochen durch die Welt. Während andere russische Aristokraten an der Riviera oder in deutschen Badeorten ihr Vermögen aufs Spiel setzten, fuhr die Fürstin – stets ohne ihren Gatten, der in Russland Beschäftigungen nachging, über die sie niemals sprach – vierspännig durch die Welt. Sie hatte bereits Amerika bereist, war durch Indien gefahren, wo sie Gast verschiedener Maharadschas gewesen war, und wollte jetzt China erkunden. Ihre Reiselust galt als Marotte, über die offen gesprochen wurde. Über ihr Liebesleben – «es heißt, wo immer sie auftaucht, nimmt sie sich Liebhaber, und keiner begleitet sie länger als einen Monat, dann hat sie ihn satt» – wurde hinter vorgehaltenen Fächern getuschelt, in einer Mischung aus Empörung und schlecht verhohlenem Neid. Jelena Sergejewna war die unabhängige Exzentrikerin, die zu sein viele von uns in ihren Jungmädchentagen geträumt hatten. Ich hatte mir eine sehr große, sehr breite Frau vorgestellt, mit einem Körper, der ebenso barock war wie ihre Lebensführung, ein Mannweib in Hosen und Stiefeln, und war überrascht, als ich ihr auf der letzten Party Lady Macdonalds vorgestellt wurde: einem zierlichen Geschöpf, kaum größer als ein zehnjähriges Kind, anmutig und elegant in einem champagnerfarbenen Seidenkleid und einem violetten Spitzenschal, das dunkle Haar zu einem kunstvollen Gebilde aufgetürmt, in dem jede Menge falscher Locken Platz gefunden hatten, mit einem Gesicht, dem man das leidenschaftliche Leben ansah, das sie geführt hatte, das aber zwanzig Jahre zuvor sehr schön gewesen sein musste.

«Ich war fassungslos», sagte Jelena Sergejewna. «Mir schien diese Gardenparty Lady Macdonalds wie der letzte Ball in Versailles 1789. Alles lächelte, scherzte, flirtete. Es gab nur oberflächliches Geplauder, jemand setzte sich an den Flügel und spielte Walzer. Es schien, als sei das Leben nur ein charmanter Zeitvertreib. Eine heitere Operettengesellschaft tanzte auf dem Vulkan. War das nun Dummheit oder Unwissenheit?»

«Natürlich wussten wir, was draußen geschah. Seit Tagen strömten chinesische Christen vom Land in die Stadt und suchten Schutz im Gesandtschaftsviertel und in der Kathedrale. Aber wir fühlten uns sicher, denn wir glaubten fest, die Kaiserinwitwe würde die Boxer zurückhalten. Sie würde wissen, was China erwartete, wenn auch nur einem Mitglied einer weißen Gesandtschaft ein Haar gekrümmt wurde. Lady Macdonald zeigte so viel britische Kaltblütigkeit, dass sie ihre Schwester mit den Kindern in die Sommervilla aufs Land schickte. Gott sei Dank war die Schwester klug genug, ein paar Tage später in die Stadt zurückzukehren. Sie hatte eine Gruppe verdächtiger Männer nachts um das Haus lungern sehen. Zwei Tage nach ihrer Rückkehr brannte es ab. Die Männer aus den Botschaften stellten kleine Attachements von bewaffneten Reitern auf, die ausrückten, um Boxer zu jagen, wie sie andernorts Hirsche oder Wildschweine gejagt hätten. Ich glaube, zum ersten Mal erfassten wir etwas von dem Ernst der Lage, als die Rennbahn brannte. Niemand löschte. Die Chinesen standen herum, schauten zu, jubelten, wenn wieder ein Stück der Tribüne einstürzte, aber niemand rührte einen Finger, um uns zu helfen. Unseren Wachsoldaten gelang es, die Pferde zu retten. Das war alles. Und mit der Rennbahn sank ein Stück unseres Ansehens und unserer Macht in Schutt und Asche.»

«Daran erinnere ich mich. Ich sehe noch all die Pferde in den überfüllten Ställen. Denken Sie, zuerst hatte mich die Tierquälerei empört. Woher sollte ich ahnen, dass die Tiere noch einmal zu unserer Rettung beitragen würden?»

«Ich hätte nie gedacht, dass ich einmal Pferdefleisch essen würde. Pferdefleisch mit Champagner.»

Als die Belagerung begann, öffnete die Feinkosthandlung Kjerulff ihren Keller und stellte uns alles zur Verfügung, was dort lagerte. Gänseleberpastete und Kaviar gingen nach zwei Tagen aus, aber ihr Weinkeller war so groß, dass wir bis fast zum Schluss zu allen unseren rasch improvisierten Mahlzeiten Wein und Champagner tranken.

Die Fürstin zuckte die Achseln.

«Was glauben Sie, was ich auf meinen Reisen schon gegessen habe. Heuschrecken, Hammelaugen, bestimmt auch mal eine Katze oder einen Hund.»

«In den letzten Tagen der Belagerung schlachteten die Chinesen sogar Ratten.»

«Was ich nicht begriffen habe: Warum hat man Hunderten von Chinesen den Zutritt zum Gesandtschaftsviertel erlaubt? Sie waren Mäuler, die man zusätzlich stopfen musste.»

«Sie waren Christen. Sie hatten ein Recht auf unseren

Schutz. Außerdem brauchten wir sie. Seit dem Tag, an dem die Rennbahn in Flammen aufgegangen war, stahlen sich die Dienstboten aus dem Gesandtschaftsviertel fort. Wir hatten keine Dolmetscher mehr, keine Rikschafahrer und Sänftenträger, keine Köche, keine Zimmermädchen oder Zofen. Die Christen vom Lande nahmen ihre Stellen ein.»

«Trotzdem! Zwar war das Wasserproblem nicht dringlich, weil wir sechs Quellen auf dem Gelände der Botschaften hatten. Aber stellen Sie sich vor, was geschehen wäre, wenn es sie nicht gegeben hätte. Bei dieser Hitze! Tagelang über 40 Grad im Schatten. Und das hygienische Problem bekamen wir nicht in den Griff. Von Tag zu Tag mehr verwandelte sich das Gelände in eine Kloake. Dieser Gestank!»

«Wenn ich mich an die Belagerung erinnere, dann vor allem daran: an diesen entsetzlichen Gestank, der auch in die Häuser sickerte, der alles durchdrang und nach dem wir schließlich selbst rochen. Unsere Kleider rochen danach, unsere Haare rochen, unser Schweiß.»

In den ersten Tagen hatte ich mich übergeben. Ich hatte mich gezwungen, etwas zu essen, aber da ich mit jedem Bissen auch die verpestete Luft aufnahm, erbrach ich alles wieder. Es war nicht der Gestank selbst, der mich krank machte, sondern das Wissen um seine Bestandteile. Urin und Kot und der süßliche Verwesungsgeruch der Leichen, die wir nicht bergen konnten.

«Und dann die Fliegen! Diese Schwärme von schwarzblau glänzenden riesigen Fliegen, den Aasfressern, die sich überall niederließen, auf den Tischen, Tellern, auf der Haut, und den offenen Wunden der Verletzten.»

Wenn wir in Warstede Nachbarn zu Besuch hatten, so dauerte es nie lange, bis die älteren Männer zu erzählen begannen, von den Düppeler Schanzen, von Königgrätz, von Sedan. Wie diese Veteranen erzählten auch wir uns jetzt unsere Kriegserlebnisse.

Die Fürstin, die die Lage früh ernster genommen hatte als wir in Peking, hatte dennoch ihre Koffer zu spät gepackt. An dem Tag, an dem sie abreisen wollte, war die Bahnlinie unterbrochen worden, und sie saß ebenso in der Falle wie wir. Zusammen hatten wir im Hospital die Verwundeten gepflegt.

«Wissen Sie noch, der kleine McKinley? Ein Steinsplitter hatte ihm den Hintern aufgerissen, und er konnte nur auf dem Bauch liegen. Und erinnern Sie sich noch an Schneider? Der mit einem Bauchschuss kam und seine Gedärme mit eigener Hand zurückgestopft hatte? Was ist aus ihm geworden? Ist er durchgekommen?»

Jelena Sergejewna griff wieder nach der Wodkaflasche. Ich vermutete, dass sie fast leer sein musste. Aber ihr war nicht anzumerken, dass sie etwas getrunken hatte. Ich schüttelte den Kopf, als sie mir wieder etwas anbot. Ich begann, die Leere in meinem Magen zu fühlen. Wann hatte ich zuletzt etwas gegessen? Vor zwei Tagen? Erst hatte die Angst mir die Kehle zugeschnürt, und dann …

Ich biss die Zähne zusammen. Nur nicht daran denken. Reden, reden, reden. Mit Jelena Sergejewna über die Belagerung von Peking reden. Keine meiner Erinnerungen war unschuldiger.

10

Ich saß am Seerosenteich und versuchte mich an einer Tuschzeichnung, die mir aber nicht gelingen wollte. Seit der Party bei den Macdonalds hatte ich das Haus nicht mehr verlassen. Boythin hatte Ah Lin und zwei Knechte bewaffnet, ihnen eingeschärft, das große Holztor zur Straße verschlossen zu halten, und war in die deutsche Gesandtschaft zurückgekehrt. Ich lebte in der Stille des Hauses wie auf dem Grund eines Sees, zu dem die Geschehnisse auf der Oberfläche nur gedämpft und gebrochen herabdringen. Dass die Lage gefährlich wurde, ersah ich vor allem daraus, dass Ah Lin und seine Gehilfen immer wieder Wasser gegen das Tor schütteten und sich dann, die Gewehre auf dem Schoß, davor niederließen, still wie Buddhastatuen, aber von einer wachen, gespannten Stille, die mich mehr als alles andere die Gefahr erkennen ließ.

Ich weiß nicht, wie viele Tage so verflossen, als plötzlich laute Schläge gegen das Tor erschollen. Wir zuckten alle hoch. Es war ein rhythmisches Pochen, drei kurze Schläge, eine Pause, wieder drei Schläge. Ich sah, wie Ah Lin sich entspannte. Er nickte seinem Nachbarn zu, der sprang auf, das Gewehr vorsichtshalber geschultert, schob die schweren Balken zur Seite und öffnete das Tor gerade weit genug, um einen schmalen Mann einzulassen. Hinter ihm verrammelte er es sofort wieder.

Der Mann sprach hastig auf Ah Lin ein, der endlich auf mich wies.

Als er näher trat, erkannte ich ihn. Er war einer der Pförtner der deutschen Gesandtschaft. Er begrüßte mich mit einer tiefen Verneigung und reichte mir einen Brief. Ich riss den Umschlag hastig auf. Ein paar Zeilen von Boythin. Ich sei im Haus nicht mehr sicher. Ich solle es sofort verlassen, ohne zu packen. Ich solle mich als Mandschufrau verkleiden. Der Bote würde mich zur Gesandtschaft bringen. Am Schluss folgte noch eine Mahnung, keine Zeit zu verlieren und so viel frische Wäsche wie möglich einzupacken.

Die Dienerinnen suchten Kleidung für mich zusammen. Meiner großen Füße wegen konnte ich nicht als Han-Chinesin gehen, aber auch sonst machte meine Verkleidung Probleme. Alle Chinesinnen im Haus waren klein und schmächtig, verglichen mit mir wie zehnjährige Kinder. Endlich fanden sich beim Koch eine weite schwarze Baumwollhose und ein Kittel, die mir passten. Ah Lin borgte mir ein Paar Sandalen, und er brachte mir den großen Hut aus Reisstroh, unter den ich sorgfältig meine roten Haare stopfte. Die Dienerinnen füllten zwei Strohtaschen mit Wäsche, die ich mir über die Schultern hängte.

Ah Lin musterte mich ausdruckslos wie immer. Endlich nickte er und öffnete eine kleine Seitentür zur Nebengasse. Ich zögerte.

«Was wird aus euch?», fragte ich.

«Sie gehen», sagte Ah Lin und wies zu den Frauen hinüber.

«Und die Männer?»

Die Andeutung eines Lächelns kräuselte seine Mundwinkel.

«Wir bleiben. Wir sind Boxer.»

Boxer? Warum ließen sie mich dann fliehen? Hatten auch Boxer einen ritterlichen Ehrenkodex, der ihnen verbot, Frauen und Kinder abzuschlachten? Warum nicht? Nur weil sie unsere Feinde waren, mussten sie doch keine reißenden Bestien sein.

Ich hatte das überhebliche Gerede über die barbarische Primitivität der Boxer immer verachtet, mit dem die Europäer sich über sie gestellt hatten. Als verliefen die Grenzen zwischen Barbarei und Zivilisation zwischen «ihnen» und «uns», als lebten die Barbaren nicht mitten unter uns.

Der Pförtner zupfte ungeduldig an meinem Ärmel. Ich trat über die Schwelle. Ah Lin verriegelte hinter mir die Pforte, und ich stand zum ersten Mal auf der Straße, ohne von ihm überwacht zu werden.

Ich war praktisch barfuß, weil die Sandalen nur mit einem Riemen gehalten wurden, der zwischen den beiden ersten Zehen verlief. Das Stroh scheuerte an meinen Fußsohlen, und ich hatte Mühe, die Schuhe nicht zu verlieren. So schlurfte ich langsam und gebeugt hinter dem Pförtner her und gab hoffentlich mit meinen beiden prall gefüllten Taschen überzeugend das Bild einer alten Mandschufrau ab. Zeugen für meine erfolgreichen Bemühungen waren keine da. Die Straßen lagen wie ausgestorben vor uns, aber als wir uns der Hauptstraße näherten, hörte ich das dumpfe Grollen einer aufgebrachten Menge.

So musste es in Frankreich gewesen sein, als die Revolution ausbrach. Wäre dies Paris gewesen, dann hätte ich mich zu den Revolutionären durchgeschlagen, die Marseillaise gesungen und auf Freiheit, Gleichheit, Brüderlichkeit geschworen. Aber hier würde mir kein Schwur nützen. Weiße Haut, rote Haare und runde Augen hatten eine eigene Losung, und auf die stand in Peking momentan der Tod.

Auf Schleichwegen führte mich der Pförtner zu einer Gasse, an deren Ende ein kleines Pförtchen in der Mauer noch ein Schlupfloch bot. Auf der anderen Seite lag das Gesandtschaftsviertel.

Ich hatte es nur im Zustand repräsentativer Langeweile gekannt, die massiven Gebäude eingebettet in kurz geschorenen Rasen, der nur von den Gärtnern betreten wurde. Heute herrschte hier ein Gedränge wie in einem Ameisenhaufen. Es gab keine Grünzonen mehr, die nicht betreten wurden. Und wie in einem Ameisenhaufen jedes Tier eine Last schleppt, so trugen auch hier alle, die anscheinend hektisch durcheinander rannten, Matratzen, Körbe, Kisten, Waffen und Sandsäcke. Vor Kjerulffs Delikatessenladen hatte sich eine Gruppe schrill diskutierender Frauen versammelt. Ich erkannte unter ihnen die Frau des Arztes.

Der Pförtner zog mich durch das Gewühl zur deutschen Gesandtschaft. Auch hier rannte alles treppauf, treppab. Niemand nahm mich zur Kenntnis. Ich wurde ein- oder zweimal brüsk zur Seite geschoben. Oben an der Treppe stand Boythin. Ich zog Ah Lins Sandalen aus, die mir die Haut aufgescheuert hatten, und humpelte langsam die Stufen hinauf. Boythin spähte über meine Schulter hinweg die Treppe hinunter. Er erkannte mich erst, als ich den Hut abnahm. Die Anspannung in seinen Zügen machte der Erleichterung Platz. Er hatte tiefe

Schatten unter den Augen, war unrasiert, und seine Uniform sah aus, als habe er mehrere Nächte darin geschlafen.

«Gott sei Dank, Katja! Endlich! Ich wäre selbst gekommen, um dich zu holen, aber ich kann meinen Posten hier nicht verlassen. Und es wäre für dich in meiner Begleitung auch viel zu gefährlich gewesen. Im Augenblick ist kein Europäer auf den Straßen seines Lebens sicher. Komm!»

Er reichte mir den Arm und führte mich den Gang entlang in ein kleines Büro. Wir mussten ein bizarres Paar abgeben, ich barfuß im schwarzen Baumwollanzug des Kochs, und er wie ein Soldat, der von der Front zurückkehrt. Und dennoch hielt er auf Form, als spazierten wir Unter den Linden. In dem Büro warf ich mich auf den nächsten Stuhl. Meine Fußsohlen brannten wie Feuer.

«Was ist los?»

«Die Boxer machen Ernst.»

«Was heißt das?»

«Sie haben Ketteler ermordet.»

«Ketteler ist tot?»

Boythin nickte grimmig.

«Er war ein Narr. Er hätte auf die Warnungen hören sollen. In einem offenen Wagen ohne Begleitschutz, nur mit einem Dolmetscher, zum Kaiserpalast zu fahren, das war in seiner Situation eine Aufforderung zum Mord.»

«In seiner Situation?»

«Erinnerst du dich, wie er die Boxer provoziert hat?»

Ich nickte.

Ich hatte ihn zuletzt auf dem Fest der Macdonalds gesehen und hörte noch, wie er, umringt von einer Gruppe applaudierender Frauen, sagte:

«Keine Angst, meine Damen. Diese Boxer, das ist nur Pack. Man muss sie wie Gesindel behandeln, dann kriechen sie in ihre Löcher zurück. Heute Nachmittag haben doch tatsächlich zwei Boxer gewagt, durch die Gesandtschaftsstraße zu fahren, und der eine, der auf der Deichsel hockte, wetzte sein Messer an dem Holz und schrie, was sie immer schreien: Scha! Scha! Na, die habe ich mir vorgeknöpft. Den einen mit dem Stock vom Wagen gerissen, dass er die Beine in die Hand nahm, den anderen, der im Wagen hockte, tüchtig verprügelt. Die lassen sich hier nicht mehr sehen.»

«Du meinst, sie haben ihn deshalb umgebracht?»

«Gewiss. Und das hat die Lage ungemein verschärft. Sie haben Blut geleckt. Und Hemmungen verloren. Wenn ein Europäer getötet worden ist, können auch alle Europäer getötet werden. Niemand von uns ist mehr sicher. Wir müssen uns hier verbarrikadieren, bis die Entsatztruppen aus Tientsin kommen. Du gehst solange zu Lady Macdonald. Die englische Botschaft ist am sichersten. Wir bringen alle Frauen und Kinder dort unter. Ich lasse die Matratzen aus meinem Notbett für dich hinübertragen. Irgendwo wird sich ein Platz finden, wo du schlafen kannst. Hast du Wäsche mitgebracht?»

Ich nickte und stellte die beiden Taschen auf den Boden.

«Gut.» Mit dem Versuch eines Lächelns fügte er hinzu: «Mein Großvater pflegte zu sagen, den Krieg gewinnt der, der noch frische Wäsche hat. Sauberkeit hebt die Kampfmoral ungemein.»

«Krieg?»

«Wir werden uns auf ein paar Tage Belagerung einstellen müssen. Nicht lange. Aus Tientsin rücken Marinesoldaten auf Peking zu. Sie werden uns bald entsetzen.»

Ein paar Tage? Lange genug, um viel frische Wäsche zu brauchen.

«Wie können sie bald kommen? Sie marschieren durch Feindesland.»

Boythin verzog verächtlich den Mund.

«Die Boxer sind nichts als ein Haufen Marodeure. Sie können Missionsstationen überfallen, aber einer regulären Truppe sind sie in keiner Weise gewachsen.»

Er machte eine Pause und fügte dann in einem anderen Ton hinzu:

«Katja?»

Das war keine sachliche Stimme mehr. Es war ein Gefühl darin, vor dem ich die Ohren verschloss. Ich antwortete nicht.

Er griff in seine Jackentasche und holte eine kleine Schachtel heraus, flach und quadratisch, wie Juweliere sie für einen Ring verwenden. Er nahm meine Hand und drückte die Schachtel hinein.

«Nimm das! Für alle Fälle!»

Seine Stimme war heiser geworden, und er wandte sich halb ab, als ob er aus dem Fenster schauen wollte. Ich ließ den Deckel des Etuis aufspringen. Darin lag kein Ring auf dunklem Samt, sondern eine kleine weiße Kugel auf grünem Vlies. Wie die Miniaturausgabe einer Billardkugel.

«Was ist das?»

«Katja, ich möchte, dass du etwas weißt. Ich habe dich immer … ich wollte nicht … es war mein Dämon, der …»

Er rechnet damit, dass wir alle sterben werden, dachte ich. Er glaubt nicht, dass wir dem Druck der Angreifer standhalten können. Und deshalb will er jetzt Abschiedsworte sprechen. Er will sich rechtfertigen und meine Vergebung erlangen, bevor er in den Kampf geht. Eine Art protestantische Beichte. Ich fühlte, wie ich kalt wurde vor Hass. Ich war kein Opfer, das verzeihen würde.

Er sah immer noch aus dem Fenster, während seine Stimme an Sicherheit gewann.

«Ich bin nach Warstede gekommen, weil ich unbedingt heiraten musste. Ein verheirateter Mann hat sehr viel mehr Reputation. Als ich hörte, dass Warstede seit Jahren eine arme Cousine anbot, dachte ich, das sei die Gelegenheit für mich. Eine fade lymphatische Blondine, beschränkt, aber gut erzogen und mit einem guten alten preußischen Namen … Niemand hatte mich gewarnt. Niemand hatte mich darauf vorbereitet, dass du … Ich hätte umkehren sollen, sobald ich dich gesehen hatte. Aber da war es zu spät. Ich war zu schwach dazu. Und dann habe ich gehofft, Katja. Ich habe gedacht, dass die Liebe ihn fortjagen könnte, diesen Dämon, der mich besitzt. Aber sie war nicht groß genug. Deine Liebe nicht und meine Liebe nicht.»

Warum hatte er nicht früher so zu mir gesprochen? Warum nicht vor der Hochzeit, als es mir noch freigestanden hatte zu wählen? Vielleicht hätte ich ihn trotzdem genommen, verblendet vor Verliebtheit, und gedacht, wenn ich mich zum Opfer brächte, könnte ich ihn erlösen. Aber ein Opfer muss freiwillig gebracht werden. Er hatte mir keine Wahl gelassen.

«Katja?», sagte er noch einmal in bittendem Ton.

Ich ignorierte ihn. In die Schachtel starrend, wiederholte ich, als habe er nichts gesagt:

«Was ist das?»

Er machte eine wegwerfende Handbewegung.

«Ein Apothekerkunststückchen. Sie schenkt dir die Freiheit. Schmerzlos. In wenigen Sekunden. Ein indianisches Pfeilgift, habe ich mir sagen lassen.»

«Woher hast …?»

«Kommt es darauf an? Ich habe sie vor vielen Jahren erstanden. Meine Rückversicherung.»

«Warum gibst du sie mir?»

«Wenn wir nicht siegen … wenn die Truppen zu spät kommen … in diesen Zeiten findet ein Mann immer einen anständigen Tod. Eine Frau nicht. Komm jetzt! Ich bringe dich zu Lady Macdonald!»

Ich steckte die Schachtel in die Jackentasche und folgte ihm halb betäubt durch das Gewimmel, die Finger um die Schachtel gekrampft.

In ihr ruhte meine Freiheit. Der Weg, den ich schon einmal eingeschlagen hatte, von dem Ah Lin mich zurückgezerrt hatte, lag wieder frei vor mir. Diesmal würde mich niemand zurückholen können. Ich war frei. Frei, die Pille zu einem anderen Zweck zu nutzen als dem, zu dem sie mir gegeben worden war. Was sollte ich darauf warten, ob der Entsatz rechtzeitig kam oder nicht? Mich bedrohten nicht die Boxer. Mich bedrohte mein eigener Mann. Dem musste ich entkommen.

In diesen Zeiten findet ein Mann immer einen anständigen Tod.

Er rechnete damit, dass er fallen könnte, dass die Kugel eines Boxers ihn treffen würde. Der angemessene Tod für einen preußischen Offizier, Ruhm für sein Geschlecht, Ehre für sein Regiment. Wenn Boythin tot war …

Ich stolperte vor Überraschung. Nie hatte ich daran gedacht. Mir nie seinen Tod als Rettung vorgestellt. Aber jetzt war er so nah, geradezu wahrscheinlich. Warum sollte ich die kleine Pille jetzt nehmen? Wenn Boythin fiel? Oder wenn der Entsatz kam, aber zu spät für Boythin? Oder wenn alles verloren war und die Boxer siegten? So viele Möglichkeiten. Ich musste keiner zuvorkommen. Aber wie immer dieser Krieg ausging, nie wieder würde ich Boythin ausgeliefert sein. Ich umschloss die Schachtel so fest, dass meine Finger schmerzten.

Ich fand Lady Macdonald in ihrem Speisezimmer, wo sie versuchte, das Chaos in den Griff zu bekommen.

«Fünfhundert», sagte sie schrill, als ich eintrat, «fünfhundert. Es ist unmöglich, absolut unmöglich.»

Jelena Sergejewna stand ihr gegenüber und funkelte sie an. «Sollen wir im Freien schlafen?»

«Ich habe nur sechzig Betten», sagte Lady Macdonald, «sechzig für fünfhundert. Wie stellen Sie sich das vor?»

«Wer spricht von Betten?», sagte die Fürstin verächtlich, «Sie haben Zimmer und Flure. Wir können Matten auslegen und Matratzen.»

«Wir haben nicht so viele Matratzen. Und selbst wenn, der Platz auf dem Boden würde nicht ausreichen.»

«Matratzen können wir uns selbst herstellen. Wir nähen aus

den Vorhängen Säcke und stopfen sie mit unseren Kleidern aus. Und dann schlafen wir in Schichten. Es ist alles nur eine Frage der Organisation.»

«Und wer soll das machen?», fragte Lady Macdonald mit einem letzten, schon sein Scheitern einkalkulierenden Versuch, ihre Räume und ihre Vorhänge zu retten.

«Wir natürlich», sagte Jelena Sergejewna und schloss in eine umfassende Geste sich, Lady Macdonald, mich und drei andere Frauen ein, die inzwischen eingetroffen waren.

«Sie sehen doch, dass es hier genug nutzlose Frauen gibt, die arbeiten können. Und nichts», fügte sie mit großer Schärfe hinzu, «ist für Menschen in einer Krise besser, als hart zu arbeiten.»

Sir Claude Macdonald trat eilig ein.

«Alles in Ordnung?», fragte er flüchtig, gab seiner Frau keine Gelegenheit zu antworten, sondern fuhr fort:

«Das Ultimatum läuft in einer Stunde ab. Die chinesische Regierung macht keine Anstalten, mit uns zu unterhandeln. Wir müssen mit einem Angriff rechnen. Wir brauchen ein Lazarett. Da unser Haus am geschütztesten liegt, wird es hier eingerichtet.»

«Hier? Aber hier sollen doch die Frauen und Kinder …»

«In der Kanzlei», beschied Sir Claude seiner Frau knapp, blickte einmal im Kreis der Frauen umher und sagte:

«Ladys, im Lazarett werden Hilfskräfte gebraucht. Wer Blut sehen kann, melde sich bei Doktor Poole.»

11

Jelena Sergejewnas Augen funkelten. Sie schwelgte in Erinnerungen an die Zeit, in der sie als selbst ernannte Oberschwester fungiert hatte. Niemand hatte ihr das streitig gemacht. Nicht ihr hoher Rang hatte sie dazu qualifiziert, sondern ihre Tüchtigkeit und Unermüdlichkeit.

«Wenn ich an dieses Hospital zurückdenke! Sieben Feldbetten für bis zu sechzig Patienten. Wissen Sie noch, womit wir die Matratzen gestopft hatten?»

«Mit dem Stroh aus den Champagnerkisten von Kjerulff. Und die Decken waren mit Sägemehl gefüllte Säcke.»

«Wenn wir nur Betäubungsmittel gehabt hätten! Ich habe auf meinen Reisen primitive Verhältnisse angetroffen, ich bin mehr als einmal in Gefahr gewesen, aber meine Reise nach Peking war eine Reise in die Hölle. Diese Hitze, dieser Gestank, dieser höllische Lärm der Granateneinschläge, das Stöhnen und Schreien der Verwundeten. Jeder Tag war schrecklich, aber am schrecklichsten – erinnern Sie sich noch an den schrecklichsten Tag?»

«Als wir erfuhren, dass wir nur noch zwanzig Schuss Munition hatten?»

«Nein, für mich war der schlimmste Moment der, als wir die Nachricht über Sir Edmund Seymour bekamen. Wir hatten doch darauf vertraut, dass er mit seiner Truppe von der Küste heraufkam und uns befreite. Seinem modern bewaffneten Bataillon und unserer Kanone wären die Belagerer nicht gewachsen gewesen. Wir hätten sie zwischen uns zerrieben. Aber dann, als die Männer, die nachts heimlich das Gelände verließen, um Früchte und Gemüse einzuschmuggeln, mit der Nachricht zurückkamen, dass Sir Edmund seine Truppen hatte zurückziehen und sich in das befestigte Tientsin hatte werfen müssen, da dachte ich, alles sei aus. Ich erinnere mich noch, wie sehr ich Sie damals bewundert habe, Katja. In jedem erlosch die Hoffnung, alle Gesichter um uns herum wurden grau in diesem Moment, aber nicht das Ihre. Erinnern Sie sich? Sie waren gerade dabei, Verbände auszuwaschen. Kaum hatten Sie die schlechte Nachricht gehört, steckten Sie die Arme bis zu den Ellbogen wieder in den Kübel mit dem stinkenden Wasser und wuschen weiter, als sei nichts geschehen. Ihre Augen funkelten, als seien Sie jetzt mehr zum Kampf entschlossen als je zuvor. Ich habe Ihre Tapferkeit bewundert. Woher hatten Sie sie? Weil Sie Protestantin sind?»

«Was meinen Sie damit?»

«Nun, es war doch Ihr Luther, der gesagt hat, und wenn er wüsste, dass morgen die Welt untergeht, würde er heute noch einen Baum pflanzen. Sie waren Geist von seinem Geist, Katja, und haben uns mit Ihrem Beispiel die Kraft gegeben weiterzumachen, als hätten wir noch Hoffnung.»

Ich war froh, dass das Abteil so schwach beleuchtet war, dass wir das Gesicht der anderen nur schattenhaft erkennen konnten. Ich war mir nicht sicher, ob meine Miene mich nicht verraten hätte.

Hoffnung?

Welch ein Missverständnis. O ja, ich hatte Hoffnung gehabt, aber ich hatte nicht dasselbe erhofft wie alle anderen. Es war der Untergang, den ich herbeigesehnt hatte, nicht die Befreiung durch anrückende Truppen. Untergang, das bedeutete den Tod Boythins.

«Sie waren so kaltblütig, dass man hätte meinen können, Sie seien eine Engländerin. Aber ich habe Sie beobachtet, Katja. Jedes Mal, wenn die Tür aufgerissen und ein neues Opfer blutüberströmt gebracht wurde, trieb es Sie von dem Bett, an dem Sie gerade saßen, um nachzuschauen, ob es nicht Boythin war, der hereingetragen wurde. Welche Angst mussten gerade Sie haben. Denn jeder, der hereinkam, erzählte, dass er Boythin in vorderster Linie gesehen habe, dass er sich am weitesten vorwage. Kaum ein Ausfall, an dem er nicht teilnahm. Er suchte den Kampf Mann gegen Mann wie kein anderer, er war derjenige – da waren sich alle sicher –, der die meisten Boxer getötet hatte. Der sich nur irgendwo kurz zum Schlafen hinwarf, Essen aus dem Napf löffelte und schon wieder auf der Barrikade war. Nicht einmal ist er in dieser Zeit zu Ihnen gekommen. Sie bekamen die Nachrichten über ihn immer nur von anderen. Und wie durch ein Wunder blieb er unverletzt.»

Wie durch ein Wunder.

Dr. Velde, der deutsche Arzt, dem ich assistierte, sah mich scharf an, als wieder jemand hereinkam und von Boythins letzter Heldentat erzählte.

«Drei Chinesen, im Nahkampf. Mit dem Bajonett. Und nicht ein Kratzer an ihm. Es ist ein Wunder.»

«Ja», sagte Dr. Velde und blickte auf den jungen Amerikaner hinunter, dessen Wunde er versorgt hatte, «ja, der Tod ist launisch wie eine Frau. Er erhört nicht die, die ihn lieben, sondern er sucht die, die ihn fliehen.»

Ich zuckte zusammen.

Ahnte Dr. Velde etwas?

Ich hatte eng mit ihm zusammengearbeitet, ohne Handschuhe, die Ärmel bis zum Ellbogen hochgekrempelt. Hatte er es gesehen? Er war Arzt. Es war kaum möglich, dass er es nicht gesehen hatte. Und nicht richtig gedeutet hatte.

Aber dann wurde mir klar, dass er nicht über mich, sondern über Boythin sprach.

Boythin liebte den Tod.

Plötzlich sah ich jenes kleine rote, in Leder eingebundene Buch mit Goldprägung vor mir, das mir Richard Allbrook einmal geliehen hatte, Gedichte von Achim Walerian. Ich erinnerte mich an die Zeilen:

erlöst vom Leben
ein Toter zu sein
zu dämmern ohne Schmerz
im kühlen Schoß des Grabes

War das nicht nur meine Sehnsucht? Auch Boythins? Wollte auch der Teufel der Hölle entkommen?

Manchmal, wenn ich mich auf ein improvisiertes Lager

warf, um für wenige Stunden zu schlafen, fand ich mich dabei, wie ich ein altes Gebet, das Matilda mich gelehrt hatte, aufsagte, in dem am Ende um die Erfüllung eines Wunsches gebeten wurde: Gib mir heute die nächtliche und später die ewige Ruhe. Und ich ertappte mich dabei zu beten: Gib ihm die ewige Ruhe. War es Sünde, Gott um den Tod eines Menschen zu bitten? Aber wie konnte das sein, wenn Gott uns ohnehin nicht hörte? Wäre er ein Gott, dem die Menschen nicht gleichgültig waren, wie könnte er dann dieses Leiden zulassen? Den qualvollen Tod dieser blutjungen Männer, denen das halbe Gesicht weggeschossen war, die sich die Därme mit eigenen Händen in die klaffende Bauchhöhle zurückstopften, die mit fieberheißen Lippen nach Wasser lallten und im letzten Aufbäumen gegen den Tod nach ihrer Mutter riefen? Und wie konnte er das Sterben der chinesischen Kinder ertragen, die wir im Hospital pflegten und deren Leben uns unter den Händen wegfloss in den Brechdurchfällen und der Ruhr, die sich ausgebreitet hatten? Jelena Sergejewna hatte Recht. Peking war die Hölle, und Gott war ihr so fern, wie der Himmel der Hölle nur sein kann.

Jelena Sergejewna griff in ihr Haar und befestigte eine Nadel, die aus der komplizierten Frisur zu rutschen drohte. Die Armbänder an ihrem Arm klirrten. Die Geste brachte mich in die Gegenwart zurück.

«Und dann die Befreiung», sagte sie, «nach drei Monaten. Gerade, als wir keinen Moment länger hätten ausharren können.»

Die Befreiung geschah über Nacht. Am Abend hatten wir noch unserem Untergang ins Auge geblickt, am Morgen marschierten die internationalen Truppen ein. Nach einem Scharmützel am Tor zogen sie unbehelligt ins Gesandtschaftsviertel ein. Die Boxer warfen ihre Waffen fort und verschwanden. Am Kaiserhof brach Panik aus. Statt Peking Straße für Straße zu verteidigen, wurde es aufgegeben, und der Hof floh in einer langen Karawane nach Norden.

Wir, die der Belagerung wider Erwarten standgehalten hatten, stolperten ins Freie.

Wie aus einem Albtraum Erwachende brauchten wir Zeit, um uns wieder in der Wirklichkeit zurechtzufinden. Statt unseren Befreiern dankbar in die Arme zu sinken, standen wir betäubt zwischen den Trümmern und beobachteten stumm das militärische Zeremoniell, mit dem Sir Claude den Oberkommandierenden empfing.

«Gestern haben wir Kjerulffs letzte Flasche geleert», sagte jemand, «die Befreiung können wir nur noch mit Wasser feiern.»

«Einen Tag länger, und die Chinesen hätten das Gesandtschaftsviertel gestürmt», sagte die Fürstin, «das war Hilfe in letzter Minute.»

«Ich weiß nicht. Nachher haben wir lange darüber debattiert, ob sie das überhaupt wollten. Denken Sie an die gelegentlichen Waffenruhen, die Möglichkeit, frische Lebensmittel wie Obst und Gemüse einzuschmuggeln, an die Menge der Fehlschüsse. Oft wurde einfach zu hoch gezielt. Und dann haben sie die Kanonen nicht eingesetzt, über die sie verfügten. Nein, im Nachhinein waren die meisten der Meinung, dass die Chinesen das Gesandtschaftsviertel gar nicht wirklich erobern wollten.»

Jelena Sergejewna zuckte die Achseln.

«Das klingt doch völlig verrückt, finden Sie nicht?»

«Ich neige am meisten zu der Theorie von Sir Claude, dass es bei Hofe zwei Parteien gab: die des Prinzen Tuan, der auf Angriff drängte, und die des Marschall Yung Lu, der davon abriet. Wenn Yung Lu das Ohr der Kaiserinwitwe hatte, dann war Waffenruhe, wenn Prinz Tuan ihn beiseite drängte, wurde weitergekämpft.»

«Die Kaiserinwitwe hätte besser auf Yung Lu gehört. Dann hätte sie nicht fliehen müssen. Das war das Letzte, was ich in Peking vor meinen Abreise noch getan habe: Ich habe die Verbotene Stadt besichtigt und mir ihre Gemächer angeschaut. Ich hatte so eine Art Sonnenkönig auf Chinesisch erwartet, eine barocke Pracht aus Lack und Gold. Denken Sie, wie erstaunt ich war, als ich sah, dass diese Frau ganz schlicht und bescheiden gewohnt hatte, als sei sie immer noch die Konkubine dritten Grades, als die sie in den Palast gekommen war. Nur ihr kleiner Garten war wunderbar.»

«Graf Waldersee hat gleich nach seinem Einmarsch in Peking ihre Räume beschlagnahmt. Er wollte dort wohnen, um symbolisch den vollkommenen Sieg des Westens über China zu demonstrieren. Aber ein schöner Garten reichte ihm offensichtlich nicht. Er ist nach kurzer Zeit in ein luxuriöseres Quartier umgezogen.»

«Ich bin dann abgereist, sobald es ging. Peking war ein trauriger Aufenthaltsort geworden. Ein gut Teil der Stadt lag ja in Schutt und Asche, die Bevölkerung war zum großen Teil geflohen. Was hätte ich dort noch tun können?»

«Plündern», sagte ich, «das wurde ein Teil der Alltagsbeschäftigung aller Weißen in Peking. Sogar Lady Macdonald war sich nicht zu schade, in Begleitung einiger Soldaten in chinesische Häuser einzudringen und Kunstschätze zu requirieren, wie sie es nannte.»

«Was taten Sie?»

«Ich kehrte in unser Haus zurück. Wie durch ein Wunder war es nicht zerstört worden. Allerdings hatte man es geplündert. Nur das Tafelsilber und mein Schmuck waren den Räubern entgangen. Ah Lin hatte sie im Seerosenteich versteckt. Wie Ah Lin es fertig gebracht hat, das Haus zu retten, weiß ich nicht. Wahrscheinlich hat er sich erfolgreich als Boxer getarnt. Die Dienstboten kehrten in den folgenden Tagen alle zurück, und hinter unserem Tor ging das Leben weiter wie zuvor. Als sei das viertel Jahr Krieg nur ein böser Traum gewesen. Allerdings hatten wir Einquartierung. Die Truppen mussten untergebracht werden, und wir nahmen drei Offiziere auf.»

Sie waren mein Schutz gegen Boythin. Er war unversehrt aus dem Krieg zurückgekehrt. Ich hütete die kleine Schachtel mit der weißen Pille wie meinen Augapfel. Eines Tages würden die Offiziere uns verlassen, und dann würde der Moment kommen, in dem ich sie brauchte.

«Sie waren schon abgereist, Jelena Sergejewna, als das deutsche Armeekorps unter dem Befehl des Grafen Waldersee nach Peking kam. Der Kaiser hatte die Truppen mit einer martialischen Rede verabschiedet, in der er sie aufforderte, in China zu wüten, damit bis in tausend Jahren der deutsche Name dort so gefürchtet sei wie der Name der Hunnen immer noch in Europa. Sie kamen kampfeshungrig, blutgierig in eine schon befriedete Stadt. Alles, was sie unternehmen konnten, war eine Parade durch die Stadt. Waldersee, der Feldmarschall, der sich gern Weltmarschall nennen ließ, weil der Kaiser durchgesetzt hatte, dass er der Oberkommandierende aller internationalen Truppen in China war, war zu einer lächerlichen Figur geworden.»

12

«Schlecht für seine Karriere», sagte Boythin und steckte sich eine Zigarre an. Wir saßen beim Frühstück in dem kleinen Haus. Die fremden Offiziere waren am Morgen abgerückt. Die Vögel in der Voliere zwitscherten, die Sonne ließ das Wasser zwischen den Seerosen glitzern, die kleine Chinesin schenkte den Kaffee ein, in der Küche schimpfte jemand schrill, irgendwo im Hintergrund lauerte Ah Lin. Es war ein friedlicher Morgen.

«Waldersee ist vor etlichen Jahren in höchste Ungnade gefallen, weil er es gewagt hatte, den Kaiser beim Manöver zu kritisieren. Seine Majestät hatte ihn auf einen höchst mediokren Posten nach Hannover versetzt, während Waldersee schon damit geliebäugelt hatte, Reichskanzler zu werden. Dieses Kommando ist seine zweite Chance. Aber was kann er schon daraus machen, wenn er nichts weiter nach Berlin zu kabeln hat als: Die Stadt ist friedlich, die Truppen schieben eine ruhige Kugel?»

Er inhalierte tief, stieß dann den Rauch aus und schaute dem blauen Wölkchen nach, wie es aufstieg und sich allmählich auflöste.

«Allerdings», fuhr er fort, «kann er sich natürlich die Frage stellen, wo denn die Boxer geblieben sind. Nicht in Peking, so viel steht fest. Sie haben die Stadt verlassen und sind auf dem Lande untergetaucht. Die Dörfer im Umkreis von hundert Meilen wimmeln von ihnen. Ihre Schlupfwinkel müssen ausgeräuchert werden, wenn wir auf Dauer Ruhe haben wollen.»

«Du meinst, Waldersee will eine Strafexpedition gegen friedliche Dörfer führen?»

«Dörfer, in denen sich die Boxer verstecken», betonte Boythin, «die Dorfbevölkerung hat nichts zu befürchten, wenn sie die Boxer herausgibt.»

«Wenn sie ihre Landsleute, die für ihre Freiheit gekämpft haben, verrät, meinst du?»

«Du solltest deine Zunge hüten, Katja. Für die Frau eines deutschen Offiziers ist das eine sehr anstößige Bemerkung. Im Übrigen wirst auch du davon profitieren. Ich habe mir bei der Belagerung einen gewissen Ruf erworben, Waldersee betrachtet mich beinahe als seine rechte Hand – wenn er einen Karrieresprung macht, dann werde ich es auch tun. Dann wird endlich die Verbannung aufgehoben und wir können nach Berlin zurückkehren.»

«Die Verbannung?», fragte ich.

Boythin warf seine Zigarre beiseite.

«Stell dich nicht dumm, Katja! Vor drei Jahren musste ich gehen, sonst hätte es einen Skandal gegeben. Aber wenn ich jetzt als Held zurückkehre, dann wird niemand mehr den Teppich aufheben und schauen, was darunter gekehrt wurde.»

Aber er kam nicht als Held zurück.

Ich stand neben Lady Macdonald an der Gesandtschaftsstraße, als die Truppen von ihrer Expedition zurückkehrten. Sie zogen mit klingendem Spiel in die Stadt ein. Die Chinesen säumten die Straßen, und sie, die sonst jederzeit einen wahren Höllenspektakel veranstalteten, standen und starrten, ein Furcht erregendes Schweigen bewahrend, und die Männer, die durch das Spalier schritten, wirkten verlegen, als wünschten sie, der Boden tue sich zu ihren Füßen auf und böte ihnen ein Asyl vor diesen Blicken.

«Hunnen», sagte Lady Macdonald und gab sich keine Mühe, ihre Stimme zu dämpfen.

Waldersee ritt an der Spitze seiner Truppe. Boythin war weder neben ihm noch in den ersten Reihen hinter ihm. Ich sah ihn bei dieser Parade überhaupt nicht.

War er in einem Dorf als Kommandant der Besatzung zurückgeblieben? War er verwundet worden? War er … Ich dachte die Frage nicht zu Ende, aber ich beschleunigte meinen Heimweg.

Ah Lin öffnete mir das Tor. Sein Gesicht war so unbewegt wie immer.

Man hatte Boythin in sein Schlafzimmer gebracht. Er lag auf dem Bett auf dem Rücken, das Gesicht wachsbleich, um den Mund ein sonderbares Lächeln, als er mich sah.

«Du kannst mich willkommen heißen, Katja. Hier liegt der Held von Peking, und er wird auch hier liegen bleiben. Wie sagte Heine so treffend? Die Matratzengruft. Dies ist meine Matratzengruft.»

Ich runzelte die Stirn.

«Ich verstehe nicht.»

«Hat es dir noch niemand erzählt? Nein? Nun, es wollte wohl niemand der Überbringer der frohen Botschaft sein. Der

Held von Peking, der jeden mörderischen Nahkampf unverwundet überstanden hat! Ein Augenblick zu lange in einer Lehmhütte, deren Strohdach lichterloh brannte, ein herabstürzender Dachbalken, et voilà!»

Der Balken hatte sein Rückgrat durchschlagen. Er war von der Taille abwärts gelähmt.

Ich starrte auf ihn hinunter. Von einem Moment zum anderen hatte sich alles geändert. Der Teufel hatte seine Macht verloren.

Ich dachte daran, wie er während der Belagerung den Tod auf den Barrikaden gesucht hatte. Sicher war er mit derselben Haltung in die brennende Hütte gestürzt. Aber der Tod hatte ihn für seine Verachtung gestraft. Er hatte ihn verschmäht und ihn als Krüppel am Leben gelassen. Hilflos wie ein Kind Ah Lins Pflege ausgeliefert. Mir ausgeliefert. Jetzt war dieses Haus seine Hölle und nicht mehr meine. Ich empfand keinen Funken Mitleid mit ihm, als ich ihn dort liegen sah, nur einen düsteren Triumph, der aus dem Hass geboren war.

Ich sah an der Veränderung in seinen Augen, dass er meine Gefühle offen von meinem Gesicht ablesen konnte. Er hob eine Braue und kräuselte flüchtig den Mundwinkel zu dem spöttischen Lächeln, mit dem er mich fortan verfolgte. Dieses Lächeln, mit dem er begraben wurde. Dieses Lächeln, das er immer noch in meinen Träumen lächelt.

«Erinnerst du dich, dass ich dir einmal ein Etui gegeben habe?»

«Ich erinnere mich.»

«Hast du es noch?»

«Ja.»

«Es ist noch gefüllt?»

«Es ist noch gefüllt.»

«Gib es mir!»

Ich sah ihm in die Augen.

«Nein.»

13

Die Fürstin zögerte einen Moment.

«Wenn Sie nicht darüber sprechen wollen, Katja Fjodorowna, dann sagen Sie es mir. Ich will nicht wie ein neugieriges altes Weib erscheinen, das sich, weil ihm selbst nichts mehr widerfährt, vom Leben anderer ernährt. Aber Sie sollten wissen, dass Boythin immer noch nicht vergessen ist. Wann immer in London oder Paris oder Petersburg die Rede auf den Boxeraufstand kommt, dann fällt sein Name als der des Helden von Peking. Und sein Tod war eine solche Tragödie. Er mag Ihnen kein guter Gatte gewesen sein, meine Liebe – aber welcher Mann ist das schon, ein guter Ehemann? –, doch Mut und Tapferkeit müssen Sie ihm zugestehen. Ich wünschte, ich wäre damals nicht gleich nach der Befreiung abgereist, sondern geblieben und hätte Ihnen zur Seite stehen können, Katja. Wollen Sie mir erzählen, was geschehen ist?»

Wie hätte ich ablehnen können?

«Es war eine schreckliche Zeit», sagte ich.

Jelena Sergejewna nickte mitfühlend.

«Anfangs kamen viele Besucher in unser kleines Haus, aber er vertrieb sie, indem er ihre Anteilnahme mit ätzendem Spott geißelte. Sowenig er es ertrug, ihren neugierigen, mitleidigen Augen ausgesetzt zu sein, so wenig wollte er davon wissen, nach Deutschland zurückzukehren. Von einer Hauptmannspension in einem kleinen Seebad zu leben, in einem schäbigen Quartier, von seiner Frau über die Promenade gerollt zu werden, eine Sehenswürdigkeit für die Sommergäste wie der Leuchtturm oder die Robben auf der Sandbank – unser Held von Peking, der jetzt ein Krüppel ist –, die Vorstellung allein war für ihn der blanke Horror. So lebten wir in dem kleinen Haus mit dem Seerosenbecken, und Ah Lin öffnete immer seltener das Tor für Besucher. Zuletzt war es nur noch Doktor Velde, der einmal wöchentlich kam.»

Schon seit langem waren draußen keine Lichtinseln mehr vorübergehuscht. Wir spiegelten uns schemenhaft im Fensterglas. Mir schien, der Zug verringerte seine Geschwindigkeit.

«Sie müssen sehr gelitten haben», sagte Jelena Sergejewna, «ein Mann, der so gesund, so vital, so kämpferisch gewesen ist, kann nicht plötzlich ein Heiliger an Geduld und Sanftmut werden. Er wird Sie mit seinen Launen schrecklich gequält haben.»

«Uns alle», sagte ich, «das war seine letzte Freude.»

Sie nickte.

«Wissen Sie, dass ich ihn verstehen kann? Es war die einzige Art von Macht, die er noch ausüben konnte.»

«Jedenfalls dauerte es nicht lange», antwortete ich, «drei Monate nachdem man ihn auf der Bahre heimgebracht hatte, war er tot. Doktor Velde stellte als Todesursache Herzversagen fest. Zuerst wurde mir vorgeschlagen, den Toten nach Deutschland zu überführen, aber ich bestand darauf, dass er in Peking beigesetzt wurde. Man begriff, dass dies der angemessene Platz für ihn war, der Ort, an dem er als Held gelebt hatte und gestorben war. Nach seiner Beerdigung war ich frei, nach Hause zurückzukehren.»

Der Zug fuhr langsamer. Wir blickten hinaus. Am Horizont kroch eine fahle Helligkeit herauf und bleichte den schwarzen Himmel zu einem schmutzigen Grau.

Madame Depors kam herein und berichtete, wir würden in Kürze in Königsberg eintreffen, und fragte, ob die Fürstin etwas wünsche.

Jelena Sergejewna ordnete an, dass der Schaffner das Abteil zum Schlafen vorbereiten solle, während wir auf dem Bahnsteig spazieren gehen würden.

«Und leihen Sie Katerina Fjodorowna eines Ihrer Nachthemden, Madame!»

Ich dachte erst, die Französin würde Einwände machen,

denn ihr Blick war alles andere als freundlich, aber sie nickte nur und zog sich mit einem gemurmelten Wort zurück.

«Furchtbare Person», sagte die Fürstin, «ich begreife nicht, warum ich sie um mich dulde. Keine Spur von Liebenswürdigkeit und kein Sinn für das Lächerliche. Aber sie ist tüchtig, und sie liest wunderbar. Ehemalige Schauspielerin, wissen Sie. In meinen schlaflosen Nächten liest sie mir vor. Ich habe ja nicht jede Nacht das Glück, eine Bekannte zu treffen, die mir ihr Leben erzählt.»

Der Bahnhof von Königsberg kam wie ein Schock. Es war die Helligkeit nach der langen Fahrt durchs Dunkle, der Lärm nach den Stunden des monotonen Räderrollens. Und es war vor allem die Tatsache, dass er ein Bahnhof war, ein Bahnhof wie der in Berlin, wo ich ihn zum letzten Mal gesehen hatte. Als die Fürstin mich aufforderte, mit ihr auszusteigen, lehnte ich ab. Ich konnte den Gedanken nicht ertragen, auf einem Bahnsteig zu stehen.

Nach einer halben Stunde fuhr der Zug unter gellendem Pfeifen weiter. Das Abteil war inzwischen ein Schlafwagen geworden, ich trug eines von Madames warmen Flanellnachthemden, die Fürstin, in einer aufregenden Seiden- und Spitzenkreation, zog die Decke bis zur Brust hoch, bat mich, das Licht zu löschen, und bald darauf hörte ich an ihrem gleichmäßigen Atem, dass sie eingeschlafen war.

Ich lag in der Dunkelheit wach und dachte daran, wie gut es mir gelungen war, ihr die Wahrheit zu verschweigen.

Ich stand wieder an Boythins Grab. Der Sarg wurde langsam in die Erde hinuntergelassen. Er war mit Rosen bedeckt. Hinter mir hörte ich gedämpftes Schluchzen. Freiherr von Mumm, der neue deutsche Gesandte, hatte eine kurze Rede gehalten und an Boythins Heldenmut bei der Belagerung erinnert. Der evangelische Pastor aus der Missionsstation hatte eine längere Rede gehalten, in der er von dem unerforschlichen Ratschluss Gottes sprach, der diesen seinen Diener von

Ostpreußen nach Peking geführt habe, damit er dort sein Schicksal vollende. Ich stand im Versteck des dichten schwarzen Schleiers und stellte mir vor, wie Boythin in seinem dunklen Kerker lag, die Decke über dem zerstörten Körper bis über die Schultern gezogen, und darüber sein Gesicht, das unversehrt geblieben war, bleich, schön, die eine Braue leicht angehoben, was ihm etwas Ironisch-Luziferisches gab, den Mundwinkel spöttisch verzogen. Der gefallene Erzengel, der mich noch im Tod verspottete, weil er geglaubt hatte, ich könne nie frei werden. Der geglaubt hatte, dass man sich nur von einem lebenden Menschen befreien konnte. Die Toten jedoch seien allgegenwärtig, und sein Tod habe uns für die Ewigkeit vermählt.

Allmählich lullte mich das Rollen der Räder ein und trug mich fort, dorthin, wo Schuld und Schmerz im Dunkel versanken.

14

Die Fürstin erwachte am späten Vormittag und verlangte ein Frühstück, für das die tüchtige Madame Depors bereits gesorgt hatte. Wir fuhren durch eine trübsinnige Landschaft. Wolken hingen tief und grau über einer weiten Ebene. Nur hin und wieder stand ein Baum einsam in der Gegend und reckte seine dürren Äste trotzig in den Himmel.

Jelena Sergejewna leckte sich nach dem letzten Honigbrot genüsslich die Finger ab und sah mich auffordernd an. Offensichtlich war sie nun doch, auch wenn sie es abgeleugnet hatte, in das Alter eingetreten, in dem man sich vampirhaft vom Leben anderer ernährt. Auf jeden Fall war ich eine Abwechslung. Sonst hörte sie immer nur Madame Depors' geschulte Tragödinnenstimme mit den erfundenen Schicksalen. Ich wünschte, ich könnte sie anders unterhalten, aber ich konnte mich nicht weigern. Wenn der Zug in St. Petersburg ankäme, stünde ich allein in einem riesigen Land, wo ich weder Menschen kannte noch die Sprache verstand, ohne Gepäck, ohne Geld. Ich war auf ihre Hilfe angewiesen. Die Währung, in der ich sie dafür bezahlen musste, war meine Lebensgeschichte.

Und warum sollte ich ihr nicht erzählen, wie ich von Peking nach Berlin zurückgelangt war? War es mir nicht schon gestern gelungen, das Schiff meiner Geschichte an allen gefährlichen Häfen vorbeizusteuern und nur dort an Land zu gehen, wo ich mich sicher fühlte? Es erforderte nichts als eine große Konzentration. Ich würde all die Szenen, die in meiner Erinnerung auftauchten, bis auf das Skelett entfleischen und ihr die blanken Knochen zum Fraß vorwerfen.

Jelena Sergejewna schüttete drei Löffel Zucker in ihren Kaffee, goss reichlich Milch dazu und rührte um. Ihre Augen glänzten vor Neugier.

Und so erzählte ich ihr, wie ich die nächsten fünf Monate in Peking gelebt hatte, bevor ich nach Shanghai fahren konnte. Ich hatte das Haus sofort nach Boythins Tod verlassen wollen, aber es ergaben sich große finanzielle Schwierigkeiten, und ich war nicht in der Lage, ein Hotelzimmer zu bezahlen. Die Beamten in der Botschaft halfen mir nach Kräften. Aus einem Reptilienfonds zahlte der neue Gesandte mir zwei Monate lang Boythins Sold weiter. Boythin, so stellte sich heraus, hatte mit dem Haus und der Dienerschaft über seine Verhältnisse gelebt, und ich musste seine Schulden tilgen.

Ich entließ die Diener bis auf eine ältere Frau, die das Haus putzte und auf dem Markt einkaufen ging, während ich selbst kochte. Ah Lin hatte ich gleich am Tag nach Boythins Tod hinauswerfen wollen, aber es stellte sich heraus, dass er gar nicht bei Boythin angestellt gewesen war, sondern auf der Lohnliste der Gesandtschaft stand. Er hatte, soweit ich aus Andeutungen von Beamten erschloss, einen Ring chinesischer Spione geleitet. Man verlangte von mir, dass ich ihn weiterhin beschäftigte, aber ich weigerte mich mit solcher Heftigkeit, dass Ah Lin gehen musste. Er schnürte ein kleines Bündel und ging, ohne sich vor mir zu verbeugen. Sein letzter Blick auf mich war so ausdruckslos wie immer. Und plötzlich begriff ich zwei Dinge: Hinter diesem Blick verbarg sich kein unlösbares Geheimnis. Er würdigte mich keines Ausdrucks, weil er mich verachtete. Ich war nur eine Frau. Eine Frau, die Boythin vor seinen Augen gedemütigt hatte.

Nach fünf Monaten endlich war das Haus verkauft und das Tafelsilber zu Geld gemacht, und mit einem Vorschuss auf meine Pension konnte ich mich auf den Weg nach Shanghai machen.

15

Ich hatte eine Passage auf der «Marie Christensen» gebucht, die Mitte August von Shanghai nach Hamburg fuhr. Zwei Tage vor Abfahrt des Schiffes kam ich an und stieg in einem Hotel in der Nähe des Hafens ab.

In der Nacht konnte ich nicht schlafen und schob es auf die widrigen Umstände.

Die geschlossenen Holzjalousien sperrten zwar das Licht aus, aber nicht den Lärm der Stadt, die niemals schlief, und nicht ihre Gerüche. Von draußen hörte ich das Rumpeln der Rikscharäder, das Schreien der Kulis in hohem Falsett, Peitschenknallen, Trampeln eiliger Füße in Holzsandalen, dann und wann von fern her das Tuten eines Dampfers. Schwaden von nach verbranntem Fett Riechendem, in heißem Öl Gebackenem, scharf Gewürztem trieben auf der Woge feuchter Schwüle durch die schlecht schließenden Lamellen der Fensterläden.

Ich zog an der Schnur der Nachttischlampe und blickte auf die Uhr.

Es war erst fünf Uhr morgens.

Noch vier Stunden, bis ich im Büro der Reederei vorsprechen konnte, um meine Fahrkarte für die Überfahrt nach Hamburg abzuholen.

Übermorgen würde ich an Bord der «Marie Christensen» gehen und nach Deutschland zurückfahren.

Zurück, aber nicht heim.

Es gab kein Heim, das mich aufnehmen würde. Ich hatte Tante Hermine und Warstede nie als Zuhause betrachtet, und ich würde nicht dorthin zurückkehren, nicht einmal für eine Übergangszeit. Ich wusste, was ich tun würde. In Schwerin oder Ludwigslust oder in einem anderen Residenzstädtchen, in dem es von pensionierten Beamten und Offizierswitwen wimmelte, würde ich mir eine kleine Wohnung mieten. Dort konnte man preiswert und standesgemäß leben, und preiswert musste es sein, denn ich bezog nur eine kleine Pension.

Gegen sieben stand ich auf. Alle Knochen schmerzten mich vom ruhelosen Liegen.

Ich wusch mich lange, denn mir war, als klebte die feuchte Schwüle wie ein Ausschlag auf meiner Haut, dann kleidete ich mich sorgfältig an, mit dem schwarzen Unterrock, der schwarzen Bluse, den langen schwarzen Strümpfen, dem schwarzen Rock, den schwarzen Knopfstiefeletten, der schwarzen Jacke. Zuletzt setzte ich den schwarzen Hut auf, dessen schwarzen Schleier ich herunterschlagen würde, sobald ich das Zimmer verließ.

Es war die denkbar ungeeigneteste Kleidung für ein Klima wie dieses, aber es war die vorgeschriebene. Ich war noch kein Jahr in Trauer. Erst in einem Monat durfte ich das strikte Schwarz ersetzen durch ein dunkles Grau oder Blau, hin und wieder aufgehellt durch einen weißen Kragen und weiße Manschetten.

Als ich aus dem Portal des Hotels trat, überfiel mich die Stadt wie ein brüllendes Ungeheuer. Die dicken Mauern hatten die Hitze, den Gestank, den Lärm gefiltert, jetzt war ich dem schutzlos ausgeliefert. Der Türsteher winkte einer Rikscha und half mir hinein, fragte nach meinem Fahrtziel, gab es an den Rikschakuli weiter und trat zurück. Ich lehnte mich an das Polster, ließ den Schleier über mein Gesicht fallen und öffnete den schwarzen Schirm, der mich vor Sonne, Wind und Blicken schützte.

Die Fahrt dauerte nicht länger als zehn Minuten, und obwohl ich mich nicht bewegt hatte, fühlte ich, wie mir Schweiß von den Schulterblättern das Rückgrat hinabrann. Das Büro der Reederei war gekühlt. Ein Ventilator drehte sich langsam und würdevoll an der Decke. Die Angestellten trugen weiße Anzüge.

Vor dem Schalter stand ein dicklicher Mann mit dunklem Gewand und dem Kragen eines Pastors. Er redete wild gestikulierend und laut auf den Angestellten ein, als ob seine Heftigkeit den Sachverhalt ändern könnte. Sein Gegenüber, ein junger sommersprossiger Mann im weißen Tuchanzug, auf dessen Gesicht eine leichte Schweißschicht glänzte, blieb ruhig und wiederholte ein um das andere Mal nur sein «Bedaure, bedaure außerordentlich. Es ist nicht möglich. Alle Passagen sind auf zehn Tage ausgebucht. Es gibt nur noch einen Dreimaster, der nach Sydney geht.»

«Was soll ich in Sydney!»

Der dicke Pastor zog ein kariertes Taschentuch aus der Hosentasche und wischte sich über die Stirn. «Ich will nicht nach Australien! Ich will nach Europa! Nach Hamburg, nach Bremen, meinetwegen nach Rotterdam oder Antwerpen. Nach Europa, verstehen Sie!»

«Ich bedaure außerordentlich. In zehn Tagen läuft die ‹Queen Maud› aus. Sie geht nach Liverpool. Wenn Ihnen damit gedient ist, buche ich Ihnen eine Passage.»

«In zehn Tagen? Guter Mann, ich will nicht in zehn Tagen, ich will morgen oder übermorgen …»

Der Angestellte warf mir über die Schulter des Pastors ein Lächeln zu, das um Entschuldigung bat, und wies mit den Augen auf die beiden Rohrsessel, die neben dem Eingang standen.

Ich setzte mich, nahm den schwarzen Fächer aus der Handtasche und wedelte mir Kühlung zu.

Durch das Glas in der Eingangstür sah ich, dass eine weitere Rikscha vorfuhr. Ein Mann in europäischem Anzug stieg aus und bezahlte den Kuli. Als er sich aufrichtete, überragte er die Chinesen um ihn herum wie ein Kirchturm die Häuser eines Dorfes.

Irgendetwas an ihm kam mir bekannt vor, obwohl ich nur seinen Rücken sah, die breiten Schultern und das dunkelblonde Haar.

Der Pastor hatte seinen fruchtlosen Versuch aufgegeben, eine Schiffspassage zu buchen, schloss mit der Bemerkung, jede andere Reederei würde sie ihm sofort verschaffen können, und verließ, puterrot im Gesicht, den Raum.

Ich erhob mich und trat an den Schalter.

«Was kann ich für Sie tun, gnädige Frau?»

Ich schlug den Schleier zurück.

«Ich möchte meine Fahrkarte abholen. Ich habe von Peking aus telegraphisch eine Passage auf der ‹Marie Christensen› gebucht. Mein Name ist Boythin.»

Ich sah das rasche Aufglänzen seines Gesichts. Heute Abend würde er sicher den anderen Kommis damit imponieren, dass er mit der Witwe des berühmten Helden gesprochen hatte. Er breitete bedauernd die Hände aus.

«Gnädige Frau, haben Sie noch nicht gehört? Die ‹Marie Christensen› ist östlich von Suez in einen schweren Sturm geraten und beschädigt worden. Sie liegt zurzeit in Bombay und wird in Shanghai nicht vor drei Wochen erwartet.»

«Welches Schiff geht dann morgen? Können Sie für mich umbuchen?», fragte ich.

Eine törichte Frage. Ich hatte ja gehört, wie es dem Pastor ergangen war.

«Gewiss», sagte der Angestellte eilfertig, «gewiss, gnädige Frau. Auf der ‹Queen Maud› sind noch Kabinen frei. Ich werde Sie sofort einbuchen.»

«In zehn Tagen?», fragte ich.

Er nickte.

«Das ist die erste Möglichkeit, Frau von Boythin. Es tut mir sehr Leid. Aber alle anderen Schiffe, die in den nächsten Tagen gehen, sind ausgebucht. Weil die ‹Marie Christensen› ausgefallen ist, gibt es Engpässe. Sie verstehen?»

Ich verstand.

Ich verstand vor allem, dass ich mir zehn Tage Hotel in Shanghai und eine Reise von Liverpool nach Deutschland nicht leisten konnte.

«Gibt es keine andere Möglichkeit?», fragte ich.

Er schüttelte den Kopf.

«Keine, gnädige Frau. Ich bedaure außerordentlich. Aber wenn Ihnen Schwierigkeiten daraus erwachsen, ist meine Reederei gern behilflich, diese aus dem Weg zu räumen. Wenn Sie keine Freunde in Shanghai haben, würden wir uns glücklich schätzen, ja, wir würden stolz darauf sein, wenn wir Ihnen helfen können. Der Name Ihres Gatten, gnädige Frau, ist unvergessen und wird niemals vergessen werden, solange es Deutsche in China gibt. Für die Witwe des Helden von Peking tun wir alles Menschenmögliche.»

Ich kannte den Satz – wie gut ich ihn kannte – und hatte den passenden Gesichtsausdruck vor dem Spiegel einstudiert. Ein knappes Heben der Mundwinkel, das die Freundlichkeit der Bemerkung honorierte, aber gleichzeitig anzeigte, dass dahinter ein großer Schmerz stand, der ein Lächeln ausschloss.

«Nein, ich habe keine Freunde in Shanghai, und es liegt mir

viel daran, rasch fortzukommen. Gibt es kein Schiff, das nach Indien unterwegs ist? Sodass ich vielleicht in Bombay einen Anschluss bekommen könnte?»

Dumme Frage. Wenn es die Möglichkeit gäbe, hätte er sie auch dem Pastor angeboten.

«Leider nein, gnädige Frau. Wie gesagt, die ‹Queen Maud› ist die nächste Gelegenheit, die Sie haben. Denn die ‹Liberté›, die heute Abend ausläuft, ist nicht bloß ein französisches Schiff» – das wurde in einem Tonfall gesagt, der andeutete, alle französischen Schiffe seien Seelenverkäufer, die nie ihren Bestimmungshafen erreichten –, «sondern auch vollständig ausgebucht. Wenn Sie auf der ‹Queen Maud› reisen wollen, dann müssten Sie zum Büro der englischen Reederei gehen. Ich rufe Ihnen gern eine Rikscha und gebe dem Kuli die Adresse.»

Was blieb mir übrig, als das Angebot anzunehmen?

Ich nickte. Er klappte das Brett neben dem Empfangstisch hoch, um in den Vorraum zu kommen. Ich ließ den Schleier vor mein Gesicht fallen, drehte mich um, öffnete die Handtasche, wollte den Fächer verstauen und ließ im gleichen Augenblick beides fallen.

Der Mann, den ich aus der Rikscha hatte aussteigen sehen und der mir so vage bekannt vorgekommen war, hatte das Büro betreten.

Wie ein Gespenst aus der Vergangenheit stand er da.

Zweimal war ich ihm begegnet, in Warstede an jenem Wochenende, als mein Cousin mit ihm und Boythin von Berlin herübergekommen war, und in Peking, als er auf der Durchreise nach Tibet war.

Alexander Graf Halensee.

Er bückte sich, um mit dem Angestellten zusammen den Inhalt meiner Handtasche einzusammeln. Ich sah auf die gebeugten Rücken der beiden Männer, dankbar, dass mir Zeit blieb, mich zu sammeln und mein Witwengesicht wiederzufinden.

Endlich klappte er den Bügel der Tasche zu und überreichte sie mir mit einer Verbeugung.

Ich neigte den Kopf.

«Vielen Dank, Graf Halensee.»

«Ich rufe Ihnen eine Rikscha, Frau von Boythin», sagte der Angestellte und ging hinaus.

Halensee und ich standen uns gegenüber. Ich schlug den Schleier wieder zurück.

Sein Blick, der Überraschung verraten hatte, als der Angestellte meinen Namen genannt hatte, wandelte sich zu Mitleid. Das wunderte mich nicht. Ich war Boythins Witwe, und ich trug auf meinem Gesicht das Siegel seines Todes.

«Welche Überraschung, gnädige Frau», sagte er, sich rasch fassend. «Ich hätte nicht erwartet, Ihnen hier zu begegnen.»

«Sind Sie auch gekommen, um Ihre Passage auf der ‹Marie Christensen› zu buchen? Das Schiff steht leider nicht zur Verfügung», sagte ich.

«Wie? Nein. Ich habe auf der ‹Liberté› eine Kabine. Ich bin nur hier, weil einige meiner Kisten fehlgeleitet wurden. Heißt das, Sie wollten mit der ‹Marie Christensen› fahren und haben jetzt keine Passage?»

Der Angestellte, der zurückkehrte, antwortete für mich.

«So ist es. Leider, leider. Ich wünschte, ich könnte für Frau von Boythin zaubern, aber alles, was sich machen lässt, ist eine Umbuchung auf die ‹Queen Maud›, die in zehn Tagen geht.»

Halensee nickte.

«Ich verstehe. Sie werden solange in Shanghai bei Freunden wohnen?»

Als Deutscher für die Deutsche, als preußischer Adliger für die Witwe des Helden von Peking, als Bekannter meines Cousins und Gatten fühlte er sich für mich verantwortlich. Spontan wollte ich die Frage bejahen, die mich seiner Fürsorge entledigt hätte, aber der Angestellte stand neben mir und ihm hatte ich vor noch nicht fünf Minuten etwas anderes erzählt.

Es blieb mir nichts übrig, als die Wahrheit zu sagen und mich dann zu verteidigen, so gut ich konnte.

«Ich habe keine Freunde in Shanghai.»

«In einem Hotel also? Zehn Tage? Allein?»

Meine Tante Hermine hätte nicht missbilligender klingen können.

«Ich bin keineswegs allein. Meine Gesellschafterin begleitet mich.»

Gesellschafterin klang gut, fand ich, auch wenn es eine hochtrabende Bezeichnung für die alte Chinesin war, die ich mitgenommen hatte, damit sie mir unterwegs half. Sobald ich an Bord ging, würde sie nach Peking zurückkehren.

Halensee wischte die Existenz einer Gesellschafterin mit einer Handbewegung beiseite.

«Ich mache Ihnen einen Vorschlag. Kommen Sie mit mir auf die ‹Liberté›! Sie können sich heute noch einschiffen.»

«Die ‹Liberté› ist ausgebucht», wandte der Angestellte ein.

Wieder eine ungeduldige Handbewegung Halensees.

«Ich habe zwei Kabinen belegt. Mein Sekretär und ich werden uns eine Kabine teilen, und so ist das Problem gelöst.»

«Das kann ich Ihnen nicht zumuten …», sagte ich. Eine schwache Abwehr, die leicht zu durchbrechen war.

«Es wird uns eine Ehre sein, einer Dame zu helfen», sagte Halensee. «In welchem Hotel sind Sie abgestiegen? Ich lasse Ihr Gepäck gegen vier Uhr abholen und komme um fünf, um Sie selbst an Bord zu geleiten.»

Ich suchte nach einer triftigen Ausrede, um seiner zupackenden Fürsorge zu entkommen, aber mir fiel keine ein. Auf die jetzt dringend benötigten Freunde in Shanghai konnte ich nicht zurückgreifen, dem Angestellten hatte ich erklärt, ich wolle so schnell wie möglich abreisen, und hier bot sich mir eine Möglichkeit, die so günstig war, als hätte der Himmel selbst sie mir gesandt. Trotzdem sträubte sich alles in mir dagegen. Ich wollte die Vergangenheit hinter mir lassen, nie mehr zurückblicken, und wie wäre das möglich in der Gesellschaft eines Mannes, dem zur Konversation sicher nichts anderes einfallen würde, als von den alten Zeiten in Warstede und Peking zu reden? Ich wollte nicht an Peking erinnert werden. Und auch nicht an Warstede, an jenen Moment, als die Gartenpforte sich knarrend geöffnet hatte und Boythin hindurchgeschritten war. Hatte er damals, auf mich blickend, nicht ebenso gelächelt wie auf seinem Totenbett?

Halensee wartete geduldig auf Antwort.

Plötzlich fiel mir der kleine Mierke ein, der für seine Firma nach China geschickt worden und mit mir an Bord gewesen war, als ich mich von Hamburg aus auf den Weg nach Peking gemacht hatte. Der junge Mann war schon gelb im Gesicht geworden, als er im Hafen das sanft schaukelnde Schiff betreten hatte, und bis weit hinter Suez in seiner Kabine geblieben, während seine Mitpassagiere die Tischrunde damit unterhielten, in welchem Stadium der Seekrankheit er sich gerade befand. Was der junge Mierke konnte, konnte ich auch. Ich beschloss, sobald ich an Bord der «Liberté» war, auf der Stelle vorzugeben, seekrank zu sein, und nicht vor Marseille aus meiner Kabine zu kommen. Sobald ich den Gedanken gefasst hatte, fühlte ich mich wohler und bedachte Halensee mit meinem einstudierten Witwenlächeln.

«Das ist außerordentlich freundlich von Ihnen. Ich nehme Ihr Angebot gern an.»

Es ist eine Sache zu lügen, man sei seekrank, eine andere, wirklich seekrank zu sein. Ich hatte meine Kabine auf der «Liberté» in der hochmütigen Gewissheit betreten, gegen das Übel gefeit zu sein, hatte ich doch vor vier Jahren selbst dem Sturm in der Biskaya standgehalten. Kaum aber hatte die «Liberté» den Hafen von Shanghai verlassen, hob sich mein Magen, und ich sah bestimmt ebenso gelbgrün aus wie der junge Mierke damals. Drei Tage hielt ich den Zustand aus, lag auf der schmalen Koje, die Augen geschlossen, stöhnend, spuckend und fühlte mich dem Tod näher als dem Leben, aber am Morgen des vierten Tages zog ich mich mühsam an und schleppte mich, schwach, hungrig, mit Kopfschmerzen und einem sich hebenden Magen, die Zähne zusammenbeißend, nach oben an Deck. Sobald ich oben war und die frische Luft einatmete, fühlte ich mich wohler.

Es war offensichtlich gerade Frühstückszeit. Das Deck war leer. Ich nahm auf dem nächsten Decksstuhl Platz, legte die Füße auf die Fußstütze, lehnte den Kopf zurück und starrte in den Himmel. Endlich wieder Himmel statt der mahagonigetäfelten Decke der Kabine, die jeden Moment auf mich herabzustürzen drohte. Blau war es hoch über mir, und kleine weiße Wolken segelten eilfertig einem unbekannten Ziel entgegen. Dann fiel ein Schatten über mein Gesicht, jemand setzte sich in den Liegestuhl neben mir, und Halensees Stimme sagte:

«Wie gut, dass Sie sich herausgewagt haben. Mir scheint, dass es Ihnen besser geht. Sie haben schon wieder etwas Farbe auf den Wangen. Mit dem Essen sollten Sie aber noch vorsichtig sein. Wer tagelang gehungert hat, darf den Magen nicht gleich überlasten. Ich habe Ihnen etwas Brühe und Weißbrot mitgebracht.»

Ich öffnete die Augen und fand ihn mir mit einem aufmunterndem Lächeln zugewandt, wie es ein alter Hausarzt aufsetzen mochte, wenn seine Patientin nach langer Krankheit zum ersten Mal aufsteht.

«Danke.»

Ich nahm das Tablett, das er mir hinhielt, und stellte es auf meinem Schoß ab. Der Duft der Brühe stieg mir verlockend in die Nase.

«Ich hoffe, dass Sie von jetzt an unsere Mahlzeiten im Speisesaal teilen können. Das weibliche Element fehlt uns in beklagenswerter Weise. Es besteht im Augenblick nur aus der alten, ziemlich tauben Gattin des französischen Konsuls, der in den

Ruhestand getreten ist, und einer Missionarsfrau, die uns mit Bibelsprüchen erbaut. Das ist natürlich besser als gar nichts, aber erst in Ihrer Gesellschaft werden wir alle zu den zivilisierten Wesen werden, zu denen man uns erzogen hat.»

Ich tunkte schamlos das Weißbrot in die Brühe.

«Und in welchen Niederungen bewegen Sie sich ohne uns Frauen?»

«Ach, wenn wir unter uns sind, reden wir Männer nur über Politik und Geschäfte, Geschäfte und Politik. Höchst langweilig und ermüdend.»

«Offenbar nicht, sonst hätten Sie doch auch andere Themen.»

«Manche Männer können auch stundenlang über Wein und Zigarren sprechen.»

«Glauben Sie, die Gespräche von Frauen untereinander seien so viel amüsanter?»

«Ich hoffe es doch. Das schöne Geschlecht macht keine Geschäfte und kümmert sich nicht um Politik, es raucht nicht, und es wäre höchst unfein, wenn eine Frau zugäbe, etwas von Wein zu verstehen. Damit steht ihm frei, nur vom Wesentlichen zu sprechen.»

Ich sah ihn an.

Er lächelte.

Hatte ich früher nie bemerkt, wie dieses Lächeln ein Netz von Fältchen um seine Augenwinkel warf, wie warm es war, ohne jede Beimischung von Spott?

Die Brühe wärmte wohlig meinen Magen. Wovor hatte ich mich gefürchtet? Doch nicht vor Alexander von Halensee?

Ich leerte die Tasse bis auf den letzten Tropfen und stellte sie bedauernd auf das Tablett zurück.

«Erwarten Sie nicht, dass ich Ihnen in die Falle gehe, Graf Halensee. Ich werde Sie jetzt keineswegs fragen, was denn Ihrer Ansicht nach das Wesentliche ist, über das man sich unterhalten sollte. Hingegen hätte ich gern noch eine Tasse von dieser köstlichen Brühe. Vielleicht könnten Sie das veranlassen?»

«Ich könnte, aber ich werde nicht. Sie haben die letzten Tage genug gespuckt. Seien Sie froh, dass Sie jetzt etwas im Magen behalten können, und setzen Sie das nicht wieder aufs Spiel. Heute Mittag können Sie durchaus eine leichte Suppe und ein bisschen Huhn bekommen. Glauben Sie mir, ich würde Ihnen gern eine andere Diät verordnen, eine, die Sie schneller wieder aufpäppelt. Denn Sie sind erschreckend mager, wenn Sie mir gestatten, das zu sagen.»

«Das ist doch kein Wunder. Ich habe drei Tage lang nichts zu mir genommen. Im Gegenteil.»

Er schüttelte den Kopf. Da war plötzlich ein ernsthaft forschender Blick in seinen Augen, der mich unbehaglich machte.

«Daran liegt es nicht. Es ist mir gleich aufgefallen, als ich Sie in Shanghai getroffen habe. Deshalb habe ich Sie auch nicht sofort erkannt. Sie sahen aus, als sei die Belagerung von Peking erst vor sechs Tagen und nicht vor sechs Monaten beendet worden. Nur noch Haut und Knochen.»

«Sie übertreiben. Aber ich bin dünner geworden, das stimmt. Man sagt, dass alle Witwen abnehmen. Das muss von der großen Belastung kommen, die ein Todesfall mit sich bringt.»

«Ihre Belastung war gewiss sehr groß. Ich erinnere mich noch, wie sehr Sie sich auf Peking gefreut haben. Damals bei Ihrer Verlobung. Und nun hat die Stadt Ihnen nichts als Elend und Unglück gebracht. Sie müssen sehr erleichtert sein, dass Sie heimkehren können.»

Ich nickte. Das war das Einfachste.

«Sie haben Ihren Mann in Peking begraben lassen, habe ich gehört?»

«Ja. Es wäre mir schrecklich gewesen, auf einem Schiff zu reisen und zu wissen, dass im Laderaum sein Sarg steht. Außerdem finde ich, ein Mensch soll dort bestattet werden, wo er zuletzt gelebt hat. So ist es auch bei meinen Eltern gehalten worden. Man hat sie gemeinsam auf einem kleinen Dorffriedhof hoch über dem Gardasee beigesetzt. Dort, wo sie glücklich gewesen sind. Und nicht in der marmorkalten Gruft der Echternbergs, wo vielleicht noch die Gespenster der lange Verstorbenen meine Mutter hinausgewiesen hätten.»

«Warum vermuten Sie das?»

«Mein Vater war Friedrich von Echternberg.»

Er sah mich verständnislos an, und mir fiel ein, dass er ja in England aufgewachsen war und die Skandale im preußischen Adel nicht kannte. Ich erläuterte sie ihm gern. Über meine Eltern zu sprechen war eine Reise in eine Zeit der Unschuld.

«Er hat es gewagt, eine russische Ballerina zu heiraten. Es war ein großer Skandal damals. Mein Vater musste den Militärdienst quittieren und mit meiner Mutter ins Ausland gehen. Manche Leute wie meine Tante Hermine haben das Unglück als die gerechte göttliche Strafe für sein Verhalten betrachtet.»

«Das Unglück?»

«Ein Unfall mit einer Kutsche. Mein Vater und meine Mutter waren auf der Stelle tot. Leider saß ich nicht mit in dem Wagen, sondern kam zu Tante Hermine nach Warstede.»

«Wie alt waren Sie damals?»

«Fünf Jahre. Tante Hermine war meine einzige lebende Verwandte von Seiten meines Vaters. Sie pochte darauf, dass ich bei den Warstedes erzogen werden sollte und nicht bei dem Vater meiner Mutter, der einen kleinen Tabakladen in Moskau betrieb. Obwohl sie die Heirat meines Vaters für ein Unglück gehalten hatte und meine Mutter mindestens für eine Salome, so war sie doch bereit, die Frucht dieser die Familie entehrenden Verbindung zu erziehen. Sie wusste stets, was ihre Pflicht war.»

«Aber wo man das Feld der Pflicht beackert, sät man weder Liebe und noch Güte», sagte er, «und erntet niemals Glück.»

Ich zuckte die Achseln.

«Glück ist eine Frage der Definition. Für Tante Hermine war ihre kalte selbstgewisse Befriedigung, das Rechte zu tun, bestimmt das, was sie unter Glück verstand. Ich bin sicher, dass sie jeden Abend Gott dafür dankt, dass sie zu den Guten und Gerechten gehört.»

«Sie haben sie verabscheut und ihr immer noch nicht vergeben.»

«Was soll ich ihr vergeben? Dass sie versucht hat, mir die Erinnerung an meine Eltern zu vergiften? Seit den Zeiten des großen Kurfürsten waren die Echternbergs in ihren Stiefeln gestorben. Mein Vater hatte Schande über die Familie gebracht. Schlimmer noch war, dass er es nie bereute, weil er sein Glück gefunden hatte. Er verkaufte das Gut, ging mit meiner Mutter nach Italien, und sie lebten dort so glücklich wie im Märchen. Als die beiden starben, musste das Haus am Gardasee verkauft werden, um die Schulden zu bezahlen. Und so kam ich aus dem Land, wo die Zitronen blühen, in die märkische Heide. Von der heiteren duftenden Wärme Italiens in diese sauertöpfische, nach Mottenkugeln riechende Kälte Brandenburgs.»

«Sie haben mein größtes Mitgefühl, aber ein wenig davon gilt auch Ihrer Tante Hermine. Denn ich bin sicher, Sie waren ein Feuerkopf, der ihr das Leben schwer gemacht hat. Sie haben den Kampfgeist der Echternbergs geerbt.»

Feuerkopf. Er erinnerte sich an Allbrooks Widmung. Ich fand, dass er mir zu nah kam. Aber daran war nur ich schuld. Meine Zunge war mit mir davongelaufen. Ich hatte eine Vertraulichkeit heraufbeschworen, die gefährlich war. Ich beschloss, mich mit dem Eingeständnis zurückzuziehen, dass ich schläfrig sei.

Zu meiner Erleichterung stand Halensee sofort auf und verabschiedete sich. Ich sah ihn noch am nächsten Treppenaufgang mit einem Steward sprechen, in meine Richtung blickend. Der Steward nickte und kam nach wenigen Minuten mit einer Wolldecke zu mir.

«Wenn Sie hier schlafen wollen, gnädige Frau, legen Sie besser die Decke um. Es weht eine frische Brise.»

In den nächsten Tagen war ich sehr müde. Wann immer ich mich in einem Deckstuhl niederließ und Halensee sich näherte, schloss ich die Augen und schlief ein.

Die Mahlzeiten nahm ich im Speisesaal, wo ich in Gesellschaft von sechs Personen an einem runden Tisch aß. Vor dem ersten Mahl hatte ich mich gefürchtet, aber es lief besser, als ich erwarten konnte.

Der französische Konsul, ein alter Herr mit weißem Spitzbart und gerötetem Gesicht, und seine Frau, die wie alle Schwerhörigen besonders laut sprach, nickten und bemerkten, sie seien «enchanté», als Halensee mich vorstellte. Neben der Konsulin saß ein schlanker Mann von etwa dreißig Jahren, der sich erhob und mir die Hand küsste.

«Mein Sekretär, Hugo Scheibner. Er stammt aus Wien, wie Sie unschwer bemerken können.»

«Dann sind Sie der Mann, den ich seiner Kabine beraubt habe? Ich muss mich herzlich für Ihren Großmut bedanken.»

«Ich bitte Sie, Frau Baronin! Es war mir ein Herzensanliegen, Ihnen gefällig zu sein. Und wie jede gute Tat trägt sie ihren Lohn in sich. Ich habe eine Kabine verloren, aber wir alle haben eine reizende Reisegefährtin gewonnen.»

«Das reicht fürs Erste, Scheibner», sagte Halensee, «nehmen Sie ihn trotz seines Süßholzraspelns ernst! Scheibner ist die größte lebende Koryphäe für chinesische und turkmenische Sprachen. Darf ich Ihnen jetzt Professor Reuchle vorstellen? Professor Reuchle lehrt in Heidelberg Sinologie. Er kehrt gerade von einem dreijährigen Studienaufenthalt zurück.»

Der Professor erhob sich umständlich. Er entfernte die Serviette, die er bereits in seinen hohen Kragen gesteckt hatte, und murmelte eine Begrüßung, die niemand verstand. Dann setzte er sich wieder und stopfte die Serviette in den Kragen zurück.

Die Frau an seiner Seite, die mir als Frau Förster aus dem Elsass vorgestellt wurde, war die Missionarsgattin, eine kleinbürgerliche Zweitausgabe meiner Tante Hermine und die Einzige, die mich taktlos anstarrte.

«Ist es die Möglichkeit? Sie sind es? Wirklich? Also, ich hätte mir ja nie träumen lassen, dass ich Sie einmal kennen lerne. Mein Gott, was Sie alles durchgemacht haben! Ich auch, natürlich. Ich war ja in dieser schrecklichen Zeit damals in Tientsin. Wir werden uns viel zu erzählen haben, meine Liebe.»

Ich starrte zurück.

«Schwerlich. Ich habe mir geschworen, niemals darüber zu sprechen.»

«Oh! Ja, natürlich! Wie gut ich Sie verstehen kann! Die Erinnerung reißt immer wieder Wunden auf. Aber ich denke doch, man kann ihr nicht entrinnen. Und dann müssen Sie auch bedenken, Sie haben nicht nur einen großen Verlust zu betrauern, Sie haben auch Grund, sehr stolz zu sein. Wie es schon geschrieben steht: Der Herr gibt und der Herr nimmt. Wir stehen alle in Seiner Hand.»

Halensee kam mir zu Hilfe.

«Im Augenblick gibt der Herr gerade. Ich sehe den Kapitän kommen und hinter ihm bereits den Steward mit der dampfenden Suppenschüssel. Wenn Sie hier Platz nehmen wollen, gnädige Frau?»

Ich saß zwischen Halensee und dem Kapitän, gegenüber von Hugo Scheibner und der Konsulin. Die Suppe wurde aufgetragen, die Missionarsfrau sprach ein langes deutsches Tischgebet, in das alle mit einem erleichterten Amen einfielen. Dann wandte Halensee sich mit einer Frage an den Kapitän, und die Unterhaltung wurde bald allgemein auf Französisch geführt. Selbst der Professor beteiligte sich daran, in einem langsamen Französisch, grammatisch korrekt, mit schwerem schwäbischem Akzent. Die Missionarsfrau blieb stumm. Für eine Elsässerin fand ich das ungewöhnlich. Ihr Französisch musste besser sein als meines oder das des Professors.

Auf eine Erklärung musste ich nicht lange warten. Sie beugte sich über den Tisch zu mir herüber und zischte:

«Ich spreche diese Sprache nicht. Aus Prinzip, wissen Sie! Es ist die Sprache des Erbfeindes.»

«Aber warum reisen Sie dann auf einem französischen Schiff?», fragte ich verblüfft.

«Das ließ sich leider nicht vermeiden. Unsere ‹Gesellschaft zur Rettung der Seelen› muss mit ihren finanziellen Mitteln haushalten. Wir geben natürlich alle Spendengelder für die Mission aus. Wenn ich auf einem deutschen Schiff gereist wäre, dann wäre uns das teurer gekommen. Und außerdem», sie senkte die Stimme, als vertraue sie mir ein schändliches Geheimnis an, «mein Mann denkt leider gar nicht so national wie ich. Wahrscheinlich weil er im Elsass geboren wurde. Ich hingegen stamme aus dem Reich. Meine Familie ist erst vor zwanzig Jahren nach Schlettstadt gezogen.»

Sobald die Männer den Tisch verlassen hatten, um sich im Rauchsalon den Zigarren, Pfeifen und dem Kognak zu widmen, bugsierte sie mich an Deck in einen Stuhl, ließ sich neben mir nieder und begann auf mich einzureden. Leider konnte ich nicht zu der Konsulin fliehen, denn die hatte sich zu einem Verdauungsschläfchen zurückgezogen.

«Und vor allen Dingen», sagte die fromme Frau neben mir, «vor allen Dingen halten Sie sich von Dr. Scheibner fern. Der Mann ist gefährlich, ja, mehr als gefährlich.»

«Sie meinen, er würde versuchen, mir den Hof zu machen? Davon sollte ihn doch wohl die Achtung vor meiner schwarzen Kleidung abhalten.»

Sie schnaubte.

«Achtung? Dr. Scheibner und Achtung? Dass ich nicht lache! Dieser Mensch hat vor nichts Achtung. Ihm ist nichts heilig. Er hat keine Moral. Geradeso wie Halensee. Wussten Sie, dass die beiden eine Kabine teilen?»

«Ja», sagte ich, ahnungslos, worauf sie hinauswollte, «Dr. Scheibner hat mir freundlicherweise seine Kabine zur Verfügung gestellt. Sonst hätte ich nicht an Bord gehen können. Die ‹Liberté› war bereits ausgebucht. Es war eine Geste der Ritterlichkeit.»

Sie schnaubte.

«So kann man es auch nennen. Und ich will auch nichts weiter dazu sagen, denn ich weiß nichts Gewisses, und meine Zunge soll verdorren, wenn ich eine Verleumdung ausspreche. Aber ganz sicher weiß ich, dass er keine Religion und kein Vaterland hat. Er ist», sie senkte die Stimme und rückte näher an mich heran, «er ist ein verkappter Sozialdemokrat. Was er über Bismarck gesagt hat!»

Sie schloss die Augen und schauderte.

Ich schwieg, und als ich die erwartete Frage nicht fragte, stellte sie sie selbst:

«Sie werden wissen wollen, was er gesagt hat. Nein, meine Liebe, ich kann es nicht wiederholen. Meine Zunge sträubt sich, dergleichen zu äußern. Aber Menschen, die zu solchen Ansichten fähig sind, denen ist alles zuzutrauen.»

Ihr Atem streifte meine Wange. Ich rückte zur Seite und verbarg ein Gähnen hinter der Hand.

«Wenn Sie gestatten, möchte ich jetzt dem Beispiel Madames folgen und ebenfalls etwas schlafen.»

«Gewiss, gewiss. Wir haben ja noch viel Zeit vor uns und viele Gelegenheiten, ausführlich zu plaudern.»

Wahrscheinlich hatten sie auf der Missionsstation ein Freudenfest gefeiert, als sie abreiste.

Das Wetter blieb unverändert schön, und ich genoss die täglichen langen Spaziergänge an Deck. Es wehte ein heftiger Wind, und an Sonnenschirm oder Hut war nicht zu denken. Ich konnte das Haar noch so fest aufstecken, der Wind riss mir immer wieder Strähnen heraus. Meine Haut war zu weiß, um zu bräunen, aber einen matten Elfenbeinton nahm sie doch an. Ich schlenderte am Schornstein vorbei und bog hinter dem Rettungsboot ab zur anderen Seite des Schiffes.

Dort stand Dr. Hugo Scheibner, der Spezialist für chinesische und turkmenische Sprachen, mit einem Fernglas vor den Augen und spähte in die Weite. Ich ging zu ihm hinüber.

«Gibt es da etwas Interessantes? Ich sehe nichts.»

Er setzte das Glas ab.

«Guten Morgen, gnädige Frau. Spielende Delphine dort hinten. Sehen Sie selbst!»

Er hielt mir das Fernglas hin. Ich hielt es mir vor die Augen. Der Horizont rückte näher heran, diese schmale schwarze Trennlinie zwischen dem tiefdunklen Meer und dem lichtblauen Himmel.

«Ich kann keine Delphine erkennen.»

«Sie müssen weiter nach rechts halten.»

Scheibner trat dicht hinter mich, legte seine Hände auf meine und lenkte das Glas in die andere Richtung. Mein Herz setzte für einen Moment aus, Kälte überflog mich, ließ meine Zähne aufeinander schlagen und machte meine Finger steif. Das Fernglas entglitt ihnen. Gemeinsam schauten wir ihm nach, sahen, wie es einem Stein gleich hinunterfiel, die Sonne blitzte einen Lichtreflex auf die Linsen, dann tauchte es unter, und die Wasser schlossen sich geräuschlos über ihm.

«Es tut mir Leid. Wie ungeschickt von mir.»

Ich hatte meine Stimme nicht unter Kontrolle. Sie zitterte ebenso wie meine Hände.

Scheibner trat zwei Schritte zurück, und ich konnte wieder atmen.

«Es macht nichts, gnädige Frau. Wie schade, dass Sie die Delphine nicht gesehen haben. Aber was ist Ihnen?»

Er starrte mich an.

«Sie sind blass und zittern. Ist Ihnen nicht wohl? Es ist doch nicht der Verlust des Fernglases, der Sie aufregt? Ich bitte Sie, eine solche Lappalie. Futsch ist futsch und hin ist hin, wie man bei uns zu sagen pflegt. Soll ich Hilfe rufen?»

Ich strich mir über die Stirn und spürte die Tropfen kalten Schweißes darauf.

«Nein, nein, es ist nichts. Ein kleiner Schwindelanfall, nichts Ernstes. Ich werde mich setzen.»

«Gestatten Sie?»

Er bot mir den Arm und führte mich zu einem Stuhl.

«Soll ich nicht doch lieber dem Bordarzt Bescheid sagen?»

«Auf keinen Fall.»

Mein Lächeln glückte, und er sah schon weniger besorgt aus.

«Vielleicht ein Glas Wasser?»

«Eine Tasse Kaffee wäre mir viel lieber.»

«Selbstverständlich. Ich bin sofort zurück.»

Als er mit dem Steward wieder erschien, der ein Tablett mit Kaffeegeschirr trug, zitterte ich nicht mehr. Ich kam den Pflichten der Hausfrau mit ruhiger Hand nach, schenkte ein, gab ihm Milch und zwei Zuckerstücke dazu.

«Sie trinken den Kaffee schwarz?»

«Je bitterer, desto besser», sagte ich.

«Das ist nicht gut fürs Herz. Das wissen Sie doch.»

«Mir fehlt nichts, Dr. Scheibner. Glauben Sie mir! Bauschen Sie den kleinen Zwischenfall bitte nicht auf. Sie langweilen mich sonst. Erzählen Sie mir lieber ein Abenteuer aus Ihrer Zeit mit Graf Halensee in Tibet!»

Nicht, dass ich mich wirklich dafür interessierte. Aber ich hatte die Erfahrung gemacht, dass Männer am liebsten sich selbst reden hören, am besten über Geschichten, in denen sie eine bedeutende Rolle spielen, und dachte, dass ich ihn so am besten ablenken könnte.

«Ich muss Sie enttäuschen, gnädige Frau. Ich kann Ihnen nicht mit einem Bericht meiner Heldentaten dienen. Ich war nicht in Tibet.»

«Nicht? Ich dachte, Sie hätten Halensee auf seiner Expedition begleitet.»

Er schüttelte den Kopf.

«Sie haben irrige Vorstellungen von dieser Expedition. Das war keine großartige Angelegenheit: der Sahib mit Gewehr voran, im Gefolge zwanzig eingeborene Träger mit Kisten auf dem Kopf. Halensee ist allein gegangen, als Einheimischer verkleidet. Anders wäre es gar nicht möglich gewesen. Tibet duldet keine Ausländer in seinem Gebiet.»

«Allein? Er muss doch sofort aufgefallen sein. Seine Haut- und Haarfarbe, seine Größe, seine Sprache – niemand kann ihn für einen Eingeborenen gehalten haben.»

«Seine Größe war ein Problem. Dadurch ist er aufgefallen, wo immer er erschien. Seine Haare hatte er abrasiert, seine Haut mit Walnussöl gefärbt, und ein halbes Jahr hatte er, noch auf chinesischem Gebiet, mit einem alten Tibeter die Sprache studiert, bis er sie in allen idiomatischen Einzelheiten beherrschte, ehe er das Gebirge überquerte.»

«Er hat in einem halben Jahr Tibetisch gelernt?», fragte ich ungläubig.

«Er hatte Vorkenntnisse», räumte Scheibner ein, «als er noch Engländer war – ich meine, noch nichts von seiner deutschen Herkunft wusste –, wollte er Diplomat werden, und zwar in Asien. Deshalb hat er in Oxford neben Sinologie die Sprache und Geschichte der Turkvölker studiert. Der alte Tibeter hat ihm nur noch den letzten Schliff gegeben.»

«Und dann wanderte er ganz allein auf das Dach der Welt? Eindrucksvoll.»

«Ganz allein? Wie man es nimmt. Ohne jede Hilfe von europäischer Seite jedenfalls. Er schloss sich einer einheimischen Handelskarawane an. Mit ihrer Hilfe kam er über die Berge ins Land.»

«Werden nicht alle Ausländer getötet, die Tibet betreten?»

Scheibner schüttelte den Kopf.

«Nein. Aber man ersucht sie, das Land umgehend wieder zu verlassen. Und hilft manchmal kräftig nach. Verboten ist es, die heilige Stadt Lhasa aufzusuchen. Aber Halensee überschätzte seine Möglichkeiten nicht. Er hat sich Lhasa nicht einmal genähert. Die meiste Zeit hat er in einem Kloster verbracht.»

«Sie haben ihn nicht die Sprache gelehrt. Sie haben ihn nicht begleitet. Welche Rolle spielen Sie denn dann in dieser Angelegenheit?»

«Ich habe ihn erst getroffen, nachdem er zurückgekehrt war. Es war ein Zufall. Ich kam aus der Mongolei zurück und logierte in einer Herberge in Wuhan, als er dort eintraf und sich von einem Tibeter wieder in einen Europäer verwandelte. Überflüssig zu sagen, dass wir ins Gespräch kamen. Und dann stellten wir fest, dass wir einander gut brauchen konnten. Halensee hat den Kopf voll von Geschichten aus Tibet. Vor allem aber: Es ist ihm gelungen, das Totenbuch auswendig zu lernen. Er diktiert mir, ich schreibe es auf, wir übersetzen es zusammen, und ich werde eine vergleichende Grammatik des Tibetischen und des Turkmenischen erstellen, mit der ich hoffe mich habilitieren zu können.»

Die Missionarsfrau bog um die Ecke. Sie sah mich mit der Kaffeetasse in der Hand und steuerte auf mich zu, dann entdeckte sie Scheibner an meiner Seite und ging mit einem knappen Gruß vorüber.

«Bei ihr bin ich, fürchte ich, in Ungnade gefallen», sagte er und ließ noch ein Stück Zucker in seine Tasse fallen.

«Ich jetzt auch. Sie hat mich ausdrücklich vor Ihnen gewarnt. Sie müssen eine entsetzliche Bemerkung über Bismarck gemacht haben, die sie Ihnen nie verzeihen wird.»

«Ich weiß. Ich habe sozusagen ihren Zweitgott gelästert.»

«Was haben Sie denn so Schreckliches gesagt?»

«Darf ich wirklich wagen, diese Bemerkung zu wiederholen? Sie als Preußin werden mich dann vielleicht auch zu einem Paria stempeln und mir Ihre Gesellschaft entziehen.»

«Ich gestehe Ihnen als Österreicher jede Kritik an Bismarck zu. Übrigens ist er auch in Preußen nicht unumstritten. Mein Cousin und seine Freunde waren durchaus keine kritiklosen Bewunderer des Kanzlers. Was haben Sie denn nun so Schreckliches gesagt?»

Scheibner leerte seine Tasse und stellte sie achtsam auf das Tablett zurück.

«Ich habe gesagt, dass dieser Mann ein Unglück für Deutschland gewesen ist.»

«Das ist stark. Sind Sie ein verkappter Sozialdemokrat?»

«Durchaus nicht. Man muss nicht sozialistisch denken, um Bismarck zu verurteilen. Obwohl ich – ehrlich gestanden – mit manchen Äußerungen der Sozialisten einverstanden bin. Ich würde sagen, ihre Kritik ist berechtigt, aber ihre Lösungsvorstellung behagt mir nicht. Aber nun sind wir so weit auf das Feld der Politik geraten. Ich bitte um Entschuldigung, gnädige Frau. Ich will Sie nicht langweilen.»

«Ganz recht. Wechseln wir das Thema! Wollen wir über das Wetter sprechen, die Gesundheit meines Schoßhündchens oder den neuesten Hut der Kaiserin Auguste Viktoria?»

Er lachte.

«Sie führen Ihre Zunge wie einen scharfen Degen, Frau von Boythin. Touché! Ich bitte abermals um Entschuldigung. Aber Sie wissen, man bringt uns Männern bei, mit Damen nur über amüsante Nichtigkeiten zu plaudern.»

Ich strich eine Falte meines schwarzen Rockes glatt.

«Ich weiß. Deshalb finden fast alle Frauen die Männer so dumm. Wie können Sie im Ernst glauben, wir interessierten uns nicht für Politik? Wir werden zu ihren Opfern, also sollten wir sie auch kennen. In Peking waren nicht nur die Männer im Gesandtschaftsviertel belagert. Ich war während des Aufstandes in Peking. Qualifiziert mich das in Ihren Augen dazu, dass Sie mir sagen, warum Sie Bismarck für ein Unglück halten?»

Er wurde rot.

«Ich bin ein Esel, gnädige Frau.»

«Selbsterkenntnis, lieber Scheibner, hat noch nie geschadet», sagte Halensee liebenswürdig. Er schien wie aus dem Nichts aufgetaucht, nahm mit einem gemurmelten «Sie gestatten doch?», dessen Antwort er nicht abwartete, an meiner anderen Seite Platz und bedeutete dem Steward, ihm einen Kaffee zu bringen.

«Nun? Wir warten auf Ihre Antwort, Scheibner.»

Scheibner fuhr sich mit der Rechten durch die Locken, zerwühlte sie in komischer Verzweiflung und sagte:

«In die Ecke gedrängt. Nun denn, mache ich mich nach Kräften unpopulär. Aber halten Sie mir immerhin zugute, dass ich Österreicher bin und wir – wie Sie zugeben müssen – den Schaden davongetragen haben. Obwohl es auch ein Schaden für Deutschland war.»

Er machte eine Pause. Halensee drängte ihn unbarmherzig weiter.

«Quod est demonstrandum.»

«Gewiss. Lassen Sie mich beginnen mit dem Begriff Deutschland. Was ist das überhaupt? Jahrhundertelang existierte nur das Heilige Römische Reich deutscher Nation, und es umfasste ein Gebiet von Bremen bis Prag, von Stralsund bis Meran. Friesen fanden darin ihren Platz so gut wie Tiroler, Schwaben wie Böhmen, ja, als Kulturgebiet dehnte es sich mit Österreich weit in den Osten aus. In Cernowitz finden Sie im Kaffeehaus fünf verschiedene deutschsprachige Zeitungen. Deutsch, die Sprache Goethes und Schillers, ist die Lingua franca Mittel- und Osteuropas. Ihr Bismarck hat dieses Gewebe brutal zerstört. Er hat den Schnitt gemacht, Österreich aus dem Reich hinausgedrängt, unter dem Beifall der Nationalliberalen. Die haben die Freiheit aufgegeben zugunsten des Nationalstaates. Nationalismus? Die Pest unserer Zeit. Wie sagte schon unser Dichter Grillparzer? Von der Humanität über die

Nationalität zur Bestialität. Jetzt ist Ihr Deutsch nicht mehr die Sprache Goethes und Schillers, sondern die Ihres Kaisers, und sie klingt sehr anders. Erinnern Sie sich an seine Rede, mit der er die Soldaten nach China verabschiedete? Der Name der Deutschen soll in China auf Jahrhunderte so tönen wie der Name der Hunnen in Europa. Deutschland verehrt statt seiner Dichter und Denker jetzt seine Leutnants, und nicht zufrieden damit, einen einzigartigen Militärstaat im Herzen Europas errichtet zu haben, greift seine Elite jetzt auch in die Welt hinaus. Das habe Bismarck nicht gewollt, meinen Sie? Aber er hat das Reich geschaffen, das jetzt so unerträglich brutal nach einem Platz an der Sonne schreit. Mit Blut und Eisen hat er den Boden gedüngt, auf dem diese Forderungen wachsen.»

Er strich sich eine Locke aus der Stirn.

«Entschuldigen Sie, ich habe mich hinreißen lassen.»

«Ihr Grillparzer war ein kluger Mann», sagte ich.

Die Unterhaltung belebte mich mehr als der Kaffee. So konnte ich es die Wochen auf See gut aushalten. Mit einer Konversation, die so intelligent wie unpersönlich war.

Halensee sah mich nachdenklich an.

Beim Abendessen gab es eine Überraschung. Der französische Konsul ließ Champagner auffahren, um seinen dreißigsten Hochzeitstag zu feiern, der Kapitän hielt eine launige kleine Rede, und das fünfgängige Menü wurde mit einer dreistöckigen Torte in Weiß und Rosa gekrönt.

Nachdem die Konsulin sie angeschnitten und jeder sein Stück auf dem Teller hatte, brachte der Konsul einen Toast auf seine Frau aus.

«Heiraten, meine Damen und Herren», sagte er, «ist das beste Mittel, um ein glückliches und harmonisches Leben zu führen. Ich weiß, wie viel immer gegen die Ehe gesagt wird. Ich kenne diese Sprüche alle, aber sie enthalten kein Jota Wahrheit. Wer in der Ehe unglücklich ist, wäre es auch unverheiratet, da bin ich sicher. Denn was ist Glück? Die realistische

Einschätzung der eigenen Fähigkeiten und Möglichkeiten, die Abwesenheit von Illusionen. Heutzutage meint man ja leicht, Ehen müssten im siebten Himmel geschlossen werden. Aber diese so genannten Liebesheiraten sind gefährlich. Mann und Frau segeln auf einer rosaroten Wolke hoch über dem Alltag, und wehe ihnen, wenn sie abstürzen in die Niederungen des gewöhnlichen Daseins. Da ist denn allerdings in der Enttäuschung auch das Unglück inbegriffen. Ehen werden auf Erden gelebt, und die gute altmodische Art, in der meine Frau und ich uns gefunden haben – nämlich durch die Vermittlung unserer Väter –, ist eine bessere Grundlage für Zufriedenheit, weil sie von Anfang an die Realität im Auge hat. Zuneigung, Respekt und Achtung sind die Voraussetzungen des Glücks, und ein so gelebtes gemeinsames Leben mit geteilten Hoffnungen, geteilten Sorgen und gemeinsamen Freuden erzeugt dann die wirkliche Liebe, die nicht im Winde verweht wie die Leidenschaft der frühen Jahre. Und in diesem Sinne: auf die Frau, die ich seit Jahrzehnten liebe!»

Wir erhoben unsere Gläser und stießen mit ihnen an. Die Wangen der Konsulin hatten sich rosig verfärbt. Wenn auch nicht alles, so hatte sie doch zumindest den mit besonders lauter Stimme vorgetragenen Schluss der Rede verstanden.

Professor Reuchle schien sich durch die Worte getroffen zu fühlen, denn sobald alle wieder saßen, wandte er sich an den Konsul und sagte in seinem langsamen steifen Französisch:

«Ich will nicht leugnen, dass es Beziehungen gibt, die sich entwickeln, wie Sie sie darstellen. Aber ich halte sie nicht für den Regelfall. Unter den heutigen Umständen, da unsere jungen Frauen in beklagenswerter Weise dumm gehalten werden, kann ein gebildeter, geistig anspruchsvoller Mann sie nur als einen Hemmschuh in seiner Entwicklung betrachten. Ich beschäftige eine Haushälterin. Sie besorgt mir die Wirtschaft, wie eine Ehefrau es auch täte, aber sie stört mich nicht mit Klatschgeschichten, Jammern darüber, dass sie einen neuen

Hut brauche oder dass man zur Sommerfrische an die See fahren müsse oder was dergleichen Trivialitäten mehr sind. Und ich möchte sagen, dass dieser Zustand nicht nur für mich angenehm ist, sondern auch für sie. Denn mit dem Geld, das ich ihr zahle, kann sie verfahren, wie es ihr beliebt, ohne mich fragen zu müssen. Wäre die Frau auch noch gebildet wie der Mann und dürfte wie er berufstätig sein, so brauchte sie nach der Ehe als Versorgungsinstitut gar nicht mehr zu verlangen, und beide Geschlechter hätten ihre Unabhängigkeit. Gibt es etwas Wichtigeres im Leben?»

Die Missionarsfrau schnaubte. Was der Professor gesagt hatte, erregte sie so sehr, dass sie vergaß, die französische Sprache zu boykottieren.

«Aber das ist gegen die Ordnung. Die Frau ist von Anbeginn der Schöpfung dem Manne untertan. Aus Adams Rippe wurde sie gemacht, damit er eine Gefährtin habe, und als die ersten Menschen aus dem Paradies vertrieben wurden, da wurde bestimmt, dass der Mann der Herr sei und die Aufgabe des Weibes einzig, Kinder zu gebären und ihm zu helfen. Ich kenne die Quelle, aus der Ihre Ansichten fließen, Herr Professor. Auch ich habe etwas von Helene Lange gelesen, aber mit Abscheu. Mit Abscheu sage ich, denn da wird gegen die gottgewollte Ordnung der Schöpfung polemisiert.»

Der Professor musterte sie einen Augenblick über das Kuchenstück hinweg, das auf seiner Gabel zwischen Teller und Mund schwebte, dann beschloss er, sie keiner Antwort zu würdigen, und die Cremeschnitte verschwand in seinem dichten Bart, wobei sie eine zarte rosaweiße Spur auf den Haarspitzen hinterließ.

«Auch ich kenne Helene Langes Schriften», sagte Scheibner versöhnlich, «aber ich möchte doch sagen, so radikal wie der Professor ist sie nicht. Sie verlangt keineswegs, dass Frauen die Ehe meiden und sich selbständig durchs Leben bringen. Sie argumentiert vielmehr, dass ein gebildeter Mann auf die

Dauer eine gebildete Gattin brauche, wenn er sich zu Hause nicht langweilen solle. Darin stimmt sie mit dem Professor überein. Sie führt das Unglück in der Ehe auf die Unwissenheit der Frau zurück und propagiert die Frauenbildung, damit der Mann eine angemessene Gefährtin und die Kinder eine wohl unterrichtete Mutter haben.»

«Um einen Haushalt zu führen und Kinder zu einem gottgefälligen Leben zu erziehen, braucht man keine Bildung», sagte Frau Förster unbeugsam, «im Gegenteil. Wenn eine Frau gebildet ist, dann vergisst sie nur allzu leicht, wo ihr Platz im Leben ist. Eine solche Frau scheut auch nicht davor zurück, die Ehe zu entheiligen. Solche Frauen fordern das Recht auf Scheidung», sie spie das Wort förmlich aus, «sie verweigern sich dem Gebären, sie rütteln an dem ganzen Bau des sittlichen Weltgefüges. Denken Sie nur daran, meine Herren, was Goethe gesagt hat: Das ewig Weibliche zieht uns hinan. Das Weibliche, meine Herren, nicht das Gebildete.»

Der Professor warf ihr einen Blick zu, als habe er plötzlich entdeckt, dass sie debil sei. Scheibner verschluckte sich und hustete, und die Konsulin, in fröhlicher Unkenntnis dessen, was gesagt wurde, legte ihrem Mann lächelnd noch ein Stück Torte auf.

Ich dachte daran, wie ich hatte Lehrerin werden wollen und wie Tante Hermine und mein Cousin den Gedanken sofort zurückgewiesen hatten. Es gab also wirklich Leute, gebildete Leute, Männer wie Frauen, die darüber nachdachten, dass Frauen ein Recht auf Bildung, ein Recht auf Geldverdienen, ein Recht auf Selbstständigkeit hatten. Sie kamen aus dem Bürgertum. Nur das Bürgertum war so fortschrittlich. Wäre ich eine von ihnen gewesen und nicht eine Komtesse von Echternberg, dann wäre mir die Ehe erspart geblieben.

«Wie ist Ihre Meinung, gnädige Frau?», fragte Halensee.

Ich schrak zusammen. Meine Meinung? Wenn ich sie jetzt ausspräche, dann würde daraus ein glühendes Plädoyer für die

Berufstätigkeit der Frau werden, und ich fürchtete, mich zu verraten. So sagte ich nur schwächlich:

«Es tut mir Leid. Ich habe keine Meinung. Ich kenne Helene Lange nicht.»

«Aber Sie können doch eine Meinung haben. Sie haben eine Ehe hinter sich – Sie können das Eheleben beurteilen. Sie sind wirtschaftlich unabhängig durch Ihre Pension. Sie können jetzt also frei entscheiden, was Sie besser finden: frei zu leben oder verheiratet zu sein.»

Mich verblüffte in seinem Ton und seinem Blick eine gewisse Eindringlichkeit, als sei meine Antwort ihm wichtig.

Ich sah ihm in die Augen und sagte mit einer Stimme, der ich eine kühle Festigkeit zu geben versuchte:

«Ich habe schon gewählt. Am Totenbett meines Mannes habe ich geschworen, niemals wieder zu heiraten.»

16

Jelena Sergejewna lächelte.

«Wie pathetisch, mein Kind! In Augenblicken hoher Emotionalität neigen wir alle dazu, uns zu überfordern. Schrecklich für jene Pedanten des Gefühls, die dann glauben, sie seien wirklich daran gebunden!»

Sie griff wieder nach der Haarsträhne, die sich aus ihrer Frisur zu lösen drohte, an der ihre Zofe Sofia, die in der dritten Klasse reiste, eine Stunde gearbeitet hatte. Die Fürstin hatte auch mir Sofias Dienste angeboten, aber ich hatte dankend abgelehnt. Meine Frisur war nicht aufwendig. Ich flocht die Haare zu einem Zopf und steckte ihn auf dem Kopf fest. Wozu sollte ich noch Aufwand betreiben?

Jelena Sergejewnas Armbänder klirrten.

«Um diese Seereise beneide ich Sie. Ich habe selbst mehrmals den Atlantik überquert und kann mich gut daran erinnern, wie grässlich es ist, keine anregende Gesellschaft zu haben und wochenlang in der Gegenwart von Langweilern leben zu müssen, die einen schließlich so bis aufs Blut reizen, dass man sie allesamt über Bord werfen möchte. Auf der ‹Liberté› wäre ich allerdings auch gern gewesen. Ich habe ja seit jeher eine Schwäche für Alexander Halensee gehabt.»

«Ach ja, ich vergaß, dass Sie ihn kennen.»

Der Abend in der Pariser Oper, die Fürstin in der Loge gegenüber, die uns zuwinkte. Ich hatte es vergessen. Ich hatte alles von diesem Abend vergessen. Nur nicht das Kollier aus Diamanten und Saphiren. Es lag in Seidenpapier eingehüllt in meiner Handtasche. Gleich neben dem Pass.

«Ich kenne Alexander seit seiner Kindheit. Ich bin mit seiner Mutter befreundet. Eine bemerkenswerte Frau. Ich habe nie jemanden getroffen, der so energisch einen Schlussstrich unter die Vergangenheit gezogen hat und sich nur noch der Zukunft widmet. Sie hat sich dieser Emanzipationsbewegung angeschlossen, den Suffragetten, wissen Sie. Will das Wahlrecht für Frauen. Sie hat ihren Mädchennamen wieder angenommen. Ich kannte sie nur als Mrs. Thorbridge. Und ihren Sohn auch nur als Alexander Thorbridge. Der Erbe des Thorbridge-Vermögens. Es war dann eine große Überraschung für mich, als ich in Berlin einem Grafen Halensee vorgestellt wurde und in ihm Alexander Thorbridge erkannte. Englische Mutter, deutscher Vater – mir schien, er hat einen Spagat gelebt. In Berlin der preußische Junker, in London der Erbe des alten Thorbridge, des Warenhauskönigs, Krösus persönlich. Hat er diesen Konflikt gelöst?»

«Sie meinen, es müsse immer problematisch sein, wenn man Eltern aus verschiedenen Ländern hat? Ich glaube nicht. Ich selbst habe nie darüber nachgedacht, dass meine Mutter Russin war. Ich habe mich eigentlich immer als Italienerin gesehen. In Italien habe ich die schönsten Jahre meiner Kindheit verbracht, und mein italienisches Kindermädchen stand mir näher als meine Mutter.»

«Dann haben Sie das Russische in sich noch nicht entdeckt?»

«Das Russische? Gibt es das überhaupt? Sind nicht all diese Verallgemeinerungen nur Klischees?»

Die Fürstin lächelte.

«Wenn Sie älter sind, werden Sie merken, dass in Sprichwörtern und Klischees die Wahrheit liegt. Der Gemeinplatz enthält den Kern, nicht das Individuelle, das nur eine Abweichung von der Norm ist. Wissen Sie, was den Kern der russischen Seele ausmacht?»

«Die Leidensfähigkeit?»

Sie machte eine wegwerfende Gebärde.

«Für die Bauern vielleicht. Nein, für uns alle gilt die Maßlosigkeit im Guten wie im Bösen. Uns fehlt die Vernunft. Wir glauben nicht an die Werte der Aufklärung. Wir sind nicht zivilisiert. Kratzen Sie an einem kosmopolitischen, gebildeten Russen, und Sie entdecken die barbarische Kraft eines Iwan des Schrecklichen und Peter des Großen. Wir lieben und wir hassen mit ganzer Seele, sind in derselben Stunde fähig zur Selbstaufgabe wie zum Mord.»

Ich kontrollierte meinen Atem und sagte nach einem Moment, ohne dass meine Stimme schwankte:

«Wie dramatisch.»

«Das Leben ist ein Drama. Nur die Angelsachsen und die Deutschen machen daraus ein langweiliges Epos. Wollen Sie nicht weitererzählen?»

«Aber wenn Epen Sie langweilen?»

Jelena Sergejewna kräuselte die Lippen.

«Halten Sie mich nicht für dumm, meine Liebe. Ihr Leben ist ein Drama. Aber wenn Sie nicht möchten …?»

Als ich gestern begonnen hatte, ihr von meiner Kindheit am Gardasee zu sprechen, hatte ich gedacht, das Thema sei mir inzwischen so fern, dass es harmlos geworden sei und keinen Schmerz mehr bereite. Ich hatte keineswegs die Absicht gehabt, immer weiter fortzufahren und mein Leben vor ihr auszubreiten. Vor drei Stunden hatte ich noch gedacht, ich täte es, um mir ihr Wohlwollen zu sichern, auf das ich angewiesen war. Aber das war ein Vorwand gewesen. Ich wusste, dass die Fürstin mir in jedem Fall helfen würde. Wer wie wir im Hagel der Granaten am Bett Sterbender gesessen hatte, verweigerte einander die Hilfe nicht.

Ich sprach um meinetwillen. Ich wollte alle diese Bilder wieder heraufbeschwören. Den Wind, der an meinem Haar und meinen Kleidern zerrte, das Salz auf meinen Lippen, die Sonne auf meiner Haut, das Glitzern des Meeres und Halensee.

Wie die kleine Meerjungfrau, die sich Beine wünschte, obwohl sie wusste, dass sie dann auf Messern gehen würde, wählte ich den Schmerz, den die Erinnerung bedeutete. Und aus dem gleichen Grund.

17

Wir hatten Singapur verlassen und nahmen durch die Straße von Malakka Kurs auf Ceylon. Die Tage waren schwül und heiß. Nur die leichte Brise, die immer über das Schiff strich, machte den Aufenthalt an Deck angenehm. Die Nächte waren warm. Ich lag bis weit nach Mitternacht auf dem Decksstuhl und schaute in den dunklen Himmel empor, auf dem zahllose Sterne flimmerten, als habe ein Kind eine Sammlung von Diamantsplittern achtlos über schwarzem Samt ausgeschüttet. Häufiger als mir lieb war befand ich mich dabei in Gesellschaft der Missionarin. Seit ich gesagt hatte, dass ich meinem Mann die Treue über den Tod hinaus halten wollte, war ich in ihren

Augen gänzlich zur romantischen Figur geworden. Sie schlürfte jede meiner spärlichen Äußerungen auf, um sie daheim ihren Verwandten und Freundinnen – vermutlich ausgeschmückt – wiedergeben zu können. Nicht nur von der Mühsal der Bekehrungsarbeit würde sie erzählen, sondern sie konnte auch in meinem Schicksal schwelgen: «Und dann hat Frau von Boythin gesagt … dazu meinte Frau von Boythin … als ich zu Frau von Boythin sagte …»

Und wenn sie mich beschriebe, würde sie wahrscheinlich sagen: «Die arme tapfere kleine Frau.» Und alle würden wohlig seufzen und sich voll Mitgefühl «meine Tragödie» vor Augen rufen.

Lange und umständlich erzählte sie von den Schwierigkeiten, unter denen ihre Missionsarbeit sich vollzog, hob immer wieder hervor, wie asketisch ihr Mann lebe, von überirdischer Geduld im Kampf mit der Hydra des Aberglaubens, wie die Chinesen offensichtlich nur um weltlicher Vorteile willen – sprich: der Reisschüssel wegen – zur Mission kämen, dass Gott seiner aber nicht spotten ließe und sehr wohl zu unterscheiden wissen werde zwischen den wahrhaft Bekehrten und den Heuchlern. Von der milden Generosität des katholischen Monsignore hatte ihr finsterer Eifer nichts. Ganz und gar unerträglich aber war sie mir, wenn sie die Sünden der Mitpassagiere Revue passieren ließ. Besonders Scheibner war ihr Opfer. Einmal, als Halensee und Scheibner nebeneinander an der Reling lehnten und Halensee plötzlich den Arm um Scheibners Schultern legte, beugte sie sich zu mir herüber und zischte boshaft: «Sehen Sie! Sehen Sie!»

«Was soll ich sehen?»

«Gott erhalte Ihnen Ihre Unschuld, Frau von Boythin! Ich wünschte, ich wäre noch genauso unwissend wie Sie. Aber in meiner Position hat man in alle Abgründe des Menschlichen geblickt. Keine Sünde ist mir unbekannt. Auch nicht diese widernatürliche, die dem Herrn ein Gräuel ist.»

Ich starrte sie an. Das schien mir selbst für eine Frau wie sie zu stark.

«Sie wollen doch damit nicht etwa andeuten, dass …?»

«Andeuten?»

Sie lachte auf.

«Andeuten? Vergessen Sie nicht, ich stamme nicht aus dem Elsass. Meine Familie kommt aus Pommern, aus der Nähe von Stettin, wo die Halensees zu Hause sind. Wir schreiben uns immer noch regelmäßig Briefe. Ich weiß, was ich weiß. Sein Bruder hat sich erschossen. Aus Versehen, sagt man. Aber das ist nicht wahr. Er war einer von denen, um derentwillen der Herr Sodom vernichtet hat.»

Ich fand diese Form der Christlichkeit Übelkeit erregend und nahm mir vor, dieser Frau in Zukunft aus dem Weg zu gehen. Das erwies sich jedoch als gar nicht mehr nötig.

Als die «Liberté» Kurs auf Colombo nahm, ließ die Missionarin sich entschuldigen. Sie habe Kopfschmerzen und würde erst gegen Mittag aufstehen. Ihren Platz an meiner Seite nahm nach kurzer Zeit Halensee ein. Ich bemerkte es mit Unbehagen. Seit er mich einmal aus der Reserve gelockt hatte, begegnete ich ihm mit einer gewissen Nervosität. Ich beschloss, von Anfang an das Gespräch auf neutrales Gelände zu führen, weit weg von meiner Person. Halensee jedenfalls würde nicht ableugnen können, in Tibet gewesen zu sein.

«Das muss eine interessante Zeit gewesen sein», sagte ich, «Sie müssen sehr viel erlebt haben, Gefährliches, Komisches, Dramatisches. Erzählen Sie mir davon!»

Er lächelte.

«Sie sind sehr gütig, Frau von Boythin, und ich bin ausgesprochen versucht, der Gelegenheit nachzugeben, die Sie mir verschaffen, mein Pfauenrad zu spreizen und Sie mit meinen Heldentaten zu beeindrucken. Aber tatsächlich habe ich kaum ein Abenteuer bestanden. Die Überquerung des Gebirges war schwierig, das gebe ich zu. Doch danach? Ich gehöre nicht zu den Eroberern und Entdeckern. Ich habe fast ein Jahr in aller Stille unter tibetischen Mönchen in einem Kloster gelebt.»

«Was hat Sie dort am meisten beeindruckt?»

Er sah eine Weile nachdenklich auf das Meer hinaus, ehe er antwortete.

«Ich habe eine Haltung erlebt, die von unserer modernen europäischen so weit entfernt ist, so weit. Klarheit, Konzentration, Stille, Ruhe und Geduld. Vor allem Geduld. Und Frieden. Einklang mit dem Leben in jederlei Form, sei es pflanzlich, tierisch oder menschlich.»

«Das klingt wunderbar.»

«Das war es auch. Ich möchte etwas davon vermitteln. Zusammen mit Dr. Scheibner werde ich das große Totenbuch in kommentierter Übersetzung herausgeben. Aber wahrscheinlich wird das eine Angelegenheit für Fachleute bleiben. Leider. Denn wir könnten von anderen Kulturen – den Indern, den Chinesen, den Tibetern – viel lernen. Eine Auseinandersetzung mit ihrem Gedankengut wäre für unsere kulturelle Weiterentwicklung bedeutend fruchtbarer als das tumbe Beharren auf der Überlegenheit des christlichen Abendlandes. Eine solche Auseinandersetzung der Kulturen könnte – vielleicht – rechtfertigen, was im Namen der Weltherrschaft des weißen Mannes unternommen wird. Was uns umtreiben sollte, ist die Frage nach der Wahrheit hinter der Erscheinung der Dinge. Statt die Antworten der anderen zu ignorieren oder – wie unsere Missionare es wollen – sie auszurotten, sollten wir uns mit ihnen auseinander setzen.»

«Mit dieser Meinung werden Sie sich nicht viele Freunde machen. Die meisten Leute sind doch heutzutage von der Überlegenheit der Weißen überzeugt.»

«Dann sollten diese Leute vielleicht meinem Beispiel folgen. Ich habe ein Jahr unter Tibetern gelebt, ihren Alltag geteilt von morgens bis abends, und ich habe viel gelernt. Ich bin aus Tibet als ein anderer zurückgekehrt. Niemand, der wachen Verstandes in einen anderen Erdteil geht, kommt als der zurück, als der er hingegangen ist. Das gilt auch für Sie, gnädige Frau. Oder wollen Sie leugnen, dass die Jahre in China Sie verändert haben?»

Beinahe hätte ich darauf geantwortet.

Was war es, was mich diesem Mann gegenüber so schwach machte? War es die tiefe, warme Stimme, die mich einlullte? Die Ernsthaftigkeit, mit der er zu mir sprach und mich als einen gleichberechtigten, denkenden Menschen anerkannte? Das Lächeln, das so viel Wärme ausstrahlte? Ich riss mich zusammen.

«Wir alle ändern uns immerzu, ob wir fortgehen oder nicht, Graf. Was werden Sie tun, wenn Sie wieder in Deutschland sind? Ziehen Sie sich mit Dr. Scheibner nach Pommern zurück und schreiben Ihr Buch auf Halensee?»

«Halensee als Eremitage und Scheibner und ich in einer Art klösterlicher Zurückgezogenheit? Nein, das ist nicht meine Absicht, Frau von Boythin. Ein Leben im Elfenbeinturm erscheint mir nutzlos und verschwendet. Ich will das, was ich draußen gelernt habe, aktiv hineintragen nach Deutschland, soweit ich das vermag.»

Er zog eine Pfeife aus seiner Jackentasche, drehte sie zwischen den Fingern und steckte sie wieder zurück.

«Sie dürfen ruhig rauchen, wenn Sie es wünschen. Hier an Deck stört mich das nicht.»

«Danke.»

Aus seiner anderen Jackentasche holte er ein Päckchen Tabak und begann, die Pfeife zu stopfen.

«Ein Laster, das ich mir abgewöhnen sollte. Aber tatsächlich befördert den Fluss der Gedanken nichts so sehr wie das Pfeiferauchen.»

Er lächelte, verstaute den Tabaksbeutel und riss ein Streichholz an. Nach drei Versuchen, bei denen der Wind jedes Mal die Flamme ausblies, schaffte er es, den Tabak in Brand zu setzen, nahm einen tiefen Zug und stieß den Rauch aus.

«Ich habe ehrgeizige Pläne, gnädige Frau. Ich gehe nach Berlin. Ich habe dort Freunde und Verwandte, und mein anfänglicher Exotenstatus wird mir helfen. Ich habe die Absicht, so etwas wie einen politischen Salon zu gründen, in dem ich meine Ideen unter die Leute – die Leute, die politisch zählen – bringen kann.»

«Die von der Verschmelzung der Kulturen? Sehr unzeitgemäß. Fürchten Sie nicht, dass man sich kopfschüttelnd von Ihnen abwenden wird?»

«Und mich einen Narren heißt? Gewiss. Aber mein Ziel ist eigentlich ein anderes. Was mir im Augenblick viel wichtiger erscheint – das Wichtigste von allem, das sine qua non, sozusagen –, ist die Erhaltung des Friedens. Dafür möchte ich arbeiten. Ich finde, dass gerade ich das tun sollte.»

«Warum gerade Sie?»

«Ich stehe zwischen zwei Ländern, die einander so viel geben könnten, wenn sie aufhören würden, einander als Bedrohung zu betrachten. Ich bin im Lake District bei meinem Großvater aufgewachsen. Meine Mutter ist Engländerin, mein Vater Deutscher, mein Erbe liegt in Pommern. Ich möchte für den deutsch-englischen Ausgleich arbeiten. Das ist doch weniger närrisch, als aus den Berlinern Buddhisten zu machen, meinen Sie nicht?»

«Sich für den Frieden einzusetzen kann niemals närrisch sein. Ich wünsche Ihnen viel Erfolg. Ich wünschte, auch wir Frauen könnten in der Politik etwas bewirken. Glauben Sie mir, wenn die Frauen das Wahlrecht hätten, würde es keine Kriege mehr geben.»

«Sie sollten meine Mutter kennen lernen. Sie sprechen ihr aus dem Herzen. Und Sie haben natürlich Recht. Man kann die Frauen nicht länger von der Politik fern halten wie kleine Kinder. In Preußen dürfen sie an politischen Versammlungen noch nicht einmal teilnehmen. Alle Arbeit muss über Vereine laufen. Aber die haben wenig Geld und wenig Einfluss. Sind Sie interessiert an dieser Art von Wirksamkeit? Dann kann ich Ihnen dazu verhelfen.»

«Wie sollte das möglich sein?»

Er sog tief an seiner Pfeife und blickte dem aufsteigenden Rauch nach, als er in gleichmütigem Ton sagte:

«Heiraten Sie mich!»

Die verschiedensten Impulse stürmten auf mich ein. Sollte ich ihn auslachen? Mich beleidigt zeigen? Davonrauschen oder ihn ankeifen? Mich im Ernst mit diesem Angebot auseinander setzen? So saß ich einen Moment verdattert da, als habe es mir die Sprache verschlagen, und sagte schließlich nicht mehr als ein klägliches:

«Ich habe schon bessere Scherze gehört.»

«Ich scherze nicht, Frau von Boythin. Ich meine es absolut ernst. Uns beiden könnte eine Ehe nützen.»

In seinen Augen standen wirklich weder Spott noch Lachen. Er blickte mich mit dem Ernst eines Kaufmanns an, der ein Profit versprechendes Geschäft vorschlägt.

«Haben Sie schon vergessen? Ich sagte erst neulich, dass ich nicht die Absicht habe, jemals wieder zu heiraten.»

«Das habe ich keineswegs vergessen. Ich gestehe, dass ich – ohne diese Ihre Worte – gar nicht gewagt hätte, Ihnen meinen Antrag zu unterbreiten.»

«Sie sind paradox.»

«Nur nach dem ersten Anschein. Wenn Sie gesagt hätten, dass Sie auf die große Liebe warten, dann hätte ich nicht gewagt, Ihnen einen so nüchternen Vorschlag zu machen. Der Tatsache, dass Sie noch mit mir sprechen, entnehme ich, dass Sie bereit sind, die Angelegenheit vernünftig zu diskutieren. Habe ich Recht?»

«Vernünftig? An Ihrer Idee ist überhaupt nichts, was man vernünftig nennen könnte.»

Die Pfeife war ihm ausgegangen. Er stopfte Tabak nach.

«Welche Pläne haben Sie in Deutschland? Kehren Sie nach Warstede zurück?»

Das ging ihn nichts an. Aber konnte ich das jetzt noch sagen? Ich hatte mich in meiner eigenen Unbesonnenheit verfangen. Wenn ich ihm gleich ins Gesicht gesagt hätte, dass sein Antrag mich beleidigte, und sofort aufgestanden und gegangen wäre, dann hätte er mir diese Frage gar nicht erst stellen können. Ich aber war sitzen geblieben, hatte mich auf diese absurde Unterhaltung eingelassen und ihm damit das Recht zu dieser Frage gegeben. Und nach allem, was ich ihm vor einer Woche über meine Tante Hermine gesagt hatte, wäre es sehr unglaubwürdig, wenn ich ihm jetzt erzählte, es sei die Erfüllung meines Lebens, meine arme sieche Tante auf Warstede zu pflegen und ihrem Alter Stab und Stütze zu sein.

«Nein, natürlich nicht. Ich bin jetzt das, was man eine unabhängige Frau nennen kann. Ich beziehe eine Witwenpension und kann mich überall niederlassen, wo ich will.»

«Überall? Die Pension der Witwe eines Hauptmannes fällt nicht allzu üppig aus, möchte ich meinen. Können Sie davon ein großes Haus in Berlin führen?»

«Ein großes Haus in Berlin? Daran würde ich nicht einmal im Traum denken. Ich gehöre nicht in die Hofkreise. Ich habe keine Beziehungen, keine Talente, keine Bildung und kein Geld. Ich bin ein Mädchen vom Land, das sich zufällig nach Übersee verlaufen hatte und nun heimkehrt. Ich werde ein stilles zurückgezogenes Leben in Schwerin oder Ludwigslust führen, vielleicht auch in einem Badeort an der See. Ich kann es mir aussuchen.»

Er machte eine Geste, als wolle er seine Hand auf meine legen, hielt aber mitten in der Bewegung inne, noch bevor ich meine Finger zurückziehen konnte.

«Es gehört nicht viel Phantasie dazu, sich Ihr künftiges Leben vorzustellen. Eine kleine Wohnung, drei Zimmer und

Mädchenkammer, vielleicht ein Garten, in dem Sie sich um die Rosen kümmern, oder ein Balkon, auf dem Sie Geranien ziehen. Sonntags in die Kirche, mittwochs zum Missionstee bei der Pastorin, Strümpfe für die armen Kinder in Afrika stricken, die ohne diese kratzigen Dinger glücklicher sind. Donnerstags reihum bei den Offiziers- und Beamtenwitwen zum Kaffeeklatsch, Cremeschnitten und ein Likör und das Durchhecheln der Einwohner. Wenn Sie singen können, werden Sie Mitglied im Kirchenchor. Zweimal im Jahr gastiert ein durchreisendes Symphonieorchester und Sie gehen hin. Am Sedantag ein Tänzchen mit dem Bürgermeister, der seine Uniform angelegt hat. Oberleutnant der Reserve vor zwanzig Jahren. Die Uniform spannt über seinem Bauch, und den Säbel haut er Ihnen um die Beine. Die örtliche Leihbücherei enthält alle für Damen schicklichen Bücher, die garantiert mindestens dreißig Jahre alt sind.»

«Und was soll an diesem Leben schlecht sein?», fragte ich trotzig.

Er beugte sich vor. Noch nie hatte ich seine Augen aus solcher Nähe gesehen. Sie waren grau mit schwarzen Pünktchen darin und die Lider von dichten schwarzen Wimpern gesäumt, um die jede Frau ihn hätte beneiden können. Die Eindringlichkeit in seinem Blick erschreckte mich.

«Leben? Das ist kein Leben. Das ist ein langsamer schleichender Tod. Wenn Sie gesund und kräftig sind, mögen Sie das noch fünfzig Jahre aushalten. Oder Sie holen sich die Schwindsucht und lassen sich so von dieser quälenden Existenz befreien. Sie sind eine junge Frau mit modernen Ansichten, nonkonformistisch und streitbar.

Wissen Sie, was man in einer Kleinstadt mit einer Frau wie Ihnen macht? Man wird Sie so lange schurigeln, bis Sie sich angepasst haben, bis jeder eigene Gedanke, der jemals in Ihrem Kopf entstanden ist, ausgerottet ist, bis Sie nicht mehr wagen, auch nur ein Wort selbständig hervorzubringen, und bis Sie zu einer so eingetrockneten Mumie geworden sind wie all die anderen Gespenster, die dieses Kaff bewohnen.»

Ich wusste das. Ich wusste das besser als er. Denn während er – reich, vornehm, kosmopolitisch – nur theoretisch Kenntnis davon besaß, hatte ich in Warstede unter den Augen Tante Hermines schon einmal ein solches Leben geführt. Und es war das Leben, das ich wollte. Die Schwindsucht? Daran hatte ich nicht gedacht. Aber langsam mich selbst zu verlieren, keinen eigenen Gedanken und kein Gefühl mehr zu haben, das war das Ziel, das ich anstrebte.

Ich stand auf.

«Wir haben offenbar sehr unterschiedliche Ansichten über eine wünschenswerte Lebensgestaltung, Graf Halensee. Ich sehe nicht, inwiefern eine Fortsetzung dieses Gesprächs von Nutzen sein könnte. Bitte entschuldigen Sie mich. Ich muss hinunter, bevor ich Kopfschmerzen von der Sonne bekomme.»

Ich hoffte, dass mein Abgang nach einem würdevollen Rückzug aussah und nicht nach heilloser Flucht.

In dieser Nacht träumte ich wieder von Boythin.

Der plötzliche Kopfschmerz der Missionarsfrau war nicht so harmlos, wie es zunächst schien. Erbrechen, Durchfall und hohes Fieber kamen dazu, und die finstere Miene des Schiffsarztes ließ das Gerücht aufkommen, es handle sich um eine hochansteckende Krankheit, eine Epidemie stünde bevor, und die «Liberté» müsse, wenn sie Colombo anlaufe, auf Reede gehen und die Quarantänezeit abwarten. Dem war denn aber nicht so, es gab keinen weiteren Patienten, und in Colombo wurde nur die Missionarsfrau, als erbarmenswürdiges, in Decken gehülltes Bündel von Bord gebracht, um in einem örtlichen Missionsspital Heilung zu finden. Wir anderen standen an der Reling und beobachteten schweigend ihren Abtransport. Halensee, den ich seit seinem Antrag nur noch im Speisesaal gesprochen hatte, stand neben mir und sagte:

«Ist es nicht erstaunlich, welch atavistische Gefühle bei uns aufgeklärten Menschen des 20. Jahrhunderts immer wieder durchbrechen? Wir alle haben diese Frau nicht gemocht, und dass sie schwer krank geworden ist, erfüllt uns jetzt mit einem Unbehagen, das an Schuldbewusstsein grenzt, als hätte unsere Abneigung ihr die Krankheit förmlich angehext.»

«Kein Atavismus, sondern fast zweitausend Jahre Christentum», meinte Scheibner auf meiner anderen Seite, «wir sollen unsere Nächsten lieben, und diese Nächste haben wir nicht geliebt. Deshalb fühlen wir uns schuldig.»

Professor Reuchle, der schon im Begriff stand, sich abzuwenden, drehte sich noch einmal um.

«Da haben Sie den Grundstein unserer abendländischen Kultur. Wir sind besessen vom Gedanken der Schuld. Allein die Idee der Erbsünde ist dazu gemacht, das Bewusstsein unserer Sündhaftigkeit, die gesühnt werden muss, immer wach zu halten. Ich möchte sagen, dass alles, was die Europäer seit dem Sieg des Christentums getan haben, ein Versuch war, dieser Schuld zu entrinnen. Deshalb die Eroberung der ganzen Erde, als könne man vor der Schuld davonlaufen.»

«Aber, ob man nun Christ ist oder nicht, die Sünde existiert», sagte ich. «Sie wollen doch nicht leugnen, dass der Mensch, der zwischen Gut und Böse unterscheiden kann, Schuld auf sich lädt, wenn er sich für das Böse entscheidet.»

Halensee wiegte bedächtig den Kopf.

«Ja, aber das Christentum und andere Religionen unterscheiden sich darin, wie sie mit der Schuld des Menschen umgehen. Denken Sie an die Lehre von der Wiedergeburt. Im Gegensatz zum Christentum, bei dem wir nur ein Leben, eine Chance haben, die wir hoffnungslos verspielen können, gibt es dort das Konzept der Bewährung. Wir werden so oft wieder ins Leben zurückgeschickt, bis wir begriffen haben, wie man schuldlos lebt.»

«Wiedergeboren zu werden erscheint mir nur wenig erstrebenswert», sagte ich. «Ist die Voraussetzung dafür nicht, dass man vom vorigen Leben nichts mehr weiß? Daraus also nichts lernen kann? Wie kann man denn dann Fehler vermeiden? Wird man nicht immer wieder in Irrtümer, in Schuld fallen? Wäre es nicht ein ewiger Kreislauf, ein Schrecken ohne Ende?»

«Nun, an die Stelle der Wiedergeburt setzt das Christentum die Reue, die Gnade und die Hoffnung auf ein ewiges Leben als die Person, die man gewesen ist», sagte Scheibner, «das ist doch auch nicht ohne Hoffnung.»

Professor Reuchle machte eine abfällige Handbewegung.

«Ach was, mit allen Religionen erfüllt der Mensch sich nur den Traum von der Unsterblichkeit. Niemand will zugeben, dass sein heiß geliebtes Ich nur so lange existiert, bis seine Gebeine unter der Rasendecke vollständig vermodert sind. Staub zu Staub und Asche zu Asche – das ist der einzig wahre Satz, den es darüber gibt.»

Das Fallreep wurde eingezogen, Matrosen liefen rasch an uns vorbei, von der Brücke wurden Befehle gebellt, und die «Liberté» ließ einen lang gezogenen gellenden Pfiff ertönen, mit dem sie sich von Colombo verabschiedete.

Das Schiff nahm Kurs auf den Golf von Aden. Die Motoren stampften in Richtung Europa, dem wir mit den unterschiedlichsten Erwartungen entgegensahen. Der französische Konsul redete immer öfter von dem Landhaus unter Apfelbäumen, das er in der Normandie kaufen wollte, Scheibner und der Professor besprachen mit ständig konkreter werdenden Vorstellungen ein gemeinsames Projekt, die Herausgabe eines Buches über chinesische Lyrik aus zehn Jahrhunderten. Halensee äußerte sich nicht über seine Pläne, und auch ich schwieg.

Da ein Tag nach dem andern gleichförmig verlief, das Schiff mit gemessener Eile die Zeit durchpflügte, konnte ich glauben, dass wir der Wirklichkeit so entrückt waren wie der Fliegende Holländer und auf dem Meer kreuzen mussten für alle Zeiten, ein Leben in ewiger, unveränderlicher Gegenwart.

Keine Zukunft haben zu müssen war das Erstrebenswerteste überhaupt.

Ich hatte meine Zukunft gewählt. Ich wusste, wie sie bis zu meinem Tod verlaufen würde. Ich hatte mir keine Illusionen gemacht. Ich kannte sie genauer, als Halensee sie mir ausmalen konnte. Dass ich jetzt vor ihr zurückscheute, lag daran, dass Halensee mir eine andere Zukunft eröffnet hatte, eine verführerische, die mir nicht aus dem Kopf ging, sosehr ich auch versuchte, sie zu vergessen. Ja, je weniger ich daran denken wollte, desto öfter kam diese Vorstellung zu mir zurück, und ich hörte eine Stimme in mir, die sagte: Wäre nicht, was er dir anbietet, eine viel bessere Verwendung deines Lebens? Ein politischer Salon in Berlin, Einfluss nehmen auf das, was geschehen wird, sei es nun Bildung, Wahlrecht für Frauen oder der Frieden in Europa – etwas bewirken, was die Welt besser machte. Es war eine leise Stimme, die ich leicht zum Verstummen bringen konnte. Wenn sie lauter werden sollte, brauchte sie Hilfstruppen. Hilfstruppen, die Halensee ihr vielleicht hätte zur Verfügung stellen können, wenn er seinen Antrag wiederholt hätte.

Aber er schwieg.

Zwar sprach er jeden Tag mit mir bei den gemeinsamen Mahlzeiten, aber nie suchte er meine Gesellschaft an Deck. Ich hatte ihn erfolgreich abgeschreckt. Statt befriedigt über diesen Erfolg zu sein, wuchs in mir eine täglich stärkere Gereiztheit. Ich konnte ihn ja unmöglich fragen, ob er mich immer noch heiraten wollte – zumal ich den Antrag doch auf keinen Fall annehmen würde –, aber dass er sich so rasch mit einem Nein zufrieden gegeben hatte, schwärte wie eine langsam eiternde Wunde in mir.

Wir näherten uns dem Golf von Aden. Beim Mittagessen hatte der Kapitän gesagt, wir würden noch vor dem Abend im Osten Land erblicken.

«Noch ist es nicht so weit», sagte Halensee, der leise neben mich an die Reling getreten war, «erst in ein oder zwei Stunden. Noch vor Anbruch der Nacht steuern wir den Suezkanal an.»

Ich rückte etwas zur Seite, damit mehr Raum zwischen uns war.

«Ich finde es phantastisch, wie das Schiff seinen Kurs findet. Wir fahren über das Meer, seit Tagen schon nichts als Wasser um uns herum, und verlieren dennoch die Orientierung nicht und treffen auf Anhieb eine so schmale Stelle wie die Einfahrt in den Kanal.»

«Ja, es ist faszinierend. Als ich noch ein Kind war, konnte ich mich lange nicht entscheiden, ob ich Lokomotivführer oder Kapitän werden wollte. Beide hatten es mit der Ferne zu tun, beide verfügten über eine Maschine, die heftige Rauchwolken ausstieß, und beide konnten sie sie laut pfeifen lassen. Aber endlich entschied ich mich doch dafür, Kapitän zu werden.»

«Weil Schiffe weiter fahren als Züge?»

Er schüttelte den Kopf.

«Weil jemand mir sagte, der Kapitän sei an Bord ‹master next god›. Das hat mich schwer beeindruckt.»

«Das kann ich gut verstehen. Es ist auch ein gewaltig klingendes Wort.»

«Nicht wahr? Ich war sehr enttäuscht, als ich herausfand, dass er eigentlich nur Statthalter des Staates ist. Haben Sie gewusst, dass der Kapitän das Recht hat, uns zu trauen?»

Ich stieß den Atem zu schnell aus. Während ich noch nach Luft rang, beschloss ich, die Anspielung als allgemeine Bemerkung zu nehmen.

«Wer weiß das nicht? Aber ich vermute, Trauungen auf See kommen nur sehr selten vor. Denken Sie: kein prachtvolles Kleid, keine Brautjungfern, kein Hochzeitsmarsch, wenn die Braut die Kirche betritt, überhaupt keine Kirche, kein großes Bankett hinterher, kein Tanz, kein Abschied in die Flitterwochen – welche Frau würde schon auf eine große Hochzeit verzichten?»

«Eine Frau, die eine solche traditionelle Hochzeit schon hinter sich hat», sagte er. «Eine Trauung an Bord ist wenig festlich, das stimmt, aber unsere Ehe wäre ja auch eine reine Zweckgemeinschaft, nicht mehr. Da scheint mir der nüchterne Vollzug der Amtshandlung durch den Kapitän angemessen, wie die notarielle Besiegelung eines Vertrages. Eine solche Heirat hat außerdem den großen Vorteil, dass sie die Gesellschaft vor vollendete Tatsachen stellt. Nichts akzeptiert die Gesellschaft so leicht wie eine Tatsache. Niemand wird sich das Maul darüber zerreißen, dass Sie noch in der Trauerzeit geheiratet haben, wenn Sie bereits als Gräfin Halensee in Berlin erscheinen. Außerdem ermöglicht uns das, sofort gemeinsam meine Wohnung zu beziehen und mit der Arbeit zu beginnen.»

«Sie treiben den Scherz zu weit, Graf. Er ist mehr als geschmacklos. Das habe ich Ihnen schon einmal gesagt. Ich habe am Totenbett Boythins geschworen, niemals wieder zu heiraten.»

«Ihre Nerven waren überreizt. Ein Schwur, der in einem Moment höchster Erregung geleistet wurde, ist nicht bindend, gnädige Frau.»

Waren meine Nerven überreizt gewesen?

Ich sah das Bild wieder vor mir.

Der Leichenbestatter hatte sein Werk getan, mich in das Zimmer geführt und sich dann diskret zurückgezogen. Ich blieb mit Boythin allein. Der Duft von Lilien hing schwer und süß in der Luft. Zwei Kerzen brannten zu Häupten des Toten mit flackernder Flamme. Der zerstörte Körper war gnädig unter einer weißen spitzengeschmückten Decke verborgen. Nur Boythins Kopf war sichtbar. Ich betrachtete sein Gesicht. Der Tod hatte die Knochen herausgemeißelt wie ein Bildhauer ein Gesicht aus dem Marmor. Alle Schmerzlinien, die sich um die

Augen und um den Mund eingegraben hatten, waren ausgelöscht. Es war ein junges, ein reines Gesicht, das ich betrachtete. Bleich, wie er war, konnte ich ihn für ein Marmorbild halten. So hätte man einen Engel darstellen können, regelmäßig und kraftvoll. Aber die linke Augenbraue war leicht angehoben und ein Mundwinkel gekräuselt, und das verlieh ihm einen Zug ins Höhnische. Es war das schöne Antlitz eines gefallenen Engels.

«Sie irren, Graf. Es ist mir Ernst damit. Wer Boythins Frau war, kann nie wieder einem anderen Mann gehören.»

«Ich verstehe.»

Er schwieg.

Ich bezweifelte, dass er wirklich verstand, aber was immer er auch glaubte, verstanden zu haben, es musste ihn endlich von seinem Antrag abbringen.

«Wären Sie so freundlich, einen Kaffee mit mir zu nehmen? Wir könnten uns in den Windschatten des Rettungsbootes setzen. Ernste Dinge bespreche ich ungern im Stehen.»

«Wir haben nichts zu besprechen.»

Ich wollte mich abwenden. Er ergriff meinen Arm, um mich daran zu hindern. Ich blieb stocksteif stehen.

«Sie finden mich lästig und aufdringlich. Ich weiß, dass ich mich unverzeihlich schlecht benehme, aber – es geht um mehr als Manieren, um mehr als Ihr und mein Lebensglück. Es geht um den Frieden. Lassen Sie mich deshalb noch einmal in aller Ruhe und Offenheit mit Ihnen sprechen. Wenn Sie mir dann immer noch ein Nein entgegensetzen, werde ich Sie nie wieder behelligen. Sie haben mein Wort darauf.»

Ich blickte auf die langen schlanken Finger, die meinen Arm über dem Ellbogen umschlossen. Er löste seine Hand, und ich strich den Ärmel glatt.

«Also gut. Sagen Sie, was Sie sagen wollen, und dann ist das Thema ein für alle Mal ausgestanden.»

Er führte mich zu zwei Decksstühlen und winkte dem Steward. Erst als der Kaffee serviert worden war, begann er zu sprechen.

«Ich sagte Ihnen schon, dass ich halb ein Deutscher, halb ein Engländer bin. Ich fühle mich beiden Ländern verpflichtet, ich liebe sie beide, und deshalb möchte ich, dass sie einander in Freundschaft begegnen. Sie wissen auch, wie schwierig die internationale Lage ist. Sie werden in Peking in der Gesandtschaft genug politische Gespräche mitbekommen haben, um zu wissen, dass der Friede ein gefährdetes Gut ist und höchster Anstrengungen bedarf. England weiß, dass es seine Splendid Isolation nicht länger durchhalten kann, es braucht einen Verbündeten unter den großen Mächten des Kontinents. Frankreich und Russland scheiden aus, weil sie Rivalen in Übersee sind. Deutschland, das keine guten Beziehungen zu Russland und sehr schlechte zu Frankreich hat, wäre der ideale Bundesgenosse. Ein Bündnis zwischen England und Deutschland würde die Achse Russland-Frankreich neutralisieren und ein Gleichgewicht schaffen, das den Frieden in Europa auf Jahrzehnte sichern würde. Wenn dieses Bündnis nicht zustande kommt, dann gnade uns Gott. Dann wird Europa sich selbst zerstören. Zerstören in einem Ausmaß, das wir uns noch gar nicht vorstellen können.»

«Wenn England ein solches Bündnis will, wird es zustande kommen», sagte ich, «Deutschland braucht Bundesgenossen.»

«So haben sie in England auch gedacht. Berlin, dachte London, würde auf eine englische Annäherung mit Begeisterung eingehen. Aber nichts dergleichen geschieht. Berlin ziert sich wie eine Jungfer, die von vielen Freiern umworben wird und auf das beste Angebot wartet. Man hält England für so abhängig von Deutschland, dass man glaubt, exorbitante Forderungen stellen zu können. Das Ergebnis wird sein, dass England sich von Deutschland abwendet und sich mit Frankreich verständigt.»

«Ein interessanter Gedanke. Wie das vermieden werden

kann dadurch, dass ich Sie heirate, ist mir allerdings schleierhaft.»

«Es gibt im Auswärtigen Amt in Berlin führende Männer, die diese Annäherung verhindern wollen. Die einzige Möglichkeit, sie doch durchzusetzen, geht über den Kaiser. Ich will in die Nähe des Kaisers gelangen, um ihn beeinflussen zu können. Dabei kann mir die Ehe mit Ihnen von großem Nutzen sein.»

«Ich begreife nicht, warum Sie mich heiraten wollen. Sie werden in Berlin viele Frauen treffen, die bereit sind, einen Antrag von Ihnen anzunehmen.»

«Natürlich», sagte er ohne falsche Bescheidenheit, «aber bedenken Sie, wie lange das dauert, wie viel Zeit und Energie ich in ein solches Vorhaben stecken müsste, Zeit, die ich nicht habe. Sie läuft mir davon. Wenn Berlin seine Haltung nicht bald ändert, ist es zu spät. Der englische König war schon auf Staatsbesuch in Paris.»

«Sie wollen mich also heiraten, weil das schnell und umstandslos geht?»

«So formuliert, klingt es wenig charmant. Nein, nicht weil Sie gerade zur Hand sind, sondern weil Sie die sind, die Sie sind.»

«Ich verstehe nicht.»

«Aber es liegt doch auf der Hand. Für mich sind Sie nicht nur wertvoll, weil Sie so rasch verfügbar sind, sondern vor allem, weil Sie die sind, die Sie sind. Weitaus geeigneter als jede andere Frau, die ich in Berlin finden würde.»

«Wie soll ich das verstehen?»

«Sie sind jung, schön und intelligent – gute Voraussetzungen, um ein Haus zu machen. Außerdem – was das Wichtigste ist –, Sie sind Boythins Witwe. Sie haben ein romantisches Schicksal, das die Neugier der Gesellschaft erregt. Jedermann wird Sie kennen lernen wollen. Einladungen werden in Fülle kommen. Im Nu werden wir in der Berliner Gesellschaft etabliert sein und auch die Neugier des Kaisers und der Kaiserin erregen. Sie, Frau von Boythin, wären das Trumpfass in meinem Kampf für den Frieden.»

«Ward je ein Weib in solcher Laun' gefreit?», murmelte ich.

«Shakespeare, Richard III.», sagte er prompt, «aber bitte vergleichen Sie mich nicht mit diesem Schurken. Wären Sie auf der Suche nach der zweiten großen Liebe Ihres Lebens, ich hätte es nicht gewagt, Ihnen einen solchen Antrag zu machen. Aber Sie haben erklärt, dass Sie geschworen haben, nicht wieder zu heiraten. Und Sie haben vorhin angedeutet, dass Sie nie wieder eine enge körperliche Bindung zu einem Mann eingehen wollen. Unsere Beziehung wäre sozusagen eine geschäftliche. Wir würden nur auf dem Papier Mann und Frau sein, in Wirklichkeit Mitarbeiter an einem großen Projekt. Ist Ihnen das nicht annehmbar?»

«Sie sind verrückt.»

Ich dachte an die Andeutungen der Missionarin. Also hatte es sich dabei doch nicht nur um gehässigen Klatsch gehandelt. Halensee wollte eine Frau, um Ansehen zu erringen. Ein Halensee brauchte Boythins Witwe nicht, um in der Berliner Gesellschaft zu reüssieren, aber ein Mann, der Männer liebte und deshalb ins Gerede kam, war gesellschaftlich erledigt. Eine Ehe war eine gute Tarnung, und eine Ehe mit einer Frau, die keinerlei Ansprüche auf die Anwesenheit ihres Mannes in ihrem Bett erhob, war das perfekte Arrangement für ihn. Der Vorschlag war verrückt, aber er hatte seine eigene Logik, das musste ich zugeben.

«Halten Sie mich wirklich für wahnsinnig?»

«Offen gestanden, ja. Ich mag ja Ihre Motive aller Ehren wert halten, ja, sogar eingestehen, dass Sie eine Aufgabe skizzieren, die mich reizen würde – so bliebe dennoch immer noch der Einwand, dass eine Ehe ein ganz ungeeignetes Mittel ist, eine Zusammenarbeit in einer solchen Frage herbeizuführen.

Was ist, wenn Ihr Anliegen erfüllt ist? Eine Ehe dauert ein ganzes Leben.»

«Oh, wenn Sie befürchten, Sie wären den Rest Ihres Lebens an mich gebunden – wir können ein Abkommen treffen. Wenn Sie – sagen wir – drei Jahre an meiner Seite gelebt haben, bekommen Sie das Recht, sich zu trennen oder scheiden zu lassen. Ich werde Ihnen auf jeden Fall nach drei Jahren eine Schenkung von hunderttausend Reichsmark machen. Damit sind Sie dann für den Rest Ihres Lebens von mir unabhängig.»

«Sie sind verrückt», wiederholte ich.

«Heißt das, dass Sie ja sagen?»

Natürlich bedeutete es nichts dergleichen. Es hieß nur, dass ich die Sache jetzt endgültig satt hatte. Dass ich niemals mehr auch nur eine Silbe darüber hören wollte, dass ich Halensee nie mehr wieder sehen wollte, dass ich wünschte, ich läge unten in der Kabine, mit den schlimmsten Kopfschmerzen und Übelkeiten, die ich mir nur ausdenken konnte, dass ich wünschte, ich wäre gar nicht mehr hier, sondern schon in Schwerin in der kleinen Wohnung mit den Geranien auf dem Balkon, dass mich England und Deutschland und der Frieden und der Krieg überhaupt nicht interessierten, dass ich …

Und dann hörte ich mich plötzlich sagen:

«Ja.»

Ich saß ganz still. Von meinem Magen her breitete sich die Kälte wie eine Welle durch meinen ganzen Körper aus. Ich zitterte.

Halensee war so überrascht, dass er sekundenlang schwieg.

Dann lächelte er, ein unwiderstehlich strahlendes Lächeln. Mir fiel plötzlich auf, dass er die ganze Zeit über nicht gelächelt hatte. Ich fürchtete, er würde sich jetzt genötigt sehen, mich zu küssen oder wenigstens meine Hand an seine Lippen zu ziehen, aber er war ja kein Mann für Frauen und unternahm deshalb keinen solchen Versuch.

«Ich danke Ihnen. Erlauben Sie mir, dass ich eine Flasche Champagner bestelle, damit wir auf unseren Vertrag anstoßen können?»

Wir wurden zwischen Port Said und Malta getraut. In Port Said waren alle höchst betriebsam gewesen. Der Küchenchef hatte sich mit neuen Vorräten eingedeckt, sodass er wiederum eine dreistöckige Torte in Rosa und Weiß herstellen konnte, auf deren oberster Etage sogar zwei Gestalten aus Marzipan und Schokolade thronten, die man mit etwas Phantasie für Braut und Bräutigam halten konnte. Scheibner, umsichtiger Sekretär, der er war, hatte einen Topf mit Blumen gekauft, die er täglich begoss und aus denen er am feierlichen Tage einen Strauß schnitt, den ich in der Hand tragen konnte. Die Konsulin hatte darauf bestanden, mit mir im Basar Spitze zu erstehen, mit der ich Kragen und Manschetten meines schwarzen Kleides schmückte und großzügig den Hut garnierte. Halensee hatte zwei schmale Goldreifen besorgt.

Professor Reuchle und Scheibner waren die Trauzeugen, der alte Konsul als Ersatz für den Brautvater führte mich in den Speisesaal, wo die Trauung stattfand, die Konsulin tupfte sich als Ersatz für die Brautmutter Tränen aus dem Augenwinkel, der Kapitän war nervös, räusperte sich mehrmals und las die Trauformel von einem Zettel ab, damit er ja nicht durch Vergesslichkeit die Zeremonie ungültig machte.

«Und so frage ich Sie, Alexander Maximilian Graf Halensee, ob Sie die hier anwesende Katerina Maria Baronin Boythin, geborene Komtesse von Echternberg zur Frau nehmen wollen, sie achten und ehren und für sie sorgen wollen, bis dass der Tod Sie scheidet?»

«Ja, ich will.»

Kurz, knapp und fest.

Dann stellte der Kapitän dieselbe Frage an mich. Es war die letzte Gelegenheit, aus dieser Geschichte auszusteigen. Vor einer Woche hatte ich mich dazu hinreißen lassen, ja zu sagen, einem Impuls nachgegeben, den ich immer noch nicht verstand. Eine Woche lang hatte ich darüber nachgedacht. Ich konnte inzwischen alles, was für dieses Ja sprach, auswendig herbeten wie ein Mönch eine Litanei. Keine Angelegenheit für das ganze Leben. Drei Jahre und dann die Scheidung. Eine gute finanzielle Absicherung. Ein Ehemann, der Männer Frauen vorzog. Ich würde helfen können, eine politische Intrige in Gang zu setzen, die vielleicht einen Krieg verhindern würde. Ich würde nicht Strümpfe stricken für die Kinder in Afrika, die sie gar nicht wollten. Vielleicht würde ich später ein Haus kaufen, in dem ich Waisenkinder heranzog und ihnen eine Ausbildung ermöglichte, den Kindern, die ich nie haben würde, wenn ich Halensee heiratete. Von allen Seiten mit den Augen der Vernunft betrachtet, sprach nichts gegen seinen Antrag, mochte er auch ungewöhnlich sein. Dennoch wusste ich, dass ich ihm nicht aus Vernunft zugestimmt hatte. Etwas in mir, was jenseits der Vernunft lag, hatte mich fortgerissen, etwas, das ich so sehr fürchtete, dass ich ihm nicht nachsinnen wollte. Und diese Furcht war es, die mir jetzt zuflüsterte, nein zu sagen.

Im Speisesaal war es so still, man hätte eine Maus über den Boden huschen hören können. Alle starrten mich an. Niemand rührte sich. Dann räusperte sich der Kapitän und wiederholte seine Frage.

«Wollen Sie, Katerina Maria …»

Ich sah Halensee an. Er schaute zu mir herunter, ohne zu lächeln. Da war wieder dieser Ernst in seinem Blick, und eine Eindringlichkeit, die ich nicht verstand. Aber irgendwie verlieh mir das plötzlich Mut. Und ihm in die Augen sehend, sagte ich, während der Kapitän noch nicht zu Ende gesprochen hatte:

«Ja, ich will.»

Leise, zögernd, nicht zu vergleichen mit der triumphierenden Freude, mit der ich mein erstes Jawort gegeben hatte.

Ein hörbares Aufatmen ging durch den Raum.

Scheibner reichte dem Kapitän die Ringe in einem schwarz ausgeschlagenen Samtetui, der Kapitän hielt sie Halensee hin, und der nahm einen der beiden schmalen goldenen Reifen, ergriff meine rechte Hand und streifte ihn über meinen Ringfinger, schob ihn mit Leichtigkeit – der Ring war etwas zu weit – über das dritte Fingerglied, bis er auf den Ring Boythins stieß. Ich dagegen hatte Mühe, seinen Ring über seinen Finger zu bekommen, und schließlich half er mir dabei.

«Sie dürfen die Braut jetzt küssen», sagte der Kapitän.

Halensee überhörte die Bemerkung.

Wir unterzeichneten beide die vorbereitete Urkunde, ich mit den drei Namen, die ich jetzt führte: Gräfin Halensee, verwitwete Baronin Boythin, geborene Komtesse Echternberg.

«Viele Namen für ein so kurzes Leben», bemerkte der Professor, als er unterschrieb. Das Ganze glich meiner Hochzeit auf dem Lande, abgesehen von der Orgel und dem Spalier der Dorffrauen. Auch war niemand da, dem ich den Brautstrauß zuwerfen konnte. Dafür war das Essen unvergleichlich viel besser als damals in Warstede. Für eine Zweithochzeit konnte ich ganz zufrieden sein. Kurz nach dem Dessert zog ich mich in meine Kabine zurück. Ich blieb in meiner zweiten Hochzeitsnacht in meinem Bett so allein wie in der ersten.

18

Die Fürstin hatte, während ich erzählte, Zeichen unterdrückter Heiterkeit von sich gegeben. Jetzt lachte sie offen und laut.

«Wunderbar», sagte sie, «wunderbar! Dieser Mann mit seinem englischen Vermögen und seinem deutschen Titel und der Aussicht auf eine brillante Karriere im diplomatischen Dienst, dem in London alle heiratsfähigen Mädchen und ihre

Mütter zu Füßen lagen, der nur mit dem Finger zu schnipsen brauchte, um die schönste Herzogstochter – Herzöge haben selten schöne Töchter, aber das nur nebenbei – die Seine zu nennen, dieser Mann verliebt sich ausgerechnet in die Witwe eines unbedeutenden Offiziers und wird abgewiesen.»

«Er hat sich nicht in mich verliebt», protestierte ich, «es war ein vernünftiges Arrangement.»

«Sie mögen das ja geglaubt haben, meine Liebe – und das spricht für seine Talente als Diplomat –, aber mir machen Sie nichts weis. Ich habe so viel mehr Lebenserfahrung als Sie. Ich bitte Sie, wie soll ich es denn nennen, wenn Alexander, der sich jedem Verführungsversuch gegenüber in London so kalt und arrogant gezeigt hat, jetzt auf einmal unermüdlich und unter Aufbietung von viel Phantasie um eine Frau wirbt, die ihn zurückweist?»

Ich hatte ihr einiges erzählt, aber durchaus nicht alles. Sie kannte nur die Oberfläche der Dinge. Was meine Gefühle betraf oder auch Halensees Inneres – davon hatte ich nicht gesprochen. Die Bemerkungen der Missionarsfrau hatte ich ihr so wenig anvertraut wie die Tatsache, dass wir weiterhin jeder in seiner Kabine schliefen. Sie war nicht meine Beichtmutter, sondern nur eine Zukunftschance, die ich bei Laune halten wollte. Noch war es leicht, ihr gerade so viel zu erzählen, dass sie von der Wahrheit nichts ahnte. Wie gut mir das gelungen war, davon zeugten ihre Bemerkungen. Ich tat besser daran, sie in ihrem Irrtum zu belassen. Hatte ich ihn nicht geradezu herbeigeredet?

«Eine gescheite Falle hat er Ihnen gestellt», sagte Jelena Sergejewna, so zufrieden, als habe sie selbst den Plan ausgeheckt, «wahrscheinlich war sie so gut, weil Dichtung und Wahrheit sich vermischt haben.»

«Wie meinen Sie das?»

«Nun, dass dieser britisch-deutsche Ausgleich ihm wohl auch ein ernstes Anliegen war. Ich weiß von seiner Mutter, wie stark schon immer sein Wunsch war, in den Auswärtigen Dienst zu gehen. Aber wie er dieses Anliegen ausgenutzt hat, um Ihnen einen Vorwand zu liefern, ihn zu heiraten – sehr gescheit. Und natürlich arrogant.»

«Arrogant?», fragte ich verwirrt.

«Natürlich. Ihnen eine Ehe auf drei Jahre anzubieten war nicht nur ein kluger Schachzug. Dahinter stand doch auch der Glaube an seine Unwiderstehlichkeit, nicht wahr? Er war sicher, dass Sie sich in dieser Zeit in ihn verlieben würden.»

Zu meinem Glück wurde ich einer Antwort enthoben. Madame Depors schob die Tür auf und verkündete, dass unser nächster Halt Wirballen sei.

Wirballen war die Grenze zwischen Ostpreußen und Russland. Hier würden wir längeren Aufenthalt haben, damit der Zug auf die russische Spur umgestellt werden konnte. Danach würden wir noch etliche Stunden fahren, bis wir Petersburg erreichten. Das war noch viel Zeit. Irgendwann würde ich zu dem Punkt gelangen, an dem ich ihr sagen musste, warum ich Alexander verlassen hatte. In ihren Augen lief meine ganze Geschichte nur auf diese Frage zu, die einzige, die sie wirklich interessierte.

Die Fürstin fertigte Madame Depors kurz ab und wandte sich wieder mir zu.

«Nun, Katja, wie war es denn, mit Alexander verheiratet zu sein?»

19

Von Anfang an war unsere Beziehung fest umrissen: Wir gingen höflich miteinander um, Mitarbeiter, die ein gemeinsames Ziel vereinte, die aber in ihrer persönlichen Beziehung peinliche Distanz wahrten. Von Marseille aus fuhren wir mit dem

Zug nach Paris, wo wir in einem großen, eleganten Hotel abstiegen, während Scheibner mit dem größten Teil des Gepäcks nach Berlin vorausfuhr. Er sollte dort eine möblierte Wohnung mieten, sodass wir gleich ein Zuhause hatten, wenn wir ankamen.

«Wir werden so lange hier in Paris bleiben, bis du mit einer angemessenen Garderobe ausgestattet bist. Du hast morgen früh einen Termin bei Worth. Ich denke, zwei oder drei Kostüme, einige Tageskleider und drei oder vier sensationelle Abendroben wirst du brauchen. Ein halbes Dutzend Hüte wohl auch. Den Rest können wir in Berlin besorgen.»

Ich starrte ihn an.

«Bei Worth? Hast du eine Ahnung, was das kostet? Bei Worth lassen amerikanische Eisenbahnprinzessinnen arbeiten, aber nicht die Frauen von preußischen Rittergutsbesitzern.»

«Du kaufst dort auch nicht als Frau des preußischen Rittergutsbesitzers ein, sondern als Enkelin eines englischen Warenhauskönigs. Mein Vater hat die Tochter eines Krösus geheiratet. Du brauchst dir also keine finanziellen Sorgen zu machen.»

«Schön und gut, ich kann aber unmöglich in französischen Kreationen erscheinen. Du vergisst, dass ich noch in Trauer bin.»

«Ich habe nichts dagegen, wenn du dunkle Farben trägst. Flaschengrün oder ein dunkles Violett müssten dir hervorragend stehen, auch gegen gelegentliches Schwarz ist nichts einzuwenden. Es wäre aber äußerst unschicklich, wenn du bei öffentlichen Gelegenheiten an der Seite deines zweiten Mannes demonstrierst, wie sehr du noch um deinen ersten trauerst. Außerdem würde es unserem Ziel nichts nützen. Wir müssen unseren Auftritt in Berlin sorgsam inszenieren. Wir müssen für Aufsehen sorgen. Man soll bei Hofe über uns reden. Die Kaiserin interessiert sich nur für drei Dinge: Kirche, Kinder und Kleider. Wenn du also mit Kreationen von Worth und aufregenden Hüten erscheinst, wächst die Chance, bei Hofe eingeladen zu werden.»

Die Droschke hielt, ein goldbetresster Portier riss den Wagenschlag auf und half uns hinaus. In der Halle ging Halensee zur Rezeption, während ich einige Schritte hinter ihm stehen blieb und mich umsah. Noch nie war ich in einem so luxuriösen Raum gewesen. Der Fuß versank in weichen Orientteppichen, breite Sofas mit schwellenden roten Kissen standen in kleinen Gruppen um Marmortische herum, schwere Samtportieren rahmten die bodentiefen Fenster ein. Neben der Rezeption schwebte lautlos ein gläserner Fahrstuhl herab, und ein schmiedeeisernes, vergoldetes Gitter öffnete sich, um eine Gruppe von Gästen hinauszulassen, Männer in dunklen Anzügen mit hohem Kragen und Frauen in pelzbesetzten Kostümen mit den aufregendsten Hüten, die ich je gesehen hatte. Sie gingen dicht an mir vorbei, und ich war für einige Sekunden eingehüllt in eine Wolke exotischen Parfüms.

Wir bezogen eine Suite im zweiten Stock, die aus einem Wohnzimmer und zwei Schlafzimmern bestand, von denen jedes ein eigenes Bad hatte.

«Möchtest du im Restaurant essen oder auf dem Zimmer?»

«Ich bin müde von der Reise. Wenn du gestattest, möchte ich gar nichts essen, sondern mich gleich hinlegen.»

Er verbeugte sich.

«Wie du willst, meine Liebe. Erhole dich gut. Dein Termin bei Worth ist morgen um zehn. Ich schlage vor, dass wir um neun hier oben frühstücken.»

Ich erschien um neun im Wohnzimmer, wo zwei Etagenkellner gerade einen großen gedeckten Tisch hereinschoben. Während der eine sogleich mit einer Verbeugung wieder ging, machte der andere Miene zu bleiben, um uns aufzuwarten.

«Danke», sagte Halensee und drückte ihm einen Schein in die Hand, «wir werden uns selbst bedienen.»

Der Tisch war mit blendendem Leinen gedeckt. Sèvres-Porzellan mit einem zarten Blumenmuster, Silberbestecke, fünf Sorten Marmelade in Silberschalen, ein Körbchen mit duftenden Baguettes und ein zweites mit einem Berg von buttertriefenden Croissants, eine dickbauchige Kanne, aus der Kaffeeduft aufstieg, und inmitten all der Üppigkeit ein Strauß gelber Rosen.

Halensee rückte mir den Stuhl zurecht.

«Man wird sagen, dass ich dich um deines Geldes willen geheiratet habe», sagte ich, die Pracht überblickend.

«Gibt es für eine intelligente und vernünftige Frau einen einleuchtenderen Grund für eine Heirat?»

Er setzte sich mir gegenüber und reichte mir seine Tasse. Er trug noch kein Jackett und keine Krawatte, sondern über dem Hemd einen schwarzgrün gestreiften seidenen Morgenmantel. Ich schenkte den Kaffee ein.

«Das ist ein zynischer Standpunkt», sagte ich.

«Die Wahrheit ist niemals zynisch», erwiderte er und brach ein Stück von einem Baguette ab. «Ich bin davon überzeugt, dass die Frauen aufhören würden zu heiraten, wenn sie über eigene Einkünfte verfügten, die sie von den Männern unabhängig machten. Deshalb sind die meisten Männer auch strikt gegen die Berufstätigkeit der Frauen. Sie fürchten, überflüssig zu werden.»

«Aber es kann einem Mann doch nicht recht sein, nur seines Einkommens wegen geheiratet zu werden», sagte ich, «dann sollte er sich doch besser wie Professor Reuchle sich eine Haushälterin nehmen.»

Er zog die Butterdose zu sich heran und bestrich sein Brot sorgfältig.

«Recht betrachtet sind das aber die nackten Tatsachen. Die Gesellschaft hat nur beschlossen, dass das nicht gut klingt, und deshalb ein Märchen darum gesponnen, in dem es von Gefühlen nur so trieft. Aber das ist nur der schöne Schein. Denke an dich selbst. Als du damals in Warstede auf der Bank saßest und darauf wartetest, dass dein Cousin seine Bekannten vorstellte – ging es da um Liebe oder um Versorgung?»

«Ich habe Boythin aus Liebe geheiratet», sagte ich schroff.

Einen Moment schwebte das Buttermesser bewegungslos über dem Brot, dann legte er es beiseite und sah mich lächelnd an:

«Entschuldige, ich wollte nicht persönlich werden. Könnte ich noch eine Tasse Kaffee bekommen, bitte?»

Eine Standuhr auf dem Kaminsims schlug mit silbernem Ton einmal.

«Du bist noch nicht angezogen. Kommst du nicht mit zu Worth?» fragte ich.

«Nein, ich werde einen Bekannten treffen. Heute Abend gehen wir nach dem Souper in die Oper. Wir werden dort den deutschen Gesandten und seine Frau treffen. Siehst du bitte darauf, dass du schon heute Abend ein Aufsehen erregendes Kleid hast?»

«Und wenn sie bei Worth nichts Passendes haben?»

«Dann wird es eben passend gemacht.»

«In so kurzer Zeit?»

«Das ist weniger eine Frage der Zeit als des Geldes.»

Er sprach mit dem unbewussten Hochmut dessen, der im Reichtum geboren wurde. Ich fragte mich, wie ein solcher Mann fast ein Jahr unter primitivsten Umständen in Tibet hatte leben können.

Eine der Direktricen erwartete mich bereits. Sie führte mich in einen großen Raum, an dessen Stirnseite vier zierliche vergoldete Rokokostühle standen. In den nächsten Stunden führten zwei Mannequins, die meine Größe und in etwa meine Figur hatten, Dutzende von Kleidern für jede Gelegenheit vor. Kaum gefiel mir etwas, wurde es in den Anproberaum gebracht. Als ich am Ende der langen Sitzung das Haus verließ, hatte ich vier Kostüme geordert, drei Tageskleider und vier Abendroben, von denen noch eine an diesem Nachmittag ins Hotel geliefert werden sollte. Anschließend fuhr ich zu Madame Stephanie, die man mir als derzeit tonangebende Putzmacherin in Paris empfohlen hatte. Ihre Preise für Nichtigkeiten aus Stroh, Bändern und Straußenfedern kamen dem einer seidenen Abendrobe gleich. Es gab adrette Kleinigkeiten, die hoch auf der Frisur getragen wurden, breite Wagenräder, mit Kunstblumen und sogar mit künstlichen Vögeln garniert, einfache Florentiner Strohhüte und kleine perlenbesetzte Tocques für den Abend. Die ganze Eleganz wäre natürlich nichts wert gewesen, wenn ich nicht auch die passenden Schuhe, Handschuhe, Taschen und Schirme gehabt hätte. Als ich am späten Nachmittag ins Hotel zurückkehrte, verschwand ich fast unter der Fülle der Schachteln in der Droschke. Ich hatte eine Summe ausgegeben, die für mich unvorstellbar hoch war. Schuldgefühle hielt ich mir mit dem Argument vom Leib, Halensee habe es ja von mir verlangt, und es sei schließlich für eine gute Sache geschehen. Dass ich dabei großes Vergnügen empfunden hatte, machte die Sache selbst ja nicht schlechter.

Im Salon der Suite war bereits das Abendkleid abgegeben worden. Ich nahm es vorsichtig aus der Schachtel, löste die Lagen von Seidenpapier, mit denen es vor Knittern bewahrt worden war, und hielt es hoch. Es war aus dunkelblauem Samt, sehr einfach in Prinzesslinie geschnitten, und hatte einen tiefen Ausschnitt, der mit weißen Schwanenfedern garniert war.

«Was sagst du dazu?»

Halensee, der gerade eintrat, legte in ernsthafter Betrachtung den Kopf zur Seite.

«Ein Kunstwerk, Katja, ein Kunstwerk, würde ich sagen. Diese Einfachheit der Linie ..., ich muss feststellen, seit ich nach Tibet aufgebrochen bin, hat sich die Damenmode sehr verändert. Keine Tournüren mehr, die sich am Fettsteiß der Hererofrauen orientieren, keine Keulenärmel mehr, die eine

Frau mehr breit als lang machen – dies ist ein Jahrhundert des Fortschritts.»

Als ich mich umkleidete, klopfte es.

«Darf ich eintreten?», rief Halensee. Seine Stimme klang gedämpft durch die Tür.

«Sofort», rief ich zurück.

Ich nahm die Handschuhe, die schon auf dem Toilettetisch bereitlagen, und streifte sie über. Sie reichten bis über die Ellbogen. Dann rief ich ihn herein. Er öffnete die Tür und blieb einen Moment auf der Schwelle stehen. Unsere Blicke begegneten einander im Spiegel. In dem seinen stand unverhohlene Bewunderung.

Dann trat er hinter mich, holte aus seiner Hosentasche ein längliches Etui hervor und reichte es mir.

«Das Einzige, was dir noch fehlt, um heute Abend die Sensation der Oper zu sein.»

Auf mitternachtsblauen Samt war ein Kollier gebettet, in dem auf einem Silberband Saphire und Diamanten einander abwechselten. Ich starrte auf die Kette.

«Das ist zu wertvoll. Das kann ich nicht tragen.»

Er nahm die Kette aus ihrem Bett.

«Keine Sorge. Ich werde dich heute Abend nicht aus den Augen lassen und jeden potenziellen Dieb mit finsteren Blicken abschrecken.»

Die Steine glitten an meinen Augen vorbei, legten sich kühl um meinen Hals.

Auf meinem Nacken spürte ich Alexanders Fingerspitzen, als er den Verschluss zunestelte. Er beugte sich vor, und sein Atem streifte meine Haut.

Ich biss die Zähne zusammen und rührte mich nicht. Es ist nur Alexander, sagte ich mir, es ist nur Alexander. Er schläft mit Männern. Denk daran! Dennoch brach mir der kalte Schweiß aus, und ich zitterte. Ich unterdrückte mühsam den Impuls, ihn beiseite zu stoßen und fortzurennen.

Er trat zurück und sagte gelassen:

«Schau dich im Spiegel an, Katja! Du machst der Familie alle Ehre!»

Ich stützte mich auf den Toilettentisch und beruhigte mühsam meinen Atem.

20

«Ich war noch nie in der Oper gewesen, und sie überwältigte mich. Die Pracht des Pariser Opernhauses schien mir die jedes Schlosses auf Erden zu übertreffen. Nie, dachte ich, könnte es einen anderen Ort geben, der so funkelte von Licht, Spiegeln, Kristalllüstern, Diamanten, eleganten schönen Menschen wie dieser hier. Dann ging das Licht aus, der Vorhang hob sich, die Musik begann, und ich glaubte in eine andere Welt hinüberzugleiten, in eine Welt der Schönheit, der Harmonie, der Glückseligkeit.»

«Dadurch sind Sie mir aufgefallen», sagte die Fürstin lächelnd, «und nicht nur mir. Mein Begleiter machte mich auf Sie aufmerksam. Er sagte, ich solle mal in die Loge gegenüber schauen, dort sei eine schöne Frau, die offensichtlich wirklich der Musik wegen gekommen sei. Ich nahm das Opernglas, das er mir hinhielt. Sie können sich mein Erstaunen vorstellen, als ich erst Alexander erkannte und dann an seiner Seite Sie! Fast nicht wiederzuerkennen! Ich hatte Sie als blass, mager, abgehärmt, in einer schmutzigen Schürze steckend in Erinnerung. Und nun so! Ich habe immer gewusst, dass die Liebe schön macht.»

«In einem Kleid von Worth ist jede Frau schön», sagte ich abwehrend. «Die Musik war für mich eine Offenbarung. Was wusste ich denn schon von Musik? Das bisschen Klaviergeklimper, das man mir beigebracht hatte, weil es zur Erziehung einer höheren Tochter gehörte, das chinesische Orchester in Peking, dem man Mozart beigebracht hatte, die Arien des Baritons aus der italienischen Botschaft – das war alles keine Vorbereitung auf dieses Wunder aus Licht und Farbe und Bewegung und Klang.»

«Sie waren wie betäubt. Ich winkte Ihnen in der Pause zu, aber nur Alexander bemerkte es.»

«Er machte mich darauf aufmerksam. Ich erkannte Sie allerdings sofort.»

Ich erinnerte mich an jenen Moment, da wir die Loge verließen, um der Fürstin unsere Aufwartung zu machen.

21

Alexander bahnte uns einen Weg durch das Menschengedränge im Foyer bis zur Loge der Fürstin. An der Tür stießen wir mit Jelena Sergejewna zusammen. Sie trug eine Tiara im Haar, ein vielgliedriges Kollier um den Hals, lange Brillanttropfen in den Ohren, um die Handgelenke klirrten ein Dutzend mit Brillantsplittern besetzte Goldreife, und an jedem Finger außer an den Daumen trug sie Ringe. Ihr Lächeln aber war strahlender als der ganze Glanz des Schmuckes an ihr.

«Katja, Katerina Fjodorowna», rief sie und hüllte mich in eine Umarmung, die nach allen Wohlgerüchen des Orients duftete, «mein Engel, Sie hier? Sie müssen mich besuchen. Ich wohne im Ritz. Was heißt besuchen? Sie kommen gleich nachher mit. Wir soupieren im Maxim.»

Sie schob mich ein Stückchen von sich und musterte mich mit einem raschen prüfenden Blick.

«Wie schön Sie aussehen. Wie elegant! Diese Saphire haben genau die Farbe Ihrer Augen. Wo ist Ihr Mann? Unmusikalisch?»

«Nicht ausgesprochen», sagte Halensee trocken, «obwohl ich zugeben muss, dass Verdi nicht ganz mein Fall ist.»

Sie wandte sich ihm zu.

«Sascha, meine Seele, woher kommst du? Alle Welt und sogar deine Mutter glauben, dass du in China bist! Ach, von dort kennst du auch Katja, nicht wahr? Du kommst natürlich auch ins Maxim. Ich …»

Dann begriff sie. Ihre sprudelnde Rede brach ab, sie blickte von mir zu ihm und wieder zurück.

«Habe ich das richtig verstanden? Du bist Katjas Mann?»

«Ganz richtig», versicherte Alexander ihr.

«Und Boythin?»

«Er ist tot», sagte ich.

«Dann muss ich in einem Atemzug kondolieren und Glück wünschen? Ich werde nur das Zweite tun. Ich wünsche euch beiden alles Glück der Welt. Ich brenne vor Neugier darauf, wie alles gekommen ist. Ihr müsst mir nachher unbedingt alles erzählen. Ihr kommt doch mit ins Maxim?»

Sie schob jetzt ihre Begleiter vor, die allgemeinen Vorstellungen begannen, wobei die Fürstin zu jedem Mann seine halbe Lebensgeschichte erzählte und nur durch das Klingelzeichen unterbrochen werden konnte. Nachdem sie uns nochmals ans Herz gelegt hatte, anschließend mit ihr ins Maxim zu kommen, uns nochmals umarmt hatte, gingen wir endlich wieder in unsere Loge zurück, die uns plötzlich sehr groß und sehr still vorkam.

«Eine überwältigende Frau», sagte Alexander, «woher kennst du sie, Katja?»

«Aus Peking», sagte ich.

Der Vorhang hob sich wieder, die Musik erklang, doch diesmal wurde ich nicht verzaubert. In die Musik mischten sich das Pfeifen der Granaten und die Schreie der Verwundeten, ich roch wieder den scharfen Geruch nach Urin und geronnenem Blut und Erbrochenem, fühlte kalten Schweiß auf meiner

Haut, und mein Blut gefror, als eine Bahre auf die Bühne getragen wurde, eine Bahre, auf der Boythin lag, in einer zerfetzten blutbefleckten Uniform, die Augen weit aufgerissen und über das Parkett hinweg zur Loge im ersten Rang starrend, in der ich saß. Und während ich ihn anblickte, starb er, und sein Gesicht verwandelte sich, es wurde so bleich wie Marmor, die Schmerzfurchen verschwanden, wie ein Bildhauer meißelte die Hand des Todes die Knochen klar heraus und schuf das schöne Bild eines Marmorengels, fuhr sanft über die Augen, deren Lider sich schlossen, aber glättete nicht die Stirn, auf der eine Braue angehoben blieb, mich immer verspottend, weil ich geglaubt hatte, ich könne jemals von ihm frei werden.

Wir schlossen uns der Gesellschaft der Fürstin Jelena Sergejewna nicht an. Ich entschuldigte mich mit Migräne.

Am nächsten Abend gingen wir nicht aus. Alexander ließ uns das Essen auf dem Zimmer servieren, dann verließen wir das Hotel über die Hintertreppe durch einen Nebeneingang für das Personal, standen in einer schmalen dunklen Seitenstraße und liefen einige Schritte ins Helle der großen Boulevards. Es war eine ungewöhnlich warme Nacht. Trauben von Männern in hellen Anzügen promenierten über den breiten Bürgersteig, schnell und laut redend, das Spazierstöckchen unter den Arm geklemmt. Dazwischen dann und wann das zu grelle Lachen einer zu bunt gekleideten Frau.

Alexander blieb am Bordstein stehen und winkte, als eine geschlossene Droschke sich näherte. Er half mir hinein, gab dem Kutscher auf dem Bock eine Anweisung, setzte sich neben mich und schloss den Schlag. Es roch nach altem Leder und abgestandenem Parfüm. Die Geräusche des Boulevards erstarben in dem gleichmäßig dumpfen Rollen der Räder auf dem Steinpflaster. Das Licht der Gaslaternen zuckte herein, verschwand, kehrte zurück, ließ Alexanders Profil als Schattenriss hervortreten und wieder ins Dunkle versinken. War mir zuvor je aufgefallen, wie kantig sein Kinn war? Ich hatte mich in die Ecke gesetzt, so weit von ihm entfernt wie möglich. Aber ich konnte nicht verhindern, dass ich ihn atmen hörte. Einmal nahm der Wagen eine Kurve zu scharf. Ich wurde gegen ihn geworfen, mein Gesicht gegen seine Hemdbrust gepresst. Ich atmete den Geruch von Stärke und Sandelholzseife ein und spürte seinen Herzschlag. Schützend hatte er den Arm um mich gelegt. Ich richtete mich sofort steif auf und rutschte in meine Ecke zurück.

«Wohin fahren wir?»

Meine Stimme klang heiser. Ich räusperte mich. «Ist es ein Geheimnis?»

«Nicht für dich», sagte er, «schließlich bist du meine Mitarbeiterin. Wir treffen einen Mann, den ich schon lange kenne. Seit unseren gemeinsamen Studientagen in Oxford. Er steuerte den Achter, mit dem wir gegen Cambridge gewannen. Jetzt ist er Attaché an der deutschen Botschaft in London. Er hat familiäre Beziehungen in die allerhöchsten Kreise, und er verfolgt dieselben politischen Ziele wie ich. Ich denke, er kann mir wichtige Informationen geben.»

Wir fuhren eine halbe Stunde durch das nächtliche Paris, bis die Gegend immer stiller und dunkler wurde. Dann passierte die Kutsche die Toreinfahrt eines Hauses, das Tor wurde hinter uns geschlossen, der Kutschenschlag heruntergeklappt, und ein Mann empfing uns im Licht einer Stalllaterne. Er führte uns eine Freitreppe hinauf, öffnete die Tür und ließ uns eintreten.

«Es ist wie bei einer Verschwörung», flüsterte ich.

«Es ist eine Verschwörung», bemerkte Alexander.

Die Diele des Hauses wurde durch einen Lichtschein erhellt, der aus einer geöffneten Tür an der gegenüberliegenden Seite fiel. Von dort näherte sich ein Mann, der wie angewurzelt stehen blieb, als er mich sah.

«Eine Frau?»

«Meine Frau», erwiderte Alexander.

Die Antwort schnürte mir die Kehle zu. Wenn ich die Zeit nur um fünf Jahre zurückdrehen könnte, bis zu jenem Nachmittag, als ich auf der Bank unter der Eiche saß und die Stimmen der drei Männer über die Friedhofsmauer hinweg hörte. Wenn Alexander als Erster durch die schmale Pforte getreten wäre, hätte mich dieser unmilitärische Mann mit den eindringlichen Augen nicht angerührt? Hätte ich dann noch einen Blick auf Boythin verschwendet, oder wäre er mir nur als Schönling flüchtig vor das Gesicht getreten und dann so schattenhaft geblieben wie Alexander damals? War mein Schicksal begründet worden durch den Zufall, der Boythin an der Pforte den Vortritt gegeben hatte? Wie glücklich wäre ich heute, wenn ich wirklich Alexanders Frau sein könnte? Wenn die Erregung, die ich gefühlt hatte, als seine Fingerspitzen meinen Nacken berührten, eine der Lust hätte sein können und nicht von Angst und Abscheu diktiert?

Wohin verirrten sich meine Vorstellungen? Als hätte es nur an mir gelegen, mir unter den Freunden meines Cousins den passenden Mann auszusuchen. Als hätte Alexander mir damals einen Antrag gemacht, wenn ich es nur gewollt hätte. Er, der für Frauen nichts übrig hatte, der eine Ehe nur eingegangen war, weil es gut in seine politischen Pläne passte, für den unsere Verbindung nichts anderes war als ein Vertrag zwischen zwei Geschäftspartnern, der nach drei Jahren mit einer finanziellen Abfindung abgegolten sein würde. Das Schicksal hatte mir keine zweite Chance gegeben, sondern hielt mir nur einen höhnischen Zerrspiegel vor.

Wir hatten eine Bibliothek betreten und setzten uns an einen Kamin, in dem ein kleines Feuer brannte. Ich hatte weder den Namen unseres Gastgebers noch den Anfang des Gesprächs mitbekommen.

«Sie werden drei Feinde haben», sagte er jetzt. Er war Mitte der dreißig, schmal, mit vornüberhängenden Schultern, ein buschiger Schnurrbart verbarg den Mund. Die tief liegenden Augen funkelten wie die eines Jägers vor dem Schuss.

«Der erste ist eine Frau: die Kaiserin. Sie verabscheut Wilhelms englische Familie. Teilweise wohl der übliche Zwist zwischen Schwiegermutter und Schwiegertochter. Wilhelms Mutter hat nie ein Hehl daraus gemacht, dass sie ihre Schwiegertochter verachtete. Sie habe, so heißt es, Auguste Viktoria einmal mit einer Kuh verglichen, die nichts weiter könne als grasen und kalben. So etwas vergisst man nicht. Besonders, wenn man fühlt, dass es wahr ist. Die Kaiserin kommt aus der Provinz und ist immer eine Provinzlerin geblieben. Noch heute bringt sie das Wort Paris nicht über die Lippen, ohne sich zu bekreuzigen. Ihr Wert für Wilhelm besteht wohl hauptsächlich in ihrer absoluten Anbetung seiner Person. Aber welcher Mann kann mehr als zwanzig Jahre kuhäugiger Anbetung ertragen? Nicht einmal Wilhelm. Sie geht ihm auf die Nerven, besonders auch, weil sie sich mit diesen bigotten Hofdamen umgibt, die er die Hallelujatanten getauft hat. Er entzieht sich ihr, sooft es nur geht. Vielleicht erklärt das zum Teil seine ungeheure Reiselust. Er hat seine Aufenthalte in England immer besonders lange ausgedehnt. Er liebt England. Aber darauf kommen wir später. Die Kaiserin tut, was sie kann, um ihn von Englandreisen abzuhalten. Sie war völlig außer sich, als seine Großmutter Victoria im Sterben lag und er nach England eilte und bis nach dem Begräbnis blieb. Es scheint, dass sie in seiner englischen Familie einen Einfluss sieht, der ihn ihr entfremdet. Vielleicht fürchtet sie auch, der frivole Lebenswandel seines Onkels Edward könne auf Wilhelm abfärben.»

«Was Sie sagen, klingt, als sei die Kaiserin eine Quantité negligeable», bemerkte Alexander.

«Unterschätzen Sie den Einfluss nicht, den eine Frau hat, wenn sie das Bett eines Mannes teilt. Außerdem ist sie wohl bereit, Wilhelms etwas – nun sagen wir – absonderliche Neigungen im Umgang mit einer Frau hinzunehmen. Es scheint, als ob der Kaiser ein interessanter Fall wäre für diesen Doktor Freud, der ja wohl alle Probleme, die ein Mensch hat, auf seine Sexualität zurückführt. Da wir aber Wilhelm nicht in Wien auf die Couch legen können, braucht er einen Mann in seiner Umgebung, der ihn lenkt. Um auf die Kaiserin zurückzukommen …»

Das Gespräch entglitt mir. Wilhelms absonderliche Neigungen! Bisher hatte ich gedacht, Boythin sei der einzige Mann auf der Welt, der seine Frau missbrauchte. Aber wenn sogar der Kaiser nicht normal war, wie viele Teufel dieser Art gab es dann auf der Welt? Wie viele Frauen gingen wie ich mit romantisch-verliebten Vorstellungen in die Hochzeitsnacht und wurden so grausam desillusioniert? Warum wurden sie nicht von ihren Müttern davor bewahrt?

Ich versuchte, die Bilder fortzuschieben, die auf mich eindrangen, indem ich mich wieder auf das Gespräch konzentrierte.

«Der Kaiser denkt am Morgen so und am Abend anders, je nachdem, wer gerade sein Ohr besitzt. Und da sind wir bei Ihrem zweiten Problem, dem Kaiser.»

Unser Gastgeber machte eine Pause, schenkte Rotwein aus einer Karaffe in drei Gläser und bot sie uns an.

Ich nahm ein Glas entgegen und hielt es gegen das Feuer im Kamin. Im dunklen Wein funkelten goldene Lichter auf. Ich versuchte, mich nur auf das Gespräch zu konzentrieren, aber es fiel mir schwer. Alexander saß im Sessel mir gegenüber und blickte den anderen Mann aufmerksam an. Meine Anwesenheit schien er vergessen zu haben. Unser Gastgeber fuhr fort:

«Betrachten wir drei Aspekte: Wilhelms Verhältnis zu England, seine Art, Politik zu machen, und seinen Umgang mit Menschen, die Einfluss auf ihn haben.»

Er nahm einen Schluck Wein.

«Wilhelms Verhältnis zu England ist von Hassliebe geprägt. Er bewunderte seine Großmutter, Queen Victoria. Er war immer stolz darauf, ihr Lieblingsenkel zu heißen. Er will von den Engländern bewundert werden. Und gerade das tun sie nicht. Seine nassforschen Reden, seine Unbeherrschtheit, sein operettenhaftes Auftreten, seine Unfähigkeit zu begreifen, dass dies nicht mehr das Jahrhundert der Autokratie ist, haben ihn Sympathien gekostet, mehr noch: Man findet ihn lächerlich und nervtötend. Er weiß das natürlich, deshalb die Versuche, Eindruck auf andere Weise zu schinden. Als Prinz hat er Fotos verschenkt mit der Widmung: oderint dum metuant. Mögen sie mich hassen, solange sie mich nur fürchten!»

«Der Wahlspruch Caligulas.»

«Er liebt markige Sprüche. Auf sein Verhältnis zu England bezogen bedeutet das: Er will dadurch beeindrucken, dass er eine Flotte aufbaut, die der englischen gleichwertig, wenn nicht überlegen ist. Schiffe waren schon immer sein Lieblingsspielzeug. Leider Gottes gibt es in Berlin Männer, die diese Vorliebe für ihre Interessen ausbeuten und den Kaiser in seiner Absicht, eine große Kriegsflotte aufzubauen, mit allen Mitteln unterstützen. Die Folge ist ein Rüstungswettlauf zwischen den beiden Mächten. Der Kaiser ist unfähig zu begreifen, dass die Flotte für England ein existenzielles Problem ist, für das Reich aber nicht. Alle Annäherungen Englands unter der Bedingung, das Wettrüsten einzustellen, hat er abgelehnt. Er will den Frieden – zweifellos –, aber er rüstet für den Krieg. Diese Widersprüchlichkeit ist kennzeichnend für ihn. Keine klare Linie, kein Gedanke, der konsequent verfolgt wird, kein Gespür dafür, dass man die langfristigen Folgen einer Tagesentscheidung bedenken muss, kein gründliches Aktenstudium, nur immer: der nächste Augenblick, der nächste Effekt, das Aufsehenerregende im Moment. Das ist der Mann, den Sie beeinflussen wollen.»

Er beugte sich vor und schürte das Feuer im Kamin.

«Und Sie wissen, welchen Preis Sie zahlen müssen, wenn Sie zu ihm vordringen wollen? Schmeichelei, Schmeichelei,

Schmeichelei. Kein Kompliment kann so abgedroschen sein, dass er es nicht begierig aufsaugen würde. Wissen Sie, wie Bülow Kanzler geworden ist? Er hat dem Kaiser über einen Brief an Eulenburg mitteilen lassen, dass er ihn für den größten Hohenzollern aller Zeiten hält, bedeutender als Friedrich den Großen. In dem Augenblick, in dem Sie ihm schmeicheln, unterwirft er sich Ihrem Willen. Aber kaum sind Sie fort, kommt der nächste Schmeichler, will das Gegenteil von dem, was Sie wollen, und erhält es.»

«Aber es gibt doch Leute, die Einfluss auf ihn haben. Eulenburg zum Beispiel.»

Unser Gastgeber leerte sein Glas und schenkte sich nach.

«Sprechen Sie mit Eulenburg, und Sie hören nichts anderes als das, was ich Ihnen sage. Nicht so direkt natürlich, denn Eulenburg hängt noch an ihm. Oder soll ich besser sagen: Er hängt noch an den Illusionen, die er sich über Wilhelm gemacht hat? Sie wissen, dass Bismarck damals Wilhelms Liebe zu Eulenburg gefördert hat, weil er hoffte, der ältere Freund, kultiviert, musisch, belesen, könne Wilhelm den Leutnantston aus Potsdam abgewöhnen. Vergebliche Hoffnung. Die Aufgabe, die Sie sich gestellt haben, Wilhelm zu beeinflussen, erscheint mir ähnlich wie die Aufgabe des Sisyphus. Sie rollen einen Stein den Berg hinauf, und kurz vor dem Gipfel poltert er wieder hinunter.»

Alexander streckte sein Glas aus, und es wurde ihm wieder gefüllt.

«Ein wunderbarer Wein.»

«Ein 79er Medoc.»

«Und wer ist der dritte Feind?»

War es der Wein, die Wärme des Feuers oder die vielen Eindrücke, die in den letzten Tagen auf mich eingestürmt waren? Ich hatte Mühe, mich auf die Ausführungen zu konzentrieren. Ich riss mich zusammen.

«Der dritte Feind ist der wirklich gefährliche: die Graue

Eminenz im Auswärtigen Amt, Baron von Holstein. Er sitzt dort wie eine Spinne im Netz und gestaltet die deutsche Außenpolitik. Welcher Kanzler auch immer das Reich nach Bismarck regierte, keiner kam an Holstein vorbei, und wer es versuchte, musste es büßen. Ebenso wie zahlreiche Diplomaten, die es wagten, Holsteins Politik zu durchkreuzen. Wenn er herausfindet, dass Sie in seiner Domäne wildern wollen, nehmen Sie sich in Acht. Dieser Mann ist nachtragend und rachsüchtig. Eulenburg hat ihn einmal mit einem Marder verglichen, der den ganzen Hühnerhof abwürgt. Und Bülow nannte ihn einen tückischen Wolf.»

«Welche Politik verfolgt er in Bezug auf England?»

«Er glaubt, dass wir England in der Tasche haben. Dass wir, wenn wir bloß abwarten, alle Forderungen stellen können, die wir wollen, und England sie erfüllen muss. Deshalb unterstützt er auch die kostspielige Flottenpolitik. Er scheint unfähig zu begreifen, dass eine Weltmacht wie England nicht Deutschlands Vasall werden will. An eine Annäherung Englands an Russland und Frankreich glaubt er nicht. Nicht einmal der Besuch des englischen Königs in Paris konnte ihn überzeugen. Er kommt mir vor wie ein Schachspieler, der glaubt, eine ganz bestimmte Kombination müsse ihn zum Sieg führen, und der dabei die Züge des Gegners nicht mehr beachtet. Vor diesem Mann müssen Sie sich hüten. Wenn er begreift, dass Sie seiner Politik entgegentreten, wird er Sie vernichten wollen.»

Alexander zuckte die Achseln und stellte sein Glas ab.

«Wir leben nicht mehr im Zeitalter der politischen Meuchelmorde. Ein Dolch, in finsterer Nacht dem Feind in den Rücken gestoßen – das ist vorbei.»

«Die scharfen Dolche haben heute häufig die Form scharfer Federn. Gezielte Indiskretionen an die Presse haben schon etliche Männer öffentlich hingerichtet. Aber nun sagen Sie, nachdem Sie das alles gehört haben: Was qualifiziert Sie in Ihren Augen, Einflusss auf den Kaiser zu gewinnen?»

«Wir haben zwei Dinge gemeinsam: eine englische Mutter und die Liebe zu England. Und außerdem segele ich gern und gut.»

«Das reicht, meinen Sie?»

«Für den Anfang, denke ich, ja. Und dann habe ich eines gelernt: Geduld. Ich kann warten.»

«Warten worauf?»

«Auf den rechten Moment. Darin liegt das Geheimnis des Erfolgs: nichts zu überstürzen, zu warten, bis sich der richtige Moment ergibt.»

Ich nahm mein Glas vom Tisch.

«Und damit wollen Sie der neue Bismarck werden?»

Alexander lehnte lässig im Sessel, die Beine ausgestreckt, das Weinglas bedachtsam schwenkend.

«Warum nicht? Ich bin ehrgeizig, was soll ich es leugnen. Mit dem Dichter kann ich es immer noch halten, wenn ich gescheitert bin:

Reizvoll klingt des Ruhms lockender Silberton
In das schlagende Herz, und die Unsterblichkeit
Ist ein großer Gedanke,
Ist des Schweißes der Edlen wert.

Aber süßer ist noch, schöner und reizender,
In dem Arme des Freunds wissen, ein Freund zu sein,
So das Leben genießen,
Nicht unwürdig der Ewigkeit.»

«Hölderlin», sagte unser Gastgeber.

In den Armen des Freundes, dachte ich. In Scheibners Armen.

Ich verschüttete den Wein, als ich das Glas zum Mund führte.

22

«Es war mein letzter Abend in Paris», sagte die Fürstin. «Es hat mir sehr Leid getan, dass Sie nicht noch mit mir ins Maxim gegangen sind. Ich hätte mir gern ein genaueres Bild von dieser merkwürdigen Ehe gemacht.»

«Eine merkwürdige Ehe?»

Jelena Sergejewnas Mundwinkel zuckten.

«Halten Sie mich nicht für dumm, mein Kind. So viele Jahre, wie ich Ihnen voraus habe, so viel Lebenserfahrung habe ich Ihnen auch voraus. Ich weiß, dass Sie mir nicht alles erzählen. Ich errate vielleicht mehr, als Sie glauben. Und ich habe Sie an dem Abend genau beobachtet, Katja. Ich habe gesehen, wie verändert Sie waren. Es lag nicht am Kleid von Worth, wie Sie mir sicher gleich erzählen wollen. Natürlich half es. Aber eine Landpomeranze bleibt auch in einem Kleid von Worth und mit Diamanten um den Hals eine Landpomeranze. Sie aber waren hinreißend, schön und elegant. Sie haben sich mit einer Anmut bewegt, die sicher ein Erbteil Ihrer Mutter ist. Sie haben Aufsehen erregt. Einer meiner Begleiter, ein Russe – nur Russen sehen so etwas, nicht einmal die Franzosen können so tiefe Blicke in die Seele einer Frau werfen, obwohl sie sich das einbilden –, dieser Mann also sagte, als Sie in Ihre Loge zurückgekehrt waren: eine faszinierende Frau. Nicht wegen der weißen Haut und der roten Haare, sondern weil sie ein Geheimnis hat. Mehr noch, diese Frau hat ein Schicksal.»

Mein Mund fühlte sich trocken an.

«Mein Geheimnis?»

«Er hatte Recht. Es lag in Ihrem Blick. Ein Verbot, Ihnen nahe zu kommen. Als ich dann noch gesehen habe, wie Alexander sich den ganzen Abend sorgfältig bemüht hat, Sie nicht einmal mit der Fingerspitze zu berühren – da habe ich mir schon meine Gedanken gemacht.»

«Das haben Sie bemerkt? Ja, Alexander war sehr rücksichtsvoll. Er wusste, dass ich es nicht ertrug, wenn mich ein Mann anfasste. Nicht nach der Ehe mit Boythin.»

Jelena Sergejewna lachte laut auf.

«Seien Sie kein Schaf, Katja! Der Mann hat nicht Rücksicht auf Ihre Gefühle genommen, sondern auf seine.»

Ich zog es vor, auf diese Bemerkung nicht zu antworten. Ich schilderte lieber unsere Wohnung in Berlin.

23

In Berlin holte uns Hugo Scheibner vom Bahnhof ab. Es erwies sich, dass diese Koryphäe für mongolische und turkmenische Sprachen kein weltfremder Gelehrter war. In zehn Tagen hatte er es geschafft, eine große Neubauwohnung in einer Seitenstraße des Kurfürstendamms zu mieten, die mit dunklen Möbeln in einer Imitation des Renaissancestils ausgestattet war. Ich war verblüfft, dass man Möbel ebenso mieten konnte wie Wohnungen, fand es aber für unser Zusammenleben, das ja auch nur auf Zeit angelegt war, ausgesprochen passend. Außerdem hatte Scheibner auch bereits für Personal gesorgt. Zu unserem Hausstand gehörten außer einem Dienstmädchen noch eine Köchin und eine Aufwartefrau fürs Grobe, die nur zweimal die Woche kommen würde. Das Dienstmädchen schlief in einer Kammer neben der Küche. Alexander und ich bewohnten jeder ein eigenes Schlafzimmer. Für sich hatte Scheibner diskreterweise eine kleine Wohnung gemietet, fünf Minuten zu Fuß von der unseren gelegen. «So ist es einfacher zum Arbeiten», sagte er, «und ich werde Sie nicht stören, gnädige Frau.»

Ich dachte an die Worte des Fremden in Paris. Heutzutage ersetze man spitze Dolche durch spitze Federn. Das Arrangement war untadelig.

Diese Krone aller Sekretäre hatte auch nicht vergessen, der Presse einen Wink zu geben, dass Graf Halensee, der bekannte Tibet-Reisende, wieder in Berlin eingetroffen sei, und zwar mit seiner Gemahlin, der verwitweten Frau von Boythin. Daraufhin erschienen allerorts Darstellungen von Boythins heldenhaftem Verhalten beim Boxeraufstand. Die Artikel taten ihre Wirkung. Schon als wir zum ersten Mal die Wohnung betraten, lagen in dem Körbchen auf dem Kaminsims mehrere wappengeschmückte Einladungsbilletts. Alexander blätterte sie rasch durch. Bei einer Karte verhielt er und stieß einen leisen Pfiff aus.

«Bernhard von Bülow! Der Reichskanzler und seine Frau geben sich die Ehre, uns zu einem Diner einzuladen. Das fängt gut an.»

Ich erschrak. Plötzlich wurde, was auf der «Liberté» und auch noch in Paris nur ein abstraktes Ideal gewesen war, real. Ich würde Abendgesellschaften, Frühstücke, Nachmittagstees, Ausfahrten, Theaterbesuche bestehen müssen und dabei von Dutzenden oder Hunderten von Menschen angestarrt werden. Ich hörte schon das Wispern hinter meinem Rücken. «Siehst du da die Halensee? Hat sich ja schnell getröstet über den Tod ihres Ersten. Der war ein Krüppel. Da wird sie nicht lange getrauert haben.» Und dann die hochgezogenen Brauen einer anderen mit fein gespitztem Mündchen: «Aber an Halensee wird sie auch nicht ihre Freude haben. Ein Krüppel ist er zwar nicht, aber …» Achselzucken auf der Gegenseite: «Meine Liebe, bei so viel Geld – wer wird da heikel sein?»

Jetzt schon fühlte ich mich, als würden sie mich mit ihren Blicken nackt ausziehen und ihre Bemerkungen wie Pfeile mit Widerhaken in mein Fleisch schießen.

Ich musste blass geworden sein, denn Alexander blickte von den Karten auf und sagte mit einem raschen warmen Lächeln:

«Ich bin fest davon überzeugt, Katja, dass Mut vererblich ist. Dein Vater hatte ihn, als er der Gesellschaft entschieden

den Rücken kehrte, und du wirst ihn haben, indem du die Gesellschaftsarena betrittst. Hocherhobenen Hauptes und mit vorgestrecktem Kinn.»

«Arena trifft zu. Ich werde mich fühlen wie eine frühe Christin, die man den Löwen zum Fraß vorwirft», sagte ich und versuchte, das Lächeln zu erwidern.

«Dann vergiss nicht: Die Christin ist geradewegs in den Himmel gekommen, die Löwen aber nicht.»

Dennoch zitterte ich vor Furcht, als es so weit war. Ich zog das blaue Kleid an, das ich in Paris in der Oper getragen hatte, und legte die Kette mit den Diamanten und Saphiren an. Alexander lächelte beifällig.

«Du siehst wunderbar aus, Katja. Tout Berlin wird dir zu Füßen liegen.»

Er selbst machte in dem maßgeschneiderten Frack wie immer eine eher nachlässige Figur. Ein Zivilist durch und durch.

Wir kamen zu der Soiree genau mit der Verspätung, mit der Gäste eintreffen, die sich ihrer Bedeutung bewusst sind. Je später sie kommen, desto größer das Entzücken das Gastgeberin, die schon gebangt hatte, ignoriert zu werden. Wie angesehen Alexander war, bemerkte ich, sobald wir den Saal betreten hatten. Die Gastgeberin ließ vor Aufregung fast ihren Fächer fallen.

«Mein lieber, lieber Halensee! Gerade erst angekommen, habe ich gehört. Und mit Ihrer reizenden Frau! Darf ich die Erste sein, die Ihnen gratuliert?»

Kaum hatten wir ein paar Schritte getan, bildete sich eine Menschentraube um uns. In Warstede hatte ich – Landpomeranze, die ich war – Alexander seines lässigen Auftretens wegen für unbedeutend gehalten. Hier erfuhr ich in den ersten Minuten, was es bedeutet, wenn ein Mann nicht nur einen alten Adelstitel trug, sondern auch noch ein unermessliches Vermögen hinter sich hatte.

Aber hinter all den Komplimenten und Gratulationen, mit

denen ich überschüttet wurde, witterte ich verborgenen Neid und verhehlte Missgunst. Und als ich einmal in die Damengarderobe ging, um mir den Schweiß vom Gesicht zu wischen und mich frisch zu pudern, bekam ich zu hören, was man wirklich über mich dachte.

Als ich beim Eintreten meinen Namen hörte, blieb ich wie angewurzelt stehen. Eine Portiere verdeckte mich.

«Schamlos, diese Halensee, absolut schamlos», sagte eine Frau, «ihr Mann ist noch kein Jahr tot, und sie nimmt schon den nächsten.»

Eine andere Frau kicherte boshaft.

«Aber welchen, meine Liebe, welchen! Einen Nabob wie Halensee hätte sie bestimmt auch schon genommen, als Boythins Leiche noch warm war. Sie ist eine Goldgräberin wie ihre Mutter.»

«Ich begreife nicht, dass Luzie sie empfängt. Das werde ich ihr auch sagen.»

Ich trat vor, und die beiden Frauen, beide um die sechzig, von denen ich keine kannte, zuckten zusammen. Ich machte mir das Vergnügen, langsam von einer zur anderen zu blicken, bevor ich sprach.

«Es ist schrecklich heiß im Saal, nicht wahr?»

Erleichtert stimmten sie mir beide zu.

«Aber hier drinnen, scheint mir, ist es auch nicht kühler. Ich glaube, beinahe ist mir hier noch heißer als draußen. Woran mag das liegen?»

Sie warfen einander unsichere Blicke zu, grübelnd, ob meine Bemerkung etwa einen doppelten Boden hatte, beschlossen, den Unterton zu ignorieren, und gingen so rasch hinaus, wie es die Höflichkeit zuließ.

Ich starrte in den Spiegel und sah in ein Gesicht, das vor Zorn weiß geworden war.

Ich ging mit großen raschen Schritten aus der Garderobe und achtete nicht darauf, wer mir im Weg stand. Ich rempelte einen Offizier an. Als er sich umdrehte, murmelte ich eine kurze Entschuldigung und wollte weitergehen, er aber vertrat mir den Weg und sagte mit einer Stimme, in der sich Unglauben und Schock mischten:

«Katja! Du hier?»

Mein Cousin Wilhelm, inzwischen Major, mit noch weniger Haaren als früher, die in drei Strähnen sorgsam über die hohe Stirn gekämmt waren. Er klemmte das Monokel ins Auge und starrte mich von Kopf bis Fuß an.

«Wie siehst du aus?»

«Wie Boythins Witwe», sagte ich böse.

«Boythin! Haben aus der Zeitung von seinem Tod erfahren. Hast es nicht einmal für nötig befunden, deine Tante und mich zu benachrichtigen. Hat sich sehr darüber echauffiert, deine Tante. Und jetzt in diesem Aufzug! Wie kannst du es wagen! Boythin noch kein Jahr tot, und du gehst in so einem Kleid tanzen. Skandalös!»

Ich zog eine Braue hoch.

«Mein Mann ist nicht dieser Meinung», sagte ich honigsüß.

Er gehörte offensichtlich zu den wenigen Menschen im Saal, die nichts von unserer Heirat gehört hatten. Vielleicht war er noch später gekommen als wir.

«Dein Mann ist tot», unterbrach er mich.

Hinter ihm sagte eine liebenswürdige Stimme:

«Ganz im Gegenteil, mein lieber Warstede, ich habe mich niemals lebendiger gefühlt.»

Wilhelm drehte sich ruckartig um.

«Halensee! Soll das heißen … unmöglich meinen Sie, dass Sie … Katja, du bist …»

«Alexanders Frau», sagte ich. Zum ersten Mal sprach ich seinen Vornamen aus und war erstaunt, wie leicht er mir über die Lippen ging. Und da erst wurde mir bewusst, wie lange ich ihn schon in meinen Gedanken Alexander und nicht mehr Halensee genannt hatte.

«Wie Sie sehen, Warstede – im zweiten Anlauf bin ich erfolgreicher gewesen», sagte Alexander freundlich, «Sie dürfen uns gratulieren.»

«Hast uns das nicht mitgeteilt, Katja. Hast uns überhaupt nicht geschrieben, nicht ein einziges Mal», fügte mein Cousin empört hinzu.

«Ich hatte es vergessen», sagte ich, und das entsprach völlig der Wahrheit. Dass ich mir nicht die Mühe machte, Bedauern in meinen Tonfall zu legen, trieb Wilhelm die Zornesröte ins Gesicht.

«Muss schon sagen, allerhand! Hat deine Tante nicht um dich verdient! Wenn ich ihr das erzähle, wird sie …» Er suchte nach Worten, um das Ausmaß ihrer Entrüstung begreiflich zu machen.

«Dann erzählen Sie es ihr nicht, Cousin» sagte Alexander freundlich, «mein Sekretär wird sie davon in Kenntnis setzen. Sehr fähiger Mann. Er findet bestimmt die richtigen Worte. Katja, unser Walzer! Wenn Sie uns jetzt bitte entschuldigen, Cousin!»

Er nickte Wilhelm freundlich zu und führte mich zur Tanzfläche. Mein Cousin starrte uns sprachlos nach. Sein Monokel funkelte.

Das war nicht unser Walzer. Er hatte sich überhaupt nicht auf meiner Tanzkarte eingetragen. Niemand hatte das getan. Ich hatte jede Bitte darum abgeschlagen und auf ein leicht überstrapaziertes Knie verwiesen. Vielleicht musste ich mir einen Arzt suchen, der mir eine gute Diagnose mit auf den Weg gab, mit der ich für den Rest meines Lebens vom Tanzen befreit wäre.

Bevor ich noch protestieren konnte, hatte Alexander mich durch die Menge gelotst und den Arm um mich gelegt, gerade als der Kaiserwalzer begann. Ich konnte nicht mehr zurück. Zitternd legte ich meine Hand auf seinen Oberarm.

Ein Mann, der den Himalaya überquert, der in einem tibetischen Kloster lebt, der Europa vor dem Krieg bewahren will, muss nicht unbedingt ein großartiger Tänzer sein, und Alexander war es nicht. Nachdem er mir zum dritten Mal auf den Fuß getreten war und einmal einem anderen Paar den Weg verlegt hatte, übernahm ich die Führung, und darauf konzentrierte ich mich so sehr, dass mir erst in der allerletzten Drehung schwindlig wurde. Die Musik verklang, meine Füße standen still, ich schwankte und wäre gestürzt, wenn Alexander nicht den Druck seiner Hand auf meinen Rücken verstärkt und mich fest an sich gezogen hätte. Mein Gesicht kam an seiner steifen Hemdbrust zu liegen, die außer dem Geruch nach Wäschestärke eine milde Mischung von Rasierwasser und Tabak ausströmte. Mein Magen hob sich. Ich presste die Lippen fest zusammen und schluckte, was sich schon die Speiseröhre heraufdrängte, mit aller Kraft zurück. Dann ging der Schwindel vorüber, ich löste mich und trat drei Schritte zurück.

«Wie blass du bist», sagte er erschrocken.

«Ich möchte ein Glas Wasser», sagte ich heiser.

Nach diesem ersten Abend war ich kein Gesprächsthema mehr. Bisher hatte ich in Warstede und in Peking Gesellschaft nur als einen kleinen beständigen Kreis von Personen kennen gelernt, der abgeschlossen von der Umwelt existierte, in dem sich deshalb alle damit beschäftigten, ihre Mitmenschen genau zu beobachten und jede Abweichung von der Konvention monatelang zu erörtern, weil es die einzige Abwechslung war. In Berlin nahm man mich zur Kenntnis und vergaß mich schon im nächsten Augenblick, weil Ereignis auf Ereignis folgte und die Gesellschaft jeder neuen Sensation hinterherhechelte. Nervös, hektisch, sprunghaft war diese Gesellschaft. Ich wurde als Gräfin Halensee eingeführt. Als Witwe Boythins nahm mich kaum jemand wahr. Mehr Aufmerksamkeit erregte ich zunächst durch meine Garderobe. Aber der Neuigkeitswert eines Hutes oder eines Abendtäschchens ist zeitlich begrenzt, und bald war ich «die kleine Halensee», an die jeder sich gewöhnt hatte und die in dieser Gesellschaft, die jedem Kalb mit zwei Köpfen nachrannte, am Rande stehen bleiben und beobachten konnte. Alexanders Investition in mich war in gewisser Weise eine Fehlkalkulation gewesen. Allerdings nützte ich ihm noch, indem ich ihm die Respektabilität verlieh, die er brauchte. Die Tarnung durch die Ehe gelang. Nie hörte ich irgendeine Anspielung auf seine ungesetzlichen Neigungen.

Er eroberte die Gesellschaft im Sturm. Er erzählte Anekdoten aus seinem Leben in Tibet, achtete darauf, das Thema zu wechseln, bevor er langweilte, und erwarb rasch den Ruf eines amüsanten Gesellschafters, der überall eingeladen wurde. Über Politik redete er nie.

«Ich werfe Köder aus», sagte er. «Wenn die Brocken zu groß sind, beißt keiner an, und auch der große Fisch, den ich angeln will, schwimmt vorbei.»

Die Gräfin Bülow, die Italienerin war, hatte mich besonders herzlich aufgenommen, nachdem ich ihr erzählt hatte, dass ich am Gardasee aufgewachsen war. Sie war es auch, die mich bei einem Empfang zum fünfzigsten Geburtstag eines pommerschen Adeligen, den ich nicht einmal dem Namen nach kannte, der Gräfin Waldersee vorstellte. Die Gräfin hielt förmlich Hof in einer Gruppe von Matronen, die an ihren Lippen hingen.

«Sie genießt es», murmelte die Gräfin Bülow an meinem Ohr, während sie uns geschickt durch das Gedränge schob. «Als ihr Mann in Ungnade gefallen war, weil er es gewagt hatte, den Hohen Herrn zu kritisieren, musste sie in Hannover leben.»

Im Tonfall der Gräfin war alles enthalten, was es zu Hannover zu sagen gab. «Seit sie wieder in Berlin sein darf, ist sie kaiserlicher als der Hohe Herr selbst.»

Wir waren angekommen.

Die Gräfin Waldersee, eine Heroine von beträchtlicher Größe und beträchtlichem Umfang, beendete ihre Ausführungen, die davon handelten, dass Berlin heutzutage ein neues Ninive geworden und es an der Zeit sei, dass der Herr einen Jonas sende, der seinen Zorn ankündige. Dann lächelte sie der Gräfin Bülow zu und musterte mich abschätzig. Ich hatte mein rotes Haar nach der Pariser Mode in großen Locken aufgesteckt, ein dunkelgrünes Hütchen schräg darauf platziert und mich auch leicht geschminkt. Sie sah mich an, als sei ich eine leibhaftige Tochter Ninives.

«Sie werden in der Gräfin Halensee eine Bewunderin Ihres Mannes finden», sagte Gräfin Bülow mit charmantem Lächeln und in völliger Unkenntnis meiner Meinung über den Feldmarschall. «Die Gräfin ist die Witwe des Barons Boythin, der in Peking so tragisch ums Leben gekommen ist.»

Dann nickte sie huldvoll und schwebte weiter. Das Interesse der Gräfin Waldersee an mir wurde wohlwollender.

«Ach, dann waren Sie während der Belagerung in Peking? Wie schrecklich! Was müssen Sie durchgemacht haben! Und wie sehnsüchtig haben Sie auf die Befreiung durch meinen Mann gewartet, nicht wahr?»

An ihr vorbei fiel mein Blick auf eine Bewegung an der Tür. Ich sah Scheibner eintreten, zwei Sektgläser in der Hand, sich suchend umblicken, dann lächelnd auf jemanden zugehen. Ich folgte ihm mit den Augen.

Das lenkte mich einen Moment ab, und ich antwortete, ohne nachzudenken.

«Als Ihr Gatte nach Peking kam, waren wir ja schon längst befreit.»

Das Gesicht der Gräfin wurde starr.

«Gewiss, gewiss. Aber damit war die Gefahr ja noch nicht gebannt. Wer eine Schlacht gewinnt, gewinnt damit noch nicht den Krieg. Der Feldmarschall hatte noch alle Hände voll zu tun, China zu befrieden.»

Scheibner blieb in der Nähe einer Gruppe stehen, aus der Alexander sich löste. Er ging auf Scheibner zu, nahm ihm ein

Glas ab, und die Männer tranken, einander lächelnd in die Augen blickend.

«Befrieden?», sagte ich, von Zorn überwältigt. «Ich würde das nicht befrieden nennen! Der Feldmarschall hat den Namen der deutschen Truppen besudelt. Er hat Dörfer gesäubert. Gesäubert!» Ich spuckte das Wort förmlich aus. «Und wovon? Von alten Männern, Frauen und Kindern! Wenn Sie eine Kirchhofsruhe über den Gräbern unschuldiger Massakrierter Frieden nennen, dann allerdings hat er erfolgreich befriedet.»

Alle vier Frauen, die mich umstanden, hätten mich nicht empörter anstarren können, wenn ich begonnen hätte, mich zu entkleiden.

«Hin und wieder mag ein Soldat in der Hitze des Gefechtes über das Ziel hinausgeschossen sein», sagte Gräfin Waldersee und warf mir aus ihrer Höhe einen vernichtenden Blick zu, «aber wir Frauen müssen uns immer darüber im Klaren sein, dass wir von Politik und Strategie zu wenig verstehen, um die höhere Weisheit des Kaisers und des Generalstabes zu begreifen.»

Alexander legte seine Hand auf Scheibners Arm und führte ihn in eine Fensternische.

«Wenn es einer höheren Weisheit bedarf, um Frauen und Kinder abzuschlachten», sagte ich, «dann bete ich zu Gott, dass er mir meine niedere erhält.»

Die Luft um mich herum gefror.

Gräfin Waldersee stieß ein kurzes, hartes Lachen aus und strafte mich mit der Kühle einer erfahrenen Salondame. Den Blick über meine linke Schulter gerichtet, sagte sie: «Ich sehe dort hinten … ich muss … entschuldigen Sie mich!», und verließ mich mit dem kürzesten Kopfnicken und ohne Lächeln. Die anderen Damen schlossen sich ihr an. Ich stand verlassen in der Mitte des Raumes.

Plötzlich wurde mir bewusst, was ich gesagt hatte.

Es schien mir, dass ich sehr lange allein dort stand, obwohl es sicher nur ein paar Augenblicke waren. Ich war völlig unfähig, ein Glied zu rühren. Ich kam mir vor, als ob alle Gäste mich anstarrten, ihre Blicke wie nadelspitze Dolche.

Dann kam ich wieder zu mir, spürte, dass die Füße mir gehorchten, und zwang mich, langsam und erhobenen Hauptes den Saal zu verlassen. Erst als ich die Tür hinter mir geschlossen hatte und das Mädchen in der Diele ging, um meinen Mantel zu holen, begann ich zu zittern.

Zu Hause öffnete ich in aller Eile den großen Dielenschrank, in dem Taschen und Koffer verwahrt wurden. Ich suchte mir eine Reisetasche aus, kehrte ins Schlafzimmer zurück und begann zu packen.

Ich hatte einen triftigen Grund, Alexander zu verlassen. Bis zum Ende der Gesellschaft würde er bereits vernommen haben, was ich gesagt hatte. Vier Frauen hatten es gehört, und mit vierfacher Geschwindigkeit würde es sich im Saal ausgebreitet und zu einem Skandal ausgewachsen haben. Für Alexanders Zwecke war ich unbrauchbar geworden, unsere Verbindung hatte ihre Grundlage verloren.

Ich öffnete die unterste Schublade der Kommode und begann, Wäsche herauszuzerren. Ich warf sie in wirrem Durcheinander in die Reisetasche. Die zweite Schublade, in der die Strümpfe waren, klemmte. Ich rüttelte daran, und endlich öffnete sie sich mit einem durchdringenden Quietschen. So laut, dass ich nicht hörte, wie sich die Tür öffnete. Als ich mich aufrichtete und zufällig in den Spiegel über der Kommode blickte, sah ich ihn in der geöffneten Tür stehen.

Er übersah die Szene mit einem Blick. Sie war auch nicht misszuverstehen, weil ich dastand wie eine ertappte Diebin, die offene Tasche zu Füßen, ein Paar Strümpfe in der Hand. Er war mit zwei Schritten bei mir, nahm mir die Strümpfe fort, warf sie in die Schublade zurück und schloss diese mit einem Ruck, der ihr einen Protestknall entlockte. Ich zuckte zusammen. Er stützte sich mit beiden Fäusten auf die Kommode. Ich war eingeschlossen.

«Du wirst nicht fortgehen, Katja», sagte er.

Er stand zu nahe. Ich presste mich gegen die Kommode, um den größtmöglichen Abstand zwischen uns zu bringen.

«Willst du mich daran hindern?»

«Allerdings. Ich will, dass du deinen Teil des Vertrages einhältst.»

«Meinen Teil?»

«Du hast versprochen, drei Jahre lang mit mir zusammenzuleben.»

«Dann hast du nicht gehört, wie ich mich aufgeführt habe?»

«Du hast nichts als die Wahrheit gesagt.»

«Wenn wir darüber diskutieren müssen, dann lass uns ins Wohnzimmer gehen», sagte ich.

Er rührte sich nicht. Wenn ich fort wollte, musste ich ihn zur Seite schieben. Die Kante der Kommode bohrte sich schmerzhaft in meinen Rücken.

«Es gibt nichts zu diskutieren», sagte er, «du bist meine Frau und bleibst bei mir. Ich bestehe darauf, dass du deinen Teil des Vertrages ebenso einhältst wie ich den meinen.»

Die Härte in seiner Stimme war mir neu. Ich wagte einen Blick in sein Gesicht und sah dort eine grimmige Entschlossenheit.

«Deine Frau? Deine Sklavin, meinst du wohl.»

«Ich hätte nicht gedacht, dass eine Echternberg feige ist und davonläuft, sobald sich Schwierigkeiten ergeben.»

«Dann weißt du es jetzt!»

«Du schätzst die Lage völlig falsch ein.»

«Darüber kann man verschiedener Meinung sein. Meine Einschätzung ist eine andere als die deine, und ich werde sie nicht ändern, nur weil sie dir nicht gefällt. Ich werde jetzt diese Tasche packen und dann gehen.»

Ich bückte mich, um aus dem Gefängnis seiner Arme wegzutauchen. Er ergriff mich am Oberarm und zog mich zurück. Ich hatte die Kostümjacke noch nicht wieder angezogen und trug noch keine Handschuhe. Der Blusenärmel war weit und fiel bis zum Ellenbogen zurück. Halensee sah mein Handgelenk. Er fing auch meinen anderen Arm ein, streifte den Ärmel zurück und starrte darauf.

Ich schwieg. Was gab es auch zu sagen? Die Narben sprachen eine deutliche Sprache. Zwei weiße dünne Striche, die schräg über das Handgelenk liefen. Gerade Striche. Das Messer in meiner Hand hatte nicht gezittert.

Es war vier Wochen nach meiner Ankunft in Peking geschehen. Ich hatte mich endgültig davon überzeugt, dass ich keine Hilfe finden würde. Ich war als Hysterikerin abgestempelt, und die allgemeine Anteilnahme galt Boythin, der mit mir leben musste.

Es war im Morgengrauen gewesen. Ah Lin hatte mich auf mein Zimmer geführt, aber ich hatte mich nicht hingelegt. Ich stand mitten im Raum und starrte auf das schmale weiße Bett, so jungfräulich wie das, in dem ich in Warstede geschlafen hatte. So anders als das Bett in Boythins Zimmer. Und plötzlich sah ich Blutflecken auf diesem weißen Laken und wusste, dass ich noch einen Ausweg hatte. Barfuß schlich ich in die Küche, machte kein Licht, orientierte mich nur an dem Mondlicht, das bizarre Schatten erzeugte. Unendlich behutsam suchte ich in der Küche, fand endlich, was ich brauchte, und schlich zurück. Das Haus lag still. Nicht einmal die Goldfische im Teich ließen das Wasser plätschern. Ich war sicher, dass niemand mich gehört oder gesehen hatte.

Wieder in meinem Zimmer, setzte ich mich auf das Bett. Ich schlug die Ärmel des Nachthemds zurück und setzte ohne zu zögern die Spitze des Messers am Handgelenk an, wo sich die Ader blau unter der Haut abzeichnete. Ich stach tief ein und zog das Messer gerade abwärts. Erst links, dann rechts.

Dann wartete ich.

Ich hatte geglaubt, das Blut würde hoch aufspritzen und dann in einem heftigen Schwall aus den Adern strömen, aber dem war nicht so. Es quoll langsam hervor und tropfte langsam auf das Laken, das sich mit den Tropfen voll sog wie Löschpapier mit Tinte. Wie viel Blut hat ein Mensch, fragte ich mich, wie lange würde es dauern, bis ich ausgeblutet war? Bis zum Morgen?

Es konnte nicht viel Zeit verstrichen sein, als die Tür geöffnet wurde und Ah Lin eintrat. Vielleicht hatte er mich beobachtet, vielleicht hatte auch ein anderer Diener ihn benachrichtigt. Er war mit zwei Schritten bei mir, bückte sich und riss von dem Laken, wo es sauber geblieben war, lange Streifen ab, mit denen er meine Handgelenke fest verband. Dann wusch er meine Arme, zog mir ein anderes Nachthemd an, wechselte die Bettwäsche, legte mich ins Bett und deckte mich zu, gerade als wäre ich eine Puppe, und genauso willenlos gehorchte ich ihm. Die ganze Zeit über sprach er kein Wort. Am Ende verbeugte er sich zeremoniell und verschwand wieder. Als habe er mir nur den Tee serviert.

Ich starrte an die Decke. Warum hatte ich nicht Boythins Revolver genommen? Ich wusste, dass er eine Waffe in seinem Schreibtisch aufbewahrte. Ich hatte sie einmal gesehen, blauschwarz lag sie, in einen Lappen eingeschlagen, in der untersten Schublade. Hätte ich mir nicht ein Messer besorgt, sondern den Revolver, dann wäre alles schnell gegangen. Dann wäre die Tat unwiderruflich gewesen. Aber ich hatte nicht versucht, mich zu erschießen. Ich war gar nicht auf den Gedanken gekommen. Ich begann zu lachen und lachte, bis das Gelächter schließlich in einem hysterischen Schluckauf endete. Ich, die Tochter, Enkelin und Urenkelin von Offizieren, hatte nie eine Waffe in der Hand gehabt. Ich wusste nicht, wie man damit umgeht.

Ich blickte über Alexanders Kopf hinweg auf die Wand, weil ich Mitleid in seinem Gesicht nicht ertragen hätte. Er ließ meine Hände fallen und sagte ausdruckslos: «Verzeih, ich wollte nicht ... Bleib heute Nacht hier! Wenn du morgen immer noch fort willst, dann werde ich dir dabei helfen.»

Als ich am nächsten Morgen erwachte, war die Reisetasche verschwunden, alle Schubladen der Kommode geschlossen. Ich fühlte mich am ganzen Leib zerschlagen, als hätte ich am Vortag Schwerstarbeit geleistet. So hatte ich mich als Kind gefühlt, wenn ich bei der Kartoffelernte geholfen hatte. Ich setzte mich mühsam auf, ließ mich jedoch gleich wieder zurücksinken und vermied jede weitere Bewegung, damit mir nicht noch einmal dieser stechende Schmerz in die Schläfen fuhr.

Ich musste fort, das sagte ich mir wieder und wieder, aber es gab in meinem Inneren einen Widerstand dagegen, den ich nicht überwinden konnte. Ich hatte den richtigen Zeitpunkt verpasst. Wäre ich gleich gegangen, so wäre alles gut gewesen, jetzt aber, da ich Stunde um Stunde in dieser Wohnung geschlafen hatte, schien es mir unmöglich fortzugehen.

Wohin auch? Zu meiner Familie? Unvorstellbar.

Ich rief mir das Gespräch, das ich mit der Waldersee geführt hatte, Wort für Wort und Blick für Blick ins Gedächtnis, aber diesmal ließ es mich merkwürdig kalt. Ich hatte die Wahrheit gesagt. Ich war undiplomatisch gewesen. Ich hatte einen Skandal hervorgerufen. Aber ich hatte mich nicht verraten. Es gab keinen Grund, Angst zu haben.

Alexander hatte die Narben gesehen. Aber er hatte beschlossen, sie zu ignorieren. Er würde nie danach fragen. Warum sollte er auch? Was ging ich ihn an? Wir hatten eine Verabredung, aber keine Ehe. Er wollte nichts weiter, als dass ich meinen Teil der Vereinbarung einhielt. Warum sollte ich das nicht tun? Hatte ich nicht völlig überreagiert? Wie schnell würden diese Bemerkungen über Waldersee wieder vergessen werden! Und nur bei den Freunden der Waldersees war ich zur

Persona non grata geworden. Aber die Gegner Waldersees, und deren gab es sicherlich viele, würden mich für ihre Jeanne d'Arc halten.

Nachdem ich mich so davon überzeugt hatte, dass ich bleiben konnte, ja, bleiben musste, fühlte ich mich sonderbar erleichtert.

In der nächsten Zeit herrschte zwischen Alexander und mir eine starke Befangenheit. Wir gingen uns nach Möglichkeit aus dem Weg. Während er früh aufstand und zeitig das Haus verließ, blieb ich lange im Bett und frühstückte spät. Anschließend ging ich in die Stadt, machte Einkäufe, traf mich mit Bekannten, besichtigte Ausstellungen oder ging im Park spazieren. So vermieden wir ein gemeinsames Mittagessen. Und abends waren wir nicht zu Hause, sondern besuchten Gesellschaften oder gingen ins Theater, sodass wir nie allein blieben.

An einem Vormittag, ich war schon in Kostüm und Hut, fiel mir ein, dass ich vergessen hatte, einen Brief, mit dem ich eine Einladung annehmen wollte, zu frankieren. In meinem Sekretär war das Fach für die Briefmarken leer. Ich ging hinüber in Alexanders Arbeitszimmer, wo ich Porto zu finden hoffte.

In der Luft hing der Geruch seines Pfeifentabaks und der Politur, mit der das Dienstmädchen die Ledersessel eingerieben hatte. Vor dem Fenster stand der wuchtige Schreibtisch, mit einem Wust von Papieren bedeckt. Obenauf lag ein Buch, das mir sonderbar bekannt vorkam. Ich trat näher. Es war in rotes Leder gebunden, Name des Autors und Titel waren in Gold eingeprägt. Ein kostbarer Privatdruck. Und so abgewetzt an einigen Stellen, dass klar war, dieses Buch war oft zur Hand genommen worden. Ich hob es auf.

Achim Walerian: Nur die Steine sind ewig.

Ich erinnerte mich. Richard Allbrook hatte es mir einmal geliehen. Der Name ist ein Pseudonym, hatte er gesagt, ein begabter junger Dichter. Ich hatte die Verse traurig gefunden, todessüchtig. Das Buch öffnete sich von selbst auf dem Vorsatzblatt. Dort war eine Widmung hineingeschrieben worden. Mit schwarzer Tinte in fein ausgezogenen Buchstaben, wie gestochen, stand dort:

Für dich

Ja, herrlich wärs, wenn in die Grabesflamme
So Arm in Arm statt eines Einsamen
Ein festlich Paar am Tagesende ging',
Und gerne nähm ich, was ich hier geliebt,
Wie seine Quellen all ein edler Strom,
Der heiligen Nacht zum Opfertrank hinunter.
Hölderlin

in Liebe
Achim

Für dich?

Wer mochte das Du sein, dem Achim Walerian dieses Exemplar gewidmet hatte? Alexander? In dessen Besitz dieser Band war? Bedeutete das «in Liebe» dann, dass Achim Walerian und Alexander …?

Ich wollte den Gedanken fortschieben. Wir hatten ein nüchternes Abkommen, Alexander und ich, und wen er liebte und von wem er geliebt wurde, ging mich nichts an. Und doch konnte ich meine Augen nicht abwenden von diesen drei Worten: *in Liebe Achim*.

Als die Tür des Zimmers geöffnet wurde, schrak ich zusammen. Das Buch entglitt meinen Händen und fiel auf den Teppich.

«Du musst nicht erschrecken, Katja», sagte Alexander und kam näher, «du hast jedes Recht, in diesem Zimmer zu sein. Was mein ist, ist auch dein. Du bist meine Frau.»

Er hob das Buch auf und behielt es in den Händen, mit einem sonderbaren Blick darauf niedersehend.

«Ich hätte gern, dass du es liest.»

Ich räusperte mich.

«Ich kenne es.»

Er sah überrascht auf.

«Woher? Soviel ich weiß, ist es nie in den Buchhandel gelangt. Mein Vater hat die Auflage aufgekauft.»

«Allbrook hat es mir geliehen.»

«Natürlich. Das hätte ich mir denken können. Allbrook war Achims großes Vorbild. Er hat sein Urteil gesucht und ihm deshalb die Verse geschickt.»

«Du kennst Achim Walerian?»

«Wir sind uns nie begegnet. Bis zu seinem Tod habe ich nicht einmal gewusst, dass er lebte. Und doch habe ich ihn immer vermisst.»

«Ich verstehe nicht.»

«Achim Walerian ist ein Pseudonym. Das Pseudonym meines Bruders. Mein älterer Bruder. Eine Stunde älter als ich.»

«Ihr seid Zwillinge? Du und dein Bruder?», sagte ich überrascht.

«Ja. Aber wir haben es nicht gewusst. Unsere Eltern haben sich vier Wochen nach unserer Geburt getrennt. Achim als der Ältere, als der Erbe, blieb bei unserem Vater in Halensee, ich ging mit meiner Mutter nach England. Meine Mutter nahm wieder ihren Mädchennamen an, Thorbridge, und ich glaubte nichts anderes, als dass ich ein Thorbridge sei. Den Vater ersetzte mir mein Großvater. Ein wunderbarer Mann. Er hatte von seinem Vater einen kleinen Laden übernommen, den er ausbaute. Als er starb, gebot er über ein Imperium von mehr als einem Dutzend Warenhäusern. In jeder Großstadt Englands gab es ein Weston's. Er war tüchtig und bewunderte die Tüchtigkeit anderer. Er war laut und ungebildet und geradeheraus, aber er schätzte auch die Aufrichtigkeit anderer. Und er glaubte nie, dass er allein über die Wahrheit verfügte, sondern ließ anderer Leute Wahrheiten ebenso gelten. Er war großzügig und jähzornig, beinhart und sentimental, er forderte jedem das Letzte ab, aber nie mehr, als er selbst zu geben bereit war. Als er starb, starb in Wahrheit mein Vater.»

«Du musst ihn sehr geliebt haben.»

Alexander legte das Buch behutsam auf den Tisch und wies auf die Sessel, die um einen runden Tisch herum standen. Wir setzten uns. Ich zog die Nadel aus meinem Hut und legte ihn auf den Tisch.

«Kurz nach ihm starb Achim. Und weil ich jetzt der Erbe von Halensee war, klärte meine Mutter mich über meine Abstammung auf. Ich fuhr nach Pommern und traf meinen leiblichen Vater. Ich – nun – wir verstanden uns nicht gut. Der Besuch war kein Erfolg. Ich weiß, dass es meine Pflicht ist, das Gut zu übernehmen und die Familientradition fortzuführen, aber ich weiß es nur mit dem Kopf und nicht mit dem Herzen. Ich bin nicht in dieser Tradition erzogen worden, sondern von meinem Großvater, der mich lehrte, dass jeder Mensch sein Schicksal aus eigener Kraft formt und nicht von seinen Vorfahren formen lässt. Eine Ansicht, die mein preußischer Vater keineswegs teilt. Das war ein Aspekt unseres Konflikts. Der andere war der, dass ich ihm die Schuld an Achims Tod gab.»

«Warum?»

«Du hast gehört, dass Achim sich erschossen hat?»

Ich nickte.

«Er war ein Dichter, Katja. Und er wurde gezwungen, zum Militär zu gehen, weil die Halensees Offiziere werden. Weißt du, was das heißt, in einer Garnison zu leben? Kannst du dir die Brutalität und den Stumpfsinn dort vorstellen? Achim war ein Mensch mit einer weichen, empfindsamen Seele. Als er sich dazu durchgerungen hatte, seine Verse zu veröffentlichen, unter Pseudonym aus Rücksicht auf die Familie, da hat sein, unser, Vater alle Exemplare aufgekauft und vernichtet.»

«Und daraufhin hat er sich …?»

Alexander nickte.

«Wenn du die Gedichte gelesen hast, weißt du, wie sehr er sich nach dem Tod gesehnt hat. Er sah keinen anderen Ausweg. Und obwohl ich ihn nie gekannt habe, fehlt er mir. Kannst du dir das vorstellen? Ich habe mein Leben lang unter dem Gefühl gelitten, nicht vollständig zu sein, als hätte man mich amputiert. Man kann doch Schmerzen empfinden in einem Bein, das man gar nicht mehr hat. So ist es mir mit meinem Zwillingsbruder ergangen. Ich habe ihn vermisst, obwohl ich ihn nie gekannt habe.»

Er hat die Lücke, die sein Bruder hinterließ, mit der Liebe zu anderen Männern gefüllt, dachte ich. Ich wünschte, ich hätte ihm etwas Tröstliches sagen können, etwas, das so genau in das Zentrum seines Schmerzes traf, das es ihn auslöschte. Aber mir fiel nichts ein als eine Banalität.

«Wie furchtbar für dich.»

Es war, als habe er mich nicht gehört, weil er zu weit in die Vergangenheit schaute.

«Ich bin damals nach Warstede gefahren, weil ich Allbrook treffen wollte. Ich wusste, was er meinem Bruder bedeutet hatte, und wollte mit ihm über Achim sprechen, hoffte, dass er ihn näher gekannt hatte. Aber Achim war scheu gewesen. Er hatte sich niemandem offenbart, und Allbrook kannte wie ich nur die Verse, sonst nichts. Ich fragte mich, ob ich meinen Bruder hätte retten können, wenn ich von ihm gewusst hätte. Hätte ich ihm die Stärke geben können, die ihm fehlte? Und für mich tat sich die Frage auf, wer ich denn nun eigentlich war: Alexander Thorbridge oder Alexander von Halensee? Ich war vollkommen verwirrt. Das ist hoffentlich eine akzeptable Entschuldigung dafür, dass du damals keinen unauslöschlichen Eindruck auf mich gemacht hast?»

Er versuchte ein spöttisches Lächeln, aber es misslang ihm.

«Bist du deshalb nach Tibet gegangen?»

Er sah mich überrascht an.

«Ich hatte es immer vorgehabt. Seit meiner Kindheit hatte ich vom Himalaya geträumt. Mein ganzes Studium galt eigentlich der Vorbereitung dieser Reise. Ich weiß nicht, was mich daran so sehr reizte. Vielleicht gibt es keine rationale Erklärung für unsere Obsessionen. Es ist wie mit der Liebe. Warum lieben wir die eine blonde blauäugige Schönheit, und nicht die andere, die genauso blond und blauäugig ist? Mag auch sein, dass mich Tibet faszinierte, weil es ein Ort auf der Welt war, wo man Weston's und Thorbridge garantiert nicht kannte. Wo ich mich bewähren musste, ohne dass ich wegen des Vermögens meines Großvaters einen Bonus bekam. Aber sicher spielte nach Achims Tod auch das eine Rolle: dass ich nicht wusste, ob ich Thorbridge oder Halensee war, und wegging, um einer Entscheidung auszuweichen.

Der Abt eines Klosters, in dem ich während eines schrecklichen Unwetters Zuflucht gefunden hatte, ließ mich bei den Mönchen wohnen. Er duldetet mich, obwohl er wusste, dass ich nicht der Händler war, der zu sein ich vorgab. Er sagte zu mir, ich möge um Erleuchtung beten, damit ich erkenne, wer ich sei.»

«Und?»

«Ob ich erleuchtet worden bin?» Er lächelte kurz. «So weit möchte ich nicht gehen. Aber ich habe gelernt, dass ich mich nicht entscheiden muss. Ich bin der eine so gut wie der andere, und erst beide zu sein macht mich aus.»

«Dann hast du deinen Frieden gefunden.»

Ich hoffte, in meiner Stimme war nichts von dem bitteren Neid zu spüren, den ich empfand.

Alexander hob den Kopf und sah mich an, mit diesem durchdringenden Blick, vor dem ich die Augen am liebsten abgewendet hätte.

«Nicht in jeder Beziehung, das kann ich dir versichern.»

24

In Berlin hatte der Frühling schon begonnen. Aber hier, im östlichsten Ostpreußen, reckten die Bäume noch hart und streng ihre kahlen Äste in den grauen Himmel und behängten sie nicht mit irreführendem Hoffnungsgrün.

Ich sah aus dem Fenster. Die Landschaft war flach, die schwarzen Äcker warteten auf die Frühjahrsbestellung.

«Tatsächlich», sagte ich, «hat mein Ausbruch gegenüber der Gräfin Waldersee uns nicht geschadet. Es gab eine ganze Reihe Menschen, die den Auftrag Waldersees in China für ungeschickt gehalten hatten und sein Auftreten dort offen verurteilten. Außerdem wurde die Gräfin mit ihrer Bigotterie eher gemieden. Sollte sie geglaubt haben, damit fände sie Aufnahme in den Kreis der Kaiserin, so hatte sie sich getäuscht.»

Jelena Sergejewna lächelte.

«Natürlich. Nur eine Naive konnte annehmen, dass Auguste Viktoria vergessen und vergeben würde. Es hat einmal Gerüchte gegeben, dass die Waldersee dem Kaiser sehr nahe gestanden habe. Sehr viel näher als ihr Mann.»

«Das mag sein. Darüber wurde jedenfalls nicht geredet. Gesellschaftlich gesehen waren Alexander und ich ein erfolgreiches Paar. Wir wurden so häufig eingeladen, dass ich der Soupers allmählich müde wurde. Aber am schlimmsten war der Hofball, steif, zeremoniös, mit einer Pracht ausgestattet, wie unsichere Parvenüs sie an den Tag legen. Nie zuvor hatte ich den Kaiser aus der Nähe gesehen. Er trug eine Admiralsuniform, über und über goldverschnürt, der berühmte Schnurrbart war hochgezwirbelt, er hielt sich aufrecht wie ein Soldat bei der Parade, und ich fand, er wirkte wie ein Schauspieler, der einen Kaiser gab.»

Die Fürstin nickte.

«Gut beobachtet. Er hat wirklich nichts von der Abgeklärtheit und Sicherheit eines Mannes, der zum Kaiser erzogen worden ist und das Amt seit fünfzehn Jahren bekleidet.»

«Ich wurde ihm vorgestellt, machte meinen tiefen Hofknicks und erhielt eine Bemerkung über meine roten Haare, die ein Potsdamer Leutnant hätte machen können. Die Kaiserin an seiner Seite lächelte ein eingefrorenes Lächeln. Dann war ich vorüber. Das Defilee hinter mir dauerte noch vier Stunden. Vier Stunden, in denen alle Gäste herumstanden, weil niemand sich setzen durfte, solange das kaiserliche Paar stand. Am deutlichsten blieb mir in Erinnerung, wie mir nach drei Stunden die Knie vor Erschöpfung zu zittern begannen. Alexander machte bei dieser Gelegenheit die Bekanntschaft des Fürsten Eulenburg, der sich vom Hof zurückgezogen hatte und dem Kaiser, dessen engster Freund er war, nur noch bei der alljährlichen Nordlandfahrt der kaiserlichen Jacht und bei der Jagd auf Schloss Liebenberg begegnete. Das war die Bekanntschaft, die er unbedingt hatte machen wollen. Man sagte, Eulenburg stehe dem Kaiser am nächsten, sei sein Freund.»

Jelena Sergejewna machte ein skeptisches Gesicht.

«Ich fürchte, Alexander hat sich zu großen Illusionen hingegeben. Niemand kann ein Freund des Kaisers sein, weil der nur Speichellecker um sich duldet. Ich hatte einmal ein längeres Gespräch mit Großfürst Sergius, dem Onkel des Zaren, der Wilhelm über seine deutsche Frau gut kennt. Der Großfürst sagte, der Kaiser sei gefährlich, ja, er könne ein Unglück werden nicht nur für Deutschland, sondern für ganz Europa. Nach Bismarcks Entlassung habe niemand gewagt, ihm entgegenzutreten. Leute wie Eulenburg, verblendete Dummköpfe, müsse man wohl sagen, hätten im Gegenteil alles getan, um ihm den Weg zum Persönlichen Regiment zu ebnen. Jetzt mische Wilhelm sich in alles ein, habe zu allem eine Meinung, nur leider morgen eine andere als heute. Am schlimmsten aber seien seine Phantasien, die er in seinen Reden unverhüllt der Öffentlichkeit preisgibt. Er sei ein Mann, der von allen geliebt werden wolle, aber er glaube, er könne diese Liebe nur erringen durch Blut und Gewalt. Wilhelm, schloss Sergius, sei wahnsinnig.»

«Der Großfürst hat Recht», erwiderte ich langsam, «das ist Wahnsinn.» Aber ich sprach nicht von Wilhelm.

25

Es war ausgemacht, dass wir Ende November für ein langes Wochenende nach Halensee fahren würden. Mit dem Automobil, das Alexander sich vor kurzem zugelegt hatte. Wahrscheinlich war sein Wunsch, es auf einer langen Fahrt auszuprobieren, der eigentliche Grund für diese Reise nach Halensee, denn er hatte sie immer wieder verschoben, als wolle er seinem Vater lieber aus dem Weg gehen. Donnerstag, als wir schon alles gepackt und den Dienstboten freigegeben hatten, kam Alexander mit einer Miene zwischen Triumph und Bedauern nach Hause.

«Es ist so weit», sagte er, «ich habe es geschafft. Ich bin in den inneren Zirkel eingedrungen. Ich habe für das Wochenende eine Einladung des Fürsten Eulenburg nach Liebenberg. Der Kaiser wird anwesend sein.»

«Also Sonntag in Liebenberg?», fragte ich. «Dann müssen wir die Fahrt nach Halensee absagen?»

Alexander schüttelte den Kopf.

«Ich fahre allein nach Liebenberg. Es ist eine reine Männergesellschaft, wie der Kaiser sie liebt. Wenn keine weiteren Damen zugelassen sind, kann auch die Kaiserin keinen Anspruch darauf erheben, ihn zu begleiten. Scheibner wird dich nach Halensee fahren, und ich komme nach, sobald ich kann.»

«Ich soll allein der Meute deiner Verwandten gegenübertreten?»

Er lächelte flüchtig, ohne jede Wärme.

«Es wird keine Meute sein. Mein Vater lebt sehr zurückgezogen. Verwandtenbesuch hat er sich seit Jahren verbeten. Du wirst keinen spinnwebüberzogenen altjüngferlichen Tanten oder jovialen Onkeln begegnen, die deine Hand tätscheln wollen. Soviel ich weiß, lässt mein Vater nur den Pastor vor, der gut Schach spielt, und einen Nachbarn, mit dem gemeinsam er Schlachten in Zinnfigurenarrangements nachstellt.»

Zwei verrückte Alte und ein Landpastor.

Keine vergnügliche Aussicht, aber besser als eine Parade missgünstiger Verwandter und taktlos-neugieriger Nachbarn.

Scheibner fuhr mich hin. Ich genoss die Fahrt.

Er hatte mit großer Begeisterung Fahrstunden genommen. Jetzt saß er am Steuer, die Hände in Lederhandschuhen, eine Lederkappe auf dem Kopf, und starrte mit konzentriertem Ernst geradeaus. Der Motor schnurrte wie die Nähmaschine meiner Tante, die Chausseebäume flogen an uns vorüber, die Kühe hoben die Köpfe und glotzten uns mit träge wiederkäuender Neugier nach, die Kinder in den Dörfern liefen zusammen und vergaßen, sich den Rotz abzuwischen, der ihnen aus der Nase rann. Einmal lief uns ein lebensmüdes Huhn vor die Räder, das Scheibner nur retten konnte, indem er mit Gewalt auf die Bremse trat, sodass wir mit dem Kopf gegen die Windschutzscheibe flogen.

«Tut mir Leid», sagte er, «das oder der Straßengraben – mehr Auswahl hatte ich nicht. Ich musste mich schnell entscheiden.»

«Diese Automobile erreichen eine zu hohe Geschwindigkeit», sagte ich, «sie sind schneller, als ein Mensch denken kann. Ich glaube nicht, dass sie sich durchsetzen werden. Ein Spielzeug für die Reichen, mehr nicht.»

Scheibner wiegte den Kopf.

«Wer weiß. Auch die Dampfmaschine und die Eisenbahn haben klein angefangen. Wir leben in aufregenden Zeiten. Jahr für Jahr werden neue Dinge erfunden, die den Alltag verändern. Wenn die Versuche, die man jetzt mit den Glühfäden macht, Erfolg haben, bedeutet das eine Revolutionierung unserer Beleuchtung. Keine Kerzen mehr, kein stinkendes Petroleum oder Gas – eine neue Sicherheit vor Bränden. Oder das Grammophon. Wenn man die Technik erst einmal vervollkommnet – welche Möglichkeiten tun sich da auf. Niemand, der auf dem Lande lebt, braucht auf das Erlebnis der Oper zu verzichten. Er holt sich die Sänger per Apparat in sein Wohnzimmer. Oder man bespricht eine dieser Schallplatten und man bleibt seiner Familie über den Tod hinaus erhalten, weil die Angehörigen jederzeit die Stimme des Verstorbenen wieder abspielen können.»

«Hören Sie auf», sagte ich schaudernd, «Stimmen aus dem Jenseits – das ist ein Albtraum.»

«Nun, sie kämen ja nicht aus dem Jenseits», sagte er vernünftig, «sie wären so sehr an das Diesseits gebunden, dass sich kein Laut in dem Klangbild jemals ändern würde. Wahrscheinlich bekäme man Großvaters Stimme, die immer dasselbe sagt, schnell satt. Hingegen ist die bedeutendste Entwicklung, die ich mir denken kann, das Telefon. Jederzeit mit Menschen sprechen zu können, die entfernt – auch weit entfernt – sind, das nenne ich wirklichen Fortschritt. Besonders für mich natürlich.»

26

Jelena Sergejewna wandte den Kopf zur Abteiltür, die aufgeschoben wurde.

Ich brach ab. Madame Depors erschien und teilte mit, dass jetzt im Speisewagen das Mittagessen serviert würde.

Wir folgten ihr durch schwankende Gänge und ließen uns an einem kleinen Tisch nieder. Er war weiß gedeckt, neben den elfenbeinfarbenen Tellern funkelten Kristallgläser, das Besteck war aus Silber. Der Kellner kam lautlos heran und reichte uns die Menükarte.

«Die Eisenbahn hat das Reisen schneller und bequemer gemacht», sagte die Fürstin und bestrich ihr Brötchen üppig mit Butter, «aber gerade deshalb nimmt sie ihm das, was Reisen eigentlich ausmacht. Schauen Sie hinaus! Dörfer, Städte, Wälder, ganze Gebirge gleiten an Ihnen vorüber, und Sie betrachten Sie nur wie ein Gemälde im Museum. Nur noch Ihr Auge ist beteiligt, die anderen Sinne verkümmern. Sie riechen nicht den Duft der Tannenwälder oder den Jauchegestank, der von frisch gedüngten Feldern aufsteigt, Sie spüren die Entfernung nicht in Ihren vom Wandern schmerzenden Füßen oder in Ihren vom Fuhrwerk durchgeschüttelten Knochen, Sie hören nicht mehr das Lied der Lerche, das Schimpfen oder das Singen in fremden Sprachen, Sie übernachten nicht mehr in zweifelhaften Herbergen, wo Sie mit Leuten zusammentreffen, denen Sie sonst nie begegnet wären, Sie essen nicht mehr Unbekanntes und Undefinierbares – kurzum, Sie verlassen den Zug als diejenige, als die Sie ihn bestiegen haben. Das ist kein Reisen, das ist nur noch Fortbewegung.»

Madame Depors, die sich neben mich gesetzt hatte, übernahm die Pflichten der Gastgeberin. Während sie der Fürstin aus einer Karaffe Wasser ins Glas goss, sagte sie eifrig:

«Aber bedenken Sie doch, wie angenehm alles geworden ist! Dieser Luxus! Und wie schnell! Diese Pünktlichkeit!»

«Wie wunderbar», sagte die Fürstin beißend, «so schnell und so pünktlich werden in Zukunft die jungen Männer in den Tod fahren.»

«Aber es gibt keinen Krieg. Wir leben in tiefstem Frieden. Es wird nie wieder Krieg geben», behauptete Madame Depors. «Heutzutage treffen die Staatsmänner zusammen und reden miteinander. Dank der Eisenbahn, die ihnen rasches Reisen ermöglicht. Das schafft alle Probleme aus der Welt.»

Jelena Sergejewna musterte sie mit halb geschlossenen Augen.

«Sie sind also zufrieden damit, dass das Reich Ihnen Elsass und Lothringen entrissen hat? Sie verzichten für alle Zeiten darauf?»

«Das», sagte Madame Depors und richtete sich auf, «ist etwas anderes. Unrecht muss natürlich wieder zu Recht werden.»

«Eben. Den Grundsatz hat niemand so gut ausgespielt wie die alten Römer. Es gibt keinen Eroberungskrieg, den sie nicht aus diesem Grund geführt haben.»

«Von den alten Römern weiß ich nichts», erwiderte Madame Depors beleidigt.

Ich hörte nur halb zu. Jelena Sergejewnas Worte hatten sich in meinen Gedanken festgesetzt. Würde ich den Zug in St. Petersburg als diejenige verlassen, als die ich ihn in Berlin bestiegen hatte? Ich wünschte, die Fürstin hätte Unrecht. So viel Raum würde dazwischen liegen, so viel Zeit vergangen sein. Es war nicht weit von Berlin nach Ostpreußen. Kaum ein Tag war vergangen. Kein Wunder, dass ich, wenn ich die Augen schloss, noch immer seine Hand unter meinem Ellbogen fühlte und erschauerte. Aber ich würde noch viel weiter in den Osten fahren, und mit jeder Umdrehung der Räder würde die Erregung verblassen, bis sie, wenn ich endlich ausstieg, nur mehr eine Erinnerung sein würde. Die Erinnerung an seine Umarmung, die jetzt noch, wenn ich daran dachte, eine solche Glut ausstrahlte, dass ich fürchtete, daran zu verbrennen. Auch diese Erinnerung würde erkalten, zu einem Stein werden, den ich wie all die anderen Steine in die Truhe meines Gedächtnisses versenken würde. Die Truhe war tief und dunkel. Beim Erzählen tastete ich in ihr herum und spürte die Steine, die runden, glatt geschliffenen und die mit den scharfen Kanten, die die Haut aufrissen. Und dann gab es Winkel, vor denen ich zurückzuckte. Dort lagerten die Steine, deren Berührung ich vermied, als seien sie immer noch glühende Kohlen.

Solange Madame Depors bei uns am Tisch saß, ließ die Fürstin das Gespräch über Nichtssagendes dahinplätschern. Endlich fuhr sie sich mit der Serviette über den Mund, knüllte sie auf dem Teller zusammen und blickte auf.

«Wie ist es, Katja, sind Sie auch fertig? Dann lassen Sie uns in unser Abteil zurückgehen.»

Als wir uns wieder auf den Polstern installiert hatten, Madame Depors' letzte Frage, ob wir noch etwas wünschten, von der Fürstin barsch negativ beschieden worden war, lehnte Jelena Sergejewna sich zurück und sah mich auffordernd an:

«Sie fahren also im Automobil nach Halensee, und Scheibner lobt die Erfindung des Telefons.»

27

«Das kann ich gut verstehen», sagte ich, «Ihre Eltern leben in Österreich, und Sie sind sicher froh, dass Sie nicht auf die Schneckenwege der Briefpost angewiesen sind.»

«Meine Eltern?», er lachte unfroh, «nein, nicht wegen meiner Eltern. Ich muss sagen, ich bin ihnen nichts als ein pflichtbewusster Sohn. Ein Brief im Monat, in dem ich ihnen meinen Gesundheitszustand mitteile und vom Wetter berichte, ist alles, was nötig ist. Sie erwarten nicht mehr, ja, ich glaube, sie wären tief entsetzt, wenn ich ihnen mehr schriebe. Eine intime Mitteilung wäre eine Verletzung der Diskretion und ihnen furchtbar peinlich. In unserer Familie redet man nicht miteinander und macht alles mit sich selber aus. Nein, das Telefon lobe ich wegen meiner Verlobten.»

Ich starrte ihn an.

«Sie sind verlobt?»

Er wandte die Augen nicht von der Straße.

«Offiziell seit zwei Jahren. Sie lebt in Baden bei Wien. Wir werden heiraten, sobald ich eine Professur habe. Ich hoffe, dass die Herausgabe des tibetischen Totenbuches mir endlich eine Berufung einträgt.»

Warum sollte er nicht verlobt sein? Alexander war ja sogar verheiratet. Und wenn Scheibner in einer kleinen Universitätsstadt das Leben eines Honoratioren führen wollte, dann war der Besitz einer reputierlichen bürgerlichen Ehefrau äußerst hilfreich. Ich fragte mich, welche Art von Frau seine Verlobte war, dass sie sich darauf einließ. Wusste sie, dass Scheibners Neigung Männern gehörte?

Die Frage konnte ich nicht stellen, aber ich sagte:

«Erzählen Sie mir von Ihrer Verlobten! Wie heißt sie? Wie alt ist sie? Was macht sie? Wie haben Sie sich kennen gelernt?»

«Sie heißt Vera. Was sie macht? Etwas Ähnliches wie Werthers Lotte. Ihre Mutter starb vor drei Jahren, sie ersetzt sie ihren beiden jüngeren Geschwistern und führt ihrem Vater den Haushalt. Und kennen gelernt haben wir uns eigentlich gar nicht. Sie ist ein Teil meines Lebens, seit ich geboren wurde. Wir sind nahezu gleichaltrig, am selben Tag geboren, nur bin ich ihr um vierzehn Stunden voraus, was mir in ihren Augen leider keinerlei Autoritätsvorsprung verschafft. Wir waren Nachbarskinder, sind Zaun an Zaun aufgewachsen. Der Zufall der gleichzeitigen Entbindung hat meine und ihre Mutter in nähere Beziehung gebracht. Ich ging, sobald ich allein laufen konnte, sooft es ging, ins Nachbarhaus. Dort gab es Heiterkeit, Lachen, Scherze. Alles, was ich in meiner Kindheit an Wärme und Nähe erlebt habe, verdanke ich Vera und ihrer Familie. Wir waren wie Zwillinge, und es gab nie einen Zweifel, weder bei mir noch bei ihr, dass wir unser ganzes Leben lang beisammen bleiben würden.»

Er lachte verlegen.

«Vera vertritt die Theorie, dass wir wiedergeboren sind, Seelen zweier lang verstorbener Liebender, die einst getrennt wurden und sich wieder finden durften. Ich weiß, das klingt verrückt, aber – wenn man wie ich in asiatische Glaubensvorstellungen eingedrungen ist, dann gibt es Momente, wo man schwankend werden kann in seinem abendländisch rationalistischen Christentum.»

«Es klingt nicht verrückt, sondern schön. Sie lieben sie sehr, nicht wahr?»

«Wie mich selbst.»

Er errötete und biss sich auf die Lippen, als sähe er seine Eltern vor sich stehen, die ihn wegen seiner Indiskretion rügten. Wir fuhren schweigend weiter.

Scheibner war kein Mann für Männer. Ich sah Alexander und ihn auf dem Fest der Fürstin Bülow, wie sie einander begrüßten, miteinander anstießen, lachten. Gesten der Freundschaft. Es war nicht Scheibner, den Alexander liebte. Wen dann? Es ging mich nichts an. Wir waren Verbündete auf Zeit, ein Ehepaar nur dem Namen nach.

Halensee unterschied sich nicht wesentlich von Warstede. Wir fuhren durch eine Lindenallee, die auf das Torhaus zuführte. Rechts und links lagen die Instenhäuser, lang gestreckte, niedere Gebäude, weiß gekalkt und strohgedeckt. In den Pfützen auf dem aufgeweichten Weg spielten Kinder mit kurz geschorenen Haaren, zwei Dorfköter klemmten den Schwanz ein, als das Automobil sich näherte, und jagten ihm dann kläffend nach, als es vorbeigefahren war. Das Wasser in den Pfützen spritzte auf, als Scheibner scharf in eine Kurve bog und auf die Auffahrt des Herrenhauses zuhielt.

Halensee war ein Backsteinbau mit einer schön geschwungenen Sandsteintreppe. Oben auf den Stufen stand Alexanders Vater, eine bismarckhafte Gestalt mit breiten Schultern und militärisch strammer Haltung. Haar und Schnauzbart waren weiß. Er wartete, bis Scheibner mir aus dem Wagen geholfen hatte, und kam dann die Treppe herab. Er zog ein Bein nach, was ihm plötzlich ein schiefes und hilfloses Aussehen verlieh.

Er reichte mir nicht die Hand, sondern musterte mich aus

zusammengekniffenen Augen von oben bis unten und sagte schließlich:

«Sie sind das also. Es hätte schlimmer kommen können.»

Dann wandte er sich um und hinkte uns voran ins Haus.

Scheibner nahm meinen Arm und flüsterte:

«Machen Sie sich nichts daraus. Der alte Herr soll ein bisschen sonderbar sein.»

Die Aussicht, mit einem Schwiegervater tagelang allein zu bleiben, der mich als ein gerade auszuhaltendes Übel zu betrachten schien, hob meine Stimmung keineswegs.

«Sie bleiben doch hier?», flüsterte ich zurück.

Scheibner schüttelte den Kopf.

«Ich muss nach Berlin zurück. Ich halte morgen Abend in der Akademie einen Vortrag.»

Wir standen in der Diele. Es roch nach Bohnerwachs, genau wie in Warstede.

Alexanders Vater stieß eine Tür auf.

Wir folgten ihm in einen Raum, dessen Fenster sich auf den Park öffneten. Draußen stand auf einem weiten Rasen eine einsame Trauerweide mit tropfenden Zweigen.

Durch die Gardinen quoll milchig-nebliges Licht, kaum genug, um die Möbel aus der Dunkelheit zu lösen. An den Wänden eine Galerie von Porträts, die uns feindselig anstarrten. In der Mitte des Zimmers ein ovaler Tisch mit schwarz bezogenen Stühlen, weitere schwarz bezogene Stühle aufgereiht an den Wänden, als warteten sie auf die Trauergäste, die in diesem Mausoleum Platz nehmen würden. Dem Fenster gegenüber ein alter Sekretär, dessen Klappe geöffnet war. Darauf ein Dutzend Fotografien in silbernen Rahmen. Die Dargestellten waren in dem Dämmerlicht nicht zu erkennen.

Alexanders Vater stand vor dem Fenster, ein schwarzer Schatten, und sagte unbewegt: «Willkommen auf Halensee.»

Eine Floskel, widerwillig hervorgebracht.

«Sie möchten sich sicher frisch machen.»

Er wartete meine Antwort nicht ab, sondern läutete und befahl der Frau, die so rasch eintrat, dass sie schon hinter der Tür gelauert haben musste:

«Bringen Sie Frau Alexander auf ihr Zimmer, Mettlern!»

Scheibner räusperte sich und trat einen Schritt vor.

«Ich möchte mich verabschieden, gnädige Frau!»

Ich hatte mich schon halb abgewandt und drehte mich ihm jetzt wieder zu.

«Jetzt schon? Ich dachte, Sie würden noch …»

Ich wünschte, ich würde es wagen, mit ihm zurückfahren. Ich wollte nicht länger in diesem Totenhaus bleiben, schon gar nicht allein, aber ich war zu feige, Alexanders Vater so zu brüskieren. Ich verschluckte meine Worte und reichte Scheibner die Hand.

«Fahren Sie vorsichtig!»

«Ich werde das Leben der Hühner schonen», versprach er.

Hinter Frau Mettler stieg ich die Treppe in den ersten Stock hinauf. Der Geruch von Bohnerwachs war fast unerträglich. Wurde in diesem Haus nie gelüftet?

Sie öffnete eine Tür gleich rechts neben der Treppe und lud mich mit einer Handbewegung zum Eintreten ein.

Es war ein kleines Zimmer. Ein breites Bett, ein großer Schrank füllten es fast völlig aus. Vor dem Fenster, das auf den Park hinausging, stand ein zierlicher Nähtisch mit einem Sesselchen. Der Ofen war beheizt, auf dem Tisch stand eine Vase, gefüllt mit den letzten schweren Rosen des Jahres. Ein freundlicher Empfang, gewiss nicht von dem alten Mann unten ins Werk gesetzt.

Mein Koffer war bereits gebracht worden.

«Ich schicke Ihnen gleich ein Mädchen, das auspackt», sagte Frau Mettler, «wenn Sie einen Wunsch haben, läuten Sie bitte! Das Abendessen findet um sechs statt. Wir halten hier auf Halensee auf frühe Zeiten.»

Ich nickte.

Sie zögerte einen Moment. Ihre Hand knüllte die weiß gestärkte Schürze, die sie über dem schwarzen Kleid trug.

«Werden Sie hier bleiben, gnädige Frau?»

«Bis mein Mann kommt.»

«Ja gewiss, aber ich meinte, werden Sie hier auf Halensee leben?»

«Nein.»

Meine Antwort kam so rasch, dass es keiner weiteren Erklärung bedurfte.

Sie nickte.

«Ich verstehe. Aber es war hier nicht immer so … so einsam und traurig. Früher hatten wir …»

Sie blickte aus dem Fenster in den grau verhangenen Himmel, als könne sie dort noch einmal sehen, was schon lange vorbei war.

«Die Jagden im Herbst, der große Ball zum Ende der Saison, zu Weihnachten und Sylvester war das Haus voll von Gästen, voller Lärm und Lachen und Fröhlichkeit, bis … bis der junge Herr uns verlassen hat. Seitdem … der alte Herr ist nicht mehr derselbe seither. Ich möchte nur, dass Sie das wissen. Wenn Sie ihn wenig freundlich finden – es ist nicht gegen Sie gerichtet. Seitdem hat er eine Mauer um sich. Es steht mir wohl nicht zu, das zu sagen, aber ich wünschte, Sie und Herr Alexander könnten … wenn Sie hier bleiben würden, dann wäre vielleicht …»

Sie holte ihren Blick wieder in das Zimmer hinein und versuchte ein Lächeln.

«Entschuldigen Sie bitte, gnädige Frau. Aber ich bin auf Halensee geboren, und deshalb geht es mir nahe. Ich schicke Ihnen sofort das Mädchen.»

Ich nickte. Sie schloss die Tür hinter sich. Im Ofen knackten die Scheite. Ich zog den Mantel aus, legte den Hut aufs Bett und trat ans Fenster. Die große Weide ließ ihre nassen Zweige hängen. Trauernd.

Zum Abendessen hatte mein Schwiegervater sich den Pastor zur Verstärkung geholt, einen alten Mann mit blassem Gesicht und blassen Augen, der mich halb fasziniert, halb abgestoßen musterte wie ein exotisches Insekt. Während der alte Halensee sich schweigend dem Wein und der Forelle widmete, trug der Pastor die Last der Konversation. Bei erster Gelegenheit erkundigte er sich, ob ich Lutheranerin sei oder der russisch-orthodoxen Kirche meiner Mutter angehöre, was sich in seinem Munde ausnahm wie die Mitgliedschaft in einem Club aus der Hölle.

«Meine Mutter», sagte ich, «ist noch vor der Eheschließung zum Protestantismus übergetreten. Sie wollte alles richtig machen und eine preußische Gräfin comme il faut werden. Genützt hat es ihr aber nichts.»

Er hob die blassen Brauen.

«Erlauben Sie, gnädige Frau, so kann man das nicht betrachten. Die Zugehörigkeit zur Kirche ist keine Frage gesellschaftlicher Anerkennung, sondern des Seelenheils. Seien Sie gewiss, dass Ihre Frau Mutter, indem sie konvertierte, ihre Seele gerettet hat.»

«Christentum ist Christentum, meine ich», sagte ich, «und wie viel meine Eltern davon gehabt haben, kann ich nicht sagen. Ich war fünf, als sie starben. Das ist gemeinhin nicht das Alter, in dem man mit seinen Eltern über Religion debattiert.»

Der Pastor legte Messer und Gabel auf den Teller und starrte mich an.

«Christentum ist Christentum? Gnädige Frau, ich muss doch bitten! Es gibt so viel Aberglauben und Afterglauben, der sich an den Namen des Herrn geheftet hat, dass wir nicht genau genug unterscheiden können. Nur der Rückbezug auf das Wort, ja, auf den Buchstaben, sage ich, auf den Buchstaben der Schrift, erhellt uns das Wesen und den Willen Gottes. Wenn wir die Bibel lesen, mit der Inbrunst und dem Verständnis, wie

Martin Luther es uns gelehrt hat, dann enthüllt sich uns die Wahrheit über den Willen und das Wesen Gottes.»

«In Peking habe ich Angehörige der katholischen und der lutherischen Kirche kennen gelernt, Calvinisten und Anglikaner, Methodisten, Baptisten und Orthodoxe, und alle waren der Meinung, ihre Lektüre der Schrift habe sie die Wahrheit gelehrt.»

Der Pastor griff wieder nach Messer und Gabel und rückte der Forelle von neuem zu Leibe.

«Wir sind zu duldsam mit den Abweichlern umgegangen. Besonders Amerika, wo man ja offensichtlich glaubt, man könne sich die Religion ebenso selbst aussuchen wie das Staatsoberhaupt. Demokratie!», er spuckte das Wort förmlich aus, «ein Glauben, eine Kirche, ein Gott, ein König. So soll es sein. Wer an dem einen zweifelt, der zweifelt auch an allem Übrigen, und heraus kommt der Freigeist, der glaubt, der höchste Wert sei Toleranz.»

Er schnitt den Kopf der Forelle ab und riss ihren Bauch auf.

«Wissen Sie, mit wem das begonnen hat? Mit Lessing. Und wer hat es fortgesetzt? Goethe. Lessing, dieser Freund von Moses Mendelssohn und allen Juden, mit seinem ‹Nathan›, der Gott sei Dank nicht mehr in den Schulen gelesen wird. Und wer hat Goethe bekannt gemacht? Den Libertin? Den Heiden? Die jüdischen Salons in Berlin. Sie wussten schon, was sie taten. Wenn das Christentum unter dem Angriff der so genannten Toleranz wankt, dann wankt der Staat, dann geht das Abendland zugrunde. Zweitausend Jahre Kultur werden vernichtet.»

Ich verstand, warum Alexander es vermied, nach Halensee zu fahren. Ausgeliefert einem Fanatiker und einem menschenfeindlichen Greis, fühlte ich mich wie in einer Falle.

«Diese Gedanken werden Ihnen doch nicht neu sein, gnädige Frau. Der Hofprediger Stoecker sagt nichts anderes als ich.»

«Ich habe die Predigten Stoeckers nicht gehört.»

«Nicht? Aber, liebe gnädige Frau, ich begreife nicht – Sie leben doch in Berlin. Sie wissen doch, dass Seine Majestät Stoecker außerordentlich schätzten. Sie haben nie die Gelegenheit wahrgenommen, ihn zu hören?»

«In den Kreisen, in denen mein Mann und ich verkehren», sagte ich und lächelte ihn an, «ist Stoecker nicht bon ton. Er gilt als ein bornierter und engstirniger, wild gewordener Kleinbürger. Denn es gibt auch in Berlin eine Gesellschaft, die weltoffen, tolerant und liberal ist und sich nicht an die Ideen von vorgestern klammert, weil sie Angst vor der Zukunft hat.»

Der alte Halensee betrachtete mich mit Abneigung. Der Pastor hatte nichts als die säuberlich abgenagte Gräte auf dem Teller zurückgelassen und wischte sich mit der Serviette über den Mund.

«Sie haben sehr entschiedene Ansichten. Gehören Sie in den Kreis jener Blaustrümpfe, die die so genannte Emanzipation der Frau fordern und zum Beispiel für das Frauenwahlrecht kämpfen?»

«Gewiss. Und Alexander unterstützt mich darin. Sonst hätte ich ihn nicht geheiratet.»

Der alte Halensee nickte, als hätte er nichts anderes erwartet, und wandte sich wieder der Weinflasche zu. Der Pastor nahm einen neuen Anlauf, mich von meinen Irrtümern zu kurieren.

«In der Jugend befinden wir uns auf mancherlei Irrwegen. Aber, wie es in der Schrift heißt, im Himmel wird mehr Freude sein über den Sünder, der bereut, als über den Gerechten, der nicht vom Wege abgekommen ist. Auch ich, ich will es frei heraus gestehen, habe in meinen Studientagen manchen Gedanken gedacht, der mich von der Kirche und von Gott fortgeführt hätte, wäre mir nicht ein Lehrer geworden, der mich an die Hand genommen und mich auf den rechten Pfad gewiesen hat, sodass meine Seele errettet wurde.»

Er sah mich erwartungsvoll an.

Ich sah voraus, dass er sich jetzt täglich auf Halensee einstellen wollte, um meine Seele zu retten, und beschloss, die Sache ein für alle Mal zu beenden.

«Ein Seelenführer sozusagen? Wie katholisch, Herr Pastor. Da bleibe ich doch lieber Protestantin und mache meine Sache mit meinem Gott selber aus. Was ich getan habe, habe ich getan. Gibt es einen barmherzigen Gott, wird er mich verstehen und mir verzeihen. Gibt es nur den furchtbaren strengen Richter, so mag er mich verdammen. Und kümmert sich, wie ich glaube, Gott nicht um uns, so werde ich in der kühlen Erde ewig vom Leben ausruhen dürfen.»

Der alte Halensee stand so abrupt auf, dass der Pastor keine Antwort mehr formulieren konnte. Ich sah die Worte förmlich auf seinen Lippen brennen, mit denen er meine Ansichten vernichten wollte, aber Halensee kam ihm zuvor.

«Entschuldigen Sie uns, Katerina. Wir müssen noch über die Wahlen im Landkreis sprechen. Politik.» Dieses Wort, verbunden mit einem knappen Kopfnicken, degradierte mich zu einer Klippschülerin, die von dergleichen schwierigen Themen auszuschließen war. Und an den Pastor gewandt, fuhr er fort: «Sie haben sicher schon gehört, dass Hansen wieder aufgetaucht ist und seine sozialdemokratischen Hetzreden führt. Wir müssen …» Die Flügeltür schloss sich hinter ihnen.

Ich frühstückte am nächsten Morgen allein. Der Herr, sagte mir die Wirtschafterin, sei bereits zeitig zur Jagd aufgebrochen und werde nicht vor Abend zurückerwartet. Ich unternahm nach dem Frühstück einen Streifzug durch das Haus und gelangte in den Salon, in dem ich gestern empfangen worden war.

Die Fotografien empfingen jetzt Licht durch die geöffnete Tür, und ich konnte sie deutlich erkennen. Eine zeigte einen

Säugling auf dem Bärenfell, eine den Dreijährigen im Matrosenanzug, eine den Sechsjährigen bei seinen ersten Schreibversuchen, auf einem Pony, mit einem Gewehr, den Heranwachsenden in der Kadettenuniform, den jungen Mann Anfang zwanzig in der Leutnantsuniform der Gardedragoner. Den jungen Mann erkannte ich und verstand, dass die Bilder das Aufwachsen eines Kindes dokumentierten. Das Aufwachsen Achims … Alle Fotos zeigten allein ihn. Keines den Sohn, den Halensee an seine englische Frau verloren hatte. Standen Achims Bilder hier als Stellvertreter für die Fotos von Alexander? Weil ein Halensee zum Militär geht? Sollte so Alexanders englische Vergangenheit ignoriert werden?

Ich nahm das Bild auf, das Achim als Leutnant zeigte. Er mochte darauf achtzehn oder neunzehn Jahre alt sein. Das Gesicht war ernst, die Lippen fest zusammengepresst und der Blick hochmütig abweisend. Das Gesicht eines Jungen, der sein Unglück verbergen will.

Ich nahm die anderen Bilder auf und folgte der Spur dieses Kinderlebens. Das Baby, rosig und rundlich, der strahlende Dreijährige, der Junge mit den leuchtenden Augen auf dem Pony, und dann der Kadett, schon so verschlossen wie der Leutnant. Das letzte Bild zeigte einen Hauptmann, Ende zwanzig, ein erloschenes Gesicht. Kurz darauf musste er gestorben sein. Ich dachte an Alexander, der selbst im tadellosen Frack nachlässig wirkte, dessen Blick weit hinausgerichtet war in die Welt, der ein Jahr unter Tibetern gelebt hatte, der vom Frieden und der Vereinigung der Kulturen träumte, dessen Lächeln die Welt strahlender machte. Hätte Achim nicht auch so werden können? Was hatte diesen Jungen zerstört?

Die Wirtschafterin öffnete die Tür. Sie trat neben mich und starrte auf das Bild herunter.

«Das ist Achim. Er ist eine halbe Stunde älter als Alexander. Achim war der Erste, der geboren wurde. Der Erbe. Keine zwei Monate nach der Geburt verließ die Gräfin mit ihrem zweiten Kind Halensee und kehrte nie zurück. Die Ehe war von Anfang an ein furchtbarer Irrtum gewesen. Sie war lebenslustig, eine Weltdame, er ein sich auf dem Land vergrabender Einsiedler. Vermutlich hatten die Gegensätze sie zueinander hingezogen, aber das Miteinanderleben wurde eine Katastrophe. Nur Szenen, nur Tränen, nur tagelanges Schweigen. Es war besser, sie trennten sich. Es war, als habe das Schicksal selbst ihnen den Ausweg der Trennung ermöglicht, als sie Zwillinge gebar. Ein Kind für jeden von ihnen. Alexander wuchs bei ihr in England auf, Achim beim Vater auf Halensee. Die Brüder haben einander nie gesehen.»

«Es scheint mir unvorstellbar, dass eine Mutter sich auf einen solchen Handel einlässt.»

«Nun, der Herr ... er ist konsequent. Eine Trennung ist für ihn eine Trennung. Er hatte Achim, und er erzog ihn als künftigen Grafen von Halensee, wie es sich gehörte. Sie sehen ja: mit neun Jahren zu den Kadetten, mit siebzehn Leutnant. Wie alle Halensees. Seit dem Großen Kurfürsten gibt es Halensees im Land, und sie alle trugen des Königs Rock, wie man so schön sagt.»

Wie alle Echternbergs. Nur mein Vater hatte den Rock ausgezogen. Und Alexander hatte ihn nie angezogen.

«Er – Achim – er ist jung gestorben.»

Sie schwieg eine Weile. Als sie dann wieder sprach, klang ihre Stimme ausdruckslos.

«Er hat sich erschossen. Den Lauf der Pistole in den Mund gesteckt und abgedrückt. Hier auf Halensee in seinem Zimmer. Das Gehirn ist gegen die Decke gespritzt. Er hat es nicht mehr ausgehalten. Er war kein Soldat. Er wollte die Uniform ausziehen, er wollte reisen, die Welt sehen, Bücher lesen, Philosophie studieren, Gedichte schreiben. Es war das Englische in ihm, nehme ich an.»

Er wollte leben wie Alexander.

«Aber der Herr hat es nicht zugelassen. Ein Halensee ist ein

Offizier bis zu seinem Tod oder bis er als Krüppel vom Schlachtfeld zurückkommt. Der junge Herr hat alles versucht, seinen Vater umzustimmen. Umsonst. Und als dann der Skandal ...»

«Skandal?»

Die Wirtschafterin sah mich prüfend an, als wolle sie sich überzeugen, ob sie mir trauen könne.

«Haben Sie nichts darüber gehört? Der Herr glaubt, man rede in Berlin immer noch davon. Aber freilich, es ist mehr als sechs Jahre her, und die Welt hat anderes zu tun, als über alte Geschichten zu tratschen. Es ist wohl längst Gras darüber gewachsen, und nur hier in Halensee bleibt die Schande lebendig.»

«Schande? Wenn ein unglücklicher junger Mann keinen Ausweg sieht?»

«Man hat versucht, es zu vertuschen. Ein Unfall beim Waffenreinigen, aber niemand hat es geglaubt. Der Bischof immerhin hat ein christliches Begräbnis nicht verweigert. Achim ist in der Familiengruft beigesetzt worden. Aber der Name Halensee ist unauslöschlich mit Schande bedeckt. Seither ist der alte Herr ein gebrochener Mann.»

Sie nahm das Bild aus meiner zitternden Hand und stellte es zurück.

28

Ich sah Jelena Sergejewna an.

«Aus Wut», sagte ich, «aus Wut zitterten mir die Hände. Der Starrsinn eines alten Mannes hatte ein junges blühendes Leben vernichtet. Sein Vater hatte ihn so gut auf dem Gewissen, als hätte er selbst die Pistole abgefeuert.»

Jelena Sergejewna schüttelte den Kopf.

«Nein, Katja. Es geht nur zugrunde, was zugrunde gehen muss. Die Starken überleben alles. Achim von Halensee hätte Alternativen gehabt: eine unehrenhafte Entlassung aus der Armee provozieren, nach Amerika emigrieren oder geduldig auf den Tod seines Vaters warten. Die Schwachen sterben an ihrem Schicksal, nicht, weil sie dieses Schicksal haben, sondern weil sie schwach sind.»

Was wusste die Fürstin, unabhängig, weil sie reich war, von ausweglosen Situationen? Schwäche? War es Schwäche, wenn man einem Leben entrinnen wollte und nur einen Ausweg sah? War es Schwäche gewesen, die mich in die Küche tappen ließ, um das Messer zu holen?

Ich strich mir über die heiße Stirn.

«Es ist stickig hier drinnen. Gestatten Sie mir, dass ich ein Fenster öffne?»

«Gern. Ich finde die Luft auch unangenehm. Ich glaube, ich werde Kopfschmerzen bekommen. Gott sei Dank sind wir bald in Wirballen. Dort haben wir einen längeren Aufenthalt und können an die frische Luft, um uns etwas Bewegung zu verschaffen.»

Ich zog das Fenster herab und beugte das Gesicht in den Fahrtwind. Er blies mir scharf ins Gesicht und zerrte Strähnen aus meinem Haar. Ich sog die kalte Luft in tiefen Zügen ein.

Als ich mich wieder setzte, sah die Fürstin mich schon erwartungsvoll an. Wir kamen langsam an die Stelle meiner Erzählung, die sie besonders interessierte.

29

Die Besichtigung des Hauses dauerte nicht lange. Halensee war kein altes Schloss, in dem es Zimmerfluchten voller Gemälde und alter Möbel, und keine Burg, in der es Verliese zu besichtigen gab. Im Erdgeschoss das Speisezimmer, das Wohnzimmer, das Rauchzimmer und – wie auf Warstede – ein übertrieben Bibliothek genannter Raum, in dem der Hausherr an seinem Schreibtisch die Abrechnungen prüfte – das war es auch schon. Alles in dunklem Holz gehalten, Möbelbezüge und Vorhänge verschossen, die Teppiche schon fadenscheinig. Eine melancholische Stimmung lag über all dieser Vernachlässigung, als gäbe es keine Hoffnung mehr, als sei Halensee erbenlos dem Verfall preisgegeben.

Aber Halensee hatte einen Erben. Einen, der es vermied, hierher zu kommen. Weil er Alexander bleiben und nicht Achim werden wollte?

Ich holte mir meinen Mantel und ging in den Park hinaus.

Es war ein feuchtkalter Morgen. Die Wiesen lagen in fahlem Grün, die Bäume reckten ihre kahlen Äste in den grauen Himmel. Es war noch mehr März als April. Ich folgte einem Weg, der sich um Baumgruppen herum schlängelte, ließ ein chinesisches Teehaus, das sehr windschief und verwittert aussah – eine Zutat des 18. Jahrhunderts? –, links liegen und gelangte schließlich an das Ende des Weges, der plötzlich abbrach. Steil ging es hinunter, eine Art Leiter führte hinab zum weißen Strand, an den das graue Wasser der Ostsee dümpelte. Ich hatte nicht gewusst, dass Halensee so dicht am Meer lag. Im Sommer musste es hier wundervoll sein, mit Picknicks am Strand. Sicher gab es irgendwo einen Bootsschuppen für ein Segelboot. Und auch im Herbst und Winter, als es noch Jagden gab und Bälle, als lautes Hundegekläff, Hörnerklang, Musik die Luft erfüllt hatten, musste Halensee schön gewesen sein. Ein Ort fröhlichen Lebens, nicht langsamer Verwesung.

Ich betrachtete die Leiter. Gern wäre ich hinuntergestiegen und am Wasser entlanggewandert, aber ich dachte an den Zustand des Teepavillons und war mir nicht sicher, ob nicht eine der Leitersprossen unter meinem Gewicht zerbrechen würde und ich dann auf halber Höhe in der Kliffwand hinge, mit vom

Wind geblähten Röcken wie ein Ballon, der nicht steigen und nicht sinken konnte. Und wer weiß, wie lange ich auf Hilfe zu warten hätte.

Unzufrieden sah ich mich um. Rechts von mir ragte die Spitze eines Kirchturms über eine Baumgruppe. Dort musste das Dorf sein, durch das wir gestern gefahren waren. Ich beschloss hinzugehen.

Es dauerte zwanzig Minuten, und meine Schuhe waren durchnässt, mein Rocksaum schwer von Feuchtigkeit, als ich die Kirche erreichte, eine kleine Backsteinkirche auf einem Feldsteinfundament, alt und bescheiden. Sie war umgeben von einem Friedhof, den mächtige Eichen beschatteten. Ich stieß das Tor auf und trat ein.

Wir erschraken beide, die Frau, die fast zu meinen Füßen kniete, und ich.

Es war eine dicke Frau, Anfang oder Mitte fünfzig, ganz schwarz gekleidet. Unter dem Hut lugten graue Strähnen hervor. Ihr breitflächiges Gesicht war von Falten durchzogen, die dunklen Augen lagen tief in den Höhlen, von schweren Lidern halb beschattet. Eine einfache Frau, die ein Grab winterfest machte. Ich warf einen flüchtigen Blick auf den Stein, vor dem sie kniete, ein schwarzer Granitblock, der vor Glätte glänzte, mit eingepressten Goldbuchstaben, die noch so funkelten, als sei der Stein erst gestern gesetzt worden. Die Inschrift war kurz. Sie wies den Toten als Walerijan Przybyeski aus, geboren 1880 in Posen und gestorben am 27. Oktober 1895 in Halensee. Morgen würde sein Todestag sich zum sechsten Mal jähren. Wahrscheinlich war die Frau seine Mutter und putzte das Grab zum Jahrestag heraus. Ich nickte ihr kurz zu und ging weiter. Mir war, als bohre sich ihr Blick in meinen Rücken, aber als ich mich umwandte, war sie schon wieder über die Erde gebeugt.

Ich fragte mich, ob der junge Mann auf katholische Weise begraben worden war oder ob der Pastor in seinem Starrsinn das verweigert hatte. Jedenfalls war er dem Toten nicht freundlich gesinnt, denn das Grab lag weit abseits der anderen, den jungen Polen noch im Tode ausgrenzend. Wie mochte er hierher gekommen sein? Als Erntehelfer? Aber Erntehelfer gingen im September in ihre Heimat zurück. Und sie stammten nicht aus der Stadt.

In den anderen Gräbern, die sorgsam aneinander gereiht waren, lagen Bauern aus dem Dorf neben ihren Ehefrauen. Vier, fünf Familiennamen, ständige Heiraten untereinander, die diese Wilhelms, Friedrichs, Heinrichs und Augusts hervorgebracht hatten. Am Ende des Friedhofs an der Kirchenmauer ein großes Epitaph für die Männer, die vor Düppeln, in Königgrätz, in Sedan, Metz oder vor Paris gefallen waren.

Ich drückte probeweise auf die Klinke der großen Eichentür und fand die Kirche zu meinem Erstaunen offen. Einen Moment zögerte ich einzutreten. Ich wollte dem Pastor nicht gern begegnen. Aber dann hörte ich den Klang der Orgel, der mich hineinzog. Das Kirchenschiff war leer, die Kirche selbst innen so schlicht wie außen, die Wände weiß getüncht, über dem Altar ein Kreuz ohne Christus, rechts vom Altar eine Seitenkapelle, die das Wappen der Halensees trug.

Ich ging weiter, meine Schritte hallten auf dem Steinboden in der Stille, die jäh hereingebrochen war, als das Orgelspiel abbrach. Der Organist liebte offensichtlich keine Zuhörer. Das wunderte mich nicht, denn was er gespielt hatte, war nicht Bach oder Buxtehude, sondern Haydn.

Die Seitenkapelle war die Grablege der Halensees. Durch ein Glasfenster, das wiederum mit dem Wappen geschmückt war, sickerte Licht in den leeren Raum, dessen Wände mit Gedenktafeln bepflastert waren. Ich trat ein und las die Inschriften. Die Tafeln begann 1634 mit einem Hans Joachim von Halensee, der mit seiner Frau Christina Elisabeth hier begraben war, gingen durch mehrere Generationen von Halensees, die als Generäle, Landräte und Hofmarschälle ihrem König gedient hatten, bis zu jenem letzten Achim von Halensee, der am 27. Oktober 1895 Hand an sich gelegt hatte.

Das Datum irritierte mich, aber ich wusste nicht, warum.

Jemand hüstelte hinter mir. Ich drehte mich um. Ein alter Mann mit einem verrunzelten Gesicht in einer abgetragenen Joppe stand hinter mir und lächelte beflissen, während er sich verbeugte.

«Sie müssen die junge gnädige Frau sein.»

Der Küster oder der Organist.

«Ich bin Frau von Halensee, ja.»

«Seien Sie herzlich willkommen.»

Also doch wohl eher der Organist. Und Schullehrer wahrscheinlich. Pensionierter Schullehrer, korrigierte ich mich. Er war sicher Ende siebzig. Er nickte zu den Gedenktafeln hin.

«Ich könnte Ihnen viel über sie erzählen», sagte er, «über den ersten Halensee, der sich hier mit dem Geld niedergelassen hat, das er als schwedischer Major im Dreißigjährigen Krieg gemacht hat, und von seinem Sohn, der für den Großen Kurfürsten bei Fehrbellin fiel, und von dem General Halensee, der an der Seite des Prinzen Louis Ferdinand focht und Jena und Auerstedt überlebte, was er bis zu dem Tag betrauerte, an dem er an der Seite seines Königs siegreich in Paris einziehen durfte. Erst an dem Tag nahm er seine schwarze Armbinde ab. Und dann jener Hans Joachim von Halensee, der …»

«Ich interessiere mich nur für einen, für den letzten», unterbrach ich ihn.

Er zögerte.

«Eine Tragödie, gnädige Frau, eine Tragödie. Aber glauben Sie nicht, was man Ihnen erzählen wird. Es war ein Unfall. Er hätte den jungen Mann nicht mit seiner Waffe spielen lassen dürfen.»

Den jungen Mann?

Das Unverständnis stand mir im Gesicht geschrieben. Er brach ab, räusperte sich mehrmals und sagte dann hastig:

«Ich muss wieder zu meiner Orgel, gnädige Frau. Üben, damit Sie am Sonntag mit mir zufrieden sind.»

Er verbeugte sich und ging so rasch, dass es fast nach einer Flucht aussah. Die Filzpantoffeln, die er trug, machten seinen Gang lautlos.

Achim von Halensee, der letzte all der Hans Joachims, der an keinem Krieg teilgenommen hatte und doch ein gewaltsames Ende gefunden hatte. Am 27. Oktober 1895. Und plötzlich erinnerte ich mich. Der blanke Granitstein. Walerijan Przybyeski, gestorben am 27. Oktober 1895.

Zwei Tote an einem Tag.

Achim und Walerijan.

Achim Walerian.

Der abgegriffene rote Lederband mit der Goldprägung.

Für dich.

Ja, herrlich wärs, wenn in die Grabesflamme
So Arm in Arm, statt eines Einsamen,
Ein festlich Paar am Tagesende ging',
Und gerne nähm ich, was ich hier geliebt,
Wie seine Quellen all ein edler Strom,
Der heiligen Nacht zum Opfertrank hinunter.

in Liebe
Achim

Ich begriff, von welcher Tragödie der Organist nicht sprechen wollte. Der junge Pole war Achims Geliebter gewesen. Achim hatte ihn mit in den Tod genommen.

Am frühen Abend dieses Tages kam Alexander an. Bei der Abendtafel waren wir nur zu dritt. Die Köchin hatte sich mit dem Essen besondere Mühe gegeben, auch der Tisch war schöner gedeckt als am Abend zuvor, und sicher war der Wein besser, der ausgeschenkt wurde. Aber dennoch lag eine düstere Stimmung über allem. Sie stieg aus den dunklen Ecken des vermodernden Hauses auf und breitete sich wie eine Wolke über uns. Die beiden Männer, beide im Abendanzug, machten Konversation, so vorsichtig, als sei jedes Wort ein Glassplitter, an dem sie sich verletzen konnten.

Nicht Vater und Sohn saßen hier zu Tisch, sondern wohlerzogene Feinde.

«Wie hast du den Kaiser gefunden?», fragte ich, als der Nachtisch aufgetragen war und das Mädchen den Raum verlassen hatte.

«Schwierig», sagte Alexander. «Ich finde, er kann persönlich durchaus charmant sein. Er ließ selten den Kaiser durchblicken, versuchte, nur als Eulenburgs Freund aufzutreten. Ich hatte den Eindruck, er dürstet geradezu danach, als Mensch anerkannt zu werden – und das ist wohl die Grundlage seiner Freundschaft zu Eulenburg, von dem er glaubt, dass er in ihm den Menschen sieht. Aber auch Eulenburg vergisst nie, dass er der Kaiser ist. Lobhudeleien sind alles, was er zu hören bekommt. Seine Umgebung verpestet die Luft um ihn mit den Weihräuchereien des Byzantinismus. Sie küssen ihm sogar die Hand zum Abschied.»

«Dazu braucht es aber einen, der die Hand zum Kusse reicht», sagte ich.

«Ich glaube, er ist zu jung auf den Thron gekommen. Ein Kronprinz, der lange auf die Thronbesteigung warten muss, lernt in dieser Zeit, dass er unwichtig ist, dass er übersehen wird, dass die wichtigen Männer und die, die sich für wichtig halten, sich nicht an seinem Hof einfinden, sondern an dem des Königs. Und wenn er dann die Krone trägt und sie sich um ihn drängen, hat er es leicht, sie als Speichellecker zu erkennen, die nicht ihn als Person meinen, sondern nur die Macht, die er bedeutet. Und ein älterer Mann ist weniger ungestüm, neigt seltener dazu, sich selbst über die Sache zu stellen, seinen Ruhm für wichtiger zu halten als die Sicherheit seines Landes. Ein junger Herrscher ist leicht ein Unglück für sich selbst und fast immer für sein Land. Glaubst du, Friedrich der Große hätte Schlesien überfallen, wenn er alt zur Regierung gelangt wäre?»

«Über preußische Geschichte solltest gerade du dir kein Urteil anmaßen», sagte sein Vater scharf, «du bist kein Preuße.»

Alexander ließ die Gabel mit dem Dessert einen Moment in der Luft schweben.

«Ich bin mehr Engländer als Preuße, das gebe ich zu. Aber gerade deshalb kann ich urteilen. Von außen her sieht man mehr als von innen. Und ich behaupte, es würde Preußen gut tun, wenn es von England lernen würde. Das sollte Wilhelm sich zur Aufgabe machen. Ich begreife nicht, warum er dazu nicht imstande ist. Zumal er durchaus eine Liebe zum Englischen hat. Einmal sagte er, wenn er nicht der Kaiser wäre, wäre er am liebsten ein englischer Landedelmann.»

Der alte Mann schnaubte.

«Dummes Gerede. Er ist und bleibt vor allem der König von Preußen. Sein Großvater hat das noch gewusst. Aber der Enkel weiß nicht, wohin er gehört. Das kommt von dieser englischen Heirat seines Vaters. Die war der Anfang des Unglücks. Aus England kommt nichts Gutes. Konstitutionelle Monarchie! Liberalismus! Da läuft man dem Bettelpack nach, um bei Wahlen auf seine Stimmen zu kommen, und hat kein Gespür dafür, dass Revolution in der Luft liegt. Ich sage dir, Englands Krone rollt bald in den Staub.»

Alexander schüttelte den Kopf.

«England reagiert auf die Zeichen der Zeit. Wir leben nicht mehr im Mittelalter. Eine Regierung des Adels ist unmöglich geworden. Nicht die Krone wird fallen, die sich dem Lauf der Zeit anpasst, sondern die, die sich ihm entgegenstemmt. Im Augenblick ist Deutschland in großer Gefahr. Den Kaiser umgibt nur Mittelmäßigkeit, und zwar aristokratische Mittelmäßigkeit. Er wird darin unterstützt, den Reichstag zu verachten und den Autokraten zu spielen. Das ist eminent gefährlich, aber niemand sagt es ihm.

Wilhelm ist überfordert, aber seine Absichten sind gut. Er will den Frieden, das steht außer Zweifel. Er braucht einen Mann in seiner Nähe, der ihn mit fester Hand lenken kann, ohne dass er es merkt. Eulenburg könnte dieser Mann sein, aber Eulenburg ist kein Homo politicus. Wenn er versucht, Wilhelm anzuleiten, ihn auch kritisiert, dann geht es ihm immer um den Menschen Wilhelm, den er liebt, den er als einen guten Herrscher sehen möchte, nicht so sehr um Deutschland. Er wird nie der Bismarck dieses Kaisers werden. Das ist bedauerlich, denn er besitzt die Grundvoraussetzung dazu. Der Kaiser schätzt, liebt und bewundert ihn.»

«Schätzt er dich auch?», fragte ich.

«Ich vermute es. Wir sind uns näher gekommen über die Segelei. Er hat mich aufgefordert, während der Kieler Woche auf seiner Jacht mitzusegeln, und eine Einladung zur Nordlandkreuzfahrt hing schon in der Luft. Was das bedeutet, konnte ich an dem Benehmen der anderen ablesen. Bei meiner Ankunft auf Liebenberg war ich nur ‹Halensee wer? Ach, dieser Tibet-Reisende›, bei meiner Abreise der ‹kommende Günstling, dessen Bekanntschaft sich lohnt›.»

«Du willst also der Bismarck dieses Kaisers werden?», fragte der Alte ätzend.

«Bismarck? Um Gottes willen nein. Eher sein Gladstone, wenn du Vergleiche liebst. Dieses Land kann eine große Dosis Liberalismus und eine Wahlreform vertragen.»

«Aus dir spricht der Engländer. Wenn du einer von uns wärst, wüsstest du, dass der Liberalismus nur den Sozialismus über uns bringen wird, der Preußen zerstören wird.»

Alexander hatte die Hand nach dem Glas ausgestreckt und ließ sie jetzt in der Luft schweben.

«Ja und?», sagte er, «was wäre so schlecht daran? Alles in der Geschichte hat ein Ende. Selbst das Römische Reich existiert nicht mehr.»

Das Gesicht seines Vaters lief rot an.

«Rede nicht so leichtfertig und töricht daher! Du bist ein Halensee! Unser Motto ist: in Treue gehorsam! So haben es alle Halensees gehalten, bis auf den heutigen Tag! Sie haben dem König und dem Land treu und gehorsam gedient und nicht mit dem Gedanken eines Umsturzes gespielt.»

«In Treue gehorsam», wiederholte Alexander in sonderbarem Ton. Die Männer hatten mich vergessen. Ich war nur Beobachterin des Duells.

«In Treue gehorsam. O ja, ein guter Spruch. Aber wem gehorsam? Dem König? Schau dir diesen König an, der mit wehendem Helmbusch durch das Brandenburger Tor reitet, markige Reden hält und sich nicht einmal selbst treu bleiben kann. Denn er weiß nicht, was er will, und hat immer die Meinung des letzten Speichelleckers, der mit ihm geredet hat. Dem Königtum treu? Nicht, wenn du darunter nur die Herrschaft einer alten Elite verstehst, die längst abgewirtschaftet hat, die sich krampfhaft an alte Rituale klammert, selbst wenn sie damit Menschen vernichtet. In Treue gehorsam kann man nur sich selbst sein. Wer das nicht wagt, der verfehlt sein Leben. Und im schlimmsten Fall wirft er es weg.»

Der alte Halensee war so bleich geworden, wie er eben rot gewesen war, und seine Augen schossen zornige Blitze.

«Es war ein Unfall», würgte er hervor, «du weißt, dass es ein Unfall war.»

«Mord und Selbstmord», sagte Alexander hart, «jedermann hier weiß es. Die Mutter des Jungen ist im Dorf. Du solltest zu ihr gehen und sie um Verzeihung bitten. Denn es ist deine Schuld.»

Sein Vater erhob sich und warf die Serviette auf den Tisch.

«Wie wagst du es, so mir zu sprechen? Du bist nicht mein

Sohn. O ja, ich weiß, Fleisch von meinem Fleisch, aber kein Geist von meinem Geist. Nichts von dem steckt in dir, wofür zehn Generationen von Halensees gelebt haben und wofür sie gestorben sind, wenn es nötig war.»

Er holte tief Luft. Wie ein Prophet des Alten Testaments stand er da, hoch aufgerichtet, zornesrot, mit funkelnden Augen, bereit, die Abtrünnigen zu verfluchen.

«Du bist der letzte Halensee, ich kann es nicht ändern. Du bist der Erbe dieses Gutes. Ich kann dich nicht enterben. Aber ich kann dir verbieten, dieses Haus je wieder zu betreten, solange ich lebe.»

Auch Alexander stand auf.

«Ich gehe. Ich weiß, dass ich das Haus nicht verkaufen kann. Aber ich werde es nicht bewohnen, und auch meine Söhne nicht. Wenn du tot bist, wird hier ein Heim eröffnet werden, für ledige Mütter oder für kranke Arbeiterkinder oder ähnlich Nützliches. Lange genug hat die Familie aus dem Namen und dem Besitz einen Götzen gemacht. Es ist Zeit, Schluss zu machen. Nie wieder soll hier ein Menschenopfer gebracht werden.»

Es war der Bruch.

Noch in derselben Stunde fuhren wir ab. Das Gepäck sollte uns nachgeschickt werden. Da an diesem Abend von der Bahnstation kein Zug mehr abging, brachte uns der Kutscher in die Kreisstadt, die über ein kleines Hotel für Reisende verfügte. Es gab nur noch ein freies Zimmer. Auch das Geld, das Alexander sehen ließ, konnte daran nichts ändern. Unter vielerlei Entschuldigungen und der Versicherung, am nächsten Tag könnten wir gleich drei oder vier Zimmer haben, komplimentierte uns der Wirt die steile Treppe hinauf.

Ich stützte mich schwer auf das Geländer. Meine Knie zitterten. Das Wort Hochzeitszimmer hatte in meinen Ohren einen bedrohlichen Klang. Er hat einen Geliebten, sagte ich mir von Stufe zu Stufe, er macht sich überhaupt nichts aus dir, er hat einen Geliebten, er macht sich überhaupt nichts aus dir. Und so kam ich im ersten Stock an und betrat den Raum, den man in diesem Hotel für Jungvermählte passend hielt. Geraffte weiße Gardinen, rote Samtvorhänge mit goldenen Quasten, ein Himmelbett mit rosa Behängen, ein wuchtiger Schrank und eine kleine Kofferbank. Das war alles. Mehr hätte auch nicht hineingepasst.

Der Wirt zog sich mit einem «Gute-Nacht-und-wenn-die-Herrschaften-noch-einen-Wunsch-haben» zurück und ließ uns allein. Alexander schloss die Tür.

«Es tut mir Leid, Katja», sagte er, «ich hätte nicht mit meinem Vater streiten sollen. Aber dieses Zimmer oder die Obdachlosigkeit – mehr Alternativen haben wir jetzt nicht.»

Es gab nicht einmal ein Sofa, auf dem einer von uns hätte schlafen können.

Er hat einen Geliebten, ich bin nur ein Aushängeschild, dachte ich und versuchte, meinen Herzschlag unter Kontrolle zu bekommen. Um meine Panik zu bemänteln, ging ich zum Fenster, schob den Vorhang beiseite und blickte hinaus. Im trüben Licht einer Gaslaterne schlief der Alte Fritz auf seinem Denkmal in der Mitte des Marktplatzes. Auf der gegenüberliegenden Seite ragten die Türme der Kirche auf, zwischen ihnen das dunkle Maul des Portals. Irgendwo im Ort musste eine Wirtschaft geschlossen worden sein, denn die Stimmen von mehreren Betrunkenen, die sich lautstark verabschiedeten, durchdrangen die Stille. Schritte entfernten sich in verschiedene Richtungen. Dann war es wieder ruhig. Ich konnte nicht die ganze Nacht am Fenster lehnen und das Stadtleben beobachten. Irgendwann musste ich mich umdrehen, mich ausziehen, mich ins Bett legen. Warum dann nicht gleich.

Ich löste die Hand, die sich um den Vorhang gekrampft hatte, und wandte mich wieder ins Zimmer.

Alexander hatte seinen Mantel und sein Jackett in den Schrank gehängt, nahm gerade die Krawatte ab, warf sie auf die Kofferbank und löste die Manschettenknöpfe aus den Hemdärmeln.

«Es sind genügend Bügel im Schrank für deinen Mantel und dein Kleid», sagte er sachlich. «Soll ich dir das Korsett aufschnüren?»

«Ich trage keines», sagte ich.

«Sehr vernünftig. Ich habe nie verstanden, weshalb Frauen sich so sehr martern.»

Er legte die Manschettenknöpfe auf den Nachttisch, der ihm zunächst stand, und begann dann, sein Hemd aufzuknöpfen.

Ich hatte meine Hände in die Manteltaschen gesteckt, damit ihr Zittern nicht auffiel, und sah ihm wie gebannt zu. Er zog das Hemd aus und warf es zu der Krawatte. Darunter trug er ein ärmelloses Unterhemd. Ich sah den leicht gebräunten Hals, die blassere Haut der Schultern, das Spiel der Muskeln an den nackten Armen.

Der Würgereiz stieg so schnell auf, dass ich mich nicht mehr abwenden konnte. Ich presste die Hände vor den Mund, aber vergeblich. Zwischen meinen Fingern hindurch erbrach ich mich auf den Teppich. Wie damals.

Nach dem Essen, das in der Gesandtschaft für uns ausgerichtet worden war, fuhren Boythin und ich nach Hause. Wieder saß ich weit von ihm abgerückt, aber diesmal nicht aus Ärger. Ich fühlte mich befangen. Mir war heiß. Eine fiebrige Aufregung erfüllte mich. So muss sich eine Schauspielerin vor ihrer ersten Aufführung fühlen, gleichermaßen voller Furcht und voller Erwartung.

Boythin half mir aus dem Wagen. Im fahlen Licht der Lampions wirkte sein Gesicht hart und verschlossen.

«Ich lasse dich gleich zu mir kommen. Warte auf Ah Lin wie ein braves kleines Mädchen.»

Ah Lin leuchtete mir, in meinem Schlafzimmer wartete eine

der Dienerinnen und half mir, mich zu entkleiden und das Nachthemd überzustreifen, das für diese Nacht vorgesehen war, keines von den bis zum Hals geknöpften aus kratzigem Barchent, sondern eines aus Leinen mit Spitzeneinsatz, ärmellos und leicht dekolletiert. Die Chinesin zog die Nadeln aus meinem Haar, bürstete es, dass es schwer und glatt den Rücken hinunterfloss, sprühte etwas Parfüm auf meinen Hals und auf meine Arme und verließ mich dann mit einer gezwitscherten Bemerkung, die ich nicht verstand, und einem wissenden Lächeln, unter dem ich errötete.

Ich wartete. Mir war kalt vor Aufregung. Ich wünschte, Boythin wäre weniger rücksichtsvoll, würde mir nicht so viel Zeit lassen, um mich vorzubereiten. Das Warten erschien mir wie eine subtile Folter.

Ich schlang die Arme um mich und ging nervös auf und ab. So überhörte ich Ah Lins Eintritt und bemerkte ihn erst, als ich mich auf meinem Gang vom Fenster zur Tür wieder umdrehte. Der große Chinese sah ausdruckslos auf mich herunter, dann drehte er sich um und ging hinaus. Ich folgte ihm über den Hof, der im Mondlicht bleich und still unter dem Dach des schwarzen Himmels lag. Auf dem Wasserbassin glänzten die Seerosen.

Boythin lehnte in seinem Zimmer an der Wand, die der Tür gegenüberlag. Ich trat über die Schwelle, und Ah Lin schloss lautlos die Tür hinter mir.

Boythin sah mich an, in den Augen ein Lächeln, vor dem ich erschrak. Es erschien mir grausam, er selbst erschien mir grausam, aber, dachte ich nervös, das lag vermutlich nur an der Situation und an seiner Erscheinung.

Er lehnte mit den Schultern an der Wand, die Hände auf dem Rücken verschränkt, in einem rotseidenen Morgenmantel, der mit einem Drachen bestickt war und ihm die Eleganz und die Gefährlichkeit eines asiatischen Khans verlieh. Ich fror.

«Zieh das aus», sagte er sanft, ohne sich zu rühren.

Es gab Gott sei Dank keine Knöpfe oder Schleifen zu öffnen. Mit meinen zitternden Fingern hätte ich das nicht geschafft. Ich schob die breiten Träger von den Schultern, und das Nachthemd glitt, leise vor Stärke knisternd, zu Boden. Noch nie, seit ich den Tagen entwachsen war, da meine Tante mich in der Badewanne abgeschrubbt hatte, hatte mich ein Mensch nackt gesehen. Ich widerstand dem Impuls, mich hinter meinen Händen zu verbergen, ließ die Arme an den Seiten herabhängen und stellte mich diesem verhangenen Blick, der langsam über mich hinwanderte. Mir war gleichzeitig heiß und kalt. Ich fühlte eine Mischung aus Scham und Erregung.

«Du bist schön», sagte er endlich. «Ich habe es gewusst. Verlockend wie Lilith, Adams erste Frau, mit deinem flammenden Haar und deiner Haut wie weiße Seide. Komm her!»

Ein herrischer Befehl.

Ich zögerte.

Ich hatte mir das alles anders ausgemalt. Romantisch, zärtlich, auch leidenschaftlich, aber nie hatte ich gedacht, dass ich mich fürchten würde. Eine Mischung aus Verachtung und Begierde ging von ihm aus, und ich zögerte, als witterte ich Gefahr.

Seine Lippen krümmten sich leicht, als er wiederholte:

«Sei ein braves Mädchen, komm her!»

Ich spürte die Schärfe unter dem seidigen Tonfall und gehorchte langsam.

Er kam mir keinen Schritt entgegen. Ich blieb auf Armeslänge vor ihm stehen und versuchte, nicht zu zittern. Warum küsste er mich nicht wie in Warstede, wo seine Lippen und Hände mich entflammt hatten, sodass ich ganz ohne Furcht bereit gewesen war, mich hinzugeben? Warum spielte er jetzt ein Spiel, von dem ich nichts begriff, als dass es nichts Gutes bedeutete?

«Deine Brüste sind wie Äpfel. Wie der Apfel, der Adam in Versuchung geführt hat. Lass sie mich kosten, deine Äpfel!»

Er beugte sich vor, umgriff meine Schultern und bog mich

zurück, dann umschloss sein Mund meine Brust. Ein Strom von Feuer entsprang meinem Schoß und verbreitete sich über meine Haut. Während er mich mit einer Hand hielt, wanderte die andere meinen Rücken hinab, glitt ganz langsam und sanft meine Wirbelsäule abwärts, und ich erschauerte und verlor alle Furcht. Dies war das Gefühl, an das ich mich erinnerte, nach dem ich mich all die Monate gesehnt hatte. Mein Atem ging rascher und rascher, meine Hände umklammerten die Seide auf seinen Schultern, die sich unter meinen Fingern glatt und kühl anfühlte. Ich drängte mich an ihn.

Boythin hob den Kopf. Er schaute mit glitzernden Augen auf mich herab. Seine Hand wanderte weiter meinen Rücken hinab. Ich keuchte. Plötzlich griff er mir zwischen die Beine, schamlos und roh. Ich zuckte zusammen.

«Meine weiße jungfräuliche Braut! Wie heiß du bist! Eine kleine Hure ist meine Braut. Eine kleine, geile, jungfräuliche Hure!»

Die Furcht kehrte zurück. Ich versuchte, ihn zurückzustoßen, aber er hielt mich mit einer Hand in eisernem Griff, während die andere begann, mich zwischen den Schenkeln zu streicheln, mich zu öffnen, eine Stelle zu treffen, die mich aufstöhnen ließ. Ich verdrängte, was ich eben gehört hatte. Ich weiß nicht, wie lange wir so standen. Mir erschien es wie eine Ewigkeit, die erfüllt war von einer Lust, wie ich sie nie gekannt hatte, und gleichzeitig von einem leise nagenden Gefühl der Angst. Ich wand mich. Plötzlich zog er seine Hand zurück, so brüsk, dass ich die Augen aufriss und ihn anstarrte. Meine Scham brannte nach seiner Liebkosung, wie ein Feuer, das nicht gelöscht war. Ich sah in seinem Gesicht ein verächtliches Lächeln. Hatte ich etwas falsch gemacht? Hatte ich versagt?

Er drehte mich um. Gegenüber an der Wand war ein Spiegel, der von der Decke bis zum Boden reichte. In Warstede hatte es so große Spiegel nicht gegeben, und noch nie hatte ich mich ganz nackt gesehen. Eine flammende Röte der Scham ergoss sich von meinen Wangen über den Hals und die Brust bis zum Bauch. Hinter mir hörte ich das leise Rascheln von Seide. Boythin warf seinen Morgenmantel ab. Dann presste er sich an mich. Ich fühlte seinen nackten Körper an meinem. Sein Gesicht erschien hinter mir im Spiegel, wieder mit diesem verächtlichen Lächeln, seine Hände glitten über meinen Leib, und gegen meinen Willen fachten sie das Feuer weiter an. Ich öffnete meine Schenkel, als seine Finger sich auf meine Scham legten. An meinem Hintern fühlte ich seine harte Männlichkeit.

«Du willst ihn», murmelte Boythin, und sein Atem schlug heiß an mein Ohr, «sag, dass du ihn willst.»

Ich glühte, ich sehnte mich danach, dass seine Hände wieder in mich eindrangen, ich hätte alles gesagt, was er wollte, und so flüsterte ich ihm die Worte nach.

«Lauter! Sag es lauter! Sag mir, dass du meinen Schwanz willst! Wie geil du bist!»

Ich kannte das Wort nicht, aber seinen Sinn verstand ich sofort. Ich begriff, dass die Lust, die für mich ein Geschenk der Liebe war, für ihn etwas Schmutziges und Gemeines war, etwas, das er in die Gosse zerrte.

Er nahm seine Hände von meinem Körper, der plötzlich kalt war und viel nackter als zuvor. Ich krümmte mich und bedeckte meine Brust und meinen Schoß mit den Händen. Und dann sah ich im Spiegel, wie er die Hand erhob.

Der Schmerz war scharf und kurz, zwischen den Schulterblättern, als habe jemand mit dem Rasiermesser einen raschen Schnitt geführt.

Er kam so unerwartet, dass der Schock mir die Stimme raubte und ich erst schrie, als der zweite Hieb mich traf. Ich wirbelte herum, sah den erhobenen Arm, der zum dritten Mal herabsauste, wollte ihm zugleich in den Arm fallen, die Peitsche entreißen und mich wegducken, um dem Schlag zu entgehen. Vergeblich. Die Peitschenschnur biss tief in meine Schulter und quer über die Brüste, sodass die Haut aufriss und das Blut hervorsprang. Er ließ die Peitsche fallen, umklammerte meine Schultern und stieß mich zum Bett, auf das ich rücklings fiel. Vergeblich versuchte ich, mich unter ihm fortzuwälzen. Er drückte mich mit seinem Gewicht nieder, zwang meine Beine auseinander, und während er das Blut aufleckte, das aus meiner linken Brust quoll, ergoss er sich zwischen meinen Schenkeln auf das Laken.

Ich war wie gelähmt. Alle meine Glieder schmerzten. Ich fühlte mich gedemütigt und besudelt. Hatte ich vor wenigen Minuten noch gedacht, Boythin stoße mir die Tür in ein unbekanntes Paradies auf, so wusste ich nun, dass ich in der Hölle angekommen war.

Er senkte seinen Kopf und küsste mich auf die Lippen, so leicht und zart wie damals in Warstede, als wir vorgaben, Erdbeeren zu pflücken. Mein Blut auf seinen Lippen war noch feucht.

«Verzeih mir, Katja», murmelte er an meiner Schulter, «verzeih mir! Es tut mir Leid. Aber ich musste dich bestrafen. Das verstehst du doch?»

Dieser Ton war so verschieden von dem vorigen, so sanft, fast unterwürfig. Ich konnte nicht glauben, dass es derselbe Mann war, der zu mir sprach.

Ich schluckte und sagte mit einer Stimme, die ich kaum als meine eigene erkannte:

«Du hast mich geschlagen.»

«Es tut mir Leid», wiederholte er. Und wieder küsste er mich.

Ich würgte und würgte, und dann erbrach ich in einem Schwall alles, was ich auf dem Souper gegessen hatte. Boythin stand rasch auf und starrte angewidert auf mich herunter.

«Ich schicke dir Ah Lin.»

Ah Lin trat kurz darauf ein, frisch gebügelte Leinenbinden über dem Arm, in der Hand einen Salbentopf. Er behandelte mich mit professioneller Sachlichkeit, wies nur kurz in seinem schwer verständlichen Deutsch darauf hin, dass die Salbe brennen werde, aber gut sei, weil sie den Heilungsprozess beschleunige und dafür sorge, dass keine Narben zurückblieben.

«Chinesische Medizin gute Medizin.»

Warum auch nicht? Eine dreitausendjährige Sklavenhaltergesellschaft hatte wohl Anlass genug gehabt, Mittel zu finden, die die Spuren von Folter beseitigen.

Während Ah Lins kühle Hände meine Haut eincremten und dann geschickt die weißen Leinenstreifen um meinen Körper wanden, krümmte ich mich und übergab mich, bis ich schließlich nur noch grüne Galle spie.

30

«Wie blass Sie geworden sind», sagte Jelena Sergejewna, «geht es Ihnen nicht gut? Brauchen Sie vielleicht einen Schluck Wodka?»

Diesmal sagte ich nicht nein. Die scharfe Flüssigkeit brannte in meiner Kehle und in meinem Magen und trieb mir die Tränen in die Augen. Ich hustete. Dann breitete sich langsam die Wärme des Alkohols durch meine Adern aus und vertrieb den eisigen Hass, mit dem die Erinnerung mich angefüllt hatte.

Die ersten Vorstadthäuser tauchten neben den Gleisen auf. Madame Depors erschien im Abteil und sagte, dass der Zug in zehn Minuten auf dem Bahnhof von Wirballen einrolle und dann zwei Stunden Aufenthalt habe.

«Gott sei Dank», sagte die Fürstin, «ich fühle mich hier langsam eingesperrt. Wir werden auf dem Perron spazieren gehen. Maria Petrowna, bringen Sie mir meinen Pelz und den Muff, und das Gleiche bitte für die Gräfin.»

Wirballen, die letzte Station vor Petersburg. Seit so vielen Stunden fuhr ich durch den Osten Europas, dass ich schon fast vergessen hatte, dass es jenseits der Bahn eine reale Welt gab, in die ich mich wieder einzufügen hatte. Ich würde in einem fremden Land sein, in einem Land, dessen Sprache ich nicht sprach, mit nichts als einem Taschentuch, einem Kamm, Kölnisch Wasser, einem Pass und Schmuck ausgestattet, den ich zu Geld machen konnte. Zu Geld, das nicht lange reichen würde. Ich war auf die Hilfe der Fürstin angewiesen. Natürlich würde sie mich nicht auf dem Bahnsteig stehen lassen. Ich würde in ihrem Palais Unterkunft finden. Aber wer sagte mir, dass sie nicht, während ich ihr Gast war, an Alexander kabelte? Zwischen Wirballen und Petersburg musste ich ihr den letzten Teil meiner Geschichte erzählen, und ich musste ihn so gut erzählen, dass sie bereit war, mir einen Posten als Gouvernante oder Gesellschafterin weit im Inneren Russlands, in Sibirien meinetwegen, zu verschaffen, damit Alexander mich niemals fand.

Die Fürstin hatte recht daran getan, Pelze zu befehlen. Als wir den Zug verließen, traf uns die Kälte schneidend wie ein scharfes Messer, und Nebelwölkchen züngelten aus unseren Mündern wie bei kleinen Drachen. Jungen liefen auf dem Perron hin und her, boten Salzbrezeln an, Piroggen, Würste, Zeitungen in vier Sprachen: Deutsch, Polnisch, Russisch, Litauisch. Es tat gut auszuschreiten. Jelena Sergejewna schob ihren Arm unter meinen, und zusammen gingen wir rasch bis zum Ende des Bahnsteigs. Als wir uns umwandten, erblickte sie einen großen dicken Mann, der in seinem Pelz wie ein ungeschlachter Bär aussah und bei einem der Jungen Zeitungen kaufte. Mit beiden Armen winkend rief sie:

«General Koltnikoff! General Koltnikoff!»

Erklärend fügte sie zu mir gewandt hinzu: «Ein alter Freund!»

Der Bär blickte auf, ließ die Zeitung fallen und stürmte auf uns zu. In seiner Umarmung wirkte die Fürstin wie ein Püppchen.

Er war wirklich ein alter Freund. Ich schätzte ihn auf mindestens siebzig. Buschige weiße Brauen beschatteten die tief liegenden Augen, ein weißer Vollbart wallte ihm bis zum Mantelkragen, und hätte er einen roten Mantel und eine weniger rot geäderte Nase gehabt, so wäre er als Nikolaus durchgegangen.

Der General bot Jelena Sergejewna den rechten und mir den linken Arm und promenierte mit uns über den Bahnsteig, wobei Jelena Sergejewna zuerst rasch in Russisch auf ihn einredete. Dann besann sie sich auf meine Anwesenheit und verfiel in ihr kehliges Französisch. Die beiden besprachen die Lebensläufe gemeinsamer Verwandter und Bekannter, die sie beide offensichtlich seit Jahrzehnten nicht mehr gesehen hatten. Ich kannte keinen von ihnen, und ihre Unterhaltung, ob auf Russisch oder Französisch, interessierte mich wenig. Als die zwei Stunden um waren und die Lokomotive fauchend Dampf ausspuckte, küsste der General uns beiden die Hand, half uns die Stufen in den Waggon hinauf und blieb winkend auf dem Bahnsteig stehen, bis der Zug außer Sicht geriet.

«Es tut mir Leid, Katja», sagte die Fürstin, als wir uns wieder auf den Polstern niedergelassen hatten und sie Madame den Auftrag erteilt hatte, uns mit Kaffee zu versorgen, «es tut mir Leid, dass es für Sie so langweilig war. Aber ich bin seit vier Jahren nicht mehr in Russland gewesen, und ein bisschen Klatsch über die Familie tut mir immer gut. Dann weiß ich doch wenigstens, wie recht ich hatte fortzugehen.»

Vielleicht konnten wir jetzt meine Geschichte beiseite lassen und uns der ihren zuwenden?

«Warum kehren Sie zurück, wenn Sie sich in Russland nicht wohl fühlen?»

«Nicht wohl fühlen?» Sie lachte. «Aber, meine liebe Katja, ich liebe Russland. Waren Sie schon einmal da? Nein? Sie werden es auch lieben. Immerhin ist es das Land Ihrer Mutter. Sie sind eine halbe Russin, und wenn Sie erst einmal den Winter erlebt haben, den Frühling und den Sommer, dann werden Sie eine ganze Russin sein. Nein, ich bin – wie wir alle – diesem Land verfallen, und ich bin nur gegangen, weil ich neugierig war auf die Welt. Insofern verstehen mein Mann und ich uns sehr gut. Er ist so neugierig auf den Himmel wie ich auf die Erde.»

«Der Fürst ist sehr fromm?»

Jelena Sergejewna schüttelte lachend den Kopf.

«O nein, der Patriarch hält sein Tun für sündhaft und droht ihm mit der Hölle, aber Arkadij Iwanowitsch glaubt nicht an die Hölle, also ist die Drohung wirkungslos.

Arkadij Iwanowitsch hat sich ein großes Fernrohr auf das Dach seines Hauses montieren lassen und beobachtet die Sterne. Er zeichnet ihre Bewegungen auf und versucht, eine gesetzmäßige Verbindung herauszufinden zwischen ihrer Bahn und unserem Lebenslauf. Er sagt, was seien zweitausend Jahre Christentum gegen die fünftausend Jahre alte Wissenschaft der Chaldäer. Bis jetzt hat er noch nichts herausgefunden, was der Mühe wert gewesen wäre, außer dass die meisten Astrologen Scharlatane sind und ihre Vorhersagen das Papier nicht wert, auf das sie gedruckt werden.»

«Das ist doch nicht wenig.»

«Arkadij ist sicher, dass es eine einfache Formel gibt, so wie die, die Kopernikus – falls es nicht Kepler war, ich bin in diesen Dingen so dumm – für die Bewegung der Planeten fand, als er annahm, die Sonne stehe still und die Erde bewege sich. Eine einfache Formel, mit deren Hilfe wir herausfinden können, wie wir glücklich leben können. Armer Arkadij. Was er am Himmel sucht, habe ich längst gefunden.»

«Die Formel für das Glück?»

Madame Depors kam herein, in ihrem Gefolge einen Kellner aus dem Speisewagen mit einem Kaffeetablett. Auf ihm stand außer dem Kaffeegeschirr auch eine Dose mit Keksen. Das Tischchen zwischen den Sitzen wurde herausgeklappt, und ein köstlicher Duft stieg empor, als der Kellner einschenkte. Madame Depors blieb zögernd in der Tür stehen, aber die Fürstin nickte ihr entlassend zu. Mit einem bösen Seitenblick auf mich ging sie.

«Glück», sagte Jelena Sergejewna, als seien wir nicht unterbrochen worden, «ist nur ein anderes Wort für Freiheit. Leben Sie selbständig, nur aus Ihrer eigenen Kraft heraus, tun Sie alles, was Sie wollen, ohne sich darum zu scheren, was andere davon halten. Ein größeres Glück können Sie nicht finden.»

Sie ließ drei Stücke Zucker in ihre Tasse fallen und rührte langsam um. Der Kaffee war noch nicht abgekühlt. Ich verbrannte mir die Zunge, als ich einen großen Schluck nahm.

«Sie haben immer so gelebt, nicht wahr?»

«Nein. Ich musste es erst lernen. Als ich verheiratet wurde, war ich siebzehn und mein Mann dreißig Jahre älter. Ich war jung, stammte aus einer hoch verschuldeten, aber außerordentlich fruchtbaren Familie. Er war reich und wollte Nachkommen. Mein Vater verkaufte mich an Arkadij Iwanowitsch gegen die Tilgung einer Hypothek, und Arkadij hatte die Zuchtstute, die er brauchte. Mich hatte niemand gefragt, was ich wollte. Es war meine Pflicht, ihn zu heiraten und die Familie zu retten. Wir wohnten in einem einsam gelegenen Haus, zweihundert Werst von Moskau entfernt, weil der Himmel dort dunkel war und die Sterne besonders hell. Ich hatte einen Mann, der sich nur für die Sterne interessierte, der mich nirgendwohin begleitete, der die Mahlzeiten nicht mit mir teilte, der nicht mit mir sprach, der mich nur manchmal beschlief, weil er das Geschlecht der Milinskovs fortsetzen wollte. Anfangs dachte ich, ich würde wahnsinnig werden. Aber dann begriff ich, dass ich kein Opfer sein musste. Nicht, wenn ich es nicht selbst wollte. Arkadij wollte Söhne? Nun, er bekam sie. Zwei Söhne und eine Tochter innerhalb von vier Jahren. Für jede Schwangerschaft ließ ich mir von meinem Mann einen Teil seines Vermögens übertragen. Solange ich ihm sein Fernrohr ließ, war ihm das egal. Dann ging ich. Ich bin nicht sicher, ob Arkadij Iwanowitsch meine Abwesenheit überhaupt bemerkt hat. Mein Gott, wenn ich denke, wie lange das alles her ist! Dreißig Jahre!»

Sie begegnete meinem Blick und verzog spöttisch den Mund.

«Schauen Sie nicht so entsetzt, Katja. Ich habe mir meine Freiheit genommen. Ich habe die ganze Welt gesehen, ich habe interessante Menschen getroffen, ich habe mir Liebhaber genommen, ich habe getan, was ich wollte. Ich bin seither keinen Tag unglücklich gewesen.»

«Aber sind Sie auch glücklich gewesen?»

Jelena Sergejewna setzte die Tasse energisch zurück auf die Untertasse.

«Ich bin frei gewesen. Das ist dasselbe. Was kann ich mehr wollen?»

«Und Ihre Kinder?»

«Die Kinder hatten eine Kinderfrau, eine Gouvernante, Erzieher und Bediente. Ihnen fehlte es an nichts. Was wäre ich ihnen denn gewesen? Eine einsame Frau, die ihr Unglück über ihnen ausgeschüttet hätte. Und verschonen Sie mich jetzt mit kleinbürgerlichen Sentiments über Mutterliebe.»

Sie lehnte den Kopf gegen das Polster und schloss die Augen.

«Die frische kalte Luft war wunderbar, aber sie hat mich müde gemacht. Lassen Sie mich ein Weilchen schlummern, Katja.»

Mir war es nur recht, dass ich meinen Erinnerungen ungestört nachhängen konnte, den letzten, die noch ganz frisch waren.

31

Sobald wir wieder in Berlin waren, bemerkte ich die Veränderung. Wir waren vorher zu allen wichtigen Gesellschaften eingeladen worden, doch niemand hatte um uns Aufhebens gemacht. Nachdem Alexander aber in Liebenberg gewesen war, änderte sich das. Man sah in ihm einen der kommenden Männer, bemühte sich um ihn und vorsichtshalber auch um mich. Sogar die Gräfin Waldersee begann wieder, mich mit einem huldvollen Kopfnicken zu grüßen, und auf einer Soiree ließ sie sich dazu herab, mir Paul von Flemming vorzustellen, einen Cousin ihres Mannes, der mit mir tanzen wollte.

«Ich warne Sie», sagte sie und hob neckisch mahnend einen Finger, «Paul ist der gefährlichste Flirt in Berlin. Für seinen Walzer ist er berühmt, und seine Schießkunst ist berüchtigt.»

Der gefährliche Flemming wischte sich eine Locke aus der Stirn, die ihm ein höchst romantisches Aussehen gegeben hatte, und erwiderte lächelnd:

«Ma chère cousine, ich will mich doch mit der Gräfin nicht duellieren.»

Er legte den Arm um meine Taille und steuerte mich zur Tanzfläche. Hinter mir hörte ich das laute Lachen der Waldersee, die offensichtlich leicht zu amüsieren war.

Wir tanzten eine Weile schweigend. Seine Cousine hatte nicht übertrieben. Er tanzte ausgezeichnet.

«Es ist wunderbar mit Ihnen», sagte er nach kurzer Zeit und zeigte lächelnd seine weißen Zähne. Die Locke war ihm wieder in die Stirn gefallen, und er warf sie mit einem Ruck des Kopfes zurück.

«Ich dachte mir schon, dass Sie tanzen würden wie eine Elfe. Man merkt, dass Ihre Mutter eine große Tänzerin war. Haben Sie nie daran gedacht, zur Bühne zu gehen?»

«Es ergab sich keine Möglichkeit.»

«Jammerschade. Der Welt ist eine große Begabung vorenthalten worden.»

Ich antwortete nicht. Hinter seinem Rücken sah ich Alexander eintreten, dann schwenkte Flemming mich herum, und ich verlor ihn wieder aus den Augen. Als der Tanz vorbei war, standen wir in der Nähe eines Kübels mit einem hoch gewachsenen Lorbeer, der den Eingang zum Wintergarten bewachte.

«Wenn Sie bitte eintreten würden», sagte Flemming, «dort wartet jemand auf Sie, der Sie dringend sprechen möchte.»

«Mich?»

Er schob die rote Portiere beiseite, die den Eingang beschützte, und verneigte sich leicht. Ich trat ein. Hinter mir fiel der Vorhang wieder herab. Flemming war nicht mit eingetreten.

Der Wintergarten war mit großen Palmen möbliert, hinter denen eine kleine Sitzgruppe aus Korbmöbeln fast verschwand. Ich entdeckte sie erst, als ein Stuhl knarrte, weil der Mann, der darauf saß, sich erhob und mit einem leisten Hüsteln meinen Blick in seine Richtung lenkte.

Er deutete eine Verbeugung an und wies mit der Hand auf den zweiten Sessel.

«Ich danke Ihnen, dass Sie gekommen sind, Gräfin.»

Ich trat näher. Das Licht war schwach, die Flamme der Petroleumlampe war niedrig gedreht worden. Immerhin erkannte ich einen älteren, fast kahlköpfigen Mann mit einem üppigen Schnurrbart, den ich – da war ich sicher – noch nie gesehen hatte.

«Worum geht es?», fragte ich und blieb stehen.

«Um Ihren Gatten», antwortete er und machte erneut eine einladende Geste. «Bitte setzen Sie sich doch. Lassen Sie uns reden wie Freunde. Ich meine es gut mit Ihnen, Gräfin.»

«Wer sind Sie?»

«Sie kennen mich nicht, und mein Name würde Ihnen

nichts sagen», erwiderte er, «ich bin hier, um Ihnen einen freundlichen Rat zu erteilen.»

Ich war so überrascht, dass ich mich unwillkürlich setzte. Er lächelte und nahm mir gegenüber Platz. Sein Gesicht lag im Dunklen.

«So ist es gut. Gestatten Sie mir, gnädige Frau, dass ich Ihnen – sehr verspätet, wie ich weiß – zu Ihrer zweiten Heirat gratuliere. Ihre erste Ehe – wollen wir sie einen Missgriff nennen? – hat ja erfreulicherweise nicht allzu lange gedauert. Ihre zweite hat Sie mit einem liebenswürdigen und sehr reichen Mann verbunden. Sie werden mit ihm sehr glücklich sein. Davon bin ich überzeugt.»

Ich starrte ihn an. Diese mit gelassener Stimme vorgebrachte Rede war so unverschämt wie unheilschwanger. Was wusste er von meiner Ehe mit Boythin? Warum erwähnte er sie? Was wollte er von mir?

«Danke. Aber ich muss gestehen, dass ich Sie nicht begreife. Sie haben mich doch nicht wie ein Verschwörer hierher bestellt, um mir das mitzuteilen?»

«Ein Verschwörer? Das haben Sie sehr schön gesagt. Ja, gnädige Frau, es geht um eine Verschwörung. Ich möchte mich Ihnen verschwören für das Glück Ihres Mannes und Ihr eigenes.»

Mir klopfte das Herz bis zum Hals, aber ich versuchte, kühl zu wirken. Ich schlug die Beine übereinander, lehnte mich zurück und bemühte mich um einen nachlässigen Tonfall.

«Vielleicht sollten Sie mir doch sagen, wer Sie sind und was Sie wirklich wollen. Vielleicht halte ich Sie dann für etwas weniger … sonderbar.»

«Nun, ich bin ein Abgesandter, ein Bote. Wissen Sie, dass ‹angelos› griechisch ist und Bote heißt? Betrachten Sie mich als Engel, als Ihren Schutzengel sozusagen. Denn Ihr Mann ist dabei, eine große Dummheit zu begehen.»

«Dann sollten Sie lieber mit ihm sprechen.»

«Manche Männer befolgen lieber den Rat einer Gattin als den eines Feindes.»

«Eines Feindes?» Ich versuchte zu lachen. «Wie melodramatisch. Wie dieser ganze Auftritt. Hören Sie, mein Herr, ich weiß nicht, was das Ganze soll, aber ich gehe jetzt.»

Ich stand auf.

«Wenn Sie nicht über Halensee sprechen wollen, dann vielleicht lieber über Boythin?», sagte der Mann im Dunkeln, und seine Stimme schnurrte vor Behagen wie eine Katze.

Ich setzte mich wieder, weniger, weil ich bereit war, das Gespräch fortzusetzen, sondern weil meine Knie nachgaben.

«Ich sehe, wir verstehen uns. Meine Botschaft ist kurz. Ihr Mann hat einen wunderbaren Besitz in England. In Kent. Oakland. Ein Landhaus, das noch aus elisabethanischer Zeit stammt. Mit einem wundervollen Park. Ah, diese englischen Parks! Weite Wiesen, malerisch platzierte Baumgruppen, ein See, ein chinesisches Teehaus – Sie werden sich auf Oakland außerordentlich wohl fühlen. Außerdem besitzt er ein kleines Schlösschen bei Cannes. Vielleicht sagt Ihnen das milde Klima im Süden mehr zu? Sagen Sie Ihrem Mann, dass Sie in England oder Frankreich leben möchten, und bewegen Sie ihn zu einer baldigen Abreise. Zu einer sehr baldigen.»

Ich überlegte, wer hinter dieser Botschaft stecken konnte. Alexander war dem Kaiser nahe gekommen. Offensichtlich näher, als ich bisher vermutet hatte. Machten sich schon die ersten Anzeichen seines Einflusses bemerkbar? Begann der Kaiser in der Außenpolitik einen neuen Kurs einzuschlagen? Aus den Tiefen meines Gedächtnisses stieg eine Szene herauf: ein Landhaus bei Paris, ein Gespräch am Kamin, eine Warnung.

«Sie kommen von Baron Holstein», sagte ich.

Der Mann im Schatten verneigte sich ironisch.

«Wenn Sie meinen, Madame! Dann sollten Sie auch wissen, dass Herr von Holstein es nicht liebt, wenn man seine Pfade kreuzt.»

Eine Intrige also, um Alexander loszuwerden. Aber Holstein irrte sich. Ich war nicht die liebende Frau, die mit ihrem Gatten ein stilles Glück im Winkel genießen wollte. Es war die Geschäftsgrundlage unserer Ehe, die ich zerstören sollte. Alexander hatte mich geheiratet, weil er eine Rolle am Kaiserhof spielen wollte, weil er politischen Ehrgeiz besaß, und ich würde nichts tun können, um ihn daran zu hindern. Ich würde es auch nicht wollen.

«Bedaure», sagte ich, «in England ist es mir zu feucht und an der Côte d'Azur zu heiß. Ich lebe gern in Berlin. Mein Mann auch. Vergessen Sie nicht, dass wir Preußen sind.»

Er schüttelte den Kopf.

«Sie nicht, gnädige Frau! Ihre Mutter war eine kleine russische Tänzerin, Ihr Vater ein Abtrünniger, ein Verfemter. Und was Halensee betrifft, so trägt er einen alten preußischen Namen, gewiss, aber er ist ein Engländer. Und als Engländer handelt er wie ein Patriot. Als Preuße wäre er einer, der den Feinden in die Hände arbeitet, ein Verräter.»

Ich starrte ihn ungläubig an.

«Nur weil er eine andere Auffassung davon hat, was gut für Deutschland ist?»

Er seufzte, als müsse er zu einem besonders begriffsstutzigen Kind sprechen. Vermutlich war ich das in seinen Augen auch.

«Weil er nicht begreift, dass dieses neue Deutschland kein schlafender Riese mehr ist, sondern einer, der aufgewacht ist. Der aufgestanden ist und nun den Platz beansprucht, der ihm unter den Völkern zukommt. Sie kennen doch sicher Bülows Wort vom Platz an der Sonne. Den wollen wir, und den bekommen wir. Wir sind stark. Unsere Armee kann Russland und Frankreich schlagen. Wir bauen eine Flotte auf, die der englischen gleichkommen wird. England, Frankreich und Russland haben so viele Konflikte miteinander in Übersee – denken Sie an den britisch-russischen Wettlauf nach Afghanistan oder den englisch-französischen Konflikt im Nahen Osten! Sie werden keine Union gegen uns bilden. Eher werden sich ihre Streitigkeiten kriegerisch entladen. Behalten wir freie Hand, binden wir uns an keine der großen Mächte, dann sind wir jederzeit frei, uns für die Seite zu entscheiden, die uns nützt. Wir können die Macht werden, die entscheidend ist in der Welt. Ihr Mann strebt ein Bündnis mit England an. Das heißt, wir müssten auf englischen Befehl unser Flottenbauprogramm einmotten. Männer wie Halensee wollen Deutschland kleinhalten, wollen dem Riesen wieder Fesseln anlegen.»

«In anderen Ländern werden solche Kontroversen laut und öffentlich ausgetragen, in der Presse und im Parlament diskutiert und durch Wahlen entschieden. Wie überzeugt ist Ihr Auftraggeber denn von seiner Politik, wenn er sich hinter den Röcken einer Frau verstecken muss, um einen Opponenten auszuschalten?»

Er machte eine ungeduldige Handbewegung.

«Ich bin nicht hier, um mich mit Ihnen zu streiten. Wie gesagt, ich bin nur ein Bote. Ich habe eine Botschaft übermittelt, und ich soll eine Antwort zurückbringen.»

«Meine Antwort ist: Nein.»

«Wie eine loyale Ehefrau antworten sollte, gnädige Frau. Aber überlegen Sie sich das Ganze noch einmal! Sie sind auch Boythins Witwe.»

Ich hatte von Anfang an gewusst, dass dieser Bote auch drohen würde. Meine Zunge fühlte sich schwer an.

«Was soll das bedeuten?»

Er ließ ein Schweigen eintreten, um meine Angst zu schüren. Ich wagte keine Bewegung. So muss einem Kaninchen vor der Schlange zumute sein. Endlich räusperte er sich.

«Es gibt Unterlagen, die beweisen, dass Boythin nicht nur der Held von Peking war. Man könnte nachträglich noch einmal den Fall einer gewissen toten Prostituierten aufnehmen. Kurz bevor Boythin nach China ging, starb sie. Allerdings nicht an Schwindsucht. Wollen Sie, dass der Name Ihres toten Gatten besudelt wird?»

Ich hätte beinahe aufgelacht vor Erleichterung. Das war alles, womit er mir drohen konnte?

«Warum sollte mich die Ehre Boythins interessieren? Ich habe kein Kind von ihm, das unter seiner Schande leiden würde. Ich trage den Namen Boythin nicht mehr.»

Er lächelte.

«Das ist für Sie Schnee von gestern, gnädige Frau? Vielleicht gibt es da aber etwas, das nicht bloß Vergangenheit ist. Wir könnten Boythins Leiche exhumieren und die Todesursache überprüfen lassen. Es ist recht merkwürdig, dass ein so junger und – bis auf seine Lähmung – gesunder Mann plötzlich an Herzversagen stirbt. Es gibt Gifte, die solche Symptome hervorrufen, und sie sind auch noch an der Leiche nachzuweisen. Unsere Gerichtsmedizin ist weit fortgeschritten.»

Ich räusperte mich.

«Womit wollen Sie mich schrecken? Mit der Entdeckung, dass Boythin sich umgebracht hat? Glauben Sie nicht, dass die meisten Menschen, sollte sich das herausstellen, Mitleid mit ihm haben werden? Dass ihm in seiner Lage das Leben nicht mehr lebenswert erschien, ist doch wohl nachvollziehbar.»

«Wer sagt, dass er das selbst getan hat? Es mag wohl jemand anderer ein Interesse daran gehabt haben.»

«Wer sollte das gewesen sein? Boythin hatte keine Feinde.»

«Nun», er legte die Fingerspitzen aneinander und betrachtete sie, während er so tat, als entwickelte er gerade eine neue Hypothese, «lassen Sie mich überlegen! Da gab es eine Ehefrau, die an einen Krüppel gebunden war. Eine Frau, die für den Rest ihres Lebens unter den Launen ihres Mannes leiden sollte. Eines Mannes, der mit seiner Pension ihren Ansprüchen nicht gerecht werden konnte. Boythin hatte sich für sie hoch verschuldet. Eine junge schöne Frau, die imstande war, nach dem Tod ihres Mannes eine zweite Ehe einzugehen, die an gesellschaftlicher Stellung und Reichtum ihre erste weit übertraf. Meinen Sie nicht, dass ein Gericht dieser Frau ein Tatmotiv unterstellen würde?»

«Ich dachte, Gerichte unterstellen nicht, sie stützen sich auf Beweise?»

Meine Stimme klang in meinen Ohren nicht so höhnisch, wie ich es gern gehabt hätte.

«Beweise, gnädige Frau? Sie tragen sie doch am eigenen Leibe. Wenn das Gericht Ihren Rücken gesehen hat, wird es nur noch wenig Zweifel haben, meinen Sie nicht?»

Ich schnappte nach Luft.

«Woher wissen Sie …?»

«Kein Haus, in dem es Dienstboten gibt, kann seine Geheimnisse bewahren.»

Ah Lin.

Ah Lin, der für die Gesandtschaft gearbeitet hatte.

Plötzlich wich meine Angst einem lodernden Zorn, als ich ganz begriff, was er gesagt hatte.

«Sie haben es gewusst! Sie haben gewusst, dass Boythin abartig war. Sie haben gewusst, dass er eine Frau getötet hatte. Und Sie haben zugelassen, dass er heiratet! Dass er ein Mädchen heiratet, das vor ihm keinen Schutz finden würde. Und dem Sie keinen Schutz gewährt haben, obwohl Sie alles wussten! Hat Herr von Ketteler gewusst, dass ich blutende Striemen auf dem Rücken hatte, als ich zu ihm kam und ihn um einen Pass anflehte? Hat Herr von Holstein den Bericht seines Spions säuberlich in einem Aktenordner abgeheftet: zur späteren Verwendung als Erpressungsmaterial?»

Meine Stimme war immer lauter geworden.

«Bitte beruhigen Sie sich», sagte er und spähte nervös über meine Schulter, ob jemand aus dem Saal hereinkäme, weil er mich schreien gehört hatte.

Ich stand auf, zitternd vor Wut.

«Spielen Sie Ihre schmutzigen Spiele mit anderen Leuten!

Der Skandal, mit dem Sie drohen, wird nur auf Sie selbst zurückfallen. Halten Sie mich nicht für dumm! Stellen Sie mich vor Gericht, und alles wird herauskommen. Boythins Perversion und der Tod der Prostituierten. Und man wird sich fragen: Wer wusste, was Boythin getan hatte? Wer entzog ihn den Behörden und schickte ihn nach China? Wer wusste, dass er mich schlug, und half mir nicht, weil er Erpressungsmaterial hortete? Ihr Herr ist nicht unangreifbar.»

Auch er stand auf.

«Wollen Sie uns drohen, Gräfin?»

«Jedenfalls sollten Sie sich in Acht nehmen.»

Er breitete seine Hände aus und neigte den Kopf.

«Ich verstehe. Meine Mission ist gescheitert. Schade. Ich habe Sie für klüger gehalten. Aber wie Sie wollen.»

Er behielt das letzte Wort, aber es war nicht mehr als eine Phrase. Er konnte mir nichts anhaben. Er konnte Alexander nichts anhaben.

Alexander musste seinem Ziel viel näher sein, als wir geahnt hatten, wenn man versuchte, ihn durch eine Intrige auszuschalten. Und welch eine plumpe Intrige. Sie mussten mich für töricht gehalten haben oder für besonders ängstlich. Ich sagte Alexander nichts von dieser Begegnung. Warum ihn unnötig beunruhigen? Ich hatte den Angriff siegreich abgeschlagen. Hätte es etwas geändert, wenn ich Alexander gleich, nachdem ich aus dem Wintergarten wieder in den Saal getreten war, informiert hätte? Ich sah ihn in einer Unterhaltung mit dem Fürsten Bülow und ging, sein Lächeln erwidernd, an ihm vorbei, ohne das Gespräch zu unterbrechen.

Die Unterhaltung im Wintergarten ging mir nach, nicht weil ich die Drohung ernst nahm, sondern weil ich begriff, wie lange ich nicht mehr an Boythin gedacht hatte. Viele Nächte lang hatte ich nicht mehr von ihm geträumt. Er war tot, für die Welt und für mich. Tot, begraben, vergessen. Nie hatte ich geglaubt, dass das einmal möglich sein würde. Ich lag im Bett, dessen kühles Leinen sich langsam unter meinem Körper erwärmte, um mich nur Dunkelheit und Stille, und ich begriff, dass ich frei von ihm geworden war. Ich war so frei von ihm, dass ich nicht einmal bemerkt hatte, wann die Fessel abgefallen war. Ich spürte keine Gewissensbisse, nicht den Anflug von Reue.

Ich fürchtete sie nicht, diese Männer im Dunklen, die glaubten, mir mit Boythin drohen zu können. Zu plump war das Machwerk. Was ich fürchtete, war Alexander.

Wenn ich ihm von der Unterredung berichtete, musste ich ihm auch von der Drohung berichten, musste ich ihm sagen, was dahinter steckte, würde Alexander erfahren, was mir angetan worden war.

Und ich fragte mich jetzt, aus dem Fenster des Zuges in die weite baumlose Ebene schauend, ob ich etwas hätte ändern können, wenn ich an dem Abend geredet hätte.

Drei Abende später ging ich in die Falle. Sie war einfach konstruiert. Aber der erste leichte Sieg hatte mich übermütig gemacht. Ich missachtete die Grundregeln weiblichen Benehmens, und es war Alexander, der dafür zahlen musste.

An diesem Abend waren wir zu Gast bei Frau von Schimmelberg, einer Freundin der Gräfin Waldersee. Es war nur eine kleine Gesellschaft. Die Tochter des Hauses, die noch nicht offiziell in die Gesellschaft eingeführt worden war, hatte einige Pensionatsfreundinnen eingeladen, es gab die dazu passende Anzahl von Leutnants und Assessoren, der Teppich im großen Speisezimmer war aufgerollt worden, man hatte einen Pianisten und einen Geiger engagiert und gab eine improvisierte Tanzveranstaltung, die vor allem den Vorteil hatte, den Gastgebern die Kosten für einen großen Ball zu ersparen, ihre Tochter aber dennoch vor einem ausgewählten männlichen Publikum zu präsentieren.

Paul von Flemming war auch eingeladen.

Er tat seine Pflicht, und mehr als das. Er tanzte mit allen Mädchen, auch dem unscheinbarsten. Die Locke fiel ihm verwegen in die Stirn, er brachte die Mädchen zum Lachen und zum Erröten, und wenn er die erhitzten jungen Dinger wieder bei ihren Müttern ablieferte, dann zitterten ihnen etwas die Knie, und sie waren wohl überzeugt, in diesem herrlichen Tänzer Don Juan persönlich begegnet zu sein. Ich fragte mich, ob Flemming sich für diese Mühe schadlos hielt, indem er später in ein Bordell ging und eine Hure misshandelte.

Erst als er alle Pflichttänze absolviert hatte, kam er zu mir.

Ich stand in einer Gruppe mit der Gräfin Waldersee, der Gastgeberin und ihrem Onkel, einem Beamten im Marineministerium.

Flemming schlug die Hacken zusammen und verbeugte sich.

«Gestatten, gnädige Frau? Ich erinnere mich, dass Sie eine wunderbare Tänzerin sind. Machen Sie mir die Freude dieses Walzers?»

Ich konnte nicht ablehnen, ohne dass es wie ein Affront gewirkt hätte. Warum sollte ich auch? Ich fühlte mich sicher. Viel zu sicher.

Die ersten zwei Minuten tanzten wir schweigend. Dann begann er:

«Sie haben großen Eindruck auf den Baron gemacht.»

«Auf welchen Baron?»

«Auf Herrn von Holstein natürlich. Er hat Sie unterschätzt. Er hielt Sie für weniger intelligent, als Sie sind.»

«Soll ich mich jetzt geschmeichelt fühlen?»

«Der Baron lässt Ihnen ausrichten, dass er Sie für eine ernst zu nehmende Gegnerin hält. Deshalb bietet er Ihnen ein Gespräch an.»

«Im Wintergarten? Hinter der Palme?», höhnte ich.

Flemming blieb gelassen.

«Dieses Haus hat keinen Wintergarten. Aber einen Teepavillon am Ende des Gartens. Der Baron wartet dort auf Sie.

Wie Sie wissen, besucht er keine Gesellschaften. Wenn dieser Walzer zu Ende ist, gehen wir auf die Terrasse, damit Sie sich etwas abkühlen können. Und dann führe ich Sie dorthin, wenn Sie gestatten. Der Baron ist sich ganz sicher, dass er Sie in einem persönlichen Gespräch von seinem Standpunkt überzeugen kann.»

«Warum wendet er sich nicht an meinen Mann? Muss er sich hinter Weiberröcken verstecken?»

«Er wird mit Ihrem Gatten sprechen, gnädige Frau. Aber zuerst einmal möchte er sich bei Ihnen entschuldigen. Geben Sie ihm die Gelegenheit. Er ist ein alter Mann, und was er tut, auch wenn es nicht immer richtig ist, dient doch nur einem Zweck: seiner Sorge um die Zukunft Deutschlands.»

Der Walzer war zu Ende. Flemming hatte uns vor die hohe Terrassentür getanzt.

«Also gut», sagte ich.

Er öffnete die Tür und führte mich hinaus in die Kälte und Dunkelheit.

Das Grundstück war nicht groß, der Pavillon in drei Minuten erreicht. Flemming öffnete die Tür. Holstein war nicht da.

Flemming zog seine Taschenuhr und ließ den Deckel aufklappen.

«Ich begreife nicht. Es ist die verabredete Zeit. Er muss aufgehalten worden sein. Bitte warten Sie noch einen Moment, gnädige Frau. Geben Sie dem Baron eine Chance.»

Ich sah mich um. Es war alles wie für ein Rendezvous vorbereitet. Im Kamin brannte ein Feuer, zwei kleine Lampen auf dem Sims gaben ein gedämpftes Licht. Korbsessel umstanden einen langen Holztisch. Auf einer Anrichte standen eine Schale mit Obst, eine Flasche Wein und zwei Gläser. Flemming folgte meinem Blick.

«Darf ich Ihnen ein Glas Wein einschenken? Oder möchten Sie, dass ich Ihnen eine Orange schäle? Es tut mir wirklich sehr Leid, dass Sie warten müssen, Gräfin. Aber Sie frieren doch nicht? Frau von Schimmelberg hat extra ein Feuer anmachen lassen, wie Sie sehen.»

Er sprach rasch, leise und nervös und schien ständig nach draußen zu lauschen.

«Danke, ich möchte nichts. Und wenn Ihr großer Mann mich noch länger warten lässt, dann gehe ich zurück, und Sie können ihm ausrichten, dass er ...»

Wir hörten es gleichzeitig. Schritte kamen über den Kiesweg.

«Er kommt», sagte Flemming erleichtert.

«In Begleitung?», fragte ich erstaunt. Denn das waren nicht nur die Schritte eines einzelnen Mannes, und ich glaubte das schrille Kichern einer Frauenstimme zu hören.

Dann ging alles ganz schnell. Flemming packe mich bei den Schultern, schob mich zwei Schritte rückwärts, sodass ich vor dem Tisch stand, und gab mir einen groben Stoß vor die Brust. Ich verlor den Boden unter den Füßen, suchte mit den Armen vergebens Halt, fiel schmerzhaft nach hinten auf die Tischplatte und ruderte hilflos mit den Beinen in der Luft. Flemming trat vor mich, doch statt mir seine Hand zu reichen, um mir aufzuhelfen, ergriff er meinen Rock und schob ihn über meine Schenkel hoch. Im selben Augenblick öffnete sich die Tür, und über Flemmings Schulter hinweg sah ich Frau von Schimmelberg, die Gräfin Waldersee, zwei Leute, die ich nicht kannte, und Alexander.

Der Anblick, den wir boten, hätte eindeutiger nicht sein können. Ich auf dem Tisch, Flemming zwischen meinen gespreizten Beinen, seine Hände auf meinen Hüften.

Eine der Frauen stieß einen Schrei aus, die Gastgeberin drängte, hilflos Beschwichtigungen murmelnd, alles zurück und schloss wieder die Tür. Wir waren wieder allein. Nur Alexander war geblieben.

Flemming hatte sich umgedreht. Die beiden Männer musterten einander im Schein der gedämpften Lampen. Ich konnte nur Alexanders Gesicht sehen. Es war wie aus Stein gehauen. Aus grauem Stein.

Flemming schlug die Hacken zusammen.

«Ich stehe Ihnen selbstverständlich zur Verfügung, Halensee», schnarrte er.

«Sie werden von mir hören», erwiderte Alexander.

Mir wurde schlecht.

Es war Alexander, der mir den Kopf hielt, als ich mich erbrach, der mir sein Taschentuch gab, damit ich mir das Gesicht abwischen konnte, der ein Glas Wein einschenkte, damit ich mir den Mund ausspülen konnte, der mir den Arm reichte und mich aus dem Pavillon führte. Er sprach kein Wort.

Flemming war verschwunden, ohne dass ich es bemerkt hatte.

Der einzige Weg, das Haus zu verlassen, führte über die Terrasse, durch die hohe Tür, quer durch den Speiseraum zur Diele. An Alexanders Arm ging ich ihn und fühlte mich unter den Blicken der Gesellschaft, als stünde ich nackt am Pranger. Alle, alle hatten davon gehört, und obwohl sie taten, als sähen sie uns nicht und seien nur mit ihrem Gesprächspartner beschäftigt, lugten sie alle aus den Augenwinkeln und stießen ihre Blicke wie Dolche in meinen Rücken, sobald ich vorbei war. Nur die Musiker hatten nichts mitbekommen und spielten unbefangen eine albern-lärmende Polka.

Alexander behielt sein Schweigen auch im Automobil noch bei, und ich unterbrach es lange nicht, verzweifelt auf der Suche nach Worten, die alles erklärten. Was hätte ich sagen sollen? Die Falle war gut präpariert gewesen. Und der Köder, auf den ich angebissen hatte, so plump, so plump! Es hatte genügt, mich intelligent zu nennen, und schon hatte ich meinen Verstand ausgeschaltet. Die erste Regel, die man einem jungen Mädchen beibrachte, lautete: Entferne dich nie mit einem Mann aus der Gesellschaft, bleibe nie mit ihm allein, wenn er nicht dein Vater, dein Bruder oder dein Mann ist. Und weil ich hochmütig gewesen war und geglaubt hatte, ich könnte meine eigenen Regeln machen und die der anderen verachten, hatte ich Alexander getötet. Denn er war so gut wie tot.

Wie hatte seine Cousine gesagt, als sie mir Paul von Flemming vorgestellt hatte? Für seine Schießkunst sei er berüchtigt. Und er hatte geantwortet, dass er sich doch nicht mit mir duellieren wolle. Nein, nicht mit mir. Mit Alexander. Auf diesen Moment war alles zugelaufen, das hatten sie geplant. Und das sollte ich jetzt Alexander sagen? Ihm erklären, dass schon einmal jemand an mich herangetreten war, um ihn aus Berlin zu entfernen? Ihm erklären, warum ich ihm das damals nicht gleich mitgeteilt hatte?

Aber warum nicht? Warum ihm nicht alles erzählen, von Anfang an? Hatte ich jetzt noch ein Recht, mich zu schützen, jetzt, da es um sein Leben ging?

Der Wagen bog vom Kurfürstendamm in unsere Straße ab. Alexander parkte vor unserem Haus, stieg aus, ging um den Wagen herum und öffnete mir den Schlag. Ich holte tief Luft. Gleich in der Wohnung würde ich ihm alles sagen. Dann würden wir Berlin verlassen. Kein Landhaus in England und kein Schlösschen in Cannes für mich. Die Geschäftsgrundlage unserer Ehe war beendet. Aber Alexander würde leben. Und kam es auf etwas anderes an?

Er schloss die Haustür auf, wir gingen über den roten Teppich in den ersten Stock, Alexander schloss auch die Wohnungstür auf und sagte dann:

«Warte nicht auf mich!»

Es waren die ersten Worte, die er an mich richtete. Meine Antwort darauf war töricht.

«Wohin willst du?»

Ich wusste, wohin er wollte. Er würde irgendeinen Bekannten aufsuchen und ihn bitten, sein Sekundant zu sein. Und im Morgengrauen würde er sich an irgendeinem Waldrand mit Flemming treffen und sich totschießen lassen. Weil ich in diese

Falle getappt war, weil ich der Köder gewesen war in dieser Falle, die für ihn aufgestellt worden war.

«Nein!», ich schrie beinahe, umklammerte seinen Arm. «Nein, geh nicht. Es war nicht so, wie du denkst.»

Er schüttelte meine Hand ab wie ein lästiges Insekt.

«Gib dir keine Mühe», sagte er, «ganz Berlin wird sich morgen die einzige Frage stellen, die noch offen ist. Ob wir zu früh oder zu spät gekommen sind.»

Kein Peitschenhieb Boythins hatte mich so schmerzhaft getroffen wie diese schneidenden Worte.

Er drehte sich um und ging die Treppe wieder hinunter. Ich raffte die Schleppe meines Kleides mit einer Hand und stürzte ihm nach, aber als ich unten ankam, startete er schon das Automobil.

Was sollte ich tun? Ich musste das Duell verhindern. Aber wie? Scheibner fiel mir ein, Scheibner, der nur um die Ecke wohnte. Er war der Einzige, der mir helfen konnte.

Ich rannte die wenigen hundert Meter zu seinem Haus und läutete Sturm. Es dauerte für mein Empfinden eine Ewigkeit, bis er mir öffnete. Er schnürte noch seinen Morgenmantel zusammen, sein Haar war ungekämmt, und auf seinen Wangen zeigten sich die Stoppeln, die erst in einigen Stunden der Rasur zum Opfer fallen sollten.

«Um Gottes willen», rief er, als er mich im Treppenhaus stehen sah, und zog mich herein, «was ist passiert? Kommen Sie!»

Er zog mich durch die Diele ins Zimmer und drückte mich auf ein Sofa.

«Was ist los? Sie sehen aus, als ob Sie unter Schock stehen.»

«Sie müssen Alexander finden! Und dann müssen Sie ihm sagen, dass er sich nicht duellieren darf! Auf Sie wird er hören.»

Scheibner setzte sich neben mich und nahm meine Hände.

«Ganz ruhig, gnädige Frau. Einstweilen verstehe ich noch kein Wort. Wollen Sie mir nicht erklären …?»

Ich versuchte, meinen Atem unter Kontrolle zu bekommen. «Es ist alles meine Schuld. Es war auf der Gesellschaft bei Schimmelbergs heute Abend.

Ich ... es ... wir ... aber ... Hauptmann von Flemming ist ... Und nun will Alexander sich mit ihm duellieren. Aber Flemming ist ein hervorragender Schütze. Er wird Alexander erschießen. Sie müssen das verhindern.»

«Ich glaube, wir brauchen beide einen Kognak, gnädige Frau.»

Das Getränk brannte mir scharf in der Kehle und trieb mir die Tränen in die Augen, aber es löste den Krampf in meinem Magen.

«Sie beunruhigen Sich ganz unnötig, gnädige Frau», sagte Scheibner und schenkte mein Glas wieder voll, «ich denke, ich kenne Halensees Ansichten gut genug, um das sagen zu dürfen. Er ist kein junger Heißsporn, sondern ein Mann von Anfang dreißig, ein Mann mit festen Grundsätzen und vernünftigen Prinzipien. Er lehnt Gewalt in jeder Form ab. Er würde sich niemals duellieren.»

Der Kognak erwärmte mich, und erst jetzt fiel mir auf, dass ich vor Frost mit den Zähnen geklappert hatte.

«Das ist es eben. Sie kennen ihn. Deshalb müssen Sie mit ihm reden. Auf mich hört er nicht. Wie sollte er auch? Aber Sie, Sie sind unbeteiligt. Sie sind die Stimme der Vernunft. Sagen Sie ihm, dass ich ihn verlasse. Ich betrete die Wohnung nicht wieder, ich gehe fort aus Berlin. Er soll sich scheiden lassen. Ich bin sowieso entehrt. Auch sein Blut wird meinen Namen nicht reinwaschen. Sagen Sie ihm das!»

Ich hielt ihm das Glas zum Nachfüllen hin, aber er nahm es mir sanft aus der Hand und stellte es auf den Tisch zurück.

«Das reicht», sagte er, «es hilft nicht, wenn Sie sich betrinken. Ich will ja mit Halensee reden. Ich will ihm alles sagen, was Sie wollen. Nur erklären Sie mir, worum es geht.»

Ich riss mich zusammen.

«Es ist eine Intrige, eine politische Intrige. Sie wissen, dass Alexander dem Kaiser nahe gekommen ist. Es gibt Leute, die ihn deshalb aus dem Wege räumen wollen. Sie haben nach seiner schwachen Stelle gesucht. Es war alles inszeniert. Flemming … man hat ihn dazu ausersehen, sich mit Alexander zu duellieren. Er ist ein berühmter Schütze, wussten Sie das?»

«Das ist allgemein bekannt.»

«Ja. Er soll Alexander erschießen. Morgen früh wird Alexander tot sein. Wenn Sie es nicht verhindern.»

«Aber was ist geschehen, dass es zu einem Treffen im Morgengrauen kommen soll?»

«Flemming … er hat mich … ich bin ihm … und die Waldersee hat …»

Ich konnte ihm unmöglich das obszöne Tableau schildern, das Flemming gestellt hatte.

«Man hat dafür gesorgt, dass Alexander und etliche andere Leute mich in einer, in einer verfänglichen Situation mit Flemming ertappt haben. Ich war so naiv, so bodenlos dumm! Ich bin an allem schuld.»

Scheibner stand auf und wanderte durch den Raum, immer an der Kante des Teppichs entlang, vom Büfett zum Schreibtisch und zurück.

Ich beobachtete ihn eine Weile und sagte dann erschöpft:

«Um Gottes willen, laufen Sie nicht herum wie ein Löwe im Käfig. Ziehen Sie sich endlich an und tun Sie etwas! Vielleicht ist Alexander schon wieder zurück in der Wohnung. Sonst suchen Sie ihn! Sie werden doch wohl wissen, bei welchem Freund Sie ihn finden können.»

Scheibner blieb vor dem Büfett stehen, die Hände auf dem Rücken, und sagte, das Muster des Teppichs studierend:

«Es tut mir Leid, gnädige Frau, ich kann Ihnen nicht helfen. Er muss sich mit Flemming duellieren.»

«Aber so sagen Sie ihm doch, dass ich ihn verlassen werde!»

«Es geht längst nicht mehr um Sie. Wenn Halensee dem

Duell ausweicht, dann wird man ihn für einen Feigling halten. Es ist eine Frage der Ehre.»

«Und das sagen Sie? Ich habe Sie für einen vernünftigen Mann gehalten. Keinen, der so einen Fetisch anbetet. Ehre!» Ich spuckte das Wort aus. «Riechen Sie nicht die Verwesung in diesem Begriff? In welcher Zeit leben wir denn, dass die Ehre eines Mannes nicht von seiner Anständigkeit abhängt, sondern von der sexuellen Treue seiner Frau? Hören Sie nicht? Ich verlasse ihn, er soll sich scheiden lassen.»

«Wenn er sich nicht schlägt, wird die Gesellschaft ihn verachten.»

«Aber er wird leben. Was bedeutet im Vergleich dazu die Meinung dieser Gesellschaft! Er kann doch das Land verlassen. Mein Vater hat das auch getan. Er konnte auch ohne die Achtung dieser Leute leben.»

«Das kann man nicht vergleichen. Ihr Vater hat Mut bewiesen, indem er eine Regel gebrochen hat. Aber Halensee wird man Feigheit vorwerfen. Und dieser Vorwurf wird ihn begleiten, wohin er geht. Ich missbillige diesen blutigen barbarischen Brauch ebenso wie Sie, aber es ist unausweichlich, dass er ihm folgt. Wie soll er sonst weiterhin politisch wirken können? Sie wissen, dass sein Ehrgeiz darauf zielt, den Kaiser zu beeinflussen. Gerade deshalb muss er sich duellieren. Der Kaiser billigt, ja, mehr noch, er fordert das Duell von seinen Offizieren. Wer es verweigert, den entlässt er unehrenhaft aus der Armee.»

«Alexander ist kein Offizier.»

«Wenn der Kaiser hört, dass Halensee seine Ehre nicht mit der Waffe verteidigt hat, dann wird er ihn verachten. Sie wissen, was das bedeutet. Er ist dann mit seinen politischen Plänen restlos gescheitert. Aber Sie haben eine Hoffnung, gnädige Frau.»

«Welche?»

«Halensee ist der Beleidigte. Er hat den ersten Schuss.»

«Sie meinen, er kann Flemming erschießen, bevor der auf ihn feuern kann?»

«So ist es.»

«Ist Alexander ein guter Schütze?»

«Das weiß ich nicht.»

Ich stand auf.

«Sie weigern sich also, mir zu helfen?»

Er breitete beide Hände aus und zuckte die Achseln.

«Es gibt nichts, was ich tun kann, gnädige Frau.»

«Leihen Sie mir einen Mantel, Scheibner.»

«Wohin wollen Sie?»

«Nach Hause. Warten. Er wird nach Hause zurückkehren. Auf die eine oder die andere Weise.»

«Ich begleite Sie. Ich ziehe mich nur rasch an und bringe Sie dann hinüber.»

Ich gestattete ihm nur, mich bis zur Haustür zu bringen, und versprach ihm, das Mädchen mit einer Nachricht hinüberzuschicken, sobald ich Neues wüsste.

Als Erstes riss ich mir in meinem Schlafzimmer das Kleid vom Leibe, zog irgendein Kostüm an, das in Griffweite hing, und brachte mein Abendkleid in die Küche, wo ich es in den Mülleimer stopfte zu den Fischgräten und Kartoffelschalen. Ich wollte es nie wieder sehen.

Dann ging ich ins Wohnzimmer und bediente mich des Trostmittels, das Scheibner mir gezeigt hatte. Ich goss mir reichlich Kognak ein und starrte in das Glas. In der dunkelgoldenen Flüssigkeit spiegelten sich die Gasflämmchen der Lampe.

Ich würde zum zweiten Mal Witwe werden. Am Tod Alexanders würde ich die Schuld tragen. Eine noch größere Schuld als am Tod Boythins. War das Gottes Strafe für mich? Würde, weil ich den Mann, den ich hasste, getötet hatte, so gut als hätte ich ihn mit meinen eigenen Händen erschlagen, der Mann, den ich liebte, nicht lebend nach Hause zurückkehren?

Der Mann, den ich liebte.

Ich stockte. Jetzt hatte ich es zum ersten Mal in Worte gefasst. Wie lange schon fühlte ich für ihn mehr als Sympathie? Immer schon, dachte ich, von Anfang an. Er schätzte die Dichter. Er war so ganz anders als die Beamten und Offiziere, die ich kannte. Wenn er sich in Warstede für mich interessiert hätte, was für eine Chance hätte Boythin neben ihm gehabt? Hätte nicht eine Stunde mit Alexander mich Boythin vergessen lassen? Oder belog ich mich jetzt, weil ich vor mir selbst nicht wie eine Gans dastehen wollte, die den Talmiglanz eines schönen Gesichts und einer schneidigen Uniform dem wahren Wert vorgezogen hatte?

Auf dem Grund des Kognakschwenkers erschien plötzlich Boythins Gesicht, das ich so lange nicht mehr gesehen hatte, die eine Braue leicht erhoben, der Mundwinkel zur Andeutung eines Lächeln verzogen.

Er saß im Rollstuhl am Seerosenbassin, seinem Lieblingsplatz. Von dort konnte er am besten übersehen, was im Haus geschah. Und er konnte mich gleich empfangen, wenn ich von einem Ausgang zurückkam. Als ich hereinkam und den Hut ablegte, verneigte er sich spöttisch im Sitzen. Apoll als Krüppel. Er lächelte, die eine Braue hochgezogen, den Mundwinkel leicht gekräuselt in diesem spöttischen Lächeln, mit dem er seinen Triumph über mich quittierte.

Ich hatte mich sicher gefühlt, nachdem die Diagnose feststand, dass er für immer an den Rollstuhl gefesselt sein würde. Ich war zwar nicht von ihm frei geworden, als seine Frau musste ich seine Launen so gut aushalten wie die Dienerschaft, aber meine Nächte waren sicher vor ihm. Ein Mann, der nicht gehen konnte, war nicht imstande, eine Frau zu missbrauchen. Und so war ich sorglos eingeschlafen, als ein Geräusch mich weckte. Die Tür stand offen, das Mondlicht flutete über die Schwelle. Ah Lins Silhouette zeichnete sich darin ab.

«Der Herr lässt bitten.»

Ich zog mir einen Morgenrock über und ging mit ihm, zitternd wie früher, obwohl ich mich dafür schalt. Nichts war wie früher. Boythin war gelähmt, er konnte mir nichts tun.

Boythin saß im Rollstuhl. Er war nicht allein. Neben ihm stand eine der Dienerinnen, die die Böden aufwischte.

«Willkommen, Schneewittchen», sagte er. Auf seinem Schoß lag die Peitsche.

Ah Lin schob mich über die Schwelle, trat selbst ein, schloss die Tür und lehnte sich dagegen. Ich war gefangen. Panik stieg in mir auf. Ich drehte mich um und versuchte, Ah Lin mit aller Kraft beiseite zu schieben, aber er packte mich und hielt mich in einem harten Griff fest. Boythin sagte etwas, das ich nicht verstand. Ah Lin verstärkte seinen Griff und schleppte mich zum Bett, auf das er mich warf wie ein Bündel Lumpen. Während ich mich wand und trat und zu beißen versuchte, hielt er mich fest. Die Chinesin schlang ein Tuch um meine Arme und band sie hinter meinem Kopf an den Gitterstäben des Betthauptes fest. Das Gleiche tat sie anschließend mit meinen Füßen. Ah Lin ließ mich los und trat zurück. Er verneigte sich, und Boythin sagte:

«Ihr könnt gehen.»

So also hatte er sich das gedacht.

«Feigling», sagte ich, «feiges, gemeines, widerwärtiges Schwein!»

Ich spürte am Luftzug, dass Ah Lin und die Frau hinausgingen. Boythin kam nicht näher. Er saß am Fenster. Seine Hände spielten mit der Peitsche.

«Du hast keinen Funken Ehre im Leib! Ein Held!» Ich spie das Wort aus. «Ein Held, der eine Frau fesseln lässt, damit er sie schlagen kann! Du bist …»

Er lachte nur, das knurrende Lachen, das ich zu fürchten gelernt hatte.

«Hast du dich sicher gefühlt? Dein Mann ein Krüppel, zu

nichts nütze, sich selbst und anderen nur eine Last. Du hast geglaubt, ich hätte keine Gewalt mehr über dich, Schneewittchen? Wie sehr du dich geirrt hast, meine schöne, kleine Hure.»

Er rollte an das Bett heran und starrte mit glitzernden Augen auf mich nieder. Ich wand mich in den Fesseln, aber je mehr ich mich bewegte, desto straffer zogen sie sich zu. Boythin beugte sich zu mir herunter, als wolle er mich küssen. Ich spuckte ihm ins Gesicht. Er fuhr zurück, wischte sich den Speichel ab und sagte leise:

«Nimm dich in Acht! Ich weiß, wie man Huren behandeln muss.»

Mit einer Hand griff er in den Ausschnitt meines Nachthemds und zerriss es bis zum Saum.

«Immer noch so schön wie vor vier Jahren, Schneewittchen. Ich habe dir die Plage der Schwangerschaften erspart. Kein ekelhafter, dicker Bauch. Verdiene ich dafür nicht Dankbarkeit?»

Ich verdoppelte meine Anstrengungen, mich loszumachen. Das Bett erbebte, die Gitter knarrten, aber ich kam nicht frei.

«Kannst du es gar nicht erwarten? Du wälzst dich schon vor Wollust, ehe ich dich auch nur berührt habe?», höhnte er. «Lass mich doch sehen, wie scharf du auf mich bist!»

Ich presste meine Beine zusammen, aber seine Hand erzwang sich brutal Einlass.

«Du enttäuschst mich, meine kleine Hure. Das war doch einmal anders, erinnerst du dich? In Warstede?»

Aus seiner Stimme schwand der müßig plaudernde Ton. Ich wusste, dass er jetzt gefährlich wurde.

«Weißt du noch? Unter dem Apfelbaum deiner Tante brauchte ich dich bloß mit der Spitze meines kleinen Fingers zu berühren, und du wurdest lüstern. Wenn ich es gewollt hätte, hätte ich dich da jeden Abend auf den Rücken legen können, und du hättest die Beine breit gemacht. Wie eine läufige Hündin warst du.»

Der erste Schlag fiel. Ich bäumte mich auf, versuchte vergeblich, den Schrei zu unterdrücken.

«Erinnerst du dich an unsere nachgeholte Hochzeitsnacht? Schamlos warst du, geil und wollüstig.»

Der nächste Hieb.

«Ich konnte es dir gar nicht schnell genug besorgen. Wie deine Fotze nach dem Schwanz gierte!»

Schlag auf Schlag. Ich schrie, bis mir der Schmerz den Atem nahm und ich nur noch wimmern konnte.

Irgendwann hörte er auf, beugte sich über mich, küsste mir das Blut von der aufgeplatzten Haut und bat mich demütig um Verzeihung, bettelte um mein Verständnis dafür, dass er mich doch habe bestrafen müssen für meine Geilheit, forderte meine Einwilligung. Das war der Moment in dem ganzen Entsetzen, in dem ich aus den Trümmern meines Stolzes hervorkroch.

«Ich hasse dich. Du bist ein Schinder, ein Folterknecht, ein Teufel. Ich hasse dich. Ich wollte, du wärst tot. Ich will auf deinem Grab tanzen.»

Irgendwann beendete er seine Reueorgie ebenso wie sein Schlagen und rief Ah Lin, damit der mich auf mein Zimmer brachte und meine Wunden versorgte.

Noch nie hatte ich Boythin so sehr gehasst wie in dieser Nacht. Zu sicher hatte ich mich gefühlt.

Zurück auf meinem Zimmer, holte ich das Etui aus seinem Versteck. Ich brauchte es also doch. Nichts war vorbei. Alles begann von neuem. Ich klappte den Deckel hoch und kippte die Schachtel. Die Pille rollte auf meine Handfläche.

Meine Erlösung.

Ich hob die Hand zum Mund und hielt dann mitten in der Bewegung inne.

Meine Erlösung? Mein Tod.

Oder Boythins Tod. Seine Erlösung.

Meine Freiheit. Mein Leben.

Wie eine Perle schimmerte die Pille in dem kalten Mondlicht.

Die Entscheidung lag in meiner Hand.

Sein Tod oder der meine. Eine andere Wahl gab es nicht.

Plötzlich wusste ich: Er hatte die heutige Nacht inszeniert, um mich so zu quälen, dass ich ihm die Dose gab, die ich ihm bisher verweigert hatte. Mein Hass hatte ihn bisher am Leben gehalten, jetzt sollte meine Furcht vor dem, was er sich noch ausdenken würde, ihm den Tod geben.

Wenn ich ihm die Schachtel aushändigte? Warum nicht? Es war sein Wille, seinem Leben ein Ende zu setzen. Er würde sie nehmen, ich würde sie ihm nicht einflößen. Ich würde ihn nicht töten, er würde selbst Hand an sich legen.

Ich ließ die Pille sacht wieder in das Etui rollen und schloss den Deckel.

Am Morgen ließ ich sie auf meinem Nachttisch stehen, und als ich mittags in mein Zimmer zurückkehrte, war sie verschwunden. Mein Mund war trocken, als ich die leere Fläche ansah. Vergeblich sagte ich mir, dass ich nichts getan, sondern nur etwas hatte geschehen lassen. Das Gewissen hört nicht auf Sophismen.

Er wies auf den Stuhl neben seinem Rollstuhl.

«Komm», sagte er, «nimm Platz!»

Seine Zunge war schwer. Neben ihm am Boden stand eine fast leere Rotweinflasche, er hatte ein gefülltes Glas in der Hand. Ich sah das Lächeln, mit dem er es betrachtete, und wusste, in dieses Glas hatte er die Pille fallen lassen. Ich setzte mich auf den Stuhl neben ihm. Nah genug, um ihm das Glas aus der Hand zu schlagen, bevor er trank. Wenn ich es nicht tat? Dann bist du eine Mörderin, sagte eine Stimme in mir. Aber sie sagte es sehr leise.

«Wo warst du?»

«Bei einem Picknick, das Lady Macdonald veranstaltet hat.»

«Ah richtig. Ich vergaß. Ich gehe ja nirgends mehr hin.»

Ich schwieg.

«Möchtest du ein Glas Wein?»

«Es reicht, wenn du dich betrinkst.»

Ich wollte aufstehen, aber er hielt mich mit einer Handbewegung zurück.

«Ich will mit dir reden.»

Eine letzte Aussprache? Warum konnte er es nicht hinter sich bringen wie ein Mann? Warum konnte er nicht das Glas geleert haben, bevor ich gekommen war?

Seine Zunge war schwer. Das war wohl nicht seine erste Flasche. Ein Mann, der gefesselte Frauen schlug, musste sich wohl auch Mut antrinken, um sich umzubringen. Ich hatte keinen Alkohol gebraucht. Ich hatte nicht gezögert, als ich mir das Messer ins Handgelenk gestoßen hatte.

«Ich weiß, dass du mich hasst, Katja.»

Ein Anflug von Selbstmitleid.

Ich sah ihm in die Augen.

«Ja, ich hasse dich. Und ich verachte dich. Ich wollte, du wärst endlich tot.»

Beide blickten wir auf das Glas, das in seiner Hand zitterte.

«Dieser Wunsch geht vielleicht schneller in Erfüllung, als du denkst.»

Also hatte ich recht vermutet. Die Pille war in diesem Glas. Am liebsten hätte ich gesagt:

«Worauf wartest du noch? Trink endlich!»

Und wusste plötzlich, warum er nicht trank. Wenn er seinem Leben ein Ende hätte setzen wollen, dann hätte ihm der Revolver die ganze Zeit über zur Verfügung gestanden. Das wäre eine einfache Lösung gewesen, eines preußischen Offiziers würdig. Alle hätten von einem bedauerlichen Unfall bei der Reinigung der Waffe gesprochen, und jeder hätte seinen

Entschluss verstanden und gebilligt. Aber er wollte einen anderen Tod, einen, der mich mitschuldig machte, der mich an ihn band über seinen Tod hinaus.

Oder wollte er leben? Wollte er, dass ich ihn rettete? Hatte er mich deshalb so dicht neben sich Platz nehmen lassen, damit ich ihm das Glas aus der Hand schlug?

«Ich habe dich geliebt, Katja. Aber du hast versagt. Ich habe dich vom ersten Augenblick an geliebt, als ich dich auf der Bank sah. Rote Haare und weiße Haut. Du warst wie eine Fee. Wie meine Mutter.»

«Der Teufel wird sentimental?», fragte ich höhnisch. «Du hast deine Mutter nicht gekannt.»

«Gut genug, um sie zu vermissen. Ich habe jahrelang nach ihr geweint. Nachts, während ich schlief. Morgens, wenn ich erwachte, war mein Kopfkissen nass. Ich brauchte eine Frau. Ich hätte jede genommen. Warum musstest es ausgerechnet du sein?»

«Ich hätte es nicht sein müssen. Du hättest mir keinen Antrag zu machen brauchen.»

«Als ich dich sah, war ich verloren. Schön wie eine Fee. Wie meine Mutter. Es war, als hätte die Vorsehung mich nach Warstede gesandt. Du würdest mich lieben. Du würdest bei mir bleiben. Du würdest mich nie verlassen.»

«Hätten wir die Hochzeitsnacht noch in Warstede abgehalten, hätte ich dich noch in dieser Nacht verlassen.»

Er schwenkte langsam das Glas. Beide beobachteten wir fasziniert, wie die Reflexe vom Teich sich darin drehten. Er hörte mir nicht zu, sondern folgte mit der Beharrlichkeit des Betrunkenen seinen eigenen Gedanken.

«Warum warst du nicht die Richtige für mich? Ich bin betrogen worden. Das Schicksal hat mich verspottet. Ich habe es schon ganz früh gelernt», sagte er mit schleppender, undeutlicher Aussprache, «alle Frauen sind brünstige Stuten, die nichts wollen als den Hengst. Alle», wiederholte er mit Nachdruck, als hätte ich widersprochen, «auch meine Mutter. Sie hat mich verlassen. Sie wollte nicht die Mutter ihres Sohnes sein, sie wollte die Hure dieses Mannes sein. Sie hat sich in seinem Bett vor Geilheit gewälzt und sich von ihm bespringen lassen, während ich die Nächte durchgeweint habe.»

Ich starrte ihn an.

«Deshalb hast du die Peitsche gebraucht? Du hast mich geschlagen, weil du sie treffen wolltest?»

«Weil du wie sie warst! Eine geile Hure! Alle beide seid ihr geile Huren, die von einem Mann nichts wollen als seinen Schwanz. Ich hätte dich lieben können, Katja. Ich hätte dich auf Händen getragen, wenn du rein gewesen wärst. Am ersten Abend in Warstede – erinnerst du dich? Wie du mir entgegengekommen bist, wie du dich an mich gepresst hast. Ich hätte dich haben können, gleich, auf der Stelle. Meine schöne schneeweiße Jungfrau vom Lande war auch nur ein geiles Weib wie alle anderen. Dafür musste ich dich bestrafen.»

Mein Blick hing wie gebannt an seinen Händen.

«Warum warst du nicht frei von dieser viehischen Begierde, Katja? Warum hast du mich nicht erlöst von diesem Dämon, der mich beherrscht? Anstatt mich so zu lieben, wie meine Mutter mich nicht geliebt hast, hast du angefangen, mich zu hassen.»

Er schwenkte langsam das Glas. Ich presste meine Hände fest im Schoß zusammen.

«Das war nicht meine Schuld.»

«Du hast versagt. Du hast mich nicht genug geliebt. Und jetzt hoffst du, dass ich mich umbringe und du endlich von mir frei wirst. Aber du wirst nie frei werden.»

Er wandte den Kopf und lächelte sein triumphierendes, höhnisches Lächeln.

«Du wirst immer an mich denken, Katja. Du wirst nie mit einem anderen Mann zusammen sein können. Du wirst immer den Schmerz fühlen, den Peitschenschlag auf deiner Haut, deiner weißen Haut, Schneewittchen, wenn ein anderer dich umarmen will. Angst wirst du fühlen und nicht Lust. Kein Mann wird dich mehr besitzen.»

Warum zögerte er zu trinken? Wollte er, dass ich ihn daran hinderte? Es war ganz leicht. Nur eine Geste, und der Tod würde über die Steine in das Bassin rinnen.

Oder würde er es selbst tun? Spannte er mich auf die Folter, ließ mich hier sitzen mit der Qual des Wissens und Nichtstuns, nur um dann den Rotwein auszugießen?

Aber er wollte doch sterben.

Als habe er meine Gedanken gelesen, fuhr er fort:

«Meine Witwe, Katja. Nie wirst du etwas anderes sein als meine Witwe. Du willst meinen Tod. Willst ihn vielleicht noch mehr als ich selbst. Nicht wahr? Du vermutest ganz recht, meine Liebe. Dies ist der Schierlingsbecher. Ich werde ihn jetzt leeren, und wenn du mich nicht daran hinderst, dann bist du meine Mörderin. In deinen Träumen werde ich dir erscheinen. Du wirst nie frei werden von mir. Andererseits, wenn du mich daran hinderst, werde ich weiter Spiele für uns erfinden, Spiele wie in der letzten Nacht. Wie entscheidest du dich?»

Er hob das Glas an und verneigte sich leicht in meine Richtung, als wolle er mir zuprosten. Eine Braue leicht angehoben, ein Mundwinkel umspielt von der Andeutung eines höhnischen Lächelns – Apoll der Schinder, der Marsyas die Haut abziehen lässt.

Mein Herz hämmerte gegen meine Rippen, das Blut dröhnte in meinen Ohren, meine Handgelenke schmerzten von dem Druck, mit dem ich die Hände zusammenpresste.

«Auf deine Zukunft, Schneewittchen», sagte er und wartete einen Moment, das Glas auf halbem Weg zum Mund.

Ich rührte mich nicht.

Er trank.

Das Glas zerschellte auf den Fliesen.

Das Kognakglas fiel mir aus der Hand. Ein dunkler, nasser Fleck bildete sich auf dem Teppich. Wie Blut.

Wie Blut aus einer Schusswunde.

Während ich über den Teppich schritt, wie Scheibner es wohl auch in seinem Wohnzimmer tat, schob sich ein anderes Bild vor das Boythins, der sich am Boden krümmte. Eine Wiese am Waldrand, Nebel, der vom Boden aufstieg, zwei Männer, die Rücken an Rücken standen, sich auf ein Kommando vorwärts bewegten, still standen, sich umdrehten und die Pistolen hoben. Und dann der Schuss. Nur ein Schuss. Ein Mann sank ins Gras, aus seiner weißen Hemdbrust schoss ein Schwall heißen dampfenden Bluts.

Ich goss mir noch einen Kognak ein und kippte ihn mit einer raschen Drehung des Handgelenks wie eine geübte Trinkerin.

Ich ließ die schweren Fenstervorhänge geschlossen. Ich wollte nicht sehen, wenn sich die dunkle Nacht mit dem hellen Morgen zu einem diffusen Grau mischte, der Dämmerung des Todes. Ich wollte mir einbilden, dass es immer Nacht bleiben würde.

Ich schenkte mir noch einen Kognak ein. Meine Hand zitterte so, dass ich die Hälfte verschüttete, als ich das Glas zum Mund führte.

Strafte mich Gott dafür, dass ich Boythin sein Glas nicht aus der Hand geschlagen hatte? Oder war es Gott ganz gleichgültig? Ich sah das Bild des Weltherrschers vor mir, der auf Goldgrund in der Apsis der alten byzantinischen Kirche schwebte, die Augen weit über die Menschen hinweg in die Unendlichkeit gerichtet. Nein, er strafte nicht. Er belohnte nicht. Er war kein Richter, kein unerbittlicher und kein gnädiger. Was geschah, geschah nur, weil ich dumm gewesen war, hochmütig, leichtsinnig, dumm.

Plötzlich hörte ich Matildas Stimme in meinem Kopf. «Man muss ein Opfer bringen», sagte sie, «man muss der Himmelskönigin und dem Kind ein Opfer bringen.» Ich lachte bitter auf. Für Alexanders Leben wäre ich bereit, jedes Opfer zu bringen. Aber Matildas Himmelskönigin konnte mir nicht helfen. Ich glaubte nicht an sie.

Und so konnte ich nichts tun. Ich konnte nicht beten. Ich konnte nur warten. Stundenlang auf dem Teppich auf und ab gehen und warten.

So lange, bis der Schlüssel im Türschloss umgedreht wurde.

Ich hielt mich am Tisch fest, meine Knie zitterten. Alexander öffnete die Tür.

«Willkommen», sagte ich. Meine Zunge tat sich schwer, die einzelnen Laute zu formen. «Willkommen. Das Recht des ersten Schusses. Ist er tot?»

«Ja.»

Er kam auf mich zu.

Der Tisch gab mir den Halt, den ich dringend benötigte. Als ich ihn losließ, gelangen mir nur ein paar schwankende Schritte, dann stolperte ich über meine eigenen Füße und wäre gefallen, wenn Alexander mich nicht aufgefangen hätte. Er hielt mich fest, beugte sein Gesicht tief zu meinem herunter, sagte mit schwankender Stimme:» Du bist ja betrunken, Katja», und küsste mich.

Als Nächstes hatte ich das Gefühl, auf Wolken zu schweben. Ich öffnete die Augen, und ich schwebte tatsächlich. Alexander hatte mich aufgehoben und trug mich durch den langen Korridor ins Schlafzimmer, legte mich aufs Bett und begann mich zu entkleiden. Ich fand es ganz überflüssig, dass er sich mit den Haken und Ösen beschäftigte, er hatte, fand ich, weit Wichtigeres zu tun. Um ihm das zu erklären, schlang ich meine Arme um seinen Hals, zog sein Gesicht wieder zu mir herunter und küsste ihn. Und es zeigte sich, dass er ein außerordentlich fähiger Mann war, der nicht nur im Morgengrauen einen Gegner totschießen, sondern mich auch küssen und gleichzeitig geschickt von dem Kostüm befreien konnte. Als er einen Augenblick seine Lippen von meinen löste, wollte ich ihm mitteilen, wie zufrieden ich mit ihm war, aber meine Zunge gehorchte mir noch weniger als zuvor, und das hing nicht nur mit der halben Flasche Kognak zusammen, die sich mit meinem Blut vermischt hatte, sondern mit noch etwas anderem, das mich erhitzte, meinen Verstand trübte und schließlich jeden Gedanken tötete. Ich bestand nur noch aus Empfinden, aus Haut und Nerven, und wand mich stöhnend unter Händen und einem Mund, die über mich hinwanderten, sanft und zärtlich und hart und fordernd, und irgendwann bäumte ich mich auf und schrie und versank in eine alles verschlingende Dunkelheit.

Als ich erwachte, hatte ich eine ausgedörrte Kehle, einen üblen Geschmack im Mund, und in meiner Hirnschale hatte ein Stamm Bienen Quartier genommen und summte darin aufdringlich. Ich öffnete mühsam die Augen. Die Helligkeit schoss so stechend in meine Pupillen, dass ich die Lider sofort stöhnend wieder schloss.

«Du bist also wach», sagte eine Stimme neben mir und fuhr mitfühlend fort: «Kopfschmerzen?»

Ich stöhnte zur Antwort.

«Eine Flasche Kognak auf leeren Magen tut nicht einmal einem ausgepichten Säufer gut», fuhr die Stimme fort. Ich wünschte, sie würde schweigen. Sie dröhnte in meinem Kopf wie eine dunkle Glocke, und der Bienenschwarm summte aufgestachelt noch heftiger.

«Zwei Aspirin und zwei Stunden Schlaf werden Wunder tun», sagte die Stimme, und dann sagte sie lange nichts mehr, was ich als Wohltat empfand. Irgendwann kam der Besitzer der Stimme zurück, schob seinen Arm unter meine Schultern, hob mich an und hielt mir ein Glas an die Lippen. Er befahl mir zu trinken, und da jeder Widerstand mühsamer war als Gehorsam, tat ich es, wurde zurückgelegt und schlief wieder ein.

Als ich erneut erwachte, hörte ich Geräusche von der Straße her, Karrenräder, Füßeschlurfen, Gerede, ein Lachen. Irgendwo in der Wohnung klapperte jemand mit Geschirr. Das Mädchen. Ich öffnete die Augen. Das Licht war nicht mehr grell. Jemand hatte barmherzig die Vorhänge wieder geschlossen. Ich drehte vorsichtig den Kopf zur Seite. Die Bienen hatten sich zur Ruhe gelegt. Auf dem Stuhl neben meinem Bett saß Alexander, eine einfache Hausjacke über dem Hemd, und sah mich an. Er war ungekämmt, Stoppeln verdunkelten ihm Kinn und Wangen. Wie bei Scheibner heute Nacht. Scheibner. Ich musste das Mädchen zu Scheibner schicken, um ihm zu sagen, dass Alexander lebte.

Ich richtete mich auf. Auch das störte die Bienen nicht.

«Das Mädchen», sagte ich. «Meta! Schick sie zu Scheibner! Er wartet auf Nachricht.»

«Unnötig. Er war schon hier, um sich zu erkundigen.»

«Er hat nicht gewusst, dass du ein guter Schütze bist.»

«Ich habe es in Tibet gelernt.»

«Das Schießen?»

«Das, worauf es ankommt. Im entscheidenden Augenblick muss man ganz leer sein, ohne jeden Gedanken, ohne jedes Gefühl, pure Konzentration auf das, was man tun will.»

Der Blick, mit dem er mich ansah, irritierte mich. Ein Forscherblick, fand ich, als ob er nach langer Kletterei endlich ein Adlernest erreicht hatte und sich nun fragte, ob er ein Gelege darin vorfinden würde.

«Du hast gewusst, dass es so ausgehen würde?»

«Ich habe es gehofft.»

«Ich habe keine Kopfschmerzen mehr.»

«Das ist gut.»

«Ja.»

Er schwieg. Ich starrte auf einen Punkt über seiner rechten Schulter, schluckte, räusperte mich und fand endlich den Mut, es auszusprechen.

«Was du gesehen hast – es war nicht so, wie es schien. Ich bin nicht Flemmings Geliebte.»

«Ich weiß.»

«Er hat es dir gesagt? Als er in seinem Blut vor dir im Gras lag?»

«Es war nicht nötig. Ich wusste es von Anfang an.»

«Von Anfang an?»

«Nun, vielleicht war ich zuerst irritiert, aber nur anfangs. Ich habe die Panik in deinen Augen gesehen. Und dann hast du dich erbrochen.»

«Ist das nicht ein ziemlich sonderbarer Beweis für meine Unschuld?»

«Nicht für mich. Ich habe diese Panik in deinen Augen gesehen, als ich dir in Paris die Kette um den Hals legte. Und erinnerst du dich, in dem Gasthof, wo wir nur ein Zimmer bekamen? Als ich mich auszog, wurde dir übel. Ich wusste, dass du dich nicht freiwillig einem Mann hingeben würdest. Was immer Boythin dir angetan hat, es hat dazu geführt, dass die Annäherung eines Mannes dir Schrecken und Ekel einflößt.»

«Trotzdem hast du dich duelliert.»

«Ja», sagte er, «ich habe den Brauch immer verachtet. Ein Duell, dachte ich, ist so scheußlich wie lächerlich. In jenen fernen Tagen, als man das Gesetz noch in die eigene Hand nehmen musste, mag es seine Berechtigung gehabt haben, aber heutzutage ist es nur eine atavistische barbarische Tradition einer Kriegerkaste, die nicht merkt, dass sie längst überholt ist. Und dennoch! Ich habe es verachtet, aber ich habe es getan. Als ich seine Hände auf dir sah, wollte ich ihn tot sehen. Verrückt, nicht wahr?»

«Vollkommen verrückt», sagte ich.

Dann schwiegen wir wieder. Meta hatte das Klappern mit den Topfdeckeln eingestellt. Nicht einmal eine Fliege, die harmlos herumsummte, störte das Schweigen.

Es war Alexander, der es schließlich brach. Mit ganz leiser Stimme, kaum vernehmbar. Er hatte die Ellbogen auf die Knie gestützt und die Stirn in den Händen vergraben. Ich hatte Mühe, die Worte zu verstehen.

«Kannst du mir verzeihen?»

«Ich habe dir nichts zu verzeihen. Es war allein meine Schuld.»

«Ich war – mein Gott, ich war außer mir. Es geschieht nicht alle Tage, dass man von seiner eigenen Hinrichtung lebendig zurückkehrt und einen anderen Menschen umgebracht hat. Und du … du bist mir in die Arme gesunken. Ich habe der Versuchung nicht widerstehen können. Ich habe dich geküsst. Und dir ist nicht schlecht geworden. Weißt du, wie lange ich mich nach dir gesehnt habe? Wie lange es her ist, dass ich dich in diesem Schifffahrtsbüro in Shanghai gesehen habe? Acht Monate. Acht Monate habe ich mit dir zusammengelebt und durfte dich nicht … Ich hätte Flemming auf der Stelle erschlagen können, weil er es gewagt hatte, dich zu berühren. Und dann kam ich her, und du warst so süß und so willig und so … Aber du warst betrunken. Ich habe eine betrunkene Frau missbraucht. Ich habe mich benommen wie ein Schwein.»

«Du bist ein Narr, Alexander. Es ist nicht der Kognak gewesen, der mir den Boden unter der Füßen weggezogen hat. Es war die Angst, diese würgende, beißende, kratzende, heulende Angst, die ich um dich gehabt habe, und dann das Glück, dich zu sehen, deine Stimme zu hören, deine Hände und deine Lippen zu spüren, und zu fühlen, dass du lebendig bist, dieses überwältigende, alles andere auslöschende Glück. Ich war nicht betrunken vom Kognak, sondern vom Glück. Und wenn ich mich von dir ins Bett tragen ließ, dann nicht, weil ich zu hilflos war, um mich zu wehren, sondern weil ich es wollte, weil ich es mit jeder Faser meines Seins wollte. Und will.»

Er ließ die Hände sinken und starrte mich an. Seine Stimme schwankte zwischen Ungläubigkeit und Jubel.

«Katja, du weißt nicht, was du da sagst.»

Ich umfasste seinen Kopf mit beiden Händen und zog ihn zu mir herunter.

«Ich liebe dich», sagte ich und küsste ihn.

Was waren Boythins Schläge? Nichts als verblasste Narben. Aber das hier, das war das Leben, das Glück, die Erfüllung.

Erst nach langer Zeit konnte ich meinen Mund wieder zum Reden gebrauchen.

«Ich habe gedacht, du seist ... ich war so eine Gans, dass ich ... ich meine, dein Bruder und du ...»

Er runzelte verständnislos die Stirn.

«Was ist mit Achim?»

«Ich dachte ... ich dachte, du seist wie Achim. Dass du mich deshalb heiraten wolltest, damit niemand merkt, dass ...»

Er begriff.

«Warst du deshalb bereit, mich zu heiraten? Weil du dich sicher gefühlt hast?»

Ich nickte.

«Du hast nie gezeigt, dass du ... dass du mich wie eine Frau betrachtest, die du ...»

«Das ist mir verteufelt schwer gefallen. Ich hatte höllische Angst, dich zu verschrecken. Aber ich hoffte, mit der Zeit würdest du dich an mich gewöhnen und merken, dass ich ganz harmlos bin und dass du keine Angst zu haben brauchst.»

«Woher wusstest du, dass Boythin ...?»

«Ich wusste es nicht, aber ich habe zwei und zwei zusammengezählt. Als du sagtest, dass du nach Boythin keinen anderen Mann heiraten würdest, war mir klar, dass du mit ihm nicht glücklich gewesen bist. Und dann sah ich, wie du jedes Mal in Panik gerietst, wenn ein Mann dir nahe kam. Was hat er dir angetan?»

Ich zeigte ihm meinen Rücken. Alexander zog scharf die Luft ein.

«Das sind Spuren von Peitschenhieben.»

«Ja.»

Er streckte seine Hand aus und fuhr mit den Fingerspitzen sacht über die Narben.

«Ich wünschte, er wäre nicht tot. Dann könnte ich ihn umbringen wie Flemming. Ich werde in Zukunft jeden Mann erschießen, der dich auch nur scheel ansieht.»

«Wie blutrünstig du geworden bist», sagte ich lachend. «Mein Liebster wird mit dem Schwert ausziehen und mir die Köpfe meiner Feinde zu Füßen legen.»

«Und wäre ihre Zahl Legion», versprach er und stimmte in mein Lachen ein.

Um uns versank die Welt. Wir hatten keine anderen Bedürfnisse als einander zu berühren, zu umschlingen, ineinander zu verschmelzen. Sein Leib war meine Speise, seine Küsse mein Trank. Wenn wir sprachen, waren es abgerissene Laute der Liebe, Stammeln der Zärtlichkeit, Stöhnen der Begierde. Ich hatte nicht geahnt, dass meine Haut so auf seine Hände reagieren würde, dass alle meine Nerven vibrieren und singen würden, dass ich wie das brachliegende Land war, an das die Flut herantobte und alle Deiche brechen ließ und mich überschwemmte mit lang anrollenden Wogen der Lust.

So verging der Tag, und so kam die Nacht und der nächste Morgen.

Ich erwachte zuerst.

Alexander schlief neben mir, den Arm über meine Brust gelegt. Ich lag ganz still und versuchte, den Gedanken, der sich aus den Tiefen meines Bewusstseins heranschlich, zu vertreiben. Vergeblich. Er wurde größer und größer und füllte meinen Kopf schließlich ganz aus.

Alexander hatte seine Ehre im Duell wiederhergestellt. Er würde nominell zu einigen Wochen Festungshaft verurteilt werden und dann in Gnaden von einer Gesellschaft und einem Kaiser wieder aufgenommen werden, die ihn für seine Tat bewunderten. Aber meine Ehre war nicht wiederhergestellt worden. Ich war als Ehebrecherin gebrandmarkt. Ich hatte in den Augen der Gesellschaft die Todsünde begangen, mich dabei ertappen zu lassen, wie ich ein Gesetz brach. Jetzt war ich eine

Paria. Wenn Alexander zu mir hielt, dann musste er meine Verfemung teilen. Holsteins Falle war ein Meisterstück gewesen. Ob Alexander fiel oder ob er siegte – in jedem Fall musste er Berlin verlassen.

Konnten wir überhaupt in England leben oder an der Côte d'Azur? Oder mussten wir uns in eine Gegend ohne Gesellschaft zurückziehen wie meine Eltern? Ein Landgut im Verborgenen, wo wir ein Leben lang nur unsere Liebe leben würden. Meine Eltern hatten so gelebt, und sie waren glücklich gewesen.

Warum wurde mir so kalt bei diesem Gedanken? Ja, sagte die Stimme in meinem Kopf, sechs Jahre lang. Was sind sechs Jahre, wenn die Liebe ein Leben lang andauern muss?

Wann hätte meine Mutter begonnen, die Bühne und den Tanz zu vermissen, das Rampenlicht und den Beifall? Wäre mein Vater auch nach zwanzig Jahren noch glücklich gewesen? Hätten sich die Reize meiner Mutter nicht irgendwann abgenutzt, hätte er sich nicht fortgesehnt von dem blauen Himmel Italiens zurück zu den grauen tief hängenden Wolken der Mark, zu ihrer Heide und ihren Krüppelkiefern? Zu seinen Kameraden und der Truppe, die er kommandiert hatte? Zu den Generalsepauletten, die er niemals tragen würde? Wie lange konnte die Liebe einem Mann die Welt ersetzen?

Ich fühlte das Gewicht von Alexanders Arm schwer auf meiner Brust. Wie lange würde ihm meine Liebe genügen? Wie lange würde er es aushalten, sich in einem italienischen Exil mit Studien des tibetischen Buddhismus zu beschäftigen? Das waren für ihn unfruchtbare Sandkastenspiele. Von Kindheit an hatte er nach der politischen Tat gedürstet. Er wollte an entscheidender Stelle die Geschicke eines ganzen Kontinentes mitgestalten. Wie konnte ich verlangen, dass seine Welt auf die Ausmaße eines Landsitzes zusammenschmolz? Wann würde sein Gesicht beim Frühstück hinter der Zeitung auftauchen und den Ausdruck der Enttäuschung tragen, des Bedauerns über den Verzicht, zu dem er gezwungen war? Ich wusste, dass ich mich von jetzt an vor jedem Morgen fürchten würde.

Ich konnte nur eines tun. Ich musste fortgehen. Er würde mich nie verlassen. Noch war es eine Frage der Liebe, aber später würde es eine Frage der Ehre sein. Er würde aus Pflichtgefühl bei mir bleiben, und ganz langsam, mit dem Hinziehen der Jahre, würde sich in seine Gefühle für mich der Hass einschleichen.

Jetzt musste ich aufstehen, mich ankleiden und frisieren, meine Tasche nehmen und die Wohnung verlassen und die Treppe hinuntergehen, die Straße entlang bis zu der Ecke, wo die Droschken standen, und zum Bahnhof fahren und eine Fahrkarte kaufen, wohin auch immer, und einen Zug besteigen und ...

Sehr vorsichtig stahl ich mich aus dem Bett, ganz leise suchte ich meine am Boden verstreuten Kleidungsstücke zusammen. Den Schrank zu öffnen wagte ich nicht, weil die Tür knarrte. Ich war gerade dabei, einen Strumpf am Bein hochzurollen, als er sagte:

«Du hast Recht. Wir müssen aufstehen.»

Ich schrak zusammen. Heimlich, wie ein Dieb, hatte ich mich fortstehlen wollen. Das war gescheitert.

«Wir sind leider Menschen und können die Insel der Seligen nur begrenzte Zeit bewohnen. Wir brauchen ein Frühstück. Mein Gott, bin ich hungrig. Wie ein Holzfäller in Sibirien. Was machen wir nach dem Frühstück?»

Das Frühstück war ein Albtraum. Alexander entwickelte Ideen für unser weiteres Leben. Er wollte mir die schönsten Plätze der Welt zeigen, und dann würden wir uns irgendwo niederlassen, vielleicht in Italien, wie meine Eltern. Er würde die Casa arranciata kaufen, wenn ich es mir wünschte. Aber wir konnten auch woanders leben. Wo immer ich wollte.

Er aß vier Brötchen, dick mit Käse und Honig bestrichen, trank fünf Tassen Kaffee und war so guter Dinge wie ein Schuljunge, der Ferien bekommen hat und plant, wie er sie verbringen will. Es war etwas Knabenhaftes an ihm, etwas Spielerisches, Gelöstes, wie ich es nie in ihm vermutet hätte, und meine Kehle war wie zugeschnürt.

Ich stimmte all seinen Plänen zu. Wir würden heute noch den Zug nach Hamburg nehmen, morgen ein Schiff nach England, er würde mich seiner Mutter vorstellen, dann würden wir reisen, ein Jahr, zwei Jahre, so lange ich wollte, und die ganze Zeit, während er sprach, überlegte ich, wie ich fortkommen konnte. Am besten, schien mir, würde es am Bahnhof gelingen. Im Gewirr Hunderter von Menschen würde ich untertauchen können.

32

«Deshalb bin ich Alexander fortgelaufen, sobald sich eine Gelegenheit bot. Und deshalb darf er auch nicht wissen, wo ich mich aufhalte.»

Die Fürstin hatte mir lange zugehört, ohne mich zu unterbrechen. Jetzt nickte sie schwer, und ihre Stimme war voller Mitleid, als sie sagte:

«Sie handeln vollkommen richtig, Katja. Sie dürfen nicht ausnutzen, dass Alexander immer zuerst Ihr Wohl berücksichtigen wird. Ihre Eltern waren einander gleich. Sie hatten beide etwas Wichtiges geopfert. Alexander aber müsste so viel mehr aufgeben als Sie. Eines Tages wird er sich das innerlich vorrechnen und es Ihnen vorwerfen. Er wird versuchen, sich das nicht anmerken zu lassen, aber vergeblich. Denn Sie hätten von Anfang an auf die Anzeichen gelauert. Nein, Sie mussten ihn verlassen. Sie konnten gar nicht anders handeln.»

Das alles hatte ich mir selbst gesagt. Aber die Bestätigung aus ihrem Munde zu hören tat mir nicht wohl. Hatte ich gehofft, dass sie nur widersprechen und mich zu Alexander zurückschicken würde?

Sie machte eine Pause und fuhr dann in einem energischeren Tonfall fort.

«Ich werde Ihnen helfen. Sie müssen die Scheidung einreichen. Alexander wird sie nicht beantragen, aber sie ist notwendig. Bleiben Sie bei mir, und wir werden einen Anwalt damit beauftragen. Mag sein, dass das ein langer Prozess wird. Die Rechtslage ist nicht günstig für Frauen, die ihre Männer verlassen.»

«Ich weiß, dass es nicht so einfach sein wird. Vor allem habe ich vor einem Angst. Vergessen Sie nicht, dass ich ihn liebe. Ich habe einmal die Kraft aufgebracht, ihn zu verlassen. Aber wenn er jetzt wieder auftaucht und mich holen will, dann weiß ich nicht, ob ich widerstehen kann. Es ist richtig, dass ich gegangen bin. Aber wenn er vor mir steht, dann …»

«Sie wollen ihn also nicht wiedersehen?»

«Ich wage es nicht.»

«Nun, dann darf er also nicht erfahren, wo Sie sind. Mein Anwalt wird Ihre Adresse nicht preisgeben.»

«Aber wenn ich bei Ihnen in Petersburg bin, wird Alexander mich finden. Sehen Sie, er weiß, dass ich in den Zug nach Petersburg gestiegen bin. Er weiß, dass ich in Russland nur einen Menschen kenne: Sie. Seine Nachforschungen werden ihn direkt in Ihr Palais führen. Ich werde mich erst sicher fühlen, wenn ich weit weg von Petersburg bin. Wissen Sie nicht eine Stellung für mich? Als Erzieherin? Als Gesellschafterin? Irgendwo in der Provinz? Auf dem Weg nach Sibirien?»

Die Fürstin runzelte die Stirn.

«Haben Sie gründlich bedacht, was Sie sich wünschen? Ein Leben in der Einöde?»

«Das wäre gerade das Richtige für mich.»

«Nun, wenn es wirklich Ihr Wunsch ist, dann kann ich Ihnen helfen. Wenngleich ich Sie nicht nach Sibirien schicken kann, sondern bloß nach Borodino, zweihundert Werst östlich von Moskau. Aber wenn Ihnen das reicht?»

«Borodino?», sagte ich verwirrt, «ich dachte, das sei eine Schlacht gewesen. Eine, die Napoleon gegen die Russen gewonnen hat.»

Sie nickte.

«Ja. Einer der Milinskovs hat dort ein Bravourstück vollbracht. Ein Husarenritt gegen Napoleons Batterien. Am Ausgang der Schlacht hat sich dadurch nichts geändert, aber als er sich das Gutshaus baute, wollte er, dass sich Generationen von Nachfahren an seine Tollkühnheit erinnern sollten.»

«Alexander würde mich dort nicht finden?»

«Ausgeschlossen. Auf Borodino lebt mein Mann wie ein Eremit in der Einöde. Er pflegt keinen gesellschaftlichen Verkehr mit den Nachbarn. Es gibt dort nur Arkadij Iwanowitsch, der in die Sterne sieht, die Dienstboten und die beiden Kinder von Arkadijs Cousine, die er in sein Haus aufgenommen hat, weil er ihr Vormund und einziger Verwandter ist. Um ihre Erziehung kümmert er sich nicht. Sie brauchen dringend eine gebildete Frau, die sie erzieht und unterrichtet. Aus diesem Grund – unter anderem – kehre ich nach Russland zurück. Ich kann diese Aufgabe, eine Gouvernante zu finden, nicht Arkadij Iwanowitsch überlassen. Wenn Sie bereit sind, Katja, sich in diesem Haus zu begraben und den Kindern beizustehen, dann wäre das der größte Glücksfall für mich.»

So einfach hatte ich mir das nicht vorgestellt. Ich wollte zugreifen und spürte doch, wie mein Mut mich zu verlassen begann.

«Ihr Vertrauen ehrt mich, Jelena Sergejewna, aber bedenken Sie, dass ich noch nie etwas mit Kindern zu tun gehabt habe.»

Die Fürstin zuckte ungeduldig die Achseln.

«Denken Sie daran, dass Kinder schon Menschen sind und nicht erst welche werden, und es wird gut gehen. Also – wollen Sie, Katja?»

Nein, ich wollte nicht. Ich wollte in Petersburg den nächsten Zug westwärts besteigen, ich wollte nach England fahren, ich wollte die ganze Welt umrunden, wenn mich die Reise nur in seine Arme zurückführen würde. Aber ich durfte daran nicht denken. Jelena Sergejewnas Angebot war ein Geschenk des Himmels an mich.

Zweihundert Werst von Moskau entfernt, nur in der Gesellschaft der Kinder und eines weltfremden Astrologen, so würde ich aus Alexanders Leben verschwinden.

Ich ergriff Jelena Sergejewnas ausgestreckte Hand.

«Ja.»

Ich hatte eine Zukunft.

In Petersburg verließ ich den Zug aus einem Abteil der dritten Klasse in einem von Madame Depors Kostümen, ein Kopftuch über dem verräterischen roten Haar, und nahm mir am Ausgang des Bahnhofs eine Droschke, die mich vor dem Dienstboteneingang des Palais Milinskov absetzte. Niemand würde am Bahnhof Zeugen finden, die mich mit der Fürstin in Verbindung bringen konnten. Madame Depors empfing mich, brachte mich in ein hübsches Zimmer und stellte mich den Dienern als ihre Nichte vor, die von der Fürstin für ihre Neffen angestellt worden sei.

Sie war es, die in den nächsten Tagen mit mir durch Petersburg fuhr, um alles einzukaufen, was ich brauchte: Wäsche, Kleider, Schuhe, Mantel, Taschen. Ich versuchte, die Erinnerung daran zu verdrängen, wie ich mich in Paris ausgestattet hatte. Aber ich konnte nicht verhindern, dass ich mich wieder in dem Hotelzimmer sah in dem dunkelblauen Kleid mit dem Schwanenfederbesatz und spürte, wie Alexander hinter mich trat, mir das Kollier umlegte und seine Fingerspitzen meinen Nacken berührten. Und dann kamen dic Erinnerungen an andere Zärtlichkeiten, sanfte und leidenschaftlichere. Mein Herz raste. Mir wurde heiß, ich atmete schneller, und Madame Depors legte mir ihre Hand auf den Arm.

«Es wird Ihnen zu viel, Madame? Wollen wir zurückfahren?»

«Nein, nein, es geht schon. Ich war nur … Was wollen wir noch kaufen?»

«Sie wollten noch Bücher und Noten für den Unterricht besorgen.»

«Dann tun wir das.»

Die Fürstin ließ ihren Anwalt kommen und unterbreitete ihm meinen Fall.

«Schwierig», sagte der alte Mann, «sehr schwierig. Sie haben keinen Scheidungsgrund, Katerina Fjodorowna. Nur Ihr Gatte kann Sie auf Scheidung verklagen wegen Ehebruchs und böswilligen Verlassens.»

«Dann schreiben Sie ihm, dass er das tun soll.»

«Sie können es ihm vorschlagen, aber Sie können ihn nicht dazu zwingen.»

«Er wird es tun», sagte ich, «er hat mir schon bei der Heirat versprochen, dass er die Ehe auf meinen Wunsch hin auflösen wird. Und schreiben Sie ihm, dass ich kein Geld haben will. Ich bin imstande, mir meinen Lebensunterhalt selbst zu verdienen. Schreiben Sie ihm, dass ich in jeder Beziehung frei sein will.»

Der alte Mann sah mich scharf an.

«Wollen Sie ihm nicht selbst schreiben, Katerina Fjodorowna?»

«Nein.» Ich versuchte nicht zu schreien. Wenn ich selbst schriebe, dann enthielte der Brief andere Worte, nicht Worte der Trennung.

«Wie Sie wünschen. Ich habe richtig verstanden, dass ich ihm Ihren Aufenthaltsort nicht mitteilen darf?»

«Vollkommen richtig.»

«Seine Antwort wird also an meine Kanzlei gehen, und ich werde sie Ihnen dann weiterleiten.»

«Nein.»

«Wie? Sie müssen doch wissen, was er antwortet.»

«Ich will keinen Brief von ihm. Führen Sie die Angelegenheit nach Ihrem Gutdünken. Ich gebe Ihnen jede Vollmacht. Benachrichtigen Sie mich erst, wenn die Scheidung ausgesprochen ist. Unter welchen Bedingungen auch immer. Mir ist alles recht. Hauptsache, es geht schnell. Verstehen Sie: Ich will so schnell wie möglich frei sein.»

Das war eine Lüge. Ich wollte nicht frei sein. Ich wollte, dass Alexander frei wurde. Frei für das Leben, zu dem er bestimmt war. Das Duell hatte seine Pläne nicht zerstört. Man würde ihn zu einer kurzen, eher nominellen, aber keinesfalls ehrenrührigen Festungsstrafe verurteilen, und danach konnte er wieder in der Gesellschaft erscheinen. Sein Einfluss auf den Kaiser würde größer sein als zuvor, denn Wilhelm mit seinen unzeitgemäß mittelalterlichen Ideen bewunderte Männer, die sich duelliert hatten.

Alexander würde das Bündnis zwischen Deutschland und England zustande bringen. Über der Politik würde er mich vergessen. Und ich würde in Borodino leben und mir Mühe geben, ihn auch zu vergessen. Mit jedem Sommer, der käme, und mit jedem Winter, der ginge, würde sein Bild in mir verblassen. Vielleicht würde ich sogar Boythin vergessen können. Und dann würde ich auch glücklich sein. Denn Jelena Sergejewna hatte Unrecht. Nicht die Freiheit war das Glück, sondern das Vergessen.

Fünf Tage später fuhr ich mit Aljoscha, dem Diener der Fürstin, der sie sonst auf Reisen begleitete, in der zweiten Klasse nach Borodino. Aljoscha sprach etwas Französisch, und er lehrte mich etwas Russisch, aber die meiste Zeit saßen wir schweigend im Abteil, weil das Radebrechen so mühsam war.

Ich schaute hinaus, in die endlose flache Weite des Landes. Das Land meiner Mutter. Es hätte eine Heimkehr sein können. Aber es war ein Exil.

Die Fürstin war in Petersburg geblieben. Den Gedanken, mich zu begleiten, hatte sie verworfen.

«Denn wenn Alexander Ihnen Detektive nachschickt», sagte sie, «dann können Sie sicher sein, dass die meinen Bewegungen nachspüren und herausfinden werden, dass ich mit einer jungen rothaarigen Frau, die kein Russisch spricht, durch das Land reise.»

Aljoscha schnitzte an einem Stück Holz und pfiff tonlos vor sich hin, während ich an die letzten zwei Wochen dachte, die ich in Berlin verbracht hatte.

Die Abteiltür wurde aufgezogen. Ich erwartete fast, die hagere Figur Madame Depors zu sehen. Aber die Französin war in Petersburg geblieben. Auf dem Gang stand eine rundliche Frau mit einem schlafenden Kleinkind auf dem Arm und sagte etwas, das ich nicht verstand. Aljoscha antwortete, sie seufzte und ging weiter, er schob die Tür wieder zu.

«Was haben Sie gesagt?»

«Sie mit vier Kindern unterwegs. Fragen, ob frei. Ich sagen ja.»

«Und jetzt holt sie ihre Kinder?»

Eine Horde von schreienden, streitenden, schokoladeverschmierten Kindern würde also hier eindringen. Aljoscha grinste über sein stoppelbärtiges Gesicht.

«Kommt nicht zurück», behauptete er. «Habe gesagt, Sie krank. Krankheit mit roten Punkten.»

«Scharlach?»

Er zuckte die Achseln. «Kenne nicht auf Französisch. Aber gefährlich für Kinder. Kommt nicht zurück.»

Ich fühlte Erleichterung und gleichzeitig auch Bedauern. Denn hätte nicht diese Bande lärmender Kinder verhindert, dass ich weiter nachdachte? Jetzt, in dem monotonen Räderrollen, in der Schweigsamkeit Aljoschas, angesichts der Ebene dort draußen, in der weder Mensch noch Tier noch Haus zu sehen war, was konnte mich daran hindern, wieder in die Erinnerung zu fallen?

In Moskau mussten wir umsteigen. Aljoscha schickte ein Telegramm, das unsere Ankunft in Borodino ankündigte. Am Bahnhof wartete eine Troika, und wir fuhren dreißig Werst durch fahlbraune Äcker, aus denen plötzlich eine lange, schnurgerade Birkenallee auftauchte, an deren Ende Borodino lag. Die Troika hielt auf der kiesbestreuten Auffahrt direkt vor der Freitreppe des zweistöckigen Holzhauses, und mit einem Schnalzen der Peitsche kündigte der Kutscher meine Ankunft an. Der Himmel war grau, ein scharfer Wind blies um die Ecke und riss an meinen Röcken und fegte mich in die Halle des Hauses hinein, wo sie schon zu meiner Begrüßung bereitstanden: die alte Marfa, die den Haushalt führte, Wladimir, der Diener, und die beiden Kinder. Der siebenjährige zarte Nikolaj starrte mich furchtsam aus großen braunen Augen an, als sei ich die böse Fee aus dem Märchen, und die fünfjährige Jelisaweta lief auf mich zu, rasch und laut redend, was Aljoscha mir grinsend übersetzte:

«Sie fragt nach ihrem Geschenk.»

Den Fürsten Milinskov, Jelena Sergejewnas alten Gatten, lernte ich beim Abendessen kennen, das er mir zu Ehren zusammen mit den Kindern einnahm. Bei diesem einen Mal blieb es dann. Er erkundigte sich nach meinem Geburtsdatum und fragte mich, ob ich etwas dagegen hätte, wenn er mir ein Horoskop stellte, und ich sagte, ja, ich hätte etwas dagegen. Und damit erlosch sein Interesse an mir vollständig.

Ich verbrachte auf Borodino einen langen heißen Sommer, unterrichtete die Kinder, ritt aus, arbeitete im Garten, las mich durch die Bibliothek des Fürsten, und bei allem, was ich tat, fühlte ich mich müde und zerschlagen. Denn Sich-nicht-erinnern-Wollen ist harte Arbeit und Anstrengung.

33

Von unten dringen gedämpft die Töne des verstimmten Flügels herauf. Iwan Wladimirowitsch lässt seine Hände schwer über die Tasten fahren, vergreift sich gelegentlich, unterbricht sich und beginnt von vorn.

An der schönen blauen Donau. Ein Strauß-Walzer, der die Vision eines Balles heraufbeschwören könnte. Aber was Iwan Wladimirowitsch sich unten zurechtstümpert, hat nicht einen Hauch von Eleganz, Anmut, Heiterkeit, erinnert nicht an den Glanz der zahllosen Lüster, deren Licht von den Spiegeln reflektiert wird, nicht an das Rauschen der Seidenkleider bei den Drehungen, an das girrende Lachen der Koketterie und das heiße Flüstern der gewagten Komplimente, nicht an die Schwüle, in der sich der Duft der welkenden Blumen mit den schweren Parfüms und dem Schweiß vermischt.

Dieser Klang, der über die geöffneten Terrassentüren des blauen Salons von unten heraufdringt, verweist deutlich auf seinen Erzeuger: einen Mann jenseits der fünfzig, der seine Illusion einer Pianistenkarriere längst in Wodka aufgelöst hat, dessen Finger zittern, wenn sie über die Tasten gleiten, und der zu nichts mehr taugt, als in der menschenleeren Provinz östlich von Moskau einen abgetakelten Tanzlehrer zu begleiten.

Es ist viel zu heiß zum Tanzen. Wir sollten die Stunde ausfallen lassen, habe ich zu Marfa Iwanowna gesagt, aber Marfa hat den Kopf geschüttelt.

Wann denn, wenn nicht jetzt?, hat sie gefragt. Der Winter setze früh ein und dauere lange. Dann sei es für den Tanzlehrer unmöglich, aus der Stadt herzukommen. Dann müsste er den Winter auf Borodino verbringen, das aber würde der Herr nicht dulden, denn er wünsche keinen Fremden im Haus.

Es ist ein Wunder, dass er mich duldet.

Denn ich bin die Fremdeste von allen. Obwohl meine Mutter aus Russland stammt, habe ich vor drei Monaten zum ersten Mal den Fuß auf russischen Boden gesetzt. Ich weiß nichts von diesem Land, ich spreche nicht einmal die Sprache. Mit Marfa, die einmal eine gute Erziehung genossen hat, bevor ihr Vater alles vertrank und verspielte, spreche ich eine Mischung aus Deutsch und Französisch. Diese beiden Sprachen lehre ich auch die Kinder.

Sonntags fahre ich mit ihnen in die Kirche und höre den endlosen Gesängen des Popen zu und atme den Weihrauchgeruch ein, durch dessen Schwaden Christus auf mich herabschaut. Ihn kenne ich. Es ist der Christus meiner Kindheit. Sein Antlitz füllte die Kuppel der kleinen byzantinischen Kapelle, in die ich sonntags geführt wurde. Mit feierlichem Ernst sehen seine großen Augen über mich hinweg in die Ewigkeit. Dies ist der Pantokrator, der Herrscher des Alls. Vor ihm bin ich ein Nichts, und meine Schuld ist ihm gleichgültig.

Ja, den Christus meiner frühen Kinderjahre habe ich hier wiedergefunden.

Und die Hitze. Die Hitze von Peking.

Trocken, staubig, die Kehle ausdörrend. Die Luft flimmert, jede Bewegung wird zur Qual. Selbst die Fliegen kleben träge an den Fensterscheiben. Aber sie riecht nicht, diese Hitze. Sie ist nicht erfüllt von dem süßlichen Geruch verwesenden Fleisches.

Iwan Wladimirowitsch macht eine Pause. Sicher gießt er sich ein reichliches Maß an Wodka ein. Es gibt nur den einen Salon. Seiner blau bezogenen Stühle wegen aber wird er der blaue genannt, als sei Borodino noch das Schloss, als das es vor siebzig Jahren erbaut worden ist. Damals war der Landsitz der Fürsten Milinskov im Sommer erfüllt von der leichtherzigen Gesellschaft, die aus Petersburg herbeiströmte, im Park und am See flanierte, Picknicks auf dem Rasen veranstaltete, ausritt und tanzte, lachte, liebte und sich duellierte. Jetzt sind die Prunkräume im ersten Stock verschlossen, die Möbel mit Leinenlaken abgedeckt, die Kronleuchter verhüllt, die Fensterläden verrammelt. Jetzt ist Borodino verödet, das Heim des Einsiedlers, der oben an seinem Teleskop sitzt und über den Büchern und Tabellen brütet, mit denen er das Schicksal berechnen will, und das Heim der beiden verwaisten Kinder.

Und mein Asyl.

Als ich vor zwei Monaten kam, lagen noch Reste schmutzigen Schnees in den schattigen Winkeln. Dann aber kam wie ein kriegerischer Überfall über Nacht die Hitze und löschte alle Träume von einem linden Frühling aus.

Iwan Wladimirowitsch hat sein Spiel wieder aufgenommen. Er spielt langsamer, unsicherer, tastend, als habe er die Noten erst jetzt zu Gesicht bekommen.

Der Kaiserwalzer.

Zweimal habe ich zu dieser Musik getanzt. Auf meinem ersten Ball in Berlin hatte ich in Alexanders Armen gelegen, und mir war übel geworden. Und es war der letzte Walzer, den ich getanzt habe. Auf meinem letzten Ball, in den Armen Paul von Flemmings, der der beste Tänzer in Berlin war und der beste Schütze. Ich fühle noch den Druck seiner Hand auf meinem Rücken, ich sehe seine Zähne unter dem Schnurrbart aufblitzen in einem höhnischen Lächeln, das ich nicht verstehe. Noch nicht. Ich tanze mit dem Tod, aber ich weiß es noch nicht. Paul von Flemming. Der beste Tänzer und der beste Pistolenschütze.

Ich hatte die Noten aussortiert. Nie wieder wollte ich diese Töne hören. Wäre es Winter gewesen, ich hätte das Blatt in den Kamin geworfen und zugesehen, wie die Flammen daran hochleckten, es schwärzten und es schließlich mit einem leisen Knistern zu Asche versank. Doch es war Sommer, dieser heiße Sommer, und es gab kein Feuer. Ich hatte das Blatt ganz nach unten geschoben in der Hoffnung, der Klavierspieler würde den Stapel nie so weit durcharbeiten. Vielleicht ist der Notenstapel seiner unsicheren Hand entglitten, und die Kinder haben die Zettel zusammengerafft, und Jelisawetas Blick ist auf dieses Papier gefallen, und sie hat es Iwan vorgelegt. Er möge diesen Walzer spielen. Den Kaiserwalzer. Und während die Füße der Kinder über das Parkett schleifen, während ihr Tanzlehrer laut zählt, damit Iwan und Nikolaj den Takt halten, während Jelisaweta sich wie eine Debütantin im Winterpalast in St. Petersburg unter den Augen des Zaren und der Zarin fühlt, möchte ich mir die Hand in den Mund stopfen, um nicht zu schreien.

Ich reiße das Fenster auf. Mein Zimmer liegt im zweiten Stock, genau über dem Balkon, der von den Säulen, die den Eingang schützen, getragen wird. Ich kann weit sehen, die Birkenallee hinunter, die schnurgerade zur Landstraße läuft, die ebenfalls von Birken gesäumt wird und in einer sanften Kurve in ein Wäldchen führt, das sie meinem Blick entzieht. Dahinter liegt die kleine Stadt, mit schläfriger Trägheit ihrem Verfall lauschend, von der Hitze geduckte Häuser, bröckelnder grauer Putz unter geflickten Strohdächern, magere Hunde im Schatten auf den Türschwellen. Die Straße windet sich um Häuser und Komposthaufen und um die Kirche herum bis zu dem außerhalb gelegenen einstöckigen Holzhaus, auch das schon gekennzeichnet von dem allgemeinen Niedergang. Die Farbe blättert ab, und an dem Stationsschild fehlen bereits Buchstaben.

Der Bahnhof ist der Ort meiner Sehnsucht, meiner Versuchung. Sooft ich der Landstraße mit den Augen folge, bis sie im Wäldchen verschwindet, denke ich mir ihren weiteren Verlauf bis zu diesem Punkt. Und mit aller Anstrengung verbiete ich mir, den Zug zu sehen, der zweimal am Tag von Nischni Nowgorod in Richtung Moskau hier hält, und den ich besteigen könnte, wenn ich eine Stunde vorher anspannen ließe. Es gibt für mich keinen Weg zurück. Ich habe mich entschieden. Ich habe mich richtig entschieden.

Ich sehe aus dem Fenster. Der Himmel hat seine vormittägliche Bläue verloren, seine Farbe ist unter der Hitze zu einem hässlichen Bleigrau geschmolzen. Ich erinnere mich daran, dass Iwan beim Mittagessen gesagt hat, die Luft schmecke nach Gewitter und es könne gut sein, dass wir noch vor Abend ein Unwetter bekämen.

Ich wünsche, er hätte Recht. Ein Gewitter wäre das, was wir brauchen können nach fast zwei Monaten erbarmungsloser Sonne. Die Hitze dringt träge durch jedes geöffnete Fenster, füllt die Räume bis in die letzten Winkel, kriecht in die Schränke und Betten. Wir schlafen längst ohne Decken. Marfa hat Laken ausgegeben, weiße Leinentücher. Mir ist, als schliefe ich unter einem Leichentuch.

Ich sehe das Tuch, das über Boythin gebreitet ist. Unter dem sein Körper sich schemenhaft abzeichnet, eine Masse nutzloser Knochen, bewegungslosen Fleisches, und über das sein Gesicht hinausragt, bleich wie der Stoff, die Züge marmorhart, um die Lippen, wie eingemeißelt, die Andeutung eines Lächelns, eine Braue immer noch ironisch hochgezogen, ein Mundwinkel leicht gekräuselt. Ein Gesicht, schön wie das eines Erzengels, und ein Lächeln wie das eines Teufels. Die Hand des Arztes, die blonden Härchen, die auf den Fingern wachsen, die das Leintuch ergreifen und hochziehen und das Gesicht verhüllen.

Du wirst niemals frei sein von mir, Katja. Kein Mann wird dich nach mir besitzen.

Er hatte nicht Recht behalten. Nicht das Leinentuch trennt mich von ihm, nicht das dunkle Holz des Sarges, nicht die schwere Erde, die darüber geschaufelt wurde.

Meine Sehnsucht nach Alexander hat die Erinnerung an Boythin ausgelöscht. Ich liege wach in den heißen Nächten, schweißgebadet, und weiß, mir ist nicht heiß, weil es schwül ist. Ich muss nicht schlafen und träumen, um seine Zärtlichkeit und seine Leidenschaft wieder zu spüren.

Durch die ersten zwei Wochen trug mich die Befriedigung, um Alexanders willen ein Opfer gebracht zu haben. So mussten sich frühe Christen gefühlt haben, wenn sie von der Kaiserstatue, vor der Weihrauchkörner zu streuen sie sich geweigert hatten, direkt in die Arena geschleppt wurden. Die Ekstase des Opfers machte das Martyrium erträglich. Was aber, wenn ein solcher Christ Wochen um Wochen in einen dunklen Kerker gesperrt wurde? Wie lange hielt seine Opferbereitschaft an? Wann siegte die Erinnerung an eine Welt voll Sonne, Lachen, Liebe? Wann brach er zusammen und schwor dem Christentum ab?

Es ist eine Frage des Stolzes. Noch reicht mein Stolz aus, um in Borodino zu bleiben. Aber ich weiß, dass ich nicht in die Nähe des Bahnhofs kommen darf.

Sooft es geht, ziehe ich mich auf mein Zimmer zurück, stehe am Fenster, schaue die Birkenallee entlang und lasse zu, dass die Erinnerungen zu mir kommen.

Die Erinnerung ist die Last der Unglücklichen und ihr Laster. Sie kehren immer wieder zu ihr zurück, weil das Zerfleischen der Seele zugleich Schmerz und Lust ist. Wenn ich mich nicht mehr erinnern könnte … Wenn mir jemand das Geschenk des Vergessens machen würde, ich würde es nicht annehmen.

Der Himmel ist fahl geworden. Am Horizont zucken die ersten Blitze auf. Wetterleuchten. Vielleicht kommt das Gewitter auch zu uns herüber und bringt Regen mit und Abkühlung. Seit einiger Zeit ist das Klavier verstummt.

Es klopft. Auf mein Herein erscheint die alte Marfa.

«Der Kutscher sagt, es sehe nach einem Unwetter aus. Er könne es vielleicht noch in die Stadt schaffen, aber den Rückweg sicher nicht mehr. Soll er den Tanzlehrer in die Stadt bringen oder nicht?»

«Was sagt der Mann selbst dazu?»

Marfa zuckt die Achseln. Offenbar ist sie nicht auf den Gedanken gekommen, ihn nach seiner Meinung zu fragen. Ich überlege. Wenn wir ein Gewitter bekommen, ist seine Anwesenheit von Vorteil. Er kann die Kinder, die sich ängstigen werden, mit Gesellschaftsspielen ablenken.

«Er soll hier übernachten.»

«Wie Sie wünschen, Katerina Fjodorowna. Soll ich Ihnen die Lampe auf den Tisch stellen?»

Ich schüttele den Kopf. Sie schließt die Tür hinter sich. Der Raum versinkt wieder in fahlgelbes Zwielicht, und aus den dämmrigen Ecken kriechen die Erinnerungen.

Auf der Treppe ein Getrappel und Gehusche. Die Kinder kommen herauf, um sich zum Abendessen umzuziehen. Nach einer Weile höre ich Marfas Pantoffeln schlurfen, bevor sie bei mir klopft und mir zum zweiten Mal die Lampe bringt, zusammen mit der Bemerkung, die Köchin habe sich heute selbst übertroffen und eine Suppe mit viel dicker Sahne gemacht, wie man sie besser in Petersburg nicht bekommen würde. Ich lasse sie die Lampe auf den Tisch stellen, damit sie nicht noch einmal kommt.

«Ich werde nicht zum Essen herunterkommen. Ich habe Migräne. Der Tanzlehrer wird den Kindern Gesellschaft leisten.»

Marfa murmelt ein paar Worte des Mitgefühls, trocken und ohne Anteilnahme, denn sie kann sich unter Migräne nichts vorstellen. Das ist für sie eine Plage, die nur reiche und müßige Frauen befällt. Vorsichtshalber schließt sie die Tür ganz leise.

Ich bin wieder allein. Die Lampe erhellt das Zimmer und verwandelt das Fenster in einen dunklen Spiegel. Er zeigt mich, aufrecht am Fenster stehend. Ein kurzsichtiger Mensch könnte mich für meine Tante halten, denn ich trage ein strenges schwarzes Kleid wie sie, habe meine Haare zu einem festen Knoten aufgedreht wie sie, aus dem kein vorwitziges Löckchen entkommt. Kein Schmuck, kein Besatz, keine weiße Manschette.

Eine Lehrerin. Eine Witwe.

Ich drehe an der Schraube der Lampe. Das Flämmchen flackert noch einmal auf, ehe es verlischt. Ich bin wieder im Dunkeln, der Spiegel ist verschwunden, und ich sehe, wie draußen die Blitze aufzucken. Kurz darauf der erste Donner. Und dann fallen die Tropfen. Erst langsam, dann schneller, schließlich prasseln sie an das Fenster.

Ich lege die Stirn an das Glas der Fensterscheibe. Es kühlt einen Moment meine glühende Haut. Hinter diesem Vorhang aus Regen ist die Birkenallee. Sie führt auf die Straße zur Stadt. Dreißig Werst, dann der Bahnhof, die schimmernden Gleise nach Moskau, nach Petersburg, nach Königsberg, nach Berlin.

Wieder zuckt ein Blitz durch die Dunkelheit, unmittelbar gefolgt von einem krachenden Donner. Irgendwo im Haus kreischen Mägde auf, und Jelisaweta schreit.

Was hindert ihn, mir nachzufahren? Ist es so schwer, mich zu finden? Würde Jelena Sergejewna ihm nicht sagen, wo ich bin, wenn sie sieht, wie die Liebe ihn antreibt?

Ich schließe die Augen wie jeden Abend. Dann sehe ich ihn, wie er in Moskau umsteigt, wie er in der kleinen Bahnstation eine Troika nimmt nach Borodino, wie er durch die Birkenallee fährt und in der Einfahrt aus der Kutsche springt, wie er ins Haus tritt und Marfa ihm den Weg zu meinem Zimmer zeigt. Dann fühle ich, wie er hinter mir steht und seine Hand sacht unter meinen Ellbogen legt.